B. TRAVEN · DAS TOTENSCHIFF

Universal Bibliothek

BELLETRISTIK

B. Traven

DAS TOTENSCHIFF

Die Geschichte eines amerikanischen Seemanns

1988

Verlag Philipp Reclam jun. Leipzig

ISBN 3-379-00333-6

Lizenzausgabe des Verlages Philipp Reclam jun. Leipzig für die DDR mit Genehmigung des Verlages Volk und Welt Berlin
Text nach: B. Traven, Das Totenschiff
Büchergilde Gutenberg, Berlin 1926

Reclams Universal-Bibliothek Band 346
6. Auflage
Umschlaggestaltung: Irmgard Horlbeck-Kappler
Lizenz Nr. 363. 340/90/88 · LSV 7361 · Vbg. 16,4
Printed in the German Democratic Republic
Grafischer Großbetrieb Völkerfreundschaft Dresden
Gesetzt aus Garamond-Antiqua
Bestellnummer: 660 296 3
00250

ERSTES BUCH

SONG OF AN AMERICAN SAILOR

Now stop that crying, honey dear,
the Jackson Square remains still here
in sunny New Orleans
in lovely Louisiana

She thinks me buried in the sea,
no longer does she wait for me
in sunny New Orleans
in lovely Louisiana

The death-ship is it I am in,
all have I lost, nothing to win
so far off sunny New Orleans
so far off lovely Louisiana

LIED EINES AMERIKANISCHEN SEEMANNS

Mädel, heul doch nicht so sehr,
wart auf mich am Jackson Square
im sonn'gen New Orleans
im lieben Louisiana

Mein Mädel glaubt, ich lieg' im Meer,
sie steht nicht mehr am Jackson Square
im sonn'gen New Orleans
im lieben Louisiana

Doch ich lieg' nicht an einem Riff,
ich fahre auf dem Totenschiff
so fern vom sonn'gen New Orleans
so fern vom lieben Louisiana

1

Wir hatten eine volle Schiffsladung Baumwolle von New Orleans 'rübergebracht nach Antwerpen mit der S. S. Tuscaloosa.

Sie war ein feines Schiff. Verflucht noch mal, das ist wahr. First rate steamer, made in USA. Heimathafen New Orleans. Oh, du sonniges, lachendes New Orleans, so ungleich den nüchternen Städten der vereisten Puritaner und verkalkten Kattunhändler des Nordens! Und was für herrliche Quartiere für die Mannschaft. Endlich einmal ein Schiffbauer, der den revolutionären Gedanken gehabt hatte, daß die Mannschaft auch Menschen seien und nicht nur Hände. Alles sauber und nett. Bad und viel saubere Wäsche und alles moskitodicht. Die Kost war gut und reichlich. Und es gab immer saubere Teller und geputzte Messer, Gabeln und Löffel. Da waren Niggerboys, die nichts andres zu tun hatten, als die Quartiere sauberzuhalten, damit die Mannschaft gesund bliebe und bei guter Laune. Die Kompanie hatte endlich entdeckt, daß sich eine gutgelaunte Mannschaft besser bezahlt macht als eine verlotterte.

Zweiter Offizier? No, Sir. Ich war nicht Zweiter Offizier auf diesem Eimer. Ich war einfacher Deckarbeiter, ganz schlichter Arbeiter. Sehen Sie, Herr, Matrosen gibt es ja kaum noch, werden auch gar nicht mehr verlangt. So ein modernes Frachtschiff ist gar kein eigentliches Schiff mehr. Es ist eine schwimmende Maschine. Und daß eine Maschine Matrosen zur Bedienung braucht, glauben Sie ja gewiß selbst nicht, auch wenn Sie sonst nichts von Schiffen verstehen sollten. Arbeiter braucht diese Maschine und Ingenieure. Sogar der Skipper, der Kapitän, ist heute nur noch ein Ingenieur. Und selbst der A. B., der am Ruder steht und noch am längsten als Matrose angesehen werden konnte, ist heute nur noch ein Maschinist, nichts weiter. Er hat nur die Hebel auszulösen, die der Rudermaschine die Drehungsrichtung angeben. Die Romantik der Seegeschichten ist längst vorbei. Ich bin auch der Meinung, daß solche Romantik nie bestanden hat. Nicht auf den Segelschiffen und nicht auf der See. Diese Romantik hat immer nur in der Phantasie der Schreiber jener Seegeschichten bestanden. Jene verlogenen Seegeschichten haben manchen braven Jungen hinweggelockt zu einem Leben und zu einer Umgebung, wo er körperlich und seelisch zugrunde gehen mußte, weil er nichts sonst dafür mitbrachte als seinen Kinderglauben an die Ehrlichkeit und an die Wahrheitsliebe jener Geschichtenschreiber. Möglich, daß für Kapitäne und Steuerleute eine Romantik einmal bestanden hat, für die Mannschaft nie. Die Romantik der Mannschaft ist immer nur gewesen: unmenschlich harte Arbeit und eine tierische Behandlung. Kapitäne und Steuerleute erscheinen in Opern, Romanen und Balladen. Das Hohelied des Helden, der die Arbeit tat, ist nie gesungen worden. Dieses Hohelied wäre auch zu brutal gewesen, um das Entzücken derer wachzurufen, die das Lied gesungen haben wollten. Yes, Sir.

Ich war nur eben gerade schlichter Deckarbeiter, das war alles. Hatte alle Arbeit zu machen, die vorkam. Richtig gesagt, war ich nur ein Anstreicher. Die Maschine läuft von selbst. Und da die Arbeiter beschäftigt werden müssen und andre Arbeit nur in Ausnahmefällen ist, wenn nicht Laderäume gereinigt werden sollen oder etwas repariert werden muß, so wird immer angestrichen. Von morgens bis abends, und das hört nie auf. Da ist immer etwas, das angestrichen werden muß. Eines Tages wundert man sich dann ganz ernsthaft über dieses ewigwährende Anstreichen, und man kommt ganz nüchtern zu der Auffassung, daß alle übrigen Menschen, die nicht zur See fahren, nicht andres tun, als Farbe anfertigen. Dann empfindet man eine tiefe Dankbarkeit gegen diese Menschen, weil, wenn sie sich eines Tages weigerten, noch weiter Farbe zu machen, der Deckarbeiter nicht wüßte, was er tun soll, und der Erste Offizier, unter dessen Kommando die Deckarbeiter stehen, in Verzweiflung geriete, weil er nicht wüßte, was er nun den Deckhands kommandieren soll. Sie können doch ihr Geld nicht umsonst bekommen. No, Sir.

Der Lohn war ja nicht gerade hoch. Das könnte ich nicht behaupten. Aber wenn ich fünfundzwanzig Jahre lang keinen Cent ausgäbe, jede Monatsheuer sorgfältig auf die andre legte, nie ohne Arbeit wäre während der ganzen Zeit, dann könnte ich nach Ablauf jener fünfundzwanzig Jahre unermüdlichen Arbeitens und Sparens mich zwar nicht zur Ruhe setzen, könnte aber nach weiteren fünfundzwanzig Jahren Arbeitens und Sparens mich mit einigem Stolz zur untersten Schicht der Mittelklasse zählen. Zu jener Schicht, die sagen darf: Gott sei gelobt, ich habe einen kleinen Notpfennig auf die Seite gelegt für Regentage. Und da diese Volksschicht jene gepriesene

Schicht ist, die den Staat in seinen Fundamenten erhält, so würde ich dann ein wertvolles Mitglied der menschlichen Gesellschaft genannt werden können. Dieses Ziel erreichen zu können, ist fünfzig Jahre Sparens und Arbeitens wert. Das Jenseits hat man sich dann gesichert und das Diesseits für andre.
Ich machte mir nichts daraus, mir die Stadt anzusehen. Ich mag Antwerpen nicht leiden. Da treiben sich so viele schlechte Seeleute und ähnliche Elemente herum. Yes, Sir.
Aber die Dinge im Leben spielen sich nicht so einfach ab. Sie nehmen nur selten Rücksicht auf das, was man leiden mag und was nicht. Es sind nicht die Felsen, die den Lauf und den Charakter der Welt bestimmen, sondern die kleinen Steinchen und Körnchen.
Wir hatten keine Ladung bekommen, und wir sollten in Ballast heimgehen. Die ganze Mannschaft war in die Stadt gegangen am letzten Abend vor der Heimfahrt. Ich war ganz allein im Forecastle. Des Lesens war ich müde, des Schlafens war ich müde, und ich wußte nicht, was ich mit mir anfangen sollte. Wir hatten um zwölf heute schon Feierabend gemacht, weil dann bereits die Wachen für die Fahrt verteilt wurden. Das war auch der Grund, warum alle in die Stadt gegangen waren, um noch einen Kleinen mitzunehmen, den wir zu Hause nicht haben konnten wegen der gesegneten Prohibition.
Bald lief ich zur Reeling, um ins Wasser zu spucken, bald wieder lief ich in die Quartiere. Von dem ewigen Anstarren der leeren Quartiere und dem ewigen Herunterglotzen auf die langweiligen Hafenanlagen, Speicher, Stapelhäuser, auf die öden Kontorlöcher mit ihren trüben Fenstern, hinter denen man nichts sah als Briefordner und Haufen von beschriebenen Geschäftspapieren und Frachtbriefen, wurde mir ganz erbärmlich zumute. Es war so unsagbar trostlos. Es ging auf den Abend zu, und es war kaum eine Menschenseele in diesem Teil des Hafens zu sehen.
Es überkam mich eine ganz dumme Sehnsucht nach dem Gefühl, festen Boden, Erde unter meinen Füßen zu haben, eine Sehnsucht nach einer Straße und nach Menschen, die schwatzend durch die Straße schlendern. Das war es: Ich wollte eine Straße sehen, just eine Straße, nichts weiter. Eine Straße, die nicht von Wasser umgeben ist, eine Straße, die nicht schwankt, die ganz fest steht. Ich wollte meinen Augen ein kleines Geschenk machen, ihnen den Anblick einer Straße gönnen.

„Da hätten Sie früher kommen sollen“, sagte der Offizier, „ich gebe jetzt kein Geld.“
„Ich brauche aber unbedingt zwanzig Dollar Vorschuß.“
„Fünf können Sie haben, nicht einen Cent mehr.“
„Mit einem Fünfer kann ich gar nichts anfangen. Ich muß zwanzig haben, sonst bin ich morgen krank. Wer soll denn dann vielleicht die Galley anstreichen? Vielleicht wissen Sie das? Ich muß zwanzig haben.“
„Zehn. Aber das ist nun mein letztes Wort. Zehn oder überhaupt nichts. Ich bin gar nicht verpflichtet, Ihnen auch nur einen Nickel zu geben.“
„Gut, geben Sie zehn. Das ist zwar ein ganz gemeiner Geiz, der hier an mir verübt wird, aber wir müssen uns ja alles gefallen lassen, das ist man nun schon gewöhnt.“
„Unterschreiben Sie die Quittung. Wir werden es morgen in die Listen übertragen. Dazu habe ich jetzt keine Lust.“
Da hatte ich meinen Zehner. Ich wollte ja überhaupt nur zehn haben. Hätte ich aber gesagt zehn, so würde er auf keinen Fall mehr als fünf gegeben haben, und mehr als zehn konnte ich nicht gebrauchen, weil ich nicht mehr ausgeben wollte; denn was man einmal in der Tasche hat, kehrt nicht mehr heim, wenn man erst in die Stadt geht.
„Betrinken Sie sich nicht. Das ist hier ein ganz böser Platz“, sagte der Offizier, als er die Quittung an sich nahm.
Das war eine unerhörte Beleidigung. Der Skipper, die Offiziere und die Ingenieure betranken sich zweimal des Tages, solange wir nun schon hier lagen, aber mir wird gepredigt, mich nicht zu betrinken. Ich dachte gar nicht daran. Warum auch? Es ist so dumm und so unvernünftig.
„Nein“, gab ich zur Antwort, „ich nehme niemals einen Tropfen von diesem Gift. Ich weiß, was ich meinem Lande selbst in der Fremde schuldig bin. Yes, Sir. Ich bin Abstinenzler, knochentrocken. Können sich drauf verlassen, das bin ich. Ich glaube an die heilige Prohibition.“
’raus war ich und ’runter vom Eimer.

2

Es war eine lange schöne Sommerdämmerung. Ich schlurkste zufrieden mit der Welt durch die Straßen und konnte mir nicht denken, daß irgend jemand auf der Welt sei, dem diese Welt nicht gefallen möchte. Ich sah mir die Schaufenster an, und ich sah mir die Leute an, denen ich begegnete. Hübsche Mädels, verflucht noch mal, alles was recht ist. Manche freilich beachteten mich gar nicht; die aber, die mich anlachten, waren gerade die hübschesten. Und wie nett sie lachen konnten! Dann kam ich zu einem Hause, dessen Front schön vergoldet war. Es sah so lustig aus, das ganze Haus und die Vergoldung. Die Türen waren weit offen und sagten: „Komm nur 'rein, Freund, just für eine kleine Weile, setz dich, mach dir's bequem und vergiß deine Sorgen."

Ich hatte überhaupt keine Sorgen, aber es war doch drollig, daß jemand zu einem sagte, man möge die Sorgen vergessen. Das war so lieb. Und drinnen, in dem Hause, da waren schon eine ganze Menge Leute, und die waren alle so lustig, hatten ihre Sorgen vergessen, sangen und lachten, und da war so eine vergnügte Musik. Nur um zu sehen, ob das Haus drinnen ebenso vergoldet sei wie draußen, ging ich hinein und setzte mich auf einen Stuhl. Sofort kam ein Bursche, lachte mich an und setzte mir eine Flasche und ein Glas gerade vor die Nase. Man mußte es mir wohl an der Nasenspitze ansehen, denn er sagte sofort in Englisch: „Bedienen Sie sich, mon ami, und seien Sie vergnügt wie alle die übrigen hier."

Nur fröhliche Gesichter rundherum, und wochenlang hat man nichts vor Augen gehabt als Wasser und stinkende Farbe. Und so war ich halt vergnügt, und von jenem Augenblick an konnte ich mich auf nichts Bestimmtes mehr besinnen. Ich tadele nicht jenen freundlichen Burschen, wohl aber die Prohibition, die uns so schwach gegenüber Versuchungen macht. Gesetze machen immer schwach, weil es einem in der Natur liegt, Gesetze zu übertreten, die andre gemacht haben.

Die ganze Zeit hindurch war ein granz drolliger Nebel immer um mich herum, und spät in der Nacht fand ich mich in dem Zimmer eines hübschen lachenden Mädchens.

Endlich sagte ich zu ihr: „Well, Mademoiselly, wie spät haben wir es denn?"

„Oh", sagte sie mit ihrem hübschen Lachen, „du hübscher Junge –" Yes, Gentlemen, ganz gewiß, das sagte die Mademoiselly zu mir, „hübscher Junge, o du hübscher Junge", sagte sie, „nun sei kein Spaßverderber, sei ein Kavalier, laß eine zarte junge Dame nicht allein um Mitternacht. Da können vielleicht Einbrecher in der Nähe sein, und ich bin so schrecklich furchtsam, die Einbrecher könnten mich vielleicht gar ermorden."

Na, ich kenne doch die Pflicht eines rotblütigen amerikanischen Jungen unter solchen Umständen, wenn er ersucht wird, einer hilflosen schwachen Dame beizustehen. Von meinem ersten Atemzuge an ist mir gepredigt worden: Benimm dich anständig in Gegenwart von Damen, und wenn dich eine Dame um etwas bittet, dann hast du zu flitzen und es zu tun, und wenn es dich das Leben kosten sollte.

Gut, am Morgen, sehr früh, sauste ich 'raus zum Hafen. Aber da war keine Tuscaloosa zu sehen. Der Platz, wo sie gelegen hatte, war leer. Sie war heimgegangen nach dem sonnigen New Orleans, heimgegangen, ohne mich mitzunehmen.

Ich habe Kinder gesehen, die sich verlaufen hatten und denen die Mutter abhanden gekommen war; ich habe Leute gesehen, denen ihr Häuschen abgebrannt oder von Wasserfluten fortgeschwemmt war, und ich habe Tiere gesehen, denen ihr Gefährte abgeschossen oder weggefangen war. Das alles war sehr traurig. Aber das traurigste aller Dinge ist ein Seemann in fremdem Lande, dem soeben sein Schiff fortgefahren ist, ohne ihn mitzunehmen. Der Seemann, der zurückgeblieben ist. Der Seemann, der übriggeblieben ist.

Es ist nicht das fremde Land, das seine Seele bedrückt und das ihn weinen macht wie ein kleines Kind. Er ist fremde Länder gewöhnt. Er ist oft freiwillig zurückgeblieben und hat oft abgezeichnet, abgemustert aus Gründen irgendwelcher Art. Da fühlt er sich nicht traurig oder bedrückt. Aber wenn das Schiff, das seine Heimat ist, wegfährt, ohne ihn mitzunehmen, dann kommt zu dem Gefühl der Heimatlosigkeit das tötende Gefühl des Überflüssigseins. Das Schiff hat nicht auf ihn gewartet, es kann ohne ihn fertig werden, es braucht ihn nicht. Ein alter Nagel, der irgendwo herausfällt und zurückbleibt, kann dem Schiff zum Verhängnis werden, der Seemann, der sich gestern noch so wichtig dünkte für das Wohl und für das Wandern des Schiffes, ist heute weniger wert als jener alte Nagel. Der Nagel könnte nicht entbehrt werden, der Seemann, der übriggebliebene, wird nicht vermißt, die Kompanie spart seinen Lohn. Ein Seemann ohne Schiff, ein Seemann, der nicht zu einem Schiff gehört, ist weniger als der Dreck auf der Gasse. Er gehört nirgends hin, niemand will etwas mit ihm zu tun haben. Wenn er jetzt da ins Meer springt und ersäuft

wie eine Katze, niemand vermißt ihn, niemand wird nach ihm suchen. „Ein Unbekannter, offenbar ein Seemann", das ist alles, was von ihm gesagt wird.
Das ist ja recht lieblich, dachte ich, und jener Welle des Verzagtseins gab ich rasch ordentlich eins auf den Kamm, so daß sie sich davonmachte. Mache das Beste aus dem Schlechten, und das Schlechte verschwindet im Augenblick.
Gosh, schiet den ollen Eimer, da sind andre Schiffe in der Welt, die Ozeane sind ja so groß und so weit. Kommt ein andres, ein besseres. Wieviel Schiffe gibt es auf der Welt? Sicher eine halbe Million. Davon wird doch eines einmal einen Deckarbeiter gebrauchen können. Und Antwerpen ist ein großer Hafen, da kommen sicher alle diese halbe Million Schiffe einmal her, irgendwann und irgendeinmal sicher. Muß man nur Geduld haben. Ich kann doch nicht erwarten, daß gleich da drüben schon so ein Kasten liegt und der Kapitän in Todesangst schreit: „Herr Deckarbeiter, kommen Sie schnell 'rauf zu mir, ich brauche einen Deckarbeiter, gehen Sie nicht zum Nachbar, ich flehe Sie an."
So sehr kümmerte ich mich auch wahrhaftig nicht um die treulose Tuscaloosa. Wer hätte das von diesem schönen Weibsbild gedacht? Aber so sind sie, alle, alle. Und sie hatte so saubere Quartiere und ein so gutes Essen. Jetzt haben sie gerade Breakfast, diese verfluchten Halunken, und essen meine Portion Ham and Eggs mit. Wenn sie wenigstens nicht der Slim kriegen wollte, denn diesem Hund von einem Bob gönne ich sie nicht. Aber der wird ja gleich der erste sein, der meine Sachen durchstöbert und sich das Beste heraussucht, ehe sie abgeschlossen werden. Diese Banditen werden die Sachen überhaupt nicht abschließen lassen, sie werden sie glatt unter sich verteilen und sagen, ich hätte nichts gehabt, diese Banditen, diese niederträchtigen. Dem Slim ist ja auch nicht zu trauen, er hat mir so schon immer die Toilettenseife gestohlen, weil er sich mit der Kernseife nicht waschen wollte, dieser geschniegelte Broadwayhengst. Yes, Sir, das machte der Slim, Sie hätten das nicht von ihm geglaubt, wenn sie ihn gesehen hätten.
Wahrhaftig nicht, so sehr kümmerte ich mich nicht um den davongelaufenen Kasten. Aber was mich ernsthaft bekümmerte, war, ich hatte nicht einen roten Cent in meiner Tasche. Jenes hübsche Mädchen hatte mir in der Nacht erzählt, daß ihre so herzinnig geliebte Mutter schwer krank sei, und sie

hätte kein Geld, um Arznei und kräftiges Essen zu kaufen. Ich wollte für den Tod der Mutter nicht verantwortlich sein, deshalb gab ich dem hübschen Mädchen alles Geld, das ich bei mir hatte. Ich wurde reichlich belohnt durch die tausend beglückten Danksagungen des Mädchens. Gibt es irgend etwas in der Welt, das beglückender wäre als die tausend Danksagungen eines hübschen Mädchens, dessen geliebte Mutter man soeben vom Tode errettet hat? No, Sir.

3

Ich setzte mich auf eine große Kiste, die da lag, und folgte der Tuscaloosa auf ihrem Wege über das Meer. Ich hoffte und wünschte, daß sie auf einen Felsen aufbrennen möchte und so gezwungen wäre, zurückzukommen oder wenigstens die Mannschaft auszubooten und zurückzuschicken. Aber sie ging den Felsenriffen schön aus dem Wege, denn ich sah sie nicht zurückkommen. Jedenfalls wünschte ich ihr von Herzen alle Unglücksfälle und Schiffbrüche, die einem Schiffe nur begegnen können. Was ich mir aber am deutlichsten ausmalte, das war, daß sie Seeräubern in die Hände fiele, die das ganze Schiff von oben bis unten ausplündern und dem Biest Bob die ganzen Sachen wieder abnehmen würden, die er sich nun inzwischen wohl angeeignet haben wird, und daß sie ihm eins so mächtig auf seine grinsende Fratze hauten, daß ihm sein Grinsen und Sticheln für sein ganzes Leben verginge.
Gerade als ich mich anschickte, ein wenig einzudröseln und von jenem hübschen Mädchen zu träumen, klopfte mir jemand auf die Schulter und weckte mich auf. Er begann sofort so rasend schnell auf mich einzureden, daß mir ganz schwindlig wurde.
Ich wurde wütend und sagte ärgerlich: „O rats, lassen Sie mich in Ruh; ich mag Ihr Gequassel nicht. Außerdem verstehe ich nicht ein einziges Wort von Ihrem Geklatter. Scheren Sie sich zum Teufel."
„Sie sind Engländer, nicht wahr?" fragte er nun in Englisch.
„No, Yank."
„Aha, also Amerikaner."
„Yes, und nun lassen Sie mich ungeschoren und machen Sie, daß Sie fortkommen. Ich will mit Ihnen nichts zu tun haben."
„Aber ich mit Ihnen, ich bin von der Polizei."

„Da haben Sie aber Glück, lieber Freund, guter Posten", sagte ich darauf. „Was ist denn los? Geht es Ihnen dreckig oder was haben Sie sonst für Sorgen?"
„Seemann?" fragte er weiter.
„Yes, old man. Haben Sie vielleicht einen Posten für mich?"
„Von welchem Schiff?"
„Tuscaloosa von New Orleans."
„Ist 'rausgegangen um drei Uhr morgens."
„Ich brauche Sie nicht, damit mir das erzählt wird. Haben Sie keinen besseren Witz auf Lager? Der ist schon sehr alt und stinkt."
„Wo haben Sie Ihre Papiere?"
„Was für Papiere?"
„Ihre Seemannskarte."
Ei, Schokoladencreme mit Appelsauce! Meine Seemannskarte? Die steckte in meiner Jacke, und die Jacke war in meinem Kleidersack, und mein Kleidersack lag mollig unter meiner Bunk in der Tuscaloosa, und die Tuscaloosa war – ja, wo konnte sie jetzt sein? Wenn ich nur wüßte, was sie heute für Breakfast bekommen haben! Den Speck hat der Nigger sicher wieder anbrennen lassen, na, ich will ihm mal etwas erzählen, wenn ich die Galley streichen komme.
„Na, Ihre Seemannskarte. Verstehen doch, was ich meine."
„Meine Seemannskarte. Wenn Sie die meinen sollten, nämlich meine Seemannskarte. Da muß ich Ihnen doch die Wahrheit gestehen. Ich habe keine Seemannskarte."
„Keine Seemannskarte?" Das hätte man hören müssen, in welch einem entgeisterten Ton er das sagte. Ungefähr so, als ob er sagen wollte: „Was, Sie glauben nicht, daß es Meerwasser gibt?"
Ihm war das unfaßbar, daß ich keine Seemannskarte hatte, und er fragte es zum dritten Male. Aber während er es diesmal fragte, offenbar rein mechanisch, hatte er sich von seinem Erstaunen erholt und fügte hinzu: „Keine andern Papiere? Paß oder Identitätskarte oder etwas Ähnliches?"
„Nein." Ich durchsuchte meine Taschen emsig, obgleich ich genau wußte, daß ich nicht einmal einen leeren Briefumschlag mit meinem Namen bei mir hatte.
„Kommen Sie mit mir!" sagte darauf der Mann.
„Wohin kommen?" fragte ich, denn ich wollte doch wissen, was der Mann vorhat und auf welches Schiff er mich ver-

schleppen will. Auf ein Rumboot gehe ich nicht, das kann ich ihm schon jetzt vorher erzählen. Da kriegen mich keine zehn Pferde mehr 'rauf.

„Wohin? Das werden Sie gleich sehen." Daß der Mann besonders freundlich gewesen wäre, hätte ich nicht behaupten können, aber die Heuerbase sind nur dann schietfreundlich, wenn sie für einen Kasten durchaus niemand kriegen können. Das also schien hier ein ganz wackeres Bötchen zu sein, auf das er mich bringen wollte. Ich hätte nicht gedacht, daß ich so schnell wieder auf einen Eimer kommen würde. Glück muß man haben und nur nicht immer gleich verzagen.

Endlich landeten wir. Wo? Richtig geraten, Sir, in der Polizeistation. Da wurde ich nun gleich gründlich untersucht. Als sie mich durch und durch gesucht hatten und ihnen keine Naht mehr ein Geheimnis war, fragte mich der Mann ganz trocken: „Keine Waffe? Keine Werkzeuge?" Na, da hätte ich ihm aber doch so schlankweg eine brennen können. Als ob ich ein Maschinengewehr in der oberen Hälfte des Nasenloches und eine Brechstange unter dem Augenlid hätte verstecken können! Aber so sind die Leute. Wenn sie nichts finden, behaupten sie, man habe es versteckt; denn daß man das nicht besitze, wonach sie suchen, das können sie nicht begreifen und lernen sie auch nie begreifen. Damals wußte ich das noch nicht.

Dann hatte ich mich vor einem Schreibpulte aufzustellen, an dem ein Mann saß, der mich immer so ansah, als hätte ich seinen Überzieher gestohlen. Er öffnete ein dickes Buch, in dem viele Photographien waren. Der Mann, der mich hierher gebracht hatte, spielte den Übersetzer, weil wir uns sonst nicht hätten verständigen können. Als sie unsre Jungens brauchten, im Kriege, da haben sie uns verstanden; jetzt ist das längst vorbei, und da brauchen sie nichts mehr zu wissen.

Der Hohepriester, denn so sah er aus hinter seinem Schreibpult, sah immer auf die Photographien und dann auf mich, oder genauer, auf mein Gesicht. Das tat er mehr als hundertmal, und seine Halsmuskeln wurden nicht müde, so gewohnt war er diese Arbeit. Er hatte viel Zeit, und die nahm er sich auch ganz unbekümmert. Andre hatten es ja zu bezahlen, warum sollte er sich da beeilen.

Endlich schüttelte er den Kopf und klappte das Buch zu. Offenbar hatte er meine Photographie nicht gefunden. Ich konnte mich auch nicht erinnern, daß ich mich jemals in

Antwerpen hätte photographieren lassen. Schließlich wurde ich hundemüde von diesem langweiligen Geschäft, und ich sagte: „Jetzt habe ich aber Hunger. Ich habe heute noch kein Frühstück gehabt."
„Das ist recht", sagte der Dolmetscher und führte mich in einen schmalen Raum. Viel Möbel waren nicht drin, und die, die drin waren, die waren nicht in einer Kunstwerkstätte angefertigt worden.
Aber was ist denn das mit dem Fenster? Merkwürdig, das Zimmer hier scheint für gewöhnlich dazu zu dienen, den belgischen Staatsschatz aufzubewahren. Der Staatsschatz liegt hier sicher, denn es kann ganz bestimmt niemand von draußen hier herein, durchs Fenster einmal sicher nicht, no, Sir.
Ich möchte wissen, ob die Leute hier das wirklich Frühstück nennen. Kaffee mit Brot und Margarine. Sie haben sich von dem Kriege noch nicht erholt. Oder wurde der Krieg nur darum gemacht, um sich größere Frühstücke zu verschaffen? Dann haben sie ihn sicherlich nicht gewonnen, was immer auch die Zeitungen schreiben mögen, denn ein solches Krümchen müssen sie schon vor dem Kriege Frühstück genannt haben, weil es das Minimum an Qualität und Quantität ist, das man gerade noch Frühstück nennen kann, weil man das Stück früh bekommt.
Gegen Mittag wurde ich wieder vor den Hohenpriester gebracht.
„Wünschen Sie nach Frankreich zu gehen?" Das wurde ich gefragt.
„Nein, ich mag Frankreich nicht, die Franzosen müssen immer setzen und können nie sitzen. In Europa müssen sie immer besetzen und in Afrika immer entsetzen. Und dieses Setzen macht mich nervös, sie können vielleicht sehr schnell Soldaten brauchen und mich, da ich ja keine Seemannskarte habe, unabsichtlich verwechseln und mich für einen ihrer Setzer halten. Nein, nach Frankreich gehe ich auf keinen Fall."
„Wie denken Sie über Deutschland?"
Was die Leute alles von mir wissen wollen!
„Nach Deutschland mag ich auch nicht gehen."
„Warum? Deutschland ist doch ein recht hübsches Land, da können Sie auch wieder leicht ein Schiff bekommen."
„Nein, ich mag die Deutschen nicht. Wenn ihnen die Rechnungen vorgelegt werden, dann sind sie die Entsetzten, und wenn sie die Rechnungen nicht bezahlen können, dann sind sie die

Besetzten. Und weil ich doch keine Seemannskarte habe, könnte man mich dort vielleicht auch verwechseln, und ich müßte mit bezahlen. So viel kann ich ja als Deckarbeiter nie verdienen. Da könnte ich nie die unterste Schicht der Mittelklasse erklimmen und ein wertvolles Mitglied der menschlichen Gesellschaft werden."

„Was reden Sie so viel herum? Sagen Sie einfach, ob Sie dahin wollen oder nicht."

Ob sie das verstehen, was ich da sage, weiß ich nicht. Aber es scheint, daß sie viel Zeit haben und froh sind, daß eine Unterhaltung im Gange ist. „Also, dann kurz und bündig und abgemacht, Sie gehen nach Holland", sagt der Hohepriester, und der Dolmetscher erzählt es mir wieder.

„Ich mag aber die Holländer nicht", erwiderte ich, und ich will nun auch gleich erzählen warum, als mir gesagt wird: „Ob Sie die Holländer mögen oder nicht, das geht uns gar nichts an. Machen Sie das mit den Holländern ab. In Frankreich wären Sie am besten aufgehoben gewesen. Aber da wollen Sie ja nicht hin. Nach Deutschland wollen Sie auch nicht, das ist Ihnen nicht gut genug, und jetzt gehen Sie einfach nach Holland. Fertig und Schluß. Eine andre Grenze haben wir nicht. Ihretwegen können wir uns auch keinen andern Nachbar aussuchen, der vielleicht Ihre Wertschätzung erwerben könnte, und ins Wasser wollen wir Sie vorläufig noch nicht schmeißen, das ist die einzige Grenze, die uns noch bleibt als letzte. Also es geht nach Holland und nun Schluß. Seien Sie froh, daß Sie so billig davonkommen."

„Aber meine Herren, Sie sind im Irrtum, ich will gar nicht nach Holland. Die Holländer sitzen –"

„Ruhig nun. Die Frage ist entschieden. Wieviel Geld haben Sie?"

„Sie haben doch meine Taschen und Nähte alle durchsucht. Wieviel Geld haben Sie denn gefunden?" Da soll man nun nicht wütend werden. Sie durchsuchen einen stundenlang mit Vergrößerungsgläsern, und dann fragen sie noch ganz scheinheilig, wieviel Geld man habe.

„Wenn Sie nichts gefunden haben, dann habe ich kein Geld", sage ich.

„Das ist gut. Das ist jetzt alles. Nehmen Sie ihn wieder in die Zelle."

Der Hohepriester hatte seine Zeremonien beendet.

4

Am späten Nachmittag wurde ich zum Bahnhof gebracht. Zwei Mann, darunter der Dolmetscher, begleiteten mich. Offenbar dachten sie, ich sei noch nie in meinem Leben mit der Bahn gefahren, denn ich durfte nichts allein tun. Einer löste die Fahrkarten, während der andre dicht bei mir stehenblieb und aufpaßte, damit nicht etwa ein Taschendieb sich die vergebliche Arbeit machen sollte, noch einmal meine Taschen durchzusuchen, denn wo einmal die Polizei Taschen durchsucht hat, findet auch der geschickteste Taschendieb keinen Cooper mehr.
Der Mann, der die Karten gelöst hatte, gab mir aber meine Karte nicht. Wahrscheinlich dachte er, ich würde sie sofort wieder verkaufen. Sie begleiteten mich dann sehr höflich auf den Bahnsteig und brachten mich zu meinem Abteil. Ich glaubte, sie würden sich hier von mir verabschieden. Aber das taten sie nicht. Sie setzten sich zu mir in das Abteil, und um mich vor dem Hinausfallen zu bewahren, nahmen sie mich in ihre Mitte. Ob belgische Polizeibeamte immer so höflich mit Leuten sind, weiß ich nicht. Ich jedenfalls konnte mich über sie nicht beklagen. Sie gaben mir dann Zigaretten. Wir rauchten, und der Zug dampfte los. Nach einer kurzen Fahrt verließen wir den Zug und kamen in ein kleines Städtchen. Wieder wurde ich zu einer Polizeistation gebracht. Ich hatte mich auf eine Bank zu setzen in jenem Raum, wo sich alle die Polizeibeamten aufhielten, die in Reserve waren. Die beiden Leute, mit denen ich gekommen war, erzählten eine große Geschichte über mich. Die übrigen Cops, ich meine die übrigen Polizeibeamten, glotzten mich alle der Reihe nach an, manche interessiert, als ob sie noch nie einen solchen Mann gesehen hätten, und andre wieder, als hätte ich irgendwo einen Doppelraubselbstmord verübt.
Gerade diejenigen, die mich in so verhängnisvoller Weise anstarrten, die mich der Verübung der gräßlichsten Verbrechen, deren Täter man noch nicht erwischt hatte, fähig hielten und die mir noch viel schwerere Verbrechen in Zukunft zutrauten als ich, ihrer untrüglichen Meinung zufolge, schon verübt habe, flößten mir plötzlich den Gedanken ein, daß ich hier auf den Henker zu warten habe, der augenscheinlich nicht zu Hause war und erst gesucht werden mußte.

Da war nichts zu lachen, no, Sir. Es war eine sehr ernste Sache. Man braucht nur ein wenig darüber nachzudenken. Ich hatte keine Seemannskarte, ich hatte keinen Paß, ich hatte keinen Identitätsausweis, ich hatte kein sonstiges Papier, und meine Photographie hatte der Hohepriester in seinem dicken Buche auch nicht gefunden. Wenn da wenigstens noch meine Photographie gewesen wäre, dann hätte er doch gleich gewußt, wer ich bin. Von der Tuscaloosa achtern abgeblieben zu sein, das konnte jeder erzählen, der sich da herumtrieb. Eine Wohnung hatte ich nirgendwo auf der Welt. Entweder ein Eimer oder eine Seemannsherberge. Mitglied irgendeiner Handelskammer war ich auch nicht. Ich war eben ein Niemand. Na, nun frage ich, warum sollten die armen Belgier einen Niemand durchfüttern, wo sie doch schon so viele Niemandskinder durchzufüttern haben, die wenigstens immer noch zur Hälfte hierher gehören. Ich aber gehörte mit keiner Hälfte hierhin. Ich war nur eine weitere Ursache, daß sie in Amerika wieder Geld pumpen mußten. Mich zu hängen, war der kürzeste und einfachste Weg, um mich loszuwerden. Ich konnte es ihnen nicht einmal verdenken. Kein Mensch kümmerte sich um mich, kein Mensch würde nach mir fragen, meinen Namen brauchten sie gar nicht einmal in ihre dicken Bücher zu schreiben. Und hängen würden sie mich, ganz sicher. Sie warteten nur noch auf den Henker, der das Geschäft versteht, sonst wäre es ja ungesetzlich und ein Mord.
Wie recht ich hatte. Da war der Beweis. Einer der Cops kam auf mich zu und gab mir zwei dicke Pakete mit Zigaretten, die letzte Gabe an den armen Sünder. Dann gab er mir auch noch Zündhölzer, setzte sich zu mir und radebrechte mit mir, lachte und war freundlich, klopfte mir auf die Schulter und sagte: „Ist nicht so schlimm, Junge, nehmen Sie es nicht zu tragisch. Rauchen Sie, damit Ihnen die Zeit nicht lang wird. Wir müssen warten, bis es finster ist, sonst können wir es nicht gut machen."
Nicht tragisch nehmen, wenn man gehängt werden soll. Ist nicht so schlimm. Ich möchte wissen, ob es mit ihm schon mal versucht worden ist, daß er so bestimmt sagen kann: Ist nicht so schlimm. Warten, bis es finster ist. Freilich, bei Tage trauen sie sich nicht so recht, es könnte uns ja vielleicht jemand begegnen, der mich kennt, und dann wäre der Spaß verdorben. Aber es hat ja keinen Zweck, den Kopf hängen zu lassen, er

wird bald genug von selber hängen. Und ich rauche erst einmal wie ein Fabrikschlot, damit sie nicht am Ende gar noch die Zigaretten sparen.
Die Zigaretten schmecken nach gar nichts. Das reine Stroh. Verflucht noch mal, ich will nicht hängen. Wenn ich nur wüßte, wie ich hier herauskomme. Aber die sind ja immerfort um mich herum. Und jeder neue, der abgelöst ist und hereinkommt, glubscht mich an und will von den andern wissen, wer ich bin, warum ich hier sei und wann ich gehängt werde. Und dann grient er übers ganze Gesicht.
Ein widerliches Volk. Ich möchte wissen, warum wir denen geholfen haben.
Später bekam ich mein letztes Essen. Aber solche Geizhälse gibt es auf der ganzen Erde nicht mehr. Das nennen sie nun eine Henkersmahlzeit: Kartoffelsalat mit einer Scheibe Leberwurst und ein paar Schnitten Brot mit Margarine. Zum Heulen ist es. Nein, die Belgier sind keine Guten, und es fehlte nicht viel, und ich wäre beinahe verwundet worden, als wir sie aus der Suppe ziehen mußten und unser Geld los wurden. Einer, der mir die Zigaretten gegeben hatte und mir einzureden versuchte, es sei nicht so schlimm, gehenkt zu werden, sagte nun: „Sie sind doch ein guter Americain, Sie trinken doch keinen Wein, nicht wahr?“ Und dabei lachte er mich an. Teufel noch mal, wenn er nicht ein solcher Heuchler wäre mit seinem Nicht-so-schlimm, man könnte beinahe glauben, daß es auch feine und nette Belgier gibt.
„Guter Amerikaner? Schiet auf Amerika. Ich trinke Wein, aber feste.“
„Das habe ich mir doch gleich gedacht“, sagte der Cop schmunzelnd. „Sie sind echt. Das ist ja alles Alterweiberhumbug mit eurer sogenannten Prohibition. Laßt euch von Tanten und Betschwestern kommandieren. Mich geht es ja nichts an. Aber hier bei uns, da haben wir Männer noch die Hosen an.“
Gosh, da ist endlich einer, der den Pfahl im Fleische sieht. Der Mann kann nicht verlorengehen, er kann durch dickes Wasser bis auf den Grund sehen. Schade um den Mann, daß er Cop ist. Aber wenn er nicht Cop wäre, würde ich wahrscheinlich dieses Riesenglas voll guten Weines, das er jetzt vor mich hinstellte, nie gesehen haben. Prohibition ist eine Schande und eine Sünde, Gott sei's geklagt. Ich bin sicher, daß wir irgendwann und irgendwo etwas Furchtbares verbrochen haben

müssen, weil uns diese köstliche Gottesgabe genommen wurde.
Gegen zehn Uhr abends sagte der Weinspender zu mir: „So, nun ist es Zeit für uns, Seemann, kommen Sie mit mir."
Was hätte es für Sinn, zu schreien: „Ich will nicht gehenkt werden!", wenn da vierzehn Mann um einen herum sind, und alle vierzehn vertreten das Gesetz. Das ist eben Schicksal. Zwei Stunden hätte die Tuscaloosa nur zu warten brauchen. Aber zwei Stunden bin ich nicht wert, hier bin ich noch viel weniger wert.
Der Gedanke an diese Wertlosigkeit empörte mich aber doch, und ich sagte: „Ich geh' nicht mit. Ich bin Amerikaner, ich werde mich beschweren."
„Ha!" schrie einer höhnisch herüber. „Sie sind kein Amerikaner. Beweisen Sie es doch. Haben Sie eine Seemannskarte? Haben Sie einen Paß? Nichts haben Sie. Und wer keinen Paß hat, ist niemand. Mit Ihnen können wir machen, was uns beliebt. Und das werden wir jetzt, und Sie werden nicht gefragt. 'raus mit dem Burschen."
Es war nicht nötig, daß ich mir vielleicht erst noch einen Hieb über den Schädel holte, am Ende war ich ja nur der Dumme. So mußte ich halt lostrotten.
An meiner linken Seite ging der lustige Mann, der radebrechen konnte, und an meiner rechten Seite ging ein andrer. Wir verließen das kleine Städtchen und befanden uns bald auf offnen Feldern.
Es war entsetzlich finster. Der Weg, auf dem wir gingen, war nur ein holpriger, zerfahrener Landweg, wo man schlecht laufen konnte. Ich hätte nur gern gewußt, wie lange wir so wandern wollten, bis das traurige Ziel erreicht war.
Nun verließen wir auch noch diese elende Straße und bogen in einen Wiesenpfad ein. Eine gute Weile ging es über Wiesen.
Jetzt war es Zeit, abzuhäuten. Aber diese Burschen waren augenscheinlich Gedankenleser. Gerade als ich einen ausschwingen will, um zuerst einmal dem einen Nachbar einen sanften Bläser an die Kinnbacken zu haken, packt mich der Mann am Arm und sagt: „Nun sind wir da. Jetzt haben wir einander Lebewohl zu sagen."
Ein entsetzliches Gefühl, wenn man die letzte Minute so klar und trocken heranschleichen sieht. Nicht einmal schleichen. Sie stand gleich ganz nüchtern vor mir. Es war mir sehr trocken

in der Kehle. Ich hätte gern einen Schluck Wasser gehabt. Aber nun war ja wohl an Wasser nicht mehr zu denken. Die paar Augenblicke würde es auch noch ohne Wasser gehen, das hätten sie mir sicher geantwortet. Ich hätte den Weinspender nicht für einen solchen Heuchler gehalten. Einen Henker hatte ich mir anders vorgestellt. Es ist doch ein dreckiges, ein schäbiges Geschäft; als ob es nicht andre Berufe gäbe. Nein, gerade Henker, Bestie sein, und das sogar noch als Beruf.

Nie vorher im Leben hatte ich so stark gefühlt, wie wunderschön das Leben ist. Wunderschön und über alle Maßen köstlich ist sogar das Leben, wenn man müde und hungrig zum Hafen kommt und erkennt, daß einem das Schiff weggefahren ist und man zurückgelassen ist ohne Seemannskarte. Leben ist immer schön, wenn es auch noch so trübe aussieht. Und in einer so finstern Nacht auf freiem Felde einfach so fortgewischt zu werden, als wäre man nur gerade ein Wurm –! Hätte ich von den Belgiern nicht gedacht. Aber schuld daran ist die Prohibition, die einen so schwach macht gegen Versuchungen. Wenn ich jetzt, gerade jetzt, diesen Mr. Volstead hier zwischen meinen Fingern hätte! Was muß der Mann für eine böse Frau gehabt haben, daß er so etwas ausdenken und ausstinken konnte! Froh bin ich aber doch, daß auf mich diese Millionen Flüche nicht herabgedonnert werden, die das Leben dieses Mannes belasten.

„Oui, Mister, wir haben Lebewohl zu sagen. Sie mögen ja ein ganz netter Mensch sein. Augenblicklich haben wir aber gar keine Verwendung für Sie."

Deshalb brauchen sie einen doch gar nicht gleich zu henken.

Er hob seinen Arm. Offenbar, um mir die Schlinge über den Kopf zu werfen und mich zu erdrosseln; denn die Mühe, einen Galgen aufzubauen, hatten sie sich nicht gemacht. Das hätte zu viel Ausgaben verursacht.

„Da drüben", sagte er nun und zeigte mit ausgestrecktem Arme in die Richtung, „da drüben, geradewegs, wo ich hinweise, da ist Holland. Netherland. Haben Sie doch sicher schon davon gehört?"

„Ja."

„Jetzt gehen Sie geradewegs in jene Richtung, die ich Ihnen hier mit meinem Arme andeute. Ich glaube nicht, daß Sie da jetzt einen Kontrollbeamten treffen werden. Wir haben uns erkundigt. Sollten Sie aber jemand sehen, dann gehen Sie ihm

sorgfältig aus dem Wege. Nach einer Stunde Gehens immer in dieser Richtung kommen Sie an die Eisenbahnlinie. Folgen Sie der Linie noch eine kurze Strecke in derselben Richtung, dann kommen Sie zur Station. Halten Sie sich da in der Nähe auf, aber lassen Sie sich nicht sehen. Gegen vier Uhr morgens kommen dann eine Menge Arbeiter, und dann gehen Sie zum Schalter und sagen nur ‚Rotterdam derde klasse', aber sagen Sie kein einziges Wort mehr. Hier haben Sie fünf Gulden."
Er gab mir fünf Geldscheine.
„Und da ist noch ein Happen zu essen für die Nacht. Kaufen Sie nichts auf der Station. Sie sind bald in Rotterdam. So lange halten Sie es dann schon aus."
Nun gab er mir ein kleines Paketchen, in dem allem Anschein nach Butterbrote waren. Dann bekam ich noch ein Paket Zigaretten und eine Schachtel Zündhölzer.
Was soll man von diesen Leuten sagen? Sie sind hinausgeschickt, um mich zu henken, und geben mir noch Geld und Butterbrote, damit ich mich aus dem Staube machen kann. Sie haben ein zu gutes Herz, mich so kalt umzubringen. Da soll man nun die Menschen nicht lieben, wenn man so gute Kerle selbst unter den Polizisten findet, deren Herz durch das ewige Menschenjagen durch und durch verhärtet ist. Ich schüttelte den beiden so sehr die Hände, daß sie Angst bekamen, ich wollte die Hände mitnehmen.
„Machen Sie nicht solchen Spektakel, einer von drüben kann Sie vielleicht gar hören, und dann ist alles im Dreck. Und das wäre nicht gut, dann könnten wir wieder von vorn anfangen."
Der Mann hatte recht. „Und nun hören Sie gut zu, was ich Ihnen jetzt sage." Er sprach halblaut, bemühte sich aber, mir alles deutlich zu machen dadurch, daß er das Gesagte mehrfach wiederholte. „Kommen Sie ja nicht noch mal nach Belgien zurück, das kann ich Ihnen nur sagen. Wenn wir Sie noch mal innerhalb unserer Grenzen finden, Sie können sich darauf verlassen, wir sperren Sie ein auf Lebenszeit. Auf Lebenszeit im Gefängnis. Lieber Freund, das ist allerlei. Also ich warne Sie ausdrücklich. Wir wissen ja nicht, wohin mit Ihnen. Sie haben ja keine Seemannskarte."
„Aber vielleicht hätte ich zum Konsul –"
„Gehen Sie mir mit Ihrem Konsul. Haben Sie eine Seemannskarte? Nein. Na also. Da pfeffert Sie Ihr Konsul 'raus, vier-

kant, und wir haben Sie auf dem Halse. Sie wissen jetzt Bescheid. Auf Lebenszeit Gefängnis."

„Ganz bestimmt, meine Herren, ich verspreche es Ihnen. Ich werde nicht mehr Ihr Land betreten." Warum sollte ich auch? Ich hatte ja in Belgien nichts verloren. Ich war eigentlich froh, daß ich 'raus kam. Holland ist viel besser. Die versteht man schon zur Hälfte, während man hier kein Wort versteht, was die Leute reden und was sie wollen.

„Gut also. Sie sind nun verwarnt. Nun hüpfen Sie los und seien Sie vorsichtig. Wenn Sie Tritte hören, legen Sie sich ihn, bis die Schritte vorübergegangen sind. Lassen Sie sich nur nicht kriegen, sonst kriegen wir Sie, und dann geht es Ihnen schlecht. Viel Glück auf die Reise."

Die schoben ab und ließen mich allein.

Dann, kreuzvergnügt, wanderte ich los. Immer in jener Richtung, die mir gezeigt worden war.

5

Rotterdam ist eine hübsche Stadt. Wenn man Geld hat. Ich hatte keins, nicht einmal eine Börse, wo ich es hätte hineinstekken können, wenn ich welches gehabt hätte.

Da war auch nicht ein einziges Schiff im Hafen, das einen Deckarbeiter oder einen Ersten Ingenieur gebraucht hätte. Zu jener Zeit war mir das ganz gleich. Wenn auf einem Schiff ein Erster Ingenieur verlangt worden wäre, ich hätte den Posten angenommen. Glatt. Ohne mit der Wimper zu zucken. Der Krach kommt ja erst, wenn das Schiff draußen ist, auf hoher Fahrt. Und dann können sie einen doch nicht so einfach über Bord feuern. Anzustreichen gibt es immer etwas, da findet sich dann also schon die rechte Arbeit. Man ist ja schließlich auch nicht so, daß man nun mit Mord und Tod auf das Gehalt des Ersten Ingenieurs pocht. Man kann ja etwas nachlassen. Gosh, in welchem Laden wird nicht auch einmal vom Preise heruntergehandelt, wenn das Plakat „Feste Preise" auch noch so groß gemalt ist?

Krach hätte es sicher gegeben; denn damals konnte ich eine Kurbel nicht von einem Ventil und eine Bleuelstange nicht von einer Welle unterscheiden. Das wäre ja beim ersten Signal herausgekommen, wenn der Skipper hinuntergeklingelt hätte „Totlangsam", und gleich darauf wäre der Eimer losgeschos-

sen, als ob er auf Tod und Leben verpflichtet sei, das „Blue Ribbon“, das Blaue Band, zu gewinnen. Ein Spaß wäre es ja doch. Aber es lag nicht an mir, daß ich den Spaß nicht ausprobieren konnte, denn niemand suchte einen Ersten Ingenieur. Es wurde überhaupt niemand gesucht, auf keinem Schiff. Ich hätte alles angenommen, was zwischen Kapitän und Küchenjunge ist. Aber nicht einmal ein Kapitän wurde vermißt.
Nun trieben sich auch schon so viele Seeleute dort herum, die alle auf ein Schiff warteten. Und nun gar noch eins erwischen, das 'rübergeht nach den States, das ist schon ganz hoffnungslos. Alle wollen sie auf einen Kasten, der 'rübergeht, weil sie dort alle absacken wollen, achtern 'raussegeln. Denn alle denken, drüben werden die Leute mit Rosinen gefüttert, sie brauchen den Schnabel nur hinzuhalten. Schiet. Und dann liegen sie dort zu Zehntausenden in den Häfen 'rum und warten auf ein Schiff, das sie wieder heimbringt, weil eben alles ganz anders ist, als sie sich gedacht haben. Die goldnen Zeiten sind vorüber, sonst würde mich niemand als Deckarbeiter auf der Tuscaloosa gefunden haben.
Aber die beiden netten belgischen Cops haben mir einen Tip gegeben: Mein Konsul. Mein! Die beiden Cops schienen meinen Konsul besser zu kennen als ich. Merkwürdig. Es ist doch meine Pflicht, ihn besser zu kennen, denn er ist doch meiner. Er ist ja meinetwegen in der Welt. Er wird ja meinetwegen bezahlt. Der Konsul klariert Dutzende von Schiffen aus, da wird er ja auch etwas wissen über verlangte Deckarbeiter, besonders wenn ich kein Geld habe.
„Wo haben Sie Ihre Seemannskarte?“
„Die habe ich verloren.“
„Haben Sie einen Paß?“
„Nein.“
„Bürgerpapier?“
„Nie gehabt.“
„Ja, was wollen Sie denn dann hier?“
„Ich habe gedacht, daß Sie mein Konsul seien, daß Sie mir helfen würden.“
Er griente. Sonderbar, daß die Menschen immer grienen, wenn sie einen den Hieb versetzen wollen.
Und mit diesem Grienen auf den Lippen sagte er: „Ihr Konsul? Das müssen Sie mir beweisen, lieber Mann, daß ich Ihr Konsul bin.“

„Ich bin doch aber Amerikaner, und Sie sind amerikanischer Konsul."
Das war doch ganz richtig.
Aber es schien nicht richtig zu sein, denn er sagte: „Amerikanischer Konsul, wenn auch augenblicklich noch nicht Erster, bin ich allerdings. Aber ob Sie Amerikaner sind, das müssen Sie mir erst beweisen. Wo haben Sie denn Ihre Papiere?"
„Ich habe Ihnen doch bereits gesagt, die habe ich verloren."
„Verloren. Wie kann man seine Papiere verlieren? Die trägt man doch stets bei sich, besonders wenn man in einem fremden Lande ist. Sie können ja nicht einmal beweisen, ob Sie überhaupt auf der Tuscaloosa waren. Können Sie das beweisen?"
„Nein."
„Also. Was wollen Sie da hier? Wenn Sie auch auf der Tuscaloosa waren, selbst wenn es bewiesen werden könnte, daß Sie wirklich drauf waren, so wäre das noch nicht der geringste Beweis, daß Sie Bürger sind. Auf einem amerikanischen Schiffe können auch Hottentotten arbeiten. Also, was wollen Sie hier? Wie kommen Sie überhaupt von Antwerpen ohne Papiere hierher nach Rotterdam? Das ist doch merkwürdig."
„Die Polizei hat mich doch –"
„Kommen Sie mir gefälligst nicht noch mal mit einer solchen Erzählung. Wo ist denn das erhört, daß Staatsbeamte jemand auf diesem ungesetzlichen Wege über die Grenze in ein fremdes Land schicken? Ohne Papiere. Sie können mich nicht damit aufziehen, lieber Mann."
Und das alles sagte er grienend und ewig lächelnd; denn der amerikanische Beamte hat immer zu lächeln, selbst wenn er ein Todesurteil verkündet. Das ist seine republikanische Pflicht. Was mich aber am meisten ärgerte, war, daß er während seiner Rede immer mit dem Bleistift spielte. Bald kritzelte er damit auf der Tischplatte herum, bald kratzte er sich damit im Haar, bald trommelte er damit „My Old Kentucky Home", und bald tippte er mit dem Bleistift so auf den Tisch, als ob er mit jedem Tippen ein Wort festnageln wollte.
Ich hätte ihm am liebsten das Tintenfaß ins Gesicht geworfen. Aber ich mußte Geduld üben, und so sagte ich: „Vielleicht können Sie mir wieder ein Schiff verschaffen, damit ich heimkomme. Es kann ja sein, daß ein Skipper um einen Mann zu kurz ist oder daß einer erkrankt."

„Ein Schiff? Ohne Papiere ein Schiff? Von mir nicht, da brauchen Sie gar nicht erst wiederzukommen."
„Aber wo soll ich denn Papiere herbekommen, wenn Sie mir keine geben?" fragte ich.
„Was geht mich denn das an, wo Sie Ihre Papiere herkriegen. Ich habe sie Ihnen doch nicht abgenommen. Oder? Da könnte ja jeder Herumtreiber, der auf seine Papiere nicht besser achtgibt, kommen und von mir Papiere verlangen."
„Well, Sir", sagte ich darauf, „ich glaube, es haben auch schon andre Leute, die nicht Arbeiter sind, ihre Papiere verloren."
„Richtig. Aber diese Leute haben Geld."
„Ach so!" schrie ich laut. „Jetzt verstehe ich."
„Nichts verstehen Sie", griente er, „ich meine, dann sind das Leute, die noch andre Ausweise haben, Leute, bei denen kein Zweifel zulässig ist, Leute, die ein Zuhause haben, die eine Adresse haben."
„Was kann ich denn dafür, daß ich keine Villa habe, kein Zuhause und keine andre Adresse als meinen Arbeitsplatz."
„Das geht mich nichts an. Sie haben die Papiere verloren. Sehen Sie zu, wo Sie andre herbekommen. Ich habe mich an meine Bestimmungen zu halten. Nicht meine Schuld. Haben Sie schon gegessen?"
„Ich habe doch kein Geld, und gebettelt habe ich noch nicht."
„Warten Sie einen Augenblick."
Er stand auf und ging in ein andres Zimmer. Nach einigen Minuten kam er zurück und brachte mir eine Karte.
„Hier haben Sie eine Verpflegungskarte für drei volle Tage im Seemannshause. Wenn sie abgelaufen ist, können Sie ruhig noch mal wiederkommen. Versuchen Sie noch mal, vielleicht bekommen Sie ein andres Schiff, von einer anderen Nationalität. Manche nehmen es nicht so genau. Ich darf Ihnen keine Andeutungen machen. Sie müssen das selbst herausfinden. Ich bin hier ganz machtlos. Ich bin lediglich ein Diener des Staates. 'm sorry, old fellow, can't help it. Good-bye and g'd luck!"
Möglich, der Mann hat recht. Vielleicht ist er gar nicht so ein Biest. Warum sollen Menschen denn Biester sein? Ich glaube beinahe, der Staat ist das Biest. Der Staat, der den Müttern die Söhne nimmt, um sie den Götzen vorzuwerfen. Dieser Mann ist der Diener des Biestes, wie der Henker der Diener des Biestes ist. Alles, was der Mann sagte, war auswendig

gelernt. Das hat er jedenfalls lernen müssen, als er seine Prüfung ablegte, um Konsul zu werden. Das ging klipp-klapp. Auf jede meiner Aussagen hatte er eine passende Antwort, die mir sofort das Maul stopfte. Aber als er fragte: „Haben Sie Hunger? Haben Sie schon gegessen?“, da wurde er plötzlich Mensch und hörte auf, Biestdiener zu sein. Hunger haben ist etwas Menschliches. Papiere haben ist etwas Unmenschliches, etwas Unnatürliches. Darum der Unterschied. Und das ist die Ursache, warum Menschen immer mehr aufhören, Menschen zu sein, und anfangen, Figuren aus Papiermaché zu werden. Das Biest kann keine Menschen brauchen; die machen zu viel Arbeit. Figuren aus Papiermaché lassen sich besser in Reih und Glied stellen und uniformieren, damit die Diener des Biestes ein bequemeres Leben führen können. Yesser, yes, Sir.

6

Drei Tage sind nicht immer drei Tage. Es gibt sehr lange drei Tage, und es gibt sehr kurze. Daß drei Tage so kurz sein könnten wie die drei Tage, wo ich gut zu essen hatte und ein Bett, würde ich nicht geglaubt haben. Ich wollte mich gerade das erstemal zum Frühstück hinsetzen, da waren die drei Tage schon um. Aber selbst wenn sie zehnmal länger gedauert hätten, zum Konsul gehe ich nicht mehr. Sollte ich mir vielleicht wieder seine auswendig gelernten Prüfungsantworten anhören? Etwas Besseres würde er jetzt auch nicht wissen. Ein Schiff konnte er mir nicht besorgen. Also was hätte es für Zweck gehabt, seine Reden über mich ergehen zu lassen? Möglich, daß er mir wieder eine Karte gegeben hätte. Diesmal aber sicher schon mit einer Geste und einer Miene, die mir das Essen in der Kehle hätte festwürgen lassen, ehe ich überhaupt den Löffel in die Suppe steckte. Die drei Tage wären noch viel kürzer geworden als die vorigen.

Der wichtigste Grund war, ich wollte die Kleinigkeit Mensch, die er bei meinem ersten Besuche gewesen war in dem Augenblick, als er sich um mein Wohlergehen kümmerte, nicht aus meiner Erinnerung verlieren. Bestimmt hätte er mir nun die Karte in seiner vollen Überlegenheit als Biestdiener verabreicht und mit moralverbrämten Reden, daß es diesmal das letzte Mal sein müsse, daß zu viele kämen und daß man sich nicht darauf ausruhen könne, sondern daß man auch selbst

etwas dazu tun müsse, um weiterzukommen. Lieber verrecken, als noch mal dahin gehen.
Oh, du geliebte Schneiderseele, was war ich hungrig! So gottserbärmlich hungrig. Und so müde durch das Schlafen in Torwegen und Winkeln, immer gejagt im Halbschlaf von der Nachtpolizei, die in die Torwege und Winkel hineinleuchtete mit den Taschenlampen. Immer auf der Hut sein, im Schlafe die Patrouille auf fünfzig Schritte hören müssen, um sich noch rechtzeitig aus dem Staube zu machen. Denn wenn sie einen erwischen, das heißt Arbeitshaus.
Und kein Schiff im Hafen, das jemand brauchen könnte. Da sind so viele hundert Seeleute des eignen Landes auf den Beinen, die ein Schiff suchen und die gute Papiere haben. Und keine Arbeit in den Fabriken, keine Arbeit in irgendeinem Geschäft. Selbst wenn da Arbeit wäre, der Mann dürfte sie einem gar nicht geben. Haben Sie Papiere? Nein? Schade, dürfen wir Sie nicht einstellen. Sie sind Ausländer.
Gegen wen sind die Pässe und die Einreisevisen gerichtet? Gegen die Arbeiter. Gegen wen ist die Beschränkung der Einwanderung in Amerika und in andern Ländern gerichtet? Gegen die Arbeiter. Und auf wessen Veranlassung und mit wessen machtvoller Unterstützung sind oft diese Gesetze, die die Freiheit des Menschen vernichten, ihn zwingen, dort zu leben, wo er nicht leben will, ihn verhindern, nach jenem Teil der Erde zu gehen, wo er gern leben möchte, geschaffen worden? Auf Veranlassung und mit Unterstützung der Arbeiterverbände. Ein Biest im Bieste: Ich schütze meine Sippe; wer nicht zu meiner Sippe gehört, der mag zugrunde gehen; geht er zugrunde, um so besser, dann bin ich einen Konkurrenten los. Yes, Sir.
So hungrig und so müde! Dann kommt die Zeit, wo man nicht mehr darüber nachdenkt, ob es einen Unterschied macht, die Börse eines andern, der nicht hungert, mit der eigenen Börse, die man nicht hat, zu verwechseln. Man braucht sie nicht verwechseln, man fängt damit an, ohne es zu wollen, an die Börse eines Nichthungernden zu denken.
Ein Herr und eine Dame standen vor einem Schaufenster, als ich vorüberging.
Die Dame sagte: „Sag doch bloß mal, Fibby, sind denn diese hübschen Handtäschchen nicht wirklich ganz reizend?"
Fibby nuschelte etwas, das ebensogut eine Zustimmung wie

eine gegenteilige Meinung sein konnte, es konnte aber auch ganz gut bedeuten: Laß mich doch in Ruh' mit deinem Quark!
Die Dame: „Nein, wirklich, die sind zu entzückend, echte altholländische Kleinkunst."
„Stimmt", sagte Fibby nun trocken, „echt altholländisch, copyright neunzehnhundertsechsundzwanzig."
Das war Sphärenmusik für mich. Jetzt war ich überzeugt. Ich war nun sehr rasch und verlor keine Sekunde weiter. Da lag das blanke Gold vor mir auf der Straße.
Es schien mir, daß Fibby sich über das, was ich ihm erzählte, viel mehr amüsierte, als was ihm seine Frau oder seine Freundin oder seine – well, Sir, das geht mich nichts an, in welchem Verwandtschaftsverhältnis die beiden zueinander standen – ja, jedenfalls amüsierte er sich köstlich über meine Geschichte. Er lächelte, dann lachte er, und endlich brüllte er, daß die Leute stehenblieben. Wenn ich es nicht an seinem „Zat so!" gleich beim ersten Tonfall gehört hätte, wo er herkam, dann hätte es mir sein unbändiges Lachen verraten. So kann eben nur ein Amerikaner lachen, jawoll, die können lachen.
„Also, Boy, Sie haben Ihre Geschichte großartig erzählt." Da lachte er auch schon wieder. Ich hatte gedacht, er würde zu weinen anfangen über meine traurige Geschichte. Nun ja, er steckte ja nicht in meiner Haut. Er sah das alles von der komischen Seite.
„Nun sag doch, Flory", wandte er sich an seine Begleiterin, „hat denn das Vöglein, das da aus dem Nest gefallen ist, seine Geschichte nicht ganz großartig erzählt?"
„Wirklich sehr nett. Wo sind Sie her? Von New Orleans? Das ist ja ganz entzückend. Da habe ich sogar noch eine Tante wohnen, Fibby. Habe ich dir nicht von Tante Kitty aus New Orleans schon erzählt, Fibby? Ich glaube doch. Du weißt doch, die immer jeden Satz anfängt: Als Gra'pa noch in South Carolina wohnte..."
Fibby hörte gar nicht hin, was seine Flory sagte; er ließ sie reden, als ob sie ein Wasserfall sei, an den er sich gewöhnt hatte. Er kramte in seinen Taschen herum und brachte einen Dollarschein hervor: „Es ist nicht für Ihre Geschichte selbst, Freundchen, sondern es ist dafür, daß Sie die Geschichte so meisterhaft erzählt haben. Eine Geschichte, die nicht wahr ist, gut erzählen zu können, ist eine Gabe, mein Junge. Sie sind

ein Künstler, wissen Sie das? Es ist eigentlich schade um Sie, daß Sie sich so in der Welt herumtreiben. Sie könnten viel Geld machen, lieber Freund. Wissen Sie das? Ist er nicht in der Tat ein Künstler, Flory?" wandte er sich nun wieder an seine – na, meinetwegen Frau, was geht's mich an, die werden ihren Paß schon so haben, wie sie ihn brauchen.
„Aber ja, freilich, Fibby", antwortere Flory in Ekstase, „freilich ist er ein großer Künstler. Weißt du, Fibby, frage ihn doch gleich mal, ob wir ihn nicht für unsern Gesellschaftsabend haben könnten. Sicher, da könnten wir die Penningtons übertrumpfen, die schäbige Bande."
Also ist es doch seine Frau.
Fibby zeigte dem Wasserfall nicht die geringste Aufmerksamkeit. Er lächelte und lachte weiter. Kramte wieder in seinen Taschen herum und brachte abermals einen Dollarschein ans Tageslicht.
Nun gab er mir beide Scheine und sagte: „Y'see, der eine ist dafür, weil Sie Ihre Geschichte so meisterhaft erzählt haben, der andre ist dafür, weil Sie mir eine glänzende Idee für mein Blatt gegeben haben. Ist fünftausend wert, in meinen Händen; in Ihren nicht einen Nickel. Aber ich bezahle Ihnen hier einen Nickel mit Gewinnanteil. Vielen Dank für Ihre Mühe, goodbye und viel Glück."
Das war das erste Geld, das ich je für das Erzählen einer Geschichte bekommen hatte. Yes, Sir.
Ich klatterte los zu einer Wechselbank. Für den Dollar ungefähr zweiundeinenhalben Gulden, für die beiden Dollarnoten also rund fünf Gulden. Ganz hübsches Sümmchen. Als ich die Noten dort hingegeben hatte, häufte der Wechsler so ungefähr fünfzig Gulden vor mich hin. Das war eine Überraschung. Fibby hatte mir zwei Zehner gegeben, und ich hatte – weil ich ja in seiner Gegenwart die zusammengeknitterten Scheine nicht neugierig aufmachen wollte – die Scheine für Eindollarnoten gehalten. Fibby ist eine noble Seele. Wall Street möge ihn segnen. Es ist ganz natürlich, daß zwanzig Dollar sehr viel Geld sind. Wenn man sie besitzt. Wenn man genötigt ist, sie auszugeben, dann lernt man plötzlich, daß zwanzig Dollar gar nichts sind. Besonders noch, wenn man eine Reihe von hungrigen Tagen und bettlosen Nächten hinter sich hat. Ehe ich dazu kam, den Wert des Geldes zu schätzen, war es schon alle. Nur die Leute, die recht viel Geld haben, kennen den Wert des

Geldes, weil sie Zeit haben, den Wert abzuschätzen. Wie kann man den Wert eines Dinges erkennen lernen, wenn es einem immer gleich wieder abgenommen wird? Gepredigt aber wird, daß nur der, der nichts hat, weiß, was ein Cent wert ist. Daher die Klassengegensätze.

7

Früher als ich geglaubt hatte, kam ein Morgen, der allem Anschein nach zu urteilen vorläufig der letzte Morgen sein würde, der mich in einem Bett sah. Ich suchte meine Taschen durch und fand, daß ich gerade noch genügend Cents hatte, um ein kurzgehaltenes Frühstück möglich zu machen. Kurzgehaltene Frühstücke finden nicht meinen Beifall. Sie sind immer das Vorspiel von Mittagessen und Abendmahlzeiten, die nicht erscheinen werden. Einen Fibby findet man auch nicht jeden Tag. Sollte ich aber wieder einen antreffen, dann erzähle ich diesmal meine Geschichte so komisch wie nur möglich, vielleicht weint er dann herzzerbrechend und bekommt die Gegenidee zu Fibbys Fünftausend-Dollar-Idee. Aus einer Idee läßt sich immer Geld herausquetschen, ob sie nun zum Weinen ist oder zum Lachen. Es gibt ebenso viele Menschen, die gern weinen und für die Möglichkeit, weinen zu können, ein paar Dollar bezahlen, wie es Menschen gibt, die lieber ihren Lachmuskeln ein Vergnügen gönnen.

– – ein Vergnügen gönn–. Na, was ist denn das nun wieder? Kann man denn für seinen letzten Gulden Schlafgeld, den man bezahlt hat, nicht einmal in Ruhe im Bett noch ein wenig dösen, ehe man es für längere Zeit aufzugeben hat?

„Lassen Sie mich schlafen, verflucht noch mal. Ich habe bezahlt, gestern abend, ehe ich 'raufging.“ Da soll man nicht wütend werden. In einem fort wird an die Tür gebumst.

Und gleich klopft es wieder.

„Kreuzdonnerwetter noch mal, haben Sie nicht gehört, wegscheren sollen Sie sich! Ich will schlafen.“ Wenn die nur die Tür aufmachen möchten, ich würde ihnen den Stiefel mitten in die Fratze feuern. So ein nichtswürdiges und impertinentes Gesindel.

„Machen Sie auf. Polizei ist hier. Wir möchten Sie für einen Augenblick sprechen.“

Ich zweifle ganz ernsthaft daran, daß es überhaupt auf der

Welt noch Menschen gibt, die nicht Polizei sind. Die Polizei ist dafür da, um für Ruhe zu sorgen, und niemand macht mehr Ruhestörung, niemand belästigt die Menschen mehr, niemand bringt mehr Leute zum Wahnsinn als die Polizei. Ganz sicher, niemand hat mehr Unheil auf der Welt angestiftet als die Polizei, denn die Soldaten sind ja auch nur Polizisten.
„Was wollen Sie denn von mir?"
„Wir möchten Sie nur einmal sprechen."
„Das könnten Sie auch durch die Tür tun."
„Wir möchten Sie persönlich sehen. Machen Sie auf, oder wir brechen die Tür auf."
Brechen die Tür auf! Und die sollen gegen Einbrecher schützen. Gut, ich mache auf. Aber kaum habe ich die Tür auch nur einen Ritz auf, da preßt der eine Bursche schon seinen Fuß dazwischen. Der alte Trick, auf den sie sich immer wieder etwas einbilden. Das scheint der erste Trick zu sein, den sie zu lernen haben.
Sie kommen 'rein. Zwei Mann in Zivilkleidung. Ich sitze auf dem Bettrand und fange an, mich anzuziehen.
Mit Holländisch werde ich ganz gut fertig. Ich bin auf holländischen Schiffen gefahren und habe hier nun wieder etwas dazugelernt. Die beiden Vögel können aber auch etwas Englisch.
„Sie sind Amerikaner?"
„Ja, ich denke."
„Zeigen Sie Ihre Seemannskarte."
Die Seemannskarte scheint der Mittelpunkt des Universums zu sein. Ich bin sicher, der Krieg ist nur geführt worden, damit man in jedem Lande nach seiner Seemannskarte oder nach seinem Paß gefragt werden kann. Vor dem Kriege fragte niemand nach der Seemannskarte oder nach dem Paß, und die Menschen waren recht glücklich. Aber Kriege, die für die Freiheit, für die Unabhängigkeit und für die Demokratie geführt werden, sind immer verdächtig. Verdächtig seit jenem Tage, wo die Preußen ihre Freiheitskriege gegen Napoleon führten. Wenn Freiheitskriege gewonnen werden, dann sind die Menschen nach dem Kriege alle Freiheit los, weil der Krieg die Freiheit gewonnen hat. Yes, Sir.
„Ich habe keine Seemannskarte."
„Sie ha–a–a–a–ben keine Seemannskarte?"
Diesen entgeisterten Ton habe ich schon einmal gehört, und

auch gerade zu einer Zeit, als ich so hübsch an einem frühen Morgen einduseln wollte.

„Nein, ich ha–a–a–a–a–be keine, keine, keine Seemannskarte."

„Dann zeigen Sie Ihren Paß."

„Ich habe keinen Paß."

„Keinen Paß?"

„Nein, keinen Paß."

„Auch keine Identitätskarte der hiesigen Polizeibehörde?"

„Nein, auch keine Identitätskarte der hiesigen Polizeibehörde."

„Sie wissen doch, daß Sie sich hier in Holland ohne Papiere, die von unsern Behörden visiert sein müssen, nicht aufhalten dürfen?"

„Das weiß ich nicht."

„So? Das wissen Sie nicht? Sie haben wohl die letzten Monate und Jahre auf dem Monde gelebt?"

Die beiden Vögel halten das für einen so guten Witz, daß sie laut auflachen.

„Ziehen Sie sich an und kommen Sie mit!"

Wissen möchte ich, ob man hier auch gehenkt wird, wenn man keine Seemannskarte vorzeigen kann.

„Hat jemand von den Herren nicht vielleicht eine Zigarette?" frage ich.

„Eine Zigarre können Sie haben, eine Zigarette habe ich nicht. Wir können unterwegs welche kaufen. Wollen Sie die Zigarre haben?"

„Die Zigarre nehme ich lieber als die Zigarette."

Während ich mich ankleide und wasche, rauche ich an der Zigarre. Die beiden setzen sich hin, aber dicht an die Tür. Ich beeile mich nicht sehr. Aber wenn man auch noch so langsam macht, einmal ist man dann schließlich doch angekleidet.

Wir zogen ab und landeten wo? Richtig geraten. In einer Polizeistation. Nun wurde ich erst wieder einmal gründlich durchsucht. Diesmal hatten sie mehr Glück, als ihre Brüder in Antwerpen gehabt hatten. Sie fanden fünfundvierzig holländische Cents in meinen Taschen. Das Frühstücksgeld. Das konnte ich ja nun sparen.

„Was? Mehr Geld haben Sie nicht?"

„Nein, mehr Geld habe ich nicht."

„Wovon haben Sie denn die ganzen Tage hier gelebt?"

„Von dem, was ich jetzt nicht mehr habe."
„Da hatten Sie also Geld, als Sie hier nach Rotterdam kamen?"
„Ja."
„Wieviel?"
„Das weiß ich so genau nicht mehr. Hundert Dollar oder so, es können auch zweihundert gewesen sein."
„Wo hatten Sie denn das Geld her?"
„Das Geld hatte ich einfach gespart."
Das war offenbar wieder ein guter Witz; denn die ganze Bande, die da im Vernehmungszimmer um mich herum versammelt war, platzte heraus vor Lachen. Aber alle paßten auf, ob der Hohepriester auch lachte. Und als der anfing, da fingen sie auch an zu lachen, und als der aufhörte, da hörten sie so plötzlich auf, als wären sie vom Schlage getroffen worden.
„Wie sind Sie denn überhaupt nach Holland gekommen? So ganz ohne Paß. Wo sind Sie denn da durchgekommen?"
„Ich bin halt so 'reingekommen."
„Wie, 'reingekommen?"
Der Konsul hat es mir nicht geglaubt, wie ich hereingekommen bin. Die würden es mir erst recht nicht glauben. Ich kann auch diesen netten Burschen da aus Belgien nicht den Spaß verderben. Also da sage ich: „Mit einem Schiff bin ich gekommen."
„Mit welchem Schiff?"
„Mit – mit – mit der ‚George Washington'."
„Wann?"
„Das weiß ich so genau nicht mehr."
„So? Also mit der ‚George Washington' sind Sie gekommen. Das ist eine recht mysteriöse ‚George Washington'. Die ist unsers Wissens nie in Rotterdam gewesen."
„Dafür kann ich nichts. Ich bin für das Schiff nicht verantwortlich."
„Sie haben also gar kein Papier, gar keinen Ausweis. Nichts. Rein gar nichts, womit Sie beweisen können, daß Sie Amerikaner sind?"
„Nein. Aber mein Konsul..."
Ich schien gute Witze zu machen. Wieder setzte ein Höllengelächter ein.
„I–h–r Konsul."
Das Ihr zog er so lang, als ob es für ein halbes Jahr reichen sollte.

„Sie haben doch keine Papiere. Was soll denn da I-h-r Konsul mit Ihnen anfangen?"
„Er wird mir doch Papiere geben!"
„Ihr Konsul? Der amerikanische Konsul? Ein amerikanischer Konsul? In unserm Jahrhundert nicht. Nicht ohne Papiere. Nicht ohne, daß Sie, sagen wir mal, in guten Verhältnissen leben. Nicht so einem Rumtreiber."
„Aber ich bin doch Amerikaner."
„Möglich. Aber das müssen Sie I–h–rem Konsul beweisen. Und ohne Papiere glaubt er es Ihnen nicht. Ohne Papiere glaubt er Ihnen nicht, daß Sie überhaupt geboren sind. Ich will Ihnen etwas sagen, zu Ihrer Belehrung, Beamte sind immer Bürokraten. Auch wir sind Bürokraten. Die schlimmsten Bürokraten aber sind die Bürokraten, die es erst seit gestern sind. Und die allerschlimmsten Bürokraten sind die, die den Bürokratismus von den Preußen geerbt haben. Haben Sie verstanden, was ich meine?"
„Ich glaube ja, mein Herr."
„Und wenn wir Sie nun dahin bringen, nämlich zu Ihrem Konsul, und Sie haben keine Papiere, dann übergibt er Sie uns offiziell, und wir werden Sie nie wieder los. Haben Sie das auch verstanden?"
„Ich denke ja, mein Herr."
„Was sollen wir denn mit Ihnen machen? Wer ohne Paß aufgegriffen wird, bekommt sechs Monate Gefängnis und Deportation nach seinem Heimatlande. Ihr Heimatland wird bestritten, und wir müssen Sie in das Internierungslager schikken. Wir können Sie doch nicht totschlagen wie einen Hund. Aber vielleicht kommen solche Gesetze noch heraus. Warum sollen wir Sie durchfüttern? Wollen Sie nach Deutschland?"
„Ich mag nicht nach Deutschland. Wenn den Deutschen die Rechnung vorgelegt..."
„Also nicht nach Deutschland. Das kann ich begreifen. Gut für jetzt." Das war ein Beamter, der offenbar viel gedacht oder viel gute Sachen gelesen hatte.
Er rief jetzt einen Cop herbei und sagte: „Bringen Sie ihn in die Zelle, geben Sie ihm Frühstück und gehen Sie eine englische Zeitung und eine Zeitschrift für ihn kaufen, damit er sich nicht langweilt. Auch ein paar Zigarren."

8

Am Spätnachmittag wurde ich wieder vorgeführt, und mir wurde gesagt, ich möge den beiden Beamten in Zivil folgen. Wir gingen auf den Bahnhof und fuhren ab. Auf der Station einer kleinen Stadt stiegen wir aus und gingen in die Polizeiwache der Stadt. Dort saß ich auf der Bank und wurde von allen Cops, die von Ablösung kamen, betrachtet wie ein Tier im Zoologischen Garten. Ab und zu sprach man auch mit mir. Als es gegen zehn Uhr war, sagten zwei Männer zu mir: „Es ist jetzt Zeit. Wir wollen gehen."

Wir gingen über Felder und gingen auf Wiesenpfaden. Endlich blieben die beiden stehen, und einer sprach mit verhaltener Stimme: „Gehen Sie dort in jener Richtung, die ich Ihnen zeige, immer gerade aus. Sie werden niemand treffen. Wenn Sie aber jemand sehen sollten, so gehen Sie ihm aus dem Wege oder legen Sie sich hin, bis er vorüber ist. Wenn Sie eine Zeit gegangen sind, dann kommen Sie zu einer Bahnlinie. Folgen Sie der Bahnlinie, bis Sie zu der Station kommen. Halten Sie sich dort in der Nähe auf bis gegen Morgen. Sobald Sie sehen, daß ein Zug zur Abfahrt fertiggemacht wird, gehen Sie zum Schalter und sagen: ‚Un troisième à Anvers.' Können Sie das behalten?"

„Ja, das kann ich. Es ist sehr leicht."

„Aber reden Sie sonst kein Wort weiter. Sie bekommen dann Ihre Fahrkarte und fahren nach Antwerpen. Dort kriegen Sie leicht wieder ein Schiff, wo man immer Seeleute braucht. Hier haben Sie etwas zum Beißen, und auch noch etwas zum Rauchen. Kaufen Sie nichts, bevor Sie in Antwerpen sind. Hier sind dreißig belgische Franken."

Er händigte mir ein Paket Butterbrote ein, einen Papierbeutel mit Zigarren und eine Schachtel Zündhölzer, damit ich niemand um Feuer anbetteln brauchte.

„Kommen Sie nie wieder zurück nach Holland. Sie bekommen sechs Monate Gefängnis und Internierungskamp. Sie sind also hiermit ausdrücklich verwarnt, vor einem Zeugen. Good-bye und viel Glück."

Da stand ich in der Nacht auf offnem Felde. Viel Glück! Eine Strecke ging ich nun in jener Richtung, bis ich überzeugt war, daß die beiden mich nicht mehr sehen konnten oder daß sie nun fort waren. Dann blieb ich stehen und begann zu überlegen.

Nach Belgien? Da gab es lebenslänglich Gefängnis. Zurück nach Holland? Da gab es nur sechs Monate Gefängnis. Das war schon billiger. Dann kam noch das Internierungskamp für Paßlose. Hätte ich doch nur gefragt, wie lange das Internierungskamp dauert. Wahrscheinlich war das lebenslänglich. Denn aus welchem Grunde sollte es Holland billiger machen als Belgien?
Ich kam zu dem Entschluß, daß Holland auf alle Fälle billiger war. Es war auch darum besser, weil ich dort mit der Sprache zurechtkommen konnte, während ich in Belgien gar nichts reden konnte und noch viel weniger verstehen.
Nun ging ich erst einmal eine Strecke seitlich fort, ungefähr eine halbe Stunde lang. Und dann querfeldein zurück nach Holland. Das Lebenslänglich war doch zu bitter.
Es ging ganz gut. Nur immer tapfer drauf los.
„Halt! Stehenbleiben! Oder es wird geschossen!" Recht angenehm, wenn plötzlich aus der Finsternis heraus gerufen wird: „Es wird geschossen."
Zielen kann der Mann ja nicht, und sehen kann er mich auch nicht. Aber eine nichtgezielte Kugel kann auch treffen. Und das ist schließlich doch noch schlimmer als lebenslänglich.
„Was machen Sie denn hier?" Zwei Männer kamen aus der Dunkelheit heraus und auf mich zu. Einer fragte mich das.
„Ich gehe ein wenig spazieren. Ich kann nicht schlafen."
„Warum gehen Sie denn gerade hier auf der Grenze spazieren?"
„Die Grenze habe ich nicht gesehen, es ist ja kein Zaun da."
Zwei grelle Taschenlampen waren auf mich gerichtet, und ich wurde durchsucht. Was die Menschen nur immer zu durchsuchen haben. Ich glaube, die suchen überall nach den verlorengegangenen vierzehn Punkten Wilsons. Ich habe sie jedenfalls nicht in der Tasche.
Als sie nun nichts weiter fanden als die Butterbrote, die dreißig Franken und die Zigarren, blieb einer bei mir stehen, während der andre ein Stück des Weges, auf dem ich gekommen war, ableuchten ging. Wahrscheinlich hoffte er, dort den Weltfrieden zu finden, der in der ganzen Welt gesucht wird, seitdem unsre Jungens dafür gekämpft und geblutet haben, daß dieser Krieg der letzte Krieg sei.
„Wo wollen Sie denn hin?"
„Ich will zurück nach Rotterdam."

„Jetzt? Warum denn gerade um Mitternacht und gerade hier über die Wiese? Warum gehen Sie denn nicht auf der Straße?"
Als ob man nicht nachts über eine Wiese gehen könnte! Die Leute haben merkwürdige Ansichten. Und immer haben sie gleich einen Verdacht, daß man irgendein Verbrechen begangen haben könnte. Ich erzählte nun, daß ich von Rotterdam käme und wie ich hierhergekommen sei. Da wurden sie aber wütend und sagten, ich solle sie nicht zum Narren halten, es sei ganz klar, daß ich von Belgien käme und mich nach Holland 'reinschleichen wolle. Als ich ihnen nun sagte, aber die dreißig Franken bewiesen doch, daß ich die Wahrheit gesagt hätte, wurden sie noch wütender und sagten, das sei eben gerade ein Beweis, daß ich sie anlügen wolle. Die Franken seien ein Beweis, daß ich von Belgien komme, denn in Holland habe man keine Franken. Nun gar noch zu sagen, daß mir holländische Beamte dieses Geld gegeben hätten und mich mitten in der Nacht auf ungesetzlichem Wege abgeschoben hätten, das zwänge sie, mich zu arretieren und mich unter Anklage der Beamtenbeschimpfung zu stellen. Sie wollten aber noch einmal Gnade mit mir haben, weil ich offenbar ein armer Schlucker sei, der nicht die Absicht gehabt habe, zu schmuggeln, und würden mich auf den richtigen Weg führen, auf den ich wieder zurück nach Antwerpen kommen könne.
So gut waren diese Leute zu mir.
Jetzt mußte ich doch nach Belgien gehen, da half nichts. Wenn nur das Lebenslänglich nicht wäre.
Eine Stunde wanderte ich nun in der Richtung nach Belgien. Ich wurde müde und stolperte vor mich hin. Am liebsten hätte ich mich hier hingelegt und geschlafen. Ich hielt es aber doch für besser, weiterzugehen, um aus dem gefährlichen Bereich, wo geschossen werden darf auf den, der nicht schießen darf, herauszukommen.
Da plötzlich packt mich etwas am Bein. Ich denke, es ist ein Hund. Als ich aber zufasse, ist es eine Hand. Und da flammt auch schon eine Taschenlaterne auf. Dieses Ding ist auch eine Erfindung des Satans, man sieht sie immer erst, wenn sie einem dicht vor Augen ist.
Zwei Mann stehen jetzt auf. Sie haben da in der Wiese gelegen, und ich bin ihnen so schön richtig mitten in die Arme gelaufen.

„Wo wollen Sie denn hin?“
„Nach Antwerpen.“
Sie sprechen Holländisch oder mehr Flämisch.
„Nach Antwerpen wollen Sie? Jetzt zur Nachtzeit? Warum gehen Sie denn nicht auf der ordentlichen Straße, wie es anständigen Menschen gebührt?“
Ich erzähle ihnen nun, daß ich nicht aus freiem Willen käme, und sage ihnen, wie es zugegangen sei, daß ich mich hier herumzudrücken habe.
„Solchen Schwindel können Sie andern erzählen. Nicht uns. So etwas tun Beamte nicht. Sie haben da in Holland etwas ausgefressen und wollen nun hier ’rüber. Aber das gibt es nicht. Wollen wir erst einmal die Taschen durchsuchen, um zu erfahren, warum Sie hier mitten in der Nacht über die Wiesen gehen und immer auf der Grenze.“
Sie fanden in meinen Taschen und zwischen den Nähten meiner Sachen nicht, was sie suchten. Ich wollte gern wissen, was die Leute eigentlich immer suchen und warum sie einem immer die Taschen durchwühlen müssen. Eine üble Angewohnheit dieser Leute.
„Wir wissen schon, was wir suchen. Da brauchen Sie sich gar keine Sorge machen.“
Nun bin ich auch nicht klüger. Aber finden tun sie nichts. Ich bin überzeugt, daß es bis an das Weltende eine Hälfte Menschen geben wird, die immer die Taschen durchsuchen muß, und eine andre Hälfte, die sich das Durchsuchen der Taschen gefallen lassen muß. Vielleicht geht der ganze Streit der Menschheit nur darum, wer das Recht hat, die Taschen zu durchsuchen, und wer die Pflicht hat, sich das gefallen zu lassen und noch dafür zu bezahlen.
Nachdem das Amtsgeschäft vorüber ist, sagt der eine zu mir: „So, da drüben ist die Richtung nach Rotterdam, da gehen Sie jetzt immer drauflos und lassen Sie sich hier ja nicht wieder sehen. Und wenn Sie wieder einmal Grenzpolizei treffen, dann halten Sie sie nicht für so dumm, wie Sie uns gehalten haben. Habt ihr denn da drüben in eurem blödsinnigen Amerika nichts mehr zu essen, daß ihr alle hier herüberkommen müßt, um uns das bißchen Essen, das wir für unsre Leute brauchen, auch noch wegzufressen?“
„Ich bin doch aber gar nicht freiwillig hier“, widerspreche ich, und ich weiß am besten, wie recht ich habe.

„Merkwürdig, das sagt jeder von euch, den wir hier aufgreifen."

Das ist ja ganz etwas Neues. Da bin ich vielleicht noch nicht einmal der einzige, der sich hier auf einem fremden Erdteil herumtreiben muß.

„Nun ziehen Sie ab. Und machen Sie keine überflüssigen Umwege mehr. Es wird bald hell, und dann werden wir Sie gut beobachten. Rotterdam ist ein guter Platz. Da sind viele Schiffe, die immer jemand brauchen."

Wie oft mir das nun schon erzählt worden ist. Es müßte eigentlich durch das häufige Erzählen nun schon eine wissenschaftliche Wahrheit geworden sein.

Mit den dreißig Franken konnte ich hier in dem kleinen Städtchen nichts anfangen, das wäre sicher gleich aufgefallen.

Aber da kam ein Milchwagen, und der nahm mich eine Strecke mit. Und dann kam ein Lastauto, und das nahm mich eine Strecke mit. Dann kam wieder ein Bauer, der Schweine zu einer Stadt brachte. So kam ich Meile um Meile näher nach Rotterdam. Sobald die Menschen nicht zur Polizei gehören und sobald sie nicht zur Polizei gerechnet werden wollen, fangen sie an, sehr liebe Geschöpfe zu werden, die ganz vernünftig denken und ganz normal fühlen können. Ich erzählte den Leuten ganz treu, wie es mir ergangen sei und daß ich keine Papiere hätte. Und sie waren alle so nett, gaben mir zu essen, gaben mir einen warmen, trockenen Winkel, um zu schlafen, und gaben mir gute Ratschläge, wie ich der Polizei am besten aus dem Wege gehen könnte.

Es ist recht sonderbar. Keiner liebt die Polizei. Und man ruft bei einem Einbruch die Polizei auch nur darum, weil einem nicht erlaubt ist, dem Einbrecher das Leder selbst zu versohlen und ihm den Raub wieder abzunehmen.

9

Die dreißig Franken umgewechselt in holländische Gulden gaben nicht viel her. Aber auf Geld kann man sich ja überhaupt nicht verlassen, wenn man sonst nichts nebenbei hat.

Das Nebenbei kam an einem Nachmittag, gleich darauf. Ich strollte am Hafen entlang, und da sah ich zwei Mann daherkommen. Als sie nahe bei mir waren, schnappte ich etwas von ihrem Geschwätz auf. Es ist ja so urkomisch, wenn man einen Engländer reden hört. Die Engländer behaupten immer, wir könnten nicht richtig Englisch sprechen; aber was die Leute reden, das ist sicher kein Englisch. Das ist überhaupt keine Sprache. Na, ganz egal. Ich kann sie ja nicht riechen, die Rotköppe. Aber uns können sie ja auch nicht verdauen. Da gleicht sich das wieder aus. Das geht nun schon so seit hundertfünfzig und ich weiß nicht wieviel Jahren.

Nun ist natürlich die ganze Suppe erst recht wieder übergekocht, seit die große Schweinerei im Gange war.

Da kommt man nun in einen Hafen, wo sie dicke sitzen wie die Brombeeren. In Australien, oder vielleicht in China oder Japan. Wie es gerade trifft. Man will einen heben gehen und rutscht in eine Hafenschenke. Da sitzen sie und stehen sie nun, und kaum hat man ein Wort 'raus, gleich geht das Vergnügen los: „Eh, Yank."

Man kümmert sich gar nicht um die Bullköppe, man trinkt seinen Kleinen und will gehen.

Mit einem Male rasselt es aus einer Ecke: „Who won the war? Wer hat den Krieg gewonnen, Yank?"

Möchte wissen, was mich das angeht. Ich habe ihn nicht gewonnen, das weiß ich einmal ganz genau. Und die ihn wirklich gewonnen zu haben meinen, die haben auch nichts zu lachen und wären froh, wenn niemand davon überhaupt sprechen möchte.

„He, Yank, who won the war?"

Was soll man nun sagen, wenn man ganz allein ist, und da sind zwei Dutzend Rotköppe drin? Sagt man: „Wir!", dann gibt es Senge. Sagt man: „Die Franzosen!", dann gibt es Senge. Sagt man: „Ich!", dann lachen sie, aber Senge gibt es trotzdem. Sagt man: „The Dominians, Kanada, Australien, Neuseeland, Südafrika!", dann gibt es Senge. Sagt man gar nichts, so heißt das: „Wir Amerikaner!", und es gibt Senge. Zu sagen: „Ihr habt ihn gewonnen!", das wäre eine unverschämte Lüge, und lügen möchte man nicht. Also gibt es Senge, und da kann man nicht dran vorbei. So sind die Bullen, und dann heißt es immer noch: die „Vettern von drüben". Meine nicht. Da wundern sie sich noch, wenn man sie nicht riechen kann.

Aber was wollte ich denn machen?

„Auf welchem Eimer seid ihr denn?" frage ich.

„Na, Yankchen, was machst du denn hier? Wir haben doch gar

keinen Yank hier gesehen." Sie fühlen sich, weil sie schon Zimt riechen.
„Ich bin achtern abgekantet und kann jetzt nicht Anker hieven."
„Keine Versicherungspolice, hä?"
„Erraten."
„Willst du jetzt wegstauen?"
„Muß. Kiel sitzt auf. Brennt."
„Wir sind auf einem Schotten."
„Wo geht ihr denn 'raus jetzt?" fragte ich.
„Boulogne. Bis dahin können wir dich stauen. Weiter geht's aber nicht. Der Bos'n, der Bootsmann, ist ein Hund."
„Gut, dann mache ich nach Boulogne. Wann ebbt ihr ab?"
„Am besten, du kommst 'rauf um acht. Da ist der Bos'n saufen. Wir stehen an der Schanze. Wenn ich die Mütze in den Nacken schiebe, ist alles klar; wenn ich nichts mache, wartest du noch eine Weile. Lauf nicht so viel gerade vor der Nase herum. Wenn du aber gewischt wirst, läßt du dir eher das Maul breitschlagen, ehe du sagst, wer dich gelotst hat. Ehrensache, verstanden?"
Um acht war ich da. Die Mütze wurde in den Nacken geschoben. Der Bos'n war besoffen und wurde vor Boulogne nicht nüchtern, und da stieg ich aus und war in Frankreich.
Ich wechselte mein Geld in französische Franken um. Dann ging ich zum Bahnhof, und da stand der Expreß für Paris. Ich nahm eine Karte für die erste Station und setzte mich in den Zug.
Die Franzosen sind zu höflich, als daß sie einen während der Fahrt belästigen würden.
Und da war ich mit einem Male in Paris. Aber da wurden die Karten kontrolliert, und ich hatte keine für Paris.
Wieder Polizei. Natürlich, wie könnte es auch ohne Polizei gehen? Es wurde ein grausames Radebrechen. Ich ein paar Brocken Französisch, die Leute jeder einen Brocken Englisch. Das meiste hatte ich zu erraten. Wo ich herkäme? Von Boulogne. Wie ich nach Boulogne gekommen sei? Mit einem Schiff. Wo meine Seemannskarte sei? Habe keine.
„Was, Sie haben keine Seemannskarte?"
Diese Frage würde ich jetzt sogar verstehen, wenn man sie zu mir Hindostanisch sagte. Denn die Geste und der Tonfall sind so genau die gleichen, daß man sich nie irren könnte.

„Paß habe ich auch nicht. Ich habe auch keine Identitätskarte. Ich habe überhaupt keine Papiere. Nie Papiere gehabt."
Das sage ich gleich in einem Atemzuge. Nun können sie wenigstens diese Fragen nicht stellen und sich damit die Zeit vertreiben. In der Tat werden sie ein wenig verblüfft, weil sie nun ganz aus der Reihe gekommen sind. Für eine Weile weiß keiner, was er fragen oder sagen soll. Glücklicherweise bleibt ihnen ja die Fahrkarte, die ich nicht hatte. Und am nächsten Tage ist wieder ein Verhör. Ich lasse sie ruhig verhören und reden und fragen. Ich verstehe nichts. Am Schluß wird mir aber klar, daß ich zehn Tage Gefängnis weghabe wegen Eisenbahnbetrugs oder so etwas Ähnlichen. Was weiß ich. Es ist mir auch gleichgültig. Aber das war meine Ankunft in Paris.
Diese Gefängnislaufbahn war recht drollig.
Erster Tag: Einlieferung, Baden, Untersuchung, Wäscheausteilung, Zellenverteilung. Der erste Tag war vorbei.
Zweiter Tag: Quittieren kommen beim Kassenverwalter über die Summe, die ich bei meiner Verhaftung im Besitz hatte. Abermalige Personenfeststellung und Eintragung in dicke Bücher. Nachmittag: Empfang beim Gefängnisgeistlichen. Er sprach gut Englisch. Behauptete er. Das muß aber das Englisch gewesen sein, als William der Eroberer noch nicht in England gelandet war, denn ich verstand von diesem guten Englisch nicht ein einziges Wort, ließ es mir aber nicht anmerken. Wenn er von Gott sprach, sagte er immer „Goat", und ich war der Meinung, er rede von einer Ziege. Damit ging auch der zweite Tag herum.
Dritter Tag: Vormittags werde ich gefragt, ob ich schon mal Schürzenbänder angenäht hätte. Ich sagte nein. Nachmittags wurde mir mitgeteilt, daß ich in die Schürzenabteilung eingereiht würde. Damit ging der dritte Tag zu Ende.
Vierter Tag: Vormittags wurde mir Schere, Nadel, eine ganze Nähnadel, Zwirn und ein Fingerhut gegeben. Der Fingerhut paßte nicht. Aber mir wurde gesagt, einen andern hätten sie nicht. Nachmittags wurde mir gezeigt, wie ich die Schere, die Nähnadel und den Fingerhut immer sichtbar auf den Schemel zu legen und den Schemel in die Mitte der Zelle zu stellen habe, wenn ich die Zelle für den Rundgang verlasse. Außen neben der Tür wurde ein Plakat angeschlagen mit der Aufschrift: „Besitzt eine Schere, eine Nähnadel und einen Fingerhut." Damit war der vierte Tag herum.

Fünfter Tag: Sonntag.
Sechster Tag: Vormittag werde ich in die Arbeitshalle geführt. Nachmittags wird mir ein Platz in der Arbeitshalle angewiesen. Der sechste Tag ist 'rum.
Siebenter Tag: Vormittags wird mir der Gefangene gezeigt, der mich lehren soll, wie Schürzenbänder angenäht werden sollen. Nachmittags sagt mir der Gefangene, ich solle meine Nähnadel schon mal einfädeln. Der siebente Tag ist 'rum.
Achter Tag: Der Lehrmeister zeigt mir, wie er die Schürzenbänder annäht. Nachmittags ist Baden und Wiegen. Der achte Tag ist 'rum.
Neunter Tag: Vormittags muß ich zum Direktor kommen. Mir wird mitgeteilt, daß morgen meine Zeit um sei, und ich werde gefragt, ob ich Beschwerden vorzubringen hätte. Dann muß ich meinen Namen ins Fremdenbuch schreiben. Nachmittags wird mir gezeigt, wie ich ein Schürzenband anzunähen habe. Der neunte Tag ist 'rum.
Zehnter Tag: Vormittags nähe ich ein Schürzenband an. Mein Lehrmeister betrachtet sich das angenähte Band ein und eine halbe Stunde und sagt dann, es sei nicht gut angenäht, er müsse es wieder abtrennen. Nachmittags nähe ich wieder ein Schürzenband an. Als ich das eine Ende gerade angenäht habe, werde ich zur Abfertigung gerufen. Ich werde gewogen, untersucht, bekomme meine Zivilsachen, die ich anziehen darf, und kann dann im Hof spazierengehen. Der zehnte Tag ist 'rum.
Am nächsten Morgen um sechs werde ich gefragt, ob ich noch Frühstück haben wolle. Ich sage nein, werde zum Kassenverwalter geführt, wo ich eine Weile warten muß, weil er noch nicht da ist. Dann kriege ich doch Frühstück, und endlich kommt der Kassenverwalter, der mir mein Geld zurückgibt, was ich wieder zu quittieren habe. Dann erhalte ich fünfzehn Centimes für Arbeitsleistung, war entlassen und konnte gehen. Verdient hat der französische Staat nicht viel an mir, und ob die Eisenbahn sich nun einbilden darf, bezahlt zu sein, ist auch noch die Frage.
Draußen wurde ich aber gleich wieder von der Polizei in Empfang genommen.
Ich wurde verwarnt. Innerhalb fünfzehn Tagen hätte ich das Land zu verlassen, auf demselben Wege, auf dem ich hereingekommen sei. Würde ich nach Ablauf von fünfzehn Tagen noch innerhalb der Landesgrenzen gefunden, so würde nach Maß-

gabe der Gesetze mit mir verfahren werden. Also mit mir verfahren werden. Was das bedeutete, war mir nicht klar. Vielleicht hängen oder auf dem Scheiterhaufen schmoren. Warum nicht. In dieser Zeit der vollendeten Demokratie ist ein Paßloser und damit also auch ein Nichtwahlberechtigter ein Ketzer. Jede Zeit hat ihre Ketzer, und jede Zeit hat ihre Inquisition. Heute sind der Paß, das Visum, der Einwanderungsbann die Dogmen, auf die sich die Unfehlbarkeit des Papstes stützt, an die man zu glauben hat, oder man muß die verschiedenen Grade der Folterungen über sich ergehen lassen. Früher waren die Fürsten die Tyrannen, heute ist der Staat der Tyrann. Das Ende der Tyrannen ist immer Entthronung und Revolution, ganz gleich, wer der Tyrann ist. Die Freiheit des Menschen ist zu urwüchsig mit seinem ganzen Dasein und Wollen verknüpft, als daß der Mensch irgendeine Tyrannei lange ertragen könnte, selbst wenn die Tyrannei in dem sammetweichen Lügenmantel des Mitbestimmungsrechtes erscheinen sollte.
„Sie müssen doch aber irgendein Papier haben, lieber Freund", sagte der Offizier, der mich verwarnte. „Ohne Papier können Sie gewiß nicht immer herumlaufen."
„Ich könnte vielleicht einmal zu meinem Konsul gehen."
„Zu Ihrem Konsul?"
Der Ton war mir bekannt. Es scheint, daß mein Konsul in der ganzen Welt bekannt ist.
„Was wollen Sie denn bei Ihrem Konsul? Sie haben doch keine Papiere. Der glaubt Ihnen keine Silbe, wenn Sie keine Papiere haben. Er gibt nur auf Papiere etwas. Besser, Sie gehen gar nicht hin, sonst werden wir Sie nie wieder los und haben Sie für das ganze Leben auf dem Halse."
Wie sagten die Römer? Die Konsuln sollen darauf bedacht sein, daß der Republik nichts Übles widerfahre. Und es könnte der Republik sicher sehr viel Übles widerfahren, wenn die Konsuln nicht verhindern würden, daß jemand, der keine Papiere hat, sein Heimatland wiedersieht.
„Aber irgendein Papier müßten Sie doch haben. Sie können doch nicht gut den Rest Ihres Lebens ohne Papiere herumlaufen."
„Ja, das glaube ich auch, daß ich ein Papier haben müßte."
„Ich kann Ihnen kein Papier geben. Worauf denn? Alles, was ich Ihnen geben kann, ist ein Entlassungsschein aus dem

Gefängnis. Mit dem Schein ist nicht viel los. Dann schon besser gar nichts. Und bei jedem andern Papier kann ich nur einsetzen, der Vorzeiger behauptet, der und der zu sein und von da und da herzukommen. Ein solches Papier ist aber wertlos, denn es ist kein Beweis; es sagt nur das aus, was Sie aussagen. Und Sie können natürlich erzählen, was Sie wollen, ob es wahr ist oder nicht. Selbst wenn es wahr ist, es muß bewiesen werden können. Es tut mir sehr leid, ich kann Ihnen nicht helfen. Ich habe Sie amtlich verwarnt, und Sie müssen das Land verlassen. Gehen Sie doch nach Deutschland. Das ist auch ein sehr schönes Land."
Warum sie mich alle nach Deutschland schicken, das möchte ich wissen.

10

Nun blieb ich erst einmal einige Tage in Paris, um abzuwarten, was geschehen würde. Geschehnisse können einem manchmal besser voranhelfen als die schönsten Pläne. Ich hatte ja jetzt ein gutes Recht, mir Paris anzusehen. Meine Fahrkarte war bezahlt, meine Verpflegung im Gefängnis hatte ich abverdient, so war ich dem französischen Staat nichts mehr schuldig, und ich durfte sein Pflaster ablaufen.
Wenn man nun so gar nichts zu tun hat, kommt man auf allerlei überflüssige Gedanken. Einen so überflüssigen Gedanken bekam ich eines guten Tages, und er führte mich zu meinem Konsul. Daß es ganz hoffnungslos war, wußte ich im voraus. Aber ich dachte, es schadet doch nie etwas, wenn man Erfahrungen über Menschen sammelt. Alle Konsuln sind in dieselbe Form gegossen wie fast alle Beamten. Sie gebrauchen wörtlich denselben Redeschatz, den sie bei ihren Prüfungen vorweisen mußten, sie werden würdevoll, ernst, befehlshaberisch, devot, gleichgültig, gelangweilt, interessiert und tieftraurig, bei denselben Gelegenheiten, und sie werden heiter, lustig, freundlich und geschwätzig bei denselben Gelegenheiten, ob sie im Dienste Amerikas, Frankreichs, Englands oder Argentiniens stehen. Zu wissen, genau zu wissen, wann sie eine dieser Gefühlsäußerungen zu zeigen haben, ist die ganze Weisheit, die ein solcher Beamter benötigt. Ab und zu vergißt aber jeder Beamte einmal seine Weisheit und wird für eine halbe Minute

Mensch. Dann kennt man ihn gar nicht wieder, dann fängt er an, die innere Haut nach außen zu kehren. Der interessanteste Moment aber ist, wenn er plötzlich empfindet, daß die innere Haut bloßliegt und er sie rasch wieder verkrustet. Um diesen Moment zu erleben und um eine Erfahrung reicher zu werden, ging ich zum Konsul. Die Gefahr bestand, daß er mich verleugnete, mich der französischen Polizei offiziell übergab und mir dann die Möglichkeit genommen wurde, frei meiner Wege zu gehen, weil ich dann unter Polizeiaufsicht geriet und ich über jeden meiner Schritte, den ich tat oder zu tun gedachte, Rechenschaft abzulegen hatte.

Zuerst konnte ich einmal den ganzen Vormittag warten. Dann wurde geschlossen. Am Nachmittag kam ich auch nicht an die Reihe. Unsereiner muß ja immer warten, wohin er auch kommt. Denn wer kein Geld besitzt, von dem nimmt man an, daß er wenigstens unermeßlich viel Zeit hat. Wer Geld besitzt, kann es mit Geld abmachen; wer kein Geld zum Hinlegen hat, muß mit seiner Zeit bezahlen und mit seiner Geduld. Denn wird man gar aufsässig oder äußert man seine Ungeduld in einer Weise, die unbeliebt ist, so weiß der Beamte so viele Wege zu gehen, daß man viermal mehr an Zeit bezahlen muß. So beläßt man es bei der Zeitstrafe, die einem auferlegt wird.

Es saßen da eine ganze Reihe solcher, die ihre Zeit zu opfern hatten. Einige saßen schon Tage. Andre waren bereits sechsmal hin und her geschickt worden, weil dies fehlte und jenes nicht die vorschriftsmäßige Form oder richtige Uniform trug.

Da kam eine kleine, unglaublich dicke Dame hereingeschossen. So unglaublich fett. Es war nicht auszudenken, wie fett sie war. In diesem Raume, wo die dürren Gestalten wartend auf den Bänken saßen, mit ihren Hinterköpfen beinahe das an die Wand geheftete Sternenbanner berührend, dessen Dimension so riesenhaft war, daß es die ganze Wand ausfüllte, in diesem Raume, wo unschuldige, willig und arbeitsgewohnte Menschen wartend saßen mit einem Ausdruck auf den Gesichtern, als würden hinter jenen zahlreichen Türen in diesem Augenblick ihre Todesurteile unterschrieben, wirkte die fette Dame wie eine niederträchtige Beleidigung. Sie hatte pechschwarze, ölige, lockige Haare, eine auffallend krumme Nase und sehr krumme Beine. Ihre braunen Augen standen so glotzend in dem fetten Teiggesicht, als ob sie im selben Augenblick aus den Höhlen

quellen wollten. Sie war gekleidet in dem Besten, was Reichtum nur kaufen kann. Sie keuchte und schwitzte, und unter der Last ihrer Perlenketten, Goldbehänge und Brillantvorstecknadeln schien sie beinahe zusammenzubrechen. Wenn sie nicht so viele schwere Platinringe an den Fingern gehabt hätte, wären die Finger sicher auseinandergeplatzt.
Kaum hatte sie die Tür aufgemacht, da schrie sie schon: „Ich habe meinen Paß verloren. Wo ist der Mister Konsul? Ich muß gleich einen neuen Paß haben."
Ei, sieh da, auch andre Leute können ihren Paß verlieren. Wer hätte das gedacht? Ich hatte geglaubt, das kann nur einem Seemann zustoßen. Well, Fanny, du kannst dich freuen, der Mister Konsul wird dir gleich was erzählen, von wegen neuen Paß. Vielleicht nähst du das andre Ende des Schürzenbandes an. So unangenehm mir die Dame war, ihres aufdringlichen Wesens wegen, ich empfand für sie Sympathie, die Sympathie derer, die in derselben Galeere angeschmiedet sind.
Der Empfangssekretär sprang gleich auf: „Aber gewiß, M'me, nur einen Augenblick. Bitte!"
Er nahm einen Stuhl und bat unter Verbeugung die Dame, sie möge Platz nehmen. Er brachte drei Formulare, sprach leise mit der Dame und schrieb in den Formularen. Die dürren Gestalten hatten die Formulare alle selbst ausfüllen müssen, manche vier- oder fünfmal, weil sie nicht gut ausgefüllt waren. Aber die Dame konnte offenbar nicht schreiben, und so war es nur ein Zeichen von Hilfsbereitschaft, daß der Sekretär ihr diese kleine Mühe abnahm.
Als die Formulare ausgefüllt waren, sprang er auf und trug sie durch eine der Türen, hinter denen die Todesurteile unterzeichnet werden.
Er kam sehr rasch zurück und sagte halblaut und sehr höflich zu der Fetten: „Mr. Grgrgrgs wünscht Sie zu sehen, M'me. Haben Sie drei Photographien zur Hand?"
Die fette Schwarzhaarige hatte die Photographien zur Hand und gab sie dem hilfsbereiten Sekretär. Dann verschwand sie hinter der Tür, wo die Schicksale der Welt entschieden werden.
Nur ganz altmodische Leute glauben heute noch daran, daß die Schicksale der Menschen im Himmel entschieden werden. Das ist ein beklagenswerter Irrtum. Die Schicksale der Menschen, die Schicksale von Millionen von Menschen werden von

den amerikanischen Konsuln entschieden, die Sorge dafür zu tragen haben, daß der Republik kein Schaden widerfahre. Yes, Sir.
Die Dame war nicht lange in jenem Zimmer der Geheimnisse. Als sie herauskam, schloß sie ihr Handtäschchen. Sie schloß es mit einem starken energischen Knipsen. Und das Knipsen schrie gellend: „Gott, wir haben's ja dazu, leben und leben lassen."
Der Sekretär stand sofort auf, kam halb hinter seinem Tisch hervor und rückte an jenem Stuhl, auf dem die Dame gesessen hatte. Die Dame setzte sich nur mit einer Kante auf den Stuhl, öffnete ihre Handtasche, kramte eine Weile herum, nahm ein Puderdöschen hervor und ließ die geöffnete Tasche auf dem Tisch liegen, während sie sich puderte. Warum sie sich schon wieder pudern mußte, obgleich sie sich eine Minute vorher gepudert haben mußte, war nicht ganz klar.
Der Sekretär tastete nun mit seinen Händen auf dem ganzen Tisch herum, um irgendein Blatt Papier zu suchen, das er weit verlegt haben mußte. Endlich hatte er das Blatt gefunden, und da die Dame inzwischen auch wieder aufgepudert war, nahm sie die Tasche an sich, steckte das Puderdöschen hinein und knipste die Tasche abermals so zu, daß die Tasche denselben gellenden Schrei ausstieß wie kurz vorher.
Die Dürren auf den Bänken hatten den gellenden Schrei nicht gehört. Sie alle schienen Auswanderungslustige zu sein, die die Weltsprache des Knipsens noch nicht verstanden, weil sie nichts zum Knipsen hatten. Deshalb mußten sie ja auch auf den Bänken sitzen. Deshalb wurde ihnen ja auch kein Stuhl angeboten unter Verbeugungen. Deshalb mußten sie ja auch warten, bis sie an die Reihe kamen, genau nach der Nummerfolge.
„Können Sie in einer halben Stunde noch mal hier vorsprechen, M'me, oder sollen wir den Paß zu Ihrem Hotel schicken?"
Höflich ist man auf einem amerikanischen Konsulat.
„Ich komme vorgefahren in einer Stunde. Unterschrieben habe ich den Paß ja schon drin."
Die Dame stand auf. Als sie nach einer Stunde wiederkam, saß ich immer noch da. Aber die fette Dame hatte ihren Paß.
Hier endlich bekam ich meinen Paß. Das wußte ich. Der Sekretär brauchte ihn mir nicht in mein Hotel schicken, ich

würde ihn gleich selber mitnehmen. Und hatte ich erst wieder einen Paß, so bekam ich auch wieder ein Schiff, wenn kein heimatliches Schiff, dann sicher ein englisches oder holländisches oder dänisches. Wenigstens bekam ich wieder Arbeit und hatte die Aussicht, doch mal ein heimatliches Schiff in irgendeinem Hafen anzutreffen, wo ein Deckarbeiter gebraucht wurde. Ich konnte ja nicht nur anstreichen, ich verstand auch Messing zu putzen; denn wenn man nichts anstreichen kann, dann wird immer Messing geputzt.
Ich war wirklich zu voreilig in meinem Urteil. Die amerikanischen Konsuln sind besser als ihr Ruf, und was mir die belgische, die holländische und die französische Polizei über die Konsuln gesagt hatte, war nichts als nationale Eifersucht.
Endlich kam dann doch der Tag und die Minute, wo meine Nummer fällig war und ich gerufen wurde. Meine dürren Bankgenossen hatten alle durch eine andre Tür zu gehen, um den Todesstreich zu empfangen. Ich machte eine Ausnahme. Ich wurde zu Mr. Grgrgrgs oder wie der Mann heißen mochte, gerufen. Das war der Mann, den ich in meinem Herzen zu sehen gewünscht hatte; denn er war der, der die Nöte eines Menschen, dessen Paß verlorenging, zu würdigen weiß. Wenn mir niemand auf der ganzen weiten Welt helfen würde, er wird es tun. Er hat der Goldbehangenen geholfen, um wieviel mehr und rascher wird er mir helfen. Es war ein guter Gedanke, der mich verleitet hatte, mein Glück doch noch einmal zu versuchen.

11

Der Konsul ist ein kleiner, hagerer Mann, ausgetrocknet im Dienst.
„Setzen Sie sich“, sagt er und deutet auf einen Stuhl vor seinem Schreibtisch. „Womit kann ich dienen?“
„Ich möchte einen Paß haben.“
„Haben Sie Ihren Paß verloren?“
„Nicht meinen Paß, aber meine Seemannskarte.“
„Ah so, Sie sind ein Seemann?“
Mit diesem Satz hat er seinen Ton geändert. Und dieser neue Ton, der mit einem so merkwürdigen Mißtrauen gemischt ist,

hält nun eine Weile an und bestimmt den Charakter unsrer Unterhaltung.

„Ich habe mein Schiff verloren."

„Wohl betrunken gewesen?"

„Nein. Ich trinke nie einen Tropfen von diesem Gift. Ich bin knochentrocken."

„Sie sagten doch, Sie seien Seemann?"

„Das bin ich auch. Mein Schiff ist drei Stunden früher abgefahren, als angesagt war. Sie sollte mit der Flut 'rausgehen, aber weil sie keine Ladung hatte, so brauchte sie auf die Flut keine Rücksicht nehmen."

„Nun sind Ihre Papiere also an Bord geblieben?"

„Ja."

„Das konnte ich mir denken. Welche Nummer hatte Ihre Karte?"

„Das weiß ich nicht."

„Wo war sie denn ausgestellt?"

„Das kann ich so genau nicht sagen. Ich habe Küstenschiffe gefahren, Bostoner, N'Yorker, Balter, Philier, Golfer und sogar Wester. Ich kann mich nicht mehr erinnern, wo die Karte ausgestellt war."

„Das konnte ich mir denken."

„Man guckt sich doch seine Karte nicht jeden Tag an. Ich habe sie nie angeguckt, solange ich sie hatte."

„Ja."

„Sie hat immer in meiner Tasche gesteckt."

„Naturalisiert?"

„Nein. Im Lande geboren."

„Registriert worden, die Geburt?"

„Weiß ich nicht, da war ich noch zu klein, als ich geboren wurde."

„Also nicht registriert."

„Das weiß ich nicht, habe ich gesagt."

„Aber ich weiß es."

„Dann brauchen Sie mich doch nicht fragen, wenn Sie alles wissen."

„Will ich vielleicht einen Paß haben?" fragt er darauf.

„Das weiß ich nicht, Sir, ob Sie einen Paß haben wollen."

„Sie wollen doch einen haben, nicht ich. Und wenn ich Ihnen einen geben soll, so werden Sie mir doch wohl erlauben müssen, daß ich Fragen an Sie stelle. Nicht wahr?"

Der Mann hat recht. Die Leute haben immer recht. Das ist auch ganz leicht für sie. Zuerst machen sie die Gesetze, und dann werden sie hingestellt, um den Gesetzen das Leben einzuflößen.
„Haben Sie eine feste Adresse drüben?"
„Nein. Ich wohne auf meinen Schiffen, oder wenn ich keine habe, wohne ich in den Seemannsheimen und Herbergen."
„Also keine feste Wohnung. Mitglied eines eingetragenen Klubs?"
„Wer, ich? Nein."
„Eltern?"
„Nein. Gestorben."
„Verwandte?"
„Dank dem Himmel, nein. Wenn ich welche hätte, würde ich sie abschwören."
„Haben Sie gewählt?"
„Nein. Nie."
„Stehen Sie also auch nicht in den Wähler-Registern."
„Sicher nicht. Ich würde auch nicht wählen, wenn ich an Land wäre."
Er sieht mich nun eine ganze Weile an, ziemlich dumm und sehr ausdruckslos. Die ganze Zeit hat er gelächelt und, wie sein Kollege in Rotterdam, mit einem Bleistift gespielt. Was würden die Leute nur machen, wenn es keine Bleistifte mehr gäbe? Aber dann gibt es sicher ein Lineal, oder einen Löscher, oder die Telephonstrippe, oder die Brille, oder ein paar Blätter Papier oder Formulare, die man auf- und zufaltet. Eine Amtsstube hat ja so gut vorgesorgt, daß der Insasse sich nie langweilt. Gedanken, mit denen er sich beschäftigen kann, hat er nicht; und wenn er welche bekommt, hört er für gewöhnlich auf, Beamter zu sein, und wird ein umgänglicher Mensch. Könnten die Finger eines Tages nicht mehr mit den Utensilien spielen, die auf der Inventarliste stehen, würden sie vielleicht an den Fundamenten spielen und bohren, und das möchte den Fundamenten nicht bekommen.
„Also ich kann Ihnen keinen Paß geben."
„Warum nicht?"
„Auf was denn? Auf Ihre bloßen Aussagen hin? Das kann ich nicht. Das darf ich nicht einmal. Ich muß doch Unterlagen vorweisen können. Ich muß doch Rechenschaft ablegen, auf Grund welcher Beweise ich den Paß ausgestellt habe. Wie

können Sie denn beweisen, daß Sie Amerikaner sind, daß ich überhaupt verpflichtet bin, mich mit Ihnen hier zu befassen?"

„Aber das können Sie doch hören?"

„Woran? An der Sprache?"

„Natürlich."

„Das ist kein Beweis. Nehmen Sie hier den Fall Frankreich. Hier leben Tausende, die Fränzösisch sprechen und keine Franzosen sind. Hier gibt es Russen, Rumänen, Deutsche, die ein besseres und reineres Französisch sprechen als der Franzose selbst. Hier sind Tausende, die hier geboren sind und keine Staatsbürger sind. Anderseits sind drüben Hunderttausende, die kaum Englisch sprechen können und über deren amerikanische Staatsbürgerschaft auch nicht der geringste Zweifel besteht."

„Aber ich bin doch im Lande geboren."

„Dann freilich können Sie Bürger sein. Aber auch dann müßten Sie erst noch beweisen, ob nicht Ihr Vater für Sie eine andre Staatsbürgerschaft vorbehalten hat, die Sie nicht abgeändert haben, als Sie volljährig wurden."

„Meine Urgroßeltern waren schon Amerikaner und deren Eltern auch schon."

„Beweisen Sie mir das, und ich bin verpflichtet, Ihnen einen Paß auszustellen, ob ich will oder nicht. Bringen Sie die Urgroßeltern oder nur die Eltern her. Ich will aber viel näher kommen, beweisen Sie mir, daß Sie drüben geboren sind."

„Wie soll ich denn das beweisen, wenn die Geburt nicht registriert worden ist."

„Das ist sicher nicht meine Schuld."

„Vielleicht bestreiten Sie mir gar, daß ich überhaupt geboren bin?"

„Richtig. Das bestreite ich. Die Tatsache, daß Sie hier vor mir stehen, ist kein Beweis für mich, daß Sie geboren sind. Ich habe es zu glauben. Wie ich zu glauben habe, daß Sie Amerikaner sind, daß Sie Bürger sind."

„Also Sie glauben nicht einmal, daß ich geboren bin? Das ist aber doch die Grenze alles möglichen."

Der Konsul lächelte sein schönstes Amtslächeln: „Daß Sie geboren sind, muß ich ja wohl glauben; denn ich sehe Sie hier mit meinen Augen. Wenn ich Ihnen nun einen Paß ausstelle und ihn der Regierung daheim damit rechtfertige, daß ich meinen Bericht schreibe: ‚Ich habe den Mann gesehen und glaube, daß er Bürger ist!', so kann es leicht geschehen, daß ich gesackt werde. Denn was ich glaube, will die Regierung daheim nicht wissen. Sie will nur wissen, was ich bestimmt weiß. Und was ich bestimmt weiß, muß ich immer beweisen können. Ihre Staatsbürgerschaft und Ihre Geburt kann ich nicht beweisen."

Man möchte manchmal bedauern, daß wir noch nicht aus Papiermaché gemacht sind; denn dann könnte man an dem Stempel sehen, ob man in der Fabrik USA oder in der Fabrik Frankreich oder in der Fabrik Spanien angefertigt worden ist, und den Konsuln wäre die Mühe erspart, ihre wertvolle Zeit mit so törichten Dingen zu vertrödeln.

Der Konsul hat den Bleistift hingeworfen, ist aufgestanden, geht zur Tür und ruft einen Namen hinaus. Ein Sekretär kommt herein, und der Konsul sagt zu ihm: „Sehen Sie mal nach. Wie ist der Name?" Er wendet sich mir zu. „Ach ja, es fällt mir schon wieder ein, Gale, richtig. Ja, sehen Sie also nach, sofort."

Der Mann läßt die Tür halb offen, und ich sehe, daß er an einem Schranke, wo Tausende von gelben Karten aufgestapelt sind, das G heraussucht und nach meinem Namen forscht. Die Karten der Deportierten, der Unerwünschten, der Pazifisten und der bekannten Anarchisten.

Der Sekretär kommt wieder zurück. Der Konsul, der während der Zeit am Fenster gestanden hat und hinuntergesehen hat, dreht sich um: „Na?"

„Ist nicht drin."

Das wußte ich vorher. Jetzt kriege ich meinen Paß. So schnell nicht. Der Sekretär ist wieder gegangen und hat die Tür hinter sich zugemacht. Der Konsul sagt nichts, setzt sich wieder an seinen Schreibtisch, sieht mich eine Weile an und weiß nicht mehr, was er fragen soll. Seine Prüfungsaufgaben scheinen nur bis hierher gereicht zu haben. Nun steht er auf und verläßt das Zimmer. Jedenfalls holt er sich Rat aus einem der andern heiligen Räume. Ich habe nichts weiter zu tun und sehe mir die Bilder an der Wand an. Alles bekannte Gesichter, mein eigner Vater ist mir nicht so vertraut in seinem Gesicht als diese Gesichter. Washington, Franklin, Grant, Lincoln. Männer, denen Bürokratismus so verhaßt war wie einem Hunde die Katzen. „Das Land soll für immer sein das Land der

Freiheit, wo der Vefolgte und der Gehetzte Zuflucht findet, sofern er guten Willens ist."
„Dieses Land soll gehören denen, die es bewohnen."
Aber freilich, das kann ja nicht so fort gehen bis in alle Ewigkeit. „Das Land soll gehören denen, die es bewohnen." Das puritanische Gewissen ließ nicht zu, daß kurz und bündig gesagt wurde: „Das Land gehört uns, den Amerikanern." Denn da waren die Indianer, denen das Land von Gott gegeben war, und Gottes Gesetz hat der Puritaner zu beachten. „Wo der Verfolgte und der Gehetzte Zuflucht findet." Ganz gut, wenn alle, die da wohnen, Verfolgte und Gehetzte sind aus allen möglichen Ländern. Und die Nachfahren jener Verfolgten und Gehetzten sperren das Land ab, das allen Menschen gegeben wurde. Und um die Absperrung ganz vollkommen zu machen, damit auch nicht eine Maus durchschlüpfen kann, sperren sie die eignen Söhne ab. Denn es könnte ja unter der Verkleidung des eignen Sohnes sich der Sohn eines Nachbars einschleichen.
Der Konsul kommt zurück und setzt sich wieder. Er hat eine neue Frage gefunden.
„Sie können ja vielleicht ein entwichener Sträfling sein oder jemand, der eines schweren Verbrechens wegen gesucht wird. Und ich würde Ihnen einen Paß ausstellen auf den von Ihnen genannten Namen und würde Sie durch den Paß vor der gerechten Verfolgung schützen."
„Ja, das würden Sie. Ich sehe nun ein, daß mein Kommen ganz und gar zwecklos war."
„Es tut mir wirklich leid, Ihnen nicht helfen zu können. Meine Machtbefugnisse sind nicht weitreichend genug, um Ihnen den Paß oder irgendein Papier, das Ihnen zur Legitimation dienen könnte, auszustellen. Sie hätten mit Ihrer Seemannskarte vorsichtiger sein müssen. Solche Dinge verliert man nicht in dieser Zeit, wo der Paß notwendiger ist als sonst irgend etwas."
„Nun möchte ich aber doch gern eins wissen."
„Ja?"
„Da war hier eine sehr dicke Dame mit vielen Brillantringen, die sie kaum noch schleppen konnte, die hatte ihren Paß doch auch verloren, und Sie haben ihr sofort einen gegeben. Das hat nur eine halbe Stunde gedauert."
„Aber das war doch die Frau Sally Marcus aus New York,

werden Sie doch schon gehört haben den Namen. Das große Bankgeschäft", sagte er mit einer Geste und einer Betonung, als ob er gesagt hätte: Das war doch der Prince of Wales und nicht ein Seemann, dem das Schiff fortgefahren ist.
Er mußte wohl an meinem Gesichtsausdruck erkennen, daß ich das nicht so schnell fassen konnte, denn er fügte hinzu: „Sie werden den Namen doch schon gehört haben? Das große Bankgeschäft in New York?"
Ich zweifelte noch immer und sagte: „Ich glaube aber kaum, daß die Dame Amerikanerin ist, ich würde viel eher glauben, daß sie in Bukarest geboren ist."
„Woher wissen Sie das? Die Frau Marcus ist allerdings in Bukarest geboren worden. Aber sie ist amerikanischer Bürger."
„Hatte sie denn ihren Bürgerbrief bei sich?"
„Natürlich nicht. Warum?"
„Woher haben Sie denn dann gewußt, daß sie Bürger ist? Richtig sprechen hat sie noch nicht gelernt."
„Da brauche ich keinen Beweis. Der Bankier Marcus ist doch bekannt. Sie ist doch Luxuskabine auf der ‚Majestic' herübergekommen."
„Jetzt endlich verstehe ich. Ich bin nur in einer Forecastle-Bunk, auf einem Frachteimer herübergekommen als Deckarbeiter. Und das beweist gar nichts. Großes Bankgeschäft und Luxuskabine beweist alles."
„Der Fall liegt eben ganz anders, Mr. Gale. Ich habe Ihnen gesagt, ich kann nichts für Sie tun. Ich darf nicht einmal etwas für Sie tun. Papiere darf ich Ihnen nicht geben. Ich persönlich glaube Ihnen, was Sie mir gesagt haben. Aber wenn die Polizei Sie hierher bringen sollte, damit wir Sie anerkennen und aufnehmen sollen, leugne ich Sie glatt ab und bestreite Ihre Staatsangehörigkeit. Ich kann nichts andres tun."
„Dann kann ich hier einfach untergehen in fremdem Lande."
„Ich habe nicht die Machtvollkommenheit, Ihnen beizustehen, selbst wenn ich persönlich gern möchte. Ich werde Ihnen eine Karte für ein Hotel geben für drei Tage mit voller Verpflegung. Sie dürfen sich nach Ablauf eine zweite und auch eine dritte holen."
„Nein, ich danke sehr. Bemühen Sie sich nicht."
„Vielleicht ist Ihnen besser gedient mit einer Fahrkarte nach

der nächsten größeren Hafenstadt, wo Sie vielleicht ein Schiff bekommen können, das unter andrer Flagge fährt."
„Nein, danke. Ich hoffe, meinen Weg allein zu finden."
„Ja dann – Good bye und viel Glück!"
Aber da sind wieder die großen Gegensätze zwischen den amerikanischen Beamten und den Beamten andrer Länder. Als ich auf der Straße war und nach einer Uhr blickte, sah ich, daß es fünf Uhr vorbei war. Die Geschäftsstunden des Konsuls waren um vier Uhr zu Ende; jedoch er hatte nicht ein einziges Mal irgendein Zeichen von Ungeduld geäußert oder fühlen lassen, daß seine Zeit längst vorüber war.
Nun erst hatte ich mein Schiff wirklich verloren.
Ade, mein sonniges New Orleans. Good bye and good luck to ye!
Mädel, mein liebes Mädel in New Orleans, jetzt kannst du warten auf deinen Jungen; auf dem Jackson Square kannst du sitzen und heulen. Dein Junge kommt nicht mehr heim. Das Meer hat ihn verschluckt. Gegen Sturm und Wellen konnte ich kämpfen, mit Farbe und mit harten Fäusten; gegen Paragraphen, Bleistifte und Papier nicht. Nimm dir beizeiten einen andern, Liebchen. Verplempere deine rosige Jugend nicht mit Warten auf den Vaterlandslosen und Nichtgeborenen. Leb wohl! Süß waren deine Küsse und glühend, weil wir keine Heiratslizenz geholt hatten.
Schiet das Mädel. Hoiho! Wind kommt auf. Boys, get all the canvas set. Alles, was Leinwandfetzen heißt, 'raus damit und hoch.

12

Express Paris – Limoges. Ich sitze drin und habe keine Karte. Diesmal wurde kontrolliert. Aber ich verschwand spurlos. Limoges – Toulouse. Ich sitze drin und habe auch keine Karte.
Was die nur immerfort zu kontrollieren haben. Es muß doch in der Tat zu viele Eisenbahnschwindler geben, daß so oft kontrolliert wird. Aber die haben ganz recht, wenn jeder ohne Karte fahren wollte, wer sollte denn dann die Dividenden bezahlen. Das geht doch nicht. Ich verschwinde spurlos. Als die Kontrolle vorbei ist, setze ich mich wieder auf meinen

Platz. Plötzlich kommt der Kontrolleur zurück, geht entlang und sieht mich an. Ich sehe ihn auch an. Ganz dreist. Er geht weiter. Man muß nur wissen, wie man Kontrolleure anzusehen hat, dann hat man auch schon gewonnen. Er dreht sich um und kommt auf mich zu. „Bitte, wo wollten Sie umsteigen?"
Ein ganz gerissener Bursche, dieser Kontrolleur.
Ich verstehe nur das Umsteigen in diesem Augenblick, weil ich die übrigen Worte erst in Gedanken übersetzen muß. Aber dazu komme ich gar nicht, denn er sagt gleich darauf: „Bitte, lassen Sie doch mal Ihre Karte sehen, wenn ich sehr bitten darf."
Na, Freund, wenn du noch so höflich bist und noch so höflich bittest, es tut mir sehr leid, ich kann dir deinen Wunsch nicht erfüllen.
„Ich habe es gewußt", sagt er ganz ruhig und unauffällig. Ich bin überzeugt, die übrigen Fahrgäste haben gar nicht beachtet, was für eine Tragödie sich hier abspielt.
Der Mann nimmt sein Notizbuch, schreibt etwas und geht dann weiter. Vielleicht hat er ein gutes Herz und vergißt mich. Aber in Toulouse auf dem Bahnhof werde ich schon erwartet. Ohne Blechmusik, aber mit einem Auto.
Es ist ein sehr gutes Automobil, feuer- und einbruchsicher, und ich kann während der Fahrt nicht hinausfallen und sehe von meinem Fenster nur einen Teil der obersten Stockwerke der Häuser, an denen wir vorübersausen. Es ist ein Spezialauto für Gäste, die man hier bewillkommnen möchte, denn aller Verkehr hat meinem Auto Platz zu machen, so daß es unbehindert durchfahren kann. Auf jeden Fall sind die Autos in Toulouse eine Marke, die ich noch nicht kenne. Weder Ford noch Dodge Brothers werden hier auf Absatz rechnen können, oder sie müßten sich den hiesigen Ansprüchen besser anpassen.
Aber ich weiß schon, wo ich landen werde. Wenn mir irgend etwas merkwürdig vorkommt an den Sitten und Gebräuchen in europäischen Ländern, dann bin ich immer auf dem Wege zu einer Polizeistation oder unter den Fittichen von Cops. Ich habe daheim nie in meinem Leben je etwas mit der Polizei oder mit dem Gericht zu tun gehabt. Hier kann ich ruhig auf einer Kiste sitzen oder unschuldig im Bett liegen oder über eine Wiese spazierengehen oder in einem Eisenbahnzuge fahren, immer lande ich auf einer Polizeistation. Kein Wunder, daß Europa vor die Hunde geht. Die Leute haben ja gar keine Zeit

zu arbeiten, sieben Achtel ihres Lebens haben sie auf Polizeistationen oder mit Polizisten zu vergeuden. Darum sind die Leute auch immer so gereizt und machen so gern Krieg, weil sie sich ewig mit der Polizei herumzanken müssen und die Polizei sich mit ihnen herumzankt. Wir sollten den europäischen Ländern keinen Nickel mehr pumpen, sie geben es ja doch bloß aus, um ihre Polizei noch weiter zu vermehren. Keinen Nickel mehr, no, Sir.
„Von wo kommen Sie?"
Der Hohepriester sitzt wieder vor mir. Sie sind alle gleich. In Belgien, in Holland, in Paris, in Toulouse. Immer müssen sie fragen, und immer wollen sie alles wissen. Und selber begeht man immer wieder den großen Fehler, daß man überhaupt antwortet. Man sollte ganz still sein, gar nichts sagen und die raten lassen. Dann kämen sie alle bald ins Irrenhaus, oder sie würden die Folter wieder einführen. Aber würde man nie antworten, dann würden die Cops ja noch dümmer werden, als sie schon sind.
Das soll man aber auch erst aushalten, da zu sitzen oder zu stehen und immerfort gefragt werden und nichts antworten. Das verfluchte Maul redet ganz von selbst, sobald einem eine Frage entgegengeschleudert wird. Das macht die lange Gewohnheit. Es ist unerträglich, einen Fragesatz schwebend in der Luft hängen zu lassen, ohne ihn durch eine Antwort wieder ins Gleichgewicht zu bringen. Eine unbeantwortete Frage läßt einem keine Ruhe, läuft immer hinter einem her, drängt sich in die Träume und raubt einem die Ruhe zum Arbeiten und zum Denken. Das eine Wort „Warum?" mit einem Fragezeichen dahinter ist der Zentralpunkt aller Kultur, Zivilisation und Entwicklung. Ohne dieses eine Wort sind die Menschen nichts weiter als Affen, und wenn man den Affen dieses Zauberwort gibt, werden sie sofort Menschen. Yes, Sir.
„Von wo Sie kommen, will ich wissen!"
Da habe ich nun mal den Versuch gemacht, nicht zu antworten, aber jetzt halte ich es schon nicht mehr aus. Ich muß ihm etwas erzählen. Soll ich nun sagen, daß ich von Paris käme? Oder soll ich lieber sagen, ich käme von Limoges. Wenn ich Limoges sage, machen sie es vielleicht acht Tage billiger, weil Limoges ja nicht so weit ist wie Paris.
„Ich bin in Limoges eingestiegen."
„Das ist nicht richtig, Mann, Sie sind in Paris eingestiegen."

Sieh mal an, wie gut die raten können.
„Nein, ich bin nicht in Paris eingestiegen, sondern nur in Limoges."
„Aber Sie haben doch hier eine Bahnsteigkarte von Paris in der Tasche."
Da haben sie also schon wieder meine Taschen durchsucht. Ich habe das gar nicht gemerkt, weil ich schon so daran gewöhnt bin, daß es mir gar nicht mehr auffällt.
„Oh, die Bahnsteigkarte habe ich schon lange."
„Wie lange?"
„Sechs Wochen wenigstens."
„Das ist aber merkwürdig. Die Karte hat das Datum von gestern vormittag."
„Dann ist sie irrtümlicherweise vordatiert worden", sage ich.
„Offenbar. Also Sie sind in Paris eingestiegen."
„Aber von Paris bis Limoges habe ich bezahlt."
„Jedenfalls. Und Sie sind ein so guter Bezahler, daß Sie außer Ihrer Fahrkarte auch noch die Bahnsteigkarte gekauft haben, die Sie gar nicht brauchten, wenn Sie eine Fahrkarte hatten. Wenn Sie aber eine Karte bis Limoges hatten, wo ist dann diese Karte."
„Die habe ich in Limoges abgegeben", antwortete ich.
„Dann hätten Sie aber doch eine Bahnsteigkarte von Limoges haben müssen. Aber lassen wir das. Wollen wir erst einmal die Personalien festhalten."
Gut, wenn sie nur die Personalien festhalten, das ist mir lieber, als wenn sie mich festhalten.
„Nationalität?"
Eine heikle Frage jetzt. Ich habe so ein Ding nicht mehr, seitdem ich nicht beweisen kann, daß ich geboren bin. Ich könnte es eigentlich mit Franzose versuchen. Der Konsul hat mir ja erzählt, daß es Tausende von Franzosen gäbe, die nicht französisch sprechen können und doch Franzosen sind, soweit ihre Staatsangehörigkeit in Frage kommt. Glauben wird er es mir ja sicher nicht. Er wird ja auch Beweise sehen wollen. Wissen möchte ich nur, für wen es billiger ist, ohne Fahrkarte auf der Eisenbahn zu fahren, für Franzosen oder für Ausländer? Aber der Ausländer kann ja denken, in Frankreich brauche man keine Fahrkarten und er habe in gutem Glauben gehandelt.

Geld haben sie in meinen Taschen aber nicht gefunden, und das ist dann schon verdächtig.
„Ich bin ein Deutscher", platze ich nun 'raus; denn mir kam ganz plötzlich die Idee, daß ich doch mal sehen möchte, was sie mit einem Boche machen, wenn sie ihn ohne Paß und ohne Fahrkarte in ihrem Lande finden.
„Also ein Deutscher. Sieh an. Wohl auch noch von Potsdam?"
„Nein, nur von Wien."
„Das ist Österreich. Aber das ist ja alles dasselbe. Also Deutscher. Warum haben Sie denn keinen Paß?"
„Den habe ich verloren."
Nun ging die ganze Reihe wieder herunter. In jedem Lande haben sie genau dieselben Fragen. Hat einer vom andern abgeschrieben. Erfunden wurden sie wahrscheinlich in Preußen oder in Rußland, denn alles, was sich um Einmischung in die Privatverhältnisse eines Menschen handelt, kommt aus einem der beiden Länder. Da sind die Leute am geduldigsten und lassen sich alles gefallen, und vor einem blanken Knopf nehmen sie die Mütze ab. Denn in jenen Ländern ist der blanke Knopf der böse Gott, den man verehren und anbeten muß, damit er sich nicht rächt.
Zwei Tage später bekam ich vierzehn Tage Gefängnis wegen Eisenbahnbetrugs. Hätte ich gesagt Amerikaner, so würden sie vielleicht herausgekriegt haben, daß ich bereits vorbestraft war wegen Eisenbahnbetrugs, und dann wäre es teurer geworden. Aber meinen Namen erzählte ich ihnen ja auch nicht. Es hat seine Vorteile, wenn man keinen Paß und keine Seemannskarte hat, die jemand in den Taschen finden könnte.
Als die Tage der Vorbereitungen abgelaufen waren, wurde ich der Arbeitskolonne zugewiesen. Da waren kleine merkwürdige Dinger, die aus Weißblech gestanzt waren. Wozu die gebraucht wurden, wußte kein Mensch, nicht einmal die Aufsichtsbeamten wußten es. Manche behaupteten, es sei ein Teil eines Kinderspielzeugs, andre sagten, es sei ein Teil eines Panzerschiffes, wieder andre waren überzeugt, daß es zu einem Auto gehöre, und einige schworen und verwetteten hereingeschmuggelten Tabak, daß dieser Blechschnipsel ein wichtiges Stück von einem lenkbaren Luftschiff sei. Ich war der festen Meinung, daß es zu einer Taucherausrüstung gehören müsse.

Wie ich zu dieser Auffassung kam, weiß ich nicht. Aber die Idee hatte sich in mir festgesetzt, und ich hatte auch irgendwo einmal gelesen, daß an Taucherausrüstungen eine ganze Anzahl von Dingen gebraucht würde, die man sonst nirgends gebrauchen könne.
Von diesen merkwürdigen Blechschnipseln hatte ich immer hundertvierundvierzig abzuzählen und auf einen Haufen zu legen. Wenn ich einen Haufen fertig abgezählt und neben mir liegen hatte und einen andern Haufen anfangen wollte, kam der Aufsichtsbeamte und fragte mich, ob ich auch ganz genau wüßte, daß dies hundertvierundvierzig Schnipselchen seien, und ob ich mich auch ja nicht etwa verzählt hätte.
„Ich habe ganz genau gezählt, es sind genau hundertvierundvierzig."
„Ist das auch ganz bestimmt, kann ich mich ganz bestimmt darauf verlassen?"
Er sah mich so sorgenvoll an, als er diese Frage an mich stellte, daß ich aufrichtig zu zweifeln begann, ob das auch wirklich und wahrhaftig hundertvierundvierzig Schnipselchen seien, und ich sagte, es sei vielleicht doch besser, ich zähle sie noch mal nach. Darauf sagte der Beamte, das sollte ich nur tun, es sei auf jeden Fall besser, damit auch ja kein Irrtum vorkomme; denn wenn sie nicht ganz genau gezählt seien, so gäbe das eine Mordsschweinerei, und er könnte vielleicht gar seinen Posten hier verlieren, was ihm sehr unangenehm wäre, weil er drei Kinder und eine alte Mutter zu versorgen hätte.
Als ich nun das Häufchen das zweite Mal durchgezählt hatte und gefunden hatte, daß die Summe stimmte, kam gerade wieder der Beamte heran. Ich sah, daß er sein Gesicht wieder in besorgte Falten legte, und um ihm den Kummer zu sparen und ihm zu zeigen, wie sehr ich an seinen Sorgen teilnahm, sagte ich, ehe er Zeit hatte, den Mund aufzutun: „Ich glaube, ich zähle lieber noch mal nach; ich könnte mich vielleicht doch um einen oder gar zwei verzählt haben."
Über sein sorgenvolles Gesicht huschte da ein so verklärtes Lächeln, als ob ihm jemand erzählt hätte, er bekäme in vier Wochen eine Erbschaft von fünfzigtausend Franken ausgezahlt. „Ja, tun Sie das nur, um Gottes willen, zählen Sie lieber noch mal genau nach. Denn wenn da ein Schnipsel zu viel wäre oder eines zu wenig und der Herr Direktor würde mich zum Rapport kommandieren, ich weiß nicht, was ich da täte. Ich würde

ganz sicher meinen Posten verlieren, und da sind die armen Würmer, und meine Frau ist auch nicht ganz wohlauf, und da ist noch meine alte Mutter. Oh, zählen Sie nur ganz genau hundertvierundvierzig, genau zwölf Dutzend. Vielleicht zählen Sie die Schnipselchen überhaupt dutzendweise, da können Sie sich nicht so leicht verzählen."

An dem Tage, als ich entlassen wurde und meine Zeit abgedient hatte, hatte ich alles in allem drei Häufchen Schnipselchen gezählt. Ich weiß heute noch nicht, ob ich mich nicht doch vielleicht bei einem verzählt haben mag. Aber ich hege die stille Hoffnung, daß der treue Beamte und brave Versorger seiner Familie die drei Häufchen noch einmal zwei Wochen lang hat nachzählen lassen, so daß ich also nicht die Verantwortung zu tragen habe, wenn der Mann vielleicht doch zum Rapport kommandiert wird.

Ich bekam vierzig Centimes Arbeitslohn ausgezahlt. Eins ist sicher, wenn ich noch zweimal ohne Fahrkarte auf einer französischen Bahn fahre und erwischt werde, muß der französische Staat unweigerlich bankrott machen. Das hält kein Staat aus, auch wenn er viel günstiger dastände als Frankreich.

Das möchte ich diesem Staate auch nicht antun, und ich möchte mir auch nicht nachsagen lassen, daß ich vielleicht gar schuld sei, wenn der französische Staat seine gepumpten Gelder nicht verzinsen kann.

Darum mußte ich 'raus aus diesem Lande.

Das heißt, ich will nicht verschweigen, daß es nicht nur meine Sorge um das Wohlergehen und das geregelte Zinsenbezahlen des französischen Staates war, was mich veranlaßte, an eine beschleunigte Abreise zu denken. Bei meiner Entlassung war ich wieder einmal verwarnt worden. Diesmal sehr ernsthaft. Wäre ich innerhalb vierzehn Tagen nicht 'raus aus dem Lande, dann bekäme ich ein Jahr und Deportation nach Deutschland. Das hätte den armen Staat wieder allerlei gekostet, und ich bekam aufrichtiges Mitleid mit diesem geplagten Lande.

13

Ich wanderte südlich, auf Pfaden, die so alt sind wie die Geschichte der europäischen Völker. Ich blieb nun bei meiner neuen Nationalität. Und wenn mich jemand fragte, sagte ich

ganz trocken: „Boche." Es nahm mir niemand übel, ich bekam überall zu essen und überall ein gutes Nachtquartier, bei jedem Bauern. Es schien, daß ich instinktiv das Richtige getroffen hatte. Niemand konnte die Amerikaner leiden. Jeder schimpfte und fluchte auf sie. Sie seien die Räuber, die aus dem Blute französischer Söhne ihre Dollar gemünzt hätten, und sie seien die Halsabschneider und Wucherer, die nun aus den Sorgen und Tränen der übriggebliebenen Väter und Mütter abermals Dollar herausmünzen wollen, weil sie nie den Rachen vollkriegen könnten, obgleich sie im Golde schon erstickten. Wenn wir nun einen hier hätten, einen von diesen amerikanischen Wucherern, wir schlügen ihn mit dem Dreschflegel tot wie einen alten Hund, weil er wahrhaftig nichts Besseres verdient.
Verflucht noch mal, da habe ich aber Glück gehabt.
„Dagegen die Boches. Gut, wir haben Krieg mit ihnen gehabt, einen ehrlichen und richtigen Krieg. Wir haben ihnen Elsaß wieder abgenommen. Da sind sie auch ganz damit einverstanden, das haben sie eingesehen. Nun aber geht es den armen Teufeln genauso dreckig wie uns. Auch die hat der amerikanische Hund am Schlafittchen und holt noch den letzten abgenagten Knochen heraus. Die verhungern ja alle, die armen Boches. Wir würden ihnen so gern etwas abgeben, aber wir haben ja selber nur noch das nackte Leben, weil der Teufel von Amerikaner uns schon das Hemd vom Leibe gezogen hat. Warum ist er überhaupt 'rübergekommen nach Europa? Uns zu helfen? Prost Mahlzeit! Um uns den letzten Faden noch vom Leibe zu ziehen. Denn wir müssen ja alles bezahlen. Wir und die armen Boches."
„Sieht man ja an Ihnen, wie dreckig es den armen Boches geht. Ganz verhungert sehen Sie aus. Essen Sie nur tüchtig, langen Sie zu. Nehmen Sie sich das beste Stück. Wenn es Ihnen nur schmeckt. Wenn sie drüben alle so verhungert sind wie Sie, dann gute Nacht. Aber wir haben ja selber nicht viel. Wo wollen Sie denn nun hin? Nach Spanien? Das ist recht. Das ist vernünftig. Die haben noch etwas mehr als wir. Die haben keinen Krieg gehabt. Aber die hat ja der Amerikaner auch so 'reingelegt mit Kuba und mit den Philippinen. Da sehen Sie es ja schon wieder. Immer stiehlt er uns arme Europäer aus. Als ob er drüben nicht genug hätte. Nein, er muß hier stehlen und wuchern kommen. Langen Sie nur tüchtig zu. Lassen Sie sich durch uns nicht stören, daß wir schon aufhören. Wir haben

ja noch ein bißchen was und können uns wenigstens hin und wieder mal satt essen. Aber, ihr armen Boches da drüben, euch verhungern ja die kleinen Würmchen in der Wiege."

„Und wenn nun gar hier ein armer Teufel sich das Geld zusammengespart hat und will 'rüber zu den Amerikanern, um sich ein paar Dollars zu verdienen, die er seinen Eltern schikken will, da machen sie die Türe zu, diese Banditen. Erst stehlen sie das Land von den armen Indianern, und wenn sie es haben, dann lassen sie keinen mehr 'rein, nur damit sie ja ganz im Fett ersticken können, die verfluchten Hunde. Als ob sie dem, der überfährt, was schenken würden. Arbeiten muß er, aber feste. Die schlechteste Arbeit, die kein Amerikaner anfassen will, die können dann unsre Jungens machen."

„Wissen Sie was, Sie könnten eigentlich hier ein paar Wochen ganz gut arbeiten. Da können Sie sich ordentlich herausfüttern, daß Sie wieder zu Kräften kommen, denn Spanien ist noch weit. Mon dieu, viel bezahlen können wir ja nicht, dreißig Franken den Monat, acht Franken die Woche und die Kost und das Schlafen. Vor dem Kriege war der Lohn nur drei Franken die Woche, aber es ist ja jetzt alles so sündhaft teuer. Wir haben auch während des Krieges einen Boche hier gehabt. Einen Kriegsgefangenen. Er war ein so fleißiger Mann, wir waren alle recht traurig, als er wieder heim mußte. Sag, Antoine, der Wil'em, der Boche, der war doch ein sehr fleißiger Mann. Der hat tüchtig gearbeitet. Wir haben ihn auch alle sehr gern gehabt, und die andern Leute haben auch immer geredet, daß wir ihn zu gut behandeln, aber wir haben ihm doch alles gegeben, was wir konnten. Er hat dasselbe Essen gehabt wie wir, da haben wir keinen Unterschied gemacht..."

Da arbeitete ich also nun, und ich lernte bald erfahren, daß der Wil'em wirklich ein tüchtiger Arbeiter gewesen sein muß. Denn ich hörte jeden Tag ein halbes dutzendmal: „Ich weiß nicht, der Wil'em muß aus einer ganz andern Gegend gewesen sein als Sie. So können Sie nicht arbeiten wie der Wil'em. Habe ich nicht recht, Antoine?"

Und Antoine bestätigte: „Ja, er ist sicher aus einer ganz andern Gegend, denn so kann er nicht arbeiten, wie der Wil'em es konnte. Aber es gibt wohl auch unter den Boches Unterschiede, genauso wie bei uns."

Der ewige Vergleich mit dem tüchtigen Wil'em, der sicher mehr von der Landwirtschaft verstand als ich und der gewiß auch darum so „tüchtig“ arbeitete, weil er lieber hier bei den Bauersleuten blieb als in das Internierungslager zurückgeschickt werden oder in Algier .Straßen pflastern wollte, fiel mir bald auf die Nerven. Selbst wenn ich nur halb soviel gearbeitet hätte, wäre es noch um das Dreifache zuviel gewesen. So billig bekam der Bauer nie wieder einen Arbeiter. Acht Franken in der Woche. Andre Bauern hatten zwanzig, fünfundzwanzig, dreißig Franken die Woche zu zahlen. Ich bekam acht. Ich war ja auch der verhungerte Boche, der herausgefüttert werden sollte.

Als ich dann abzog, weil ich erklärte, ich müßte nun unbedingt nach Spanien, ich könne auf keinen Fall mehr länger warten, und vielleicht käme gar noch die Polizei, die es mir verbieten würde, hier zu arbeiten, da bekam ich für meine Arbeit von sechs Wochen im ganzen zehn Franken. Der Bauer sagte mir, daß er nicht mehr Geld habe. Wenn ich vielleicht nach Neujahr zurückkommen wolle, dann könne er mir den Rest zahlen, weil er dann das Geld bekäme für die Ernte, aber jetzt habe er weiter kein Geld. Ich sähe jetzt auch wieder ganz gesund aus, es habe mir doch gutgetan, dieses kräftige Essen, das ich hier bekommen habe, und totgearbeitet hätte ich mich ja auch nicht, der Wil'em –.

„Ja“, sagte ich darauf, „der Wil'em war auch aus Westfalen, ich bin aber aus Südfalen, und da braucht man nicht so hart arbeiten, weil alles von selbst wächst, da ist man so schwere Arbeit nicht gewöhnt.“

„Das ist ja dann ganz verständlich“, sagte der Bauer. „Von Südfalen habe ich auch schon viel gehört. Das ist doch das Großherzogtum, wo die vielen Bernsteinbergwerke sind?“

„Richtig“, sagte ich, „das ist der Landesteil, wo die vielen Hochöfen sind, in denen der Königsberger Klops geschmolzen wird.“

„Was? Der Königsberger Klops wird aus Eisen gemacht? Ich habe immer geglaubt, der wird aus gemahlener Steinkohle hergestellt.“

„Das ist der gefälschte. Der wird allerdings aus gemahlener Steinkohle gemacht“, erwiderte ich. „Da haben Sie durchaus recht, aus gemahlener Steinkohle mit eingedicktem Schwefelteer. Aber der richtige, der echte Königsberger Klops, der wird in Hochöfen geschmolzen, der ist viel härter als der härteste Stahl. Damit haben ja unsere Generäle die Torpedos

gefüllt, mit denen sie die Panzerschiffe versenkten. Ich habe selbst an einem solchen Hochofen gearbeitet."
„Ihr seid doch schlaue Leute, das muß ich schon sagen", erwiderte der Bauer. „Wir haben ja nun den Krieg gewonnen, und das nehmen wir euch nicht übel. Und der Krieg ist ja jetzt auch vorbei. Warum sollen wir da noch böse miteinander sein. Dann lassen Sie es sich nur recht gut gehen in Spanien."
Gelegentlich will ich doch einen Deutschen fragen, was eigentlich Königsberger Klops ist. Jeder, den ich gefragt habe, hat mir immer etwas andres erzählt, aber freilich keiner war ein Deutscher.

14

Die Gegend wurde ziemlich einsam, alles Gebirgsland, Klettern und Klettern. Die Bauern wurden immer geringer und die Hütten immer ärmlicher. Wasser reichlich und das Essen knapp und dürftig. Nachts recht hübsch kalt und selten eine Decke und oft nicht einmal einen Sack. Der Einmarsch in Sonnenländer ist immer mühselig, das haben nicht nur einzelne Menschen, sondern ganze Völker erfahren. „Die Grenze ist jetzt nicht mehr weit", war mir am Morgen gesagt worden, als ich den Hirten verließ, in dessen elender Hütte ich geschlafen hatte und der sein bißchen Käse, Zwiebeln, Brot und dünnen Wein mit mir geteilt hatte.
Dann war ich auf einer Straße, die an den Bergen hochklomm und wieder hinunterging in die Täler, nur um abermals hochzuklimmen und wieder hinunterzuführen.
Und auf dieser Straße kam ich endlich an ein großes hochgewölbtes Tor, das sehr altertümlich aussah. Zu beiden Seiten des Tores zog sich eine Mauer hin, die ebenso graugelb und alt aussah wie das Tor. Es schien, daß diese Mauer ein großes Gut einschlösse. Die Straße führte direkt unter dem Torbogen her.
Um auf der Straße weiterzukommen, gab es gar keinen andern Weg, als durch das Tor zu gehen. Ich hoffte, daß die Straße über den Gutshof führe, an der gegenüberliegenden Seite ein ähnliches Tor sein werde, durch das man dann wieder auf die Straße komme.
Ich ging drauflos, ging durch das Tor und wanderte geradeaus weiter, ohne jemand zu sehen.

Plötzlich aber kommen zwei französische Soldaten mit Gewehr und aufgepflanztem Bajonett aus irgendeinem Winkel hervor, kommen auf mich zu und fragen mich nach einem Paß. Hier scheinen also sogar die Soldaten nach der Seemannskarte zu fragen.

Ich erklärte ihnen, daß ich keinen Paß hätte. Dann sagen sie aber, daß sie nicht meinen Reisepaß sehen wollten, der kümmere sie nicht, sie möchten lediglich meinen Paß sehen, der vom französischen Kriegsministerium in Paris ausgefertigt sei und mir das Recht gebe, hier in den Festungswerken ohne Begleitung herumzulaufen.

„Das habe ich nicht gewußt, daß dies hier Festungswerke sind", sage ich, „ich bin immer auf der Straße geblieben und habe geglaubt, das sei der Weg zur Grenze."

„Die Straße zur Grenze biegt eine Stunde vorher rechts ab. Da war ein Schild. Haben Sie das nicht gesehen?"

„Nein. Das Schild habe ich nicht gesehen."

Ich erinnere mich jetzt, daß ich eine Straße rechts abbiegen sah. Ich erinnere mich aber auch, daß ich eine ganze Anzahl von Straßen in den letzten Tagen rechts und links abbiegen sah. Aber ich hielt es für besser, immer in der geraden Richtung fortzugehen, die nach Süden führt. Das war für mich die Zielrichtung. Ich habe so viele Schilder gesehen. Aber was gingen mich denn die Schilder alle an? Wenn sie die Namen eines Ortes nannten, so wußte ich ja nicht, ob der Ort näher zur Grenze lag oder weiter. Am Ende wäre ich immer im Kreise herumgelaufen und nie nach Spanien gekommen, wenn ich allen Schildern nachgelaufen wäre. Eine Karte, auf der ich die Ortsnamen hätte ablesen können, besaß ich ja nicht.

„Wir müssen Sie zum wachhabenden Offizier bringen." Die beiden Soldaten nahmen mich in ihre Mitte und führten mich ab.

Der wachhabende Offizier war ein noch junger Mann. Er wurde sehr ernst, als er hörte, was los sei.

Dann sagte er: „Sie müssen erschossen werden. Innerhalb vierundzwanzig Stunden. Laut Kriegsgrenzgesetz. Artikel –", hier nannte er eine Nummer, die mich nicht interessierte.

Als der junge Offizier das sagte, wurde er ganz bleich und konnte kaum die Worte hervorbringen. Er mußte sie hervorwürgen.

Ich durfte mich setzen, aber die beiden Soldaten mit aufge-

pflanztem Bajonett blieben neben mir stehen. Der junge Offizier nahm einen Bogen Papier her und versuchte zu schreiben. Aber er war zu aufgeregt und mußte es sein lassen. Endlich nahm er sich aus seinem silbernen Etui eine Zigarette. Er wollte sie in den Mund stecken, aber sie fiel ihm herunter, und ich sah, wie seine Hände zitterten. Um es zu verbergen, nahm er abermals eine Zigarette heraus und brachte sie nun mit einer ganz steifen langsamen Armbewegung in den Mund. Das Zündholz ging ihm dreimal aus. Ehe er das vierte anstrich, fragte er mich: „Rauchen Sie?" Dann drückte er auf einen Knopf, und es kam eine Ordonnanz, der er den Befehl gab, zwei Pakete Zigaretten aus der Kantine zu holen, auf seinen Namen. Ich bekam dann die Zigaretten und durfte rauchen, während die beiden Soldaten neben mir standen wie Götzenbilder und sich nicht rührten.
Als sich der Offizier beruhigt hatte, nahm er ein Buch, suchte darin herum und las einzelne Stellen. Dann nahm er wieder ein andres Buch und las auch in diesem, verschiedene Stellen aufsuchend und sie mit andern vergleichend.
Es war merkwürdig. Ich, der ich doch das Opfer war, empfand nicht eine Spur von Aufregung. Als der Offizier mir sagte, daß ich innerhalb vierundzwanzig Stunden erschossen werden müsse, machte das auf mich keinen tieferen Eindruck, als ob er gesagt hätte: „Machen Sie, daß Sie hier herauskommen, aber schleunigst."
Es ließ mich kalt wie Pflasterstein.
Im Grunde und ganz ohne Scherz gesprochen, war ich ja schon lange tot. Ich war nicht geboren, hatte keine Seemannskarte, konnte nie im Leben einen Paß bekommen, und jeder konnte mit mir machen, was er wollte, denn ich war ja niemand, war offiziell überhaupt gar nicht auf der Welt, konnte infolgedessen auch nicht vermißt werden. Wenn mich jemand erschlug, so war kein Mord verübt worden. Denn ich fehlte nirgends. Ein Toter kann geschändet, beraubt werden, aber nicht ermordet.
Das freilich sind konstruierte Einbildungen, die gar nicht möglich, ja sogar ein Zeichen von Wahnsinn wären, wenn es keinen Bürokratismus, keine Grenzen, keine Pässe gäbe. Im Zeitalter des Staates sind noch ganz andre Dinge möglich und können noch ganz andre Dinge aus dem Universum ausgewischt werden als ein paar Menschen. Die intimsten, die

ursprünglichsten Gesetze der Natur können ausgewischt und abgeleugnet werden, wenn der Staat seine innere Macht vergrößern und vertiefen will auf Kosten des einen, des einzelnen, der das Fundament des Universums ist. Denn das Universum ist aufgebaut aus Individuen, nicht aus Herden. Es besteht durch das Gegeneinanderwirken von Individuen. Und es bricht zusammen, wenn die freie Beweglichkeit der einzelnen Individuen beschränkt wird. Die Individuen sind die Atome des Menschengeschlechts.

Vielleicht auch blieb die angekündigte Erschießung darum ohne jeden Eindruck auf mich, weil ich das schon einmal durchgekostet hatte und damals mit allen Grauen, die damit verknüpft sind. Aber Wiederholungen schwächen ab, selbst wenn es sich um wiederholte Todesurteile handelt. Einmal davongekommen, kommst du immer davon.

Was auch das Motiv meiner schwachen Empfindung gegenüber der angedrohten Todesstrafe sein mochte, jedenfalls war es mir ganz ausgelaugter Kaffeesatz.

„Haben Sie Hunger?" fragte jetzt der Offizier.

„Aber tüchtig, das können Sie mir glauben", sagte ich.

Der Offizier wurde über und über rot und fing laut an zu lachen.

„Sie haben Nerven!" sagte er unter Lachen. „Haben Sie geglaubt, ich scherze?"

„Womit?" fragte ich. „Doch nicht etwa mit dem angebotenen Essen? Das wäre mir gar nicht lieb."

„Nein", antwortete der Leutnant, und er wurde ein wenig ernster, „mit dem Erschießen."

„Das habe ich so ernst genommen, wie Sie es meinten. Wortwörtlich. Wenn das in Ihrem Gesetz steht, dann müssen Sie das auch tun. Aber Sie haben doch auch gesagt, laut Gesetz innerhalb vierundzwanzig Stunden. Jetzt ist doch erst eine Viertelstunde um, und Sie denken doch nicht etwa, daß ich die übrigen dreiundzwanzig und dreiviertel Stunden hungere, nur des Erschießens wegen. Wenn Sie mich erschießen wollen, können Sie mir auch etwas Gutes zu essen geben. Das will ich Ihrem Staat denn doch nicht schenken."

„Sie sollen was Gutes zu essen haben. Werde ich anordnen. Sonntagsessen für Offiziere, Doppelportion."

Da will ich doch sehen, was französische Offiziere sonntags essen. Mich zu vernehmen oder mich nach meiner Seemannskarte zu fragen, hielt der Offizier für nicht nötig. Endlich hatte ich einmal einen Menschen getroffen, der nichts über meine Privatverhältnisse wissen wollte. Nicht einmal meine Taschen wurden durchsucht. Aber der Leutnant hatte recht, wenn das Erschießen feststand, so lohnte es nicht die Mühe, Vernehmungen zu machen und Taschen durchzuwühlen. Das Resultat war ja immer dasselbe.

Es dauerte eine gute Weile, ehe ich mein Essen bekam. Dann wurde ich in einen andern Raum geführt, wo ein Tisch stand, der mit einer Tischdecke bedeckt war, auf der die Gerätschaften in verlockender Weise aufgestellt waren, die mir das Essen erleichtern und verschönern sollten. Es war nur für eine Person gedeckt, aber Teller, Gläser, Messer, Gabeln und Löffel waren in einer solchen Menge vorhanden, daß sie gut für sechs Personen reichen konnten.

Meine Wachposten waren inzwischen abgelöst worden; ich hatte zwei neue bekommen. Einer stand jetzt an der Tür und einer hinter meinem Stuhl. Beide mit aufgepflanztem Bajonett, Gewehr bei Fuß. Draußen vor dem Fenster sah ich aber auch noch zwei auf und ab patrouillieren mit geschultertem Gewehr. Ehrenwachen.

Sie brauchten keine Angst zu haben, sie hätten ruhig Karten spielen gehen können in die Kantine; denn solange ich nicht das Sonntagsessen für Offiziere, Doppelportion, innerhalb meines Leders hatte, wäre ich nicht einen Schritt fortgegangen.

Nach den vielen verschiedenen Messern, Gabeln, Löffelchen, großen Tellern, kleinen Tellern, Glastellerchen und großen und kleinen Wein- und Likörgläsern zu urteilen, die vor mir standen, mußte ich ja etwas erwarten, wovon mich auch eine dreifache Todesstrafe nicht hätte verscheuchen können. Verglichen mit jenem Napf, in dem ich meine belgische Henkersmahlzeit vorgesetzt bekommen hatte, stand mir hier kein Kartoffelsalat mit Leberwurst bevor. Ich hatte nur eine einzige Sorge, und das war die, ob ich auch alles werde essen können, ob ich nicht etwa werde irgend etwas liegenlassen müssen, das mir die letzte Stunde meines Daseins mit den Folterqualen bitterer Reue anfüllen könnte, weil ich unausgesetzt daran denken müßte, wie es nur möglich war, daß ich gerade das liegenließ.

Endlich wurde es ein Uhr und endlich auch einundeinhalb Uhr.

Und da tat sich die Tür auf, und das Fest begann.
Zum ersten Male in meinem Leben lernte ich erfahren, was für Barbaren wir sind und was für kultivierte Leute die Franzosen sind, und ich lernte ferner erfahren, daß die Nahrungsmittel des Menschen nicht gekocht, gebraten, geschmort, geröstet oder gebacken werden dürfen, sondern daß sie zubereitet werden müssen und daß dieses Zubereiten eine Kunst ist, ach nein, keine Kunst, es ist eine Gabe, die einem Begnadeten und Auserlesenen in die Wiege gelegt wird, wodurch er Genie wird.
Auf der Tuscaloosa war das Essen gut, vorzüglich. Aber nach dem Essen konnte ich immer sagen, was es gegeben hatte. Das konnte ich hier nicht. Was es hier gab und wie es schmeckte, das war wie ein Gedicht, bei dem man träumt und bei dem man in Seligkeiten versinkt, und wenn man später gefragt wird: „Wovon handelte es denn?“, man zu seinem größten Erstaunen bekennen muß, daß man darauf nicht geachtet habe.
Der Künstler, der dieses Gedicht geschaffen hatte, war fürwahr ein großer Künstler. Er ließ kein Gefühl der Reue übriggebliebener Verszeilen wegen in mir zurück. Jedes Gericht war so sorgfältig abgewogen und abgeschätzt in allen seinen Nähr- und Genußwerten, daß man kein Gabelspitzchen voll übrigließ, den nächsten Gang mit erhöhtem Genuß erwartete, und wenn er kam, mit Fanfaren zu begrüßen gedachte. Dieses Fest dauerte etwa ein und eine viertel Stunde oder mehr, es hätte dauern können vier Stunden lang, und ich hätte nichts übriggelassen. Immer wieder kam noch ein solcher Bissen, dann noch ein solcher Happen, dann wieder eine solche kandierte Frucht, dann wieder eine Creme, und nach jedem Gang wollte man einen weiteren sehen. Als aber dann endlich alles vorüber war – Schönes geht ja viel schneller zu Ende als Trübes –, als auch alle die Liköre, Weine, Weinchen und Tröpfchen den Weg aller guten Tropfen gegangen waren, als endlich der Kaffee, süß wie ein Mädel am ersten Abend, heiß wie sie am siebenten und schwarz wie die Flüche der Mutter, wenn sie es erfährt, vorüber war, fühlte ich mich aufgefüllt wie ein Sack, aber ich fühlte mich wohlig und paradiesisch satt mit einer leisen, zart angedeuteten Sehnsucht auf das Abendessen. Meine Herren! Das war ein Essen, das nenne ich Kunstwerk. Dafür lasse ich mich jeden Tag zweimal mit Freuden erschießen.

Ich rauchte eine Importe, aus der ich alle Düfte und Sonnentänze Westindiens sog. Dann legte ich mich auf das Feldbett, das in dem Raume stand, und sah den blauen Wolken nach.
Oh, was ist das Leben schön! Wunderschön! So schön, daß man sich mit einem dankbaren Lächeln auf den Lippen erschießen läßt, ohne durch Murren oder Wimmern die Harmonie des Lebens zu stören.

15

Einige Stunden waren vergangen, als der Leutnant hereinkam. Ich stand auf, aber er sagte mir, daß ich nur ruhig liegenbleiben möge, er wolle mir nur mitteilen, daß der Kommandant nicht erst morgen abend zurückkommen werde, wie er angesagt hätte, sondern schon morgen früh, also vor Ablauf meiner vierundzwanzig Stunden. Er habe dadurch die Möglichkeit, die Angelegenheit dem Kommandeur selbst zu übertragen.
„Freilich", fügte er hinzu, „an Ihrem Schicksal ändert das nichts. Das Kriegsgesetz ist hier sehr eindeutig und läßt keine Lücke offen."
„Der Krieg ist doch aber vorbei, Mr. Leutnant", sagte ich.
„Gewiß. Aber wir befinden uns noch im Kriegszustande, und wahrscheinlich so lange, bis alle Verträge endgültig geregelt sind. Unsre Grenzforts haben ihre Reglements noch nicht um einen Punkt geändert, sie sind zur Stunde genau noch so, wie sie während der Dauer des Krieges waren. Die spanische Grenze wird wegen der bedrohlichen Verhältnisse in unsrer nordafrikanischen Kolonie augenblicklich vom Kriegsministerium als größere Gefahrzone bezeichnet als unsre östliche Grenze."
Mich interessierte das sehr wenig, was er mir über Gefahrzonen und Reglements erzählte. Was kümmerte mich denn die französische Politik. Mich interessierte nach meinem gesunden Mittagsschlaf ganz etwas andres, und das wollte ich ihn auch gleich wissen lassen.
Er wollte gehen, sah mich aber noch an und fragte dann lächelnd: „Ich hoffe, Sie fühlen sich den Umständen angemessen entsprechend wohl. Ist Ihnen das Essen bekommen?"
„Ja, danke." Nein, ich konnte es nicht ungesagt lassen: „Ver-

zeihen Sie, Herr Leutnant, bekomme ich auch wieder Abendessen?"
„Natürlich. Glauben Sie denn, wir lassen Sie verhungern. Selbst wenn Sie auch ein Boche sind, verhungern lassen wir Sie doch nicht. In wenigen Minuten bekommen Sie Ihren Kaffee."
Ich druckste ein wenig, man möchte doch gegen seinen Gastgeber nicht unhöflich sein. Aber schiet, was braucht ein zum Tode Verurteilter noch länger höflich sein.
„Entschuldigen Sie, Herr Leutnant, bekomme ich wieder Offiziersessen, Doppelportion?"
„Selbstverständlich. Was dachten Sie denn? Das ist in der Verordnung. Es ist Ihr letzter Tag. Wir werden Sie doch nicht mit einem schlechten Andenken an unser Fort zu – zum – also hinwegschicken."
„Seien Sie unbesorgt, Herr Leutnant, ich behalte das Fort in gutem Andenken. Sie können mich ruhig erschießen. Nur nicht gerade in dem Augenblick, wo das Offiziersessen, Doppelportion, auf dem Tisch steht. Das wäre eine barbarische Handlung, die ich Ihnen nie vergessen würde und die ich oben auch gleich bei meiner Ankunft melden müßte."
Eine Weile sah mich der Offizier an, als hätte er mich nicht richtig verstanden. Es war ja auch nicht so leicht, sich aus meinen Brocken klarzumachen, was ich meinte. Aber plötzlich begriff er und verstand er. Und da lachte er so, daß er zum Tisch kommen mußte, um sich festzuhalten. Die beiden Soldaten hatten wohl etwas verstanden, jedoch den wahren Sinn nicht begriffen. Sie standen ganz starr da wie Puppen. Aber von dem Lachen ihres Leutnants wurden sie schließlich doch angesteckt und lachten mit, ohne zu wissen, worum es ging und wer die Kosten dieses Lachens trug. –
Der Kommandeur war sehr früh zurückgekommen, und um sieben Uhr morgens wurde ich ihm vorgeführt.
„Haben Sie denn die Schilder nicht gesehen?"
„Was für Schilder?"
„Nun, jene Schilder, auf denen geschrieben steht, daß dies hier militärisches Gebiet ist und daß, wer innerhalb dieses Gebietes angetroffen wird, nach Kriegsrecht behandelt wird. Das bedeutet, daß Sie ohne Gerichtsverhandlung zum Tode verurteilt sind und erschossen werden."
„Das weiß ich bereits."

„Also die Schilder haben Sie nicht gesehen?"
„Nein. Und wenn ich sie gesehen habe, so habe ich nicht darauf geachtet. Ich kann auch gar nicht lesen, was darauf steht. Lesen kann ich es zwar, aber nicht verstehen."
„Sie sind Holländer, nicht wahr?"
„Nein, ich bin ein Boche."
Wenn ich gesagt hätte, ich bin der Teufel und komme soeben auf direktem Wege aus der Hölle, um den Kommandanten persönlich abzuholen, er hätte kein erstaunteres Gesicht machen können.
„Ich habe geglaubt, Sie seien Holländer. Sie sind Offizier in der deutschen Armee oder sind es wenigstens gewesen, nicht wahr?"
„Nein, ich war nie Soldat in der deutschen Armee."
„Warum nicht?"
„Ich bin ein C. O., ein Mann, der die ganze Zeit, während der Krieg dauerte, im Gefängnis saß."
„Wegen Spionage?"
„Nein, weil die Deutschen glaubten, ich würde den Krieg nicht erlauben. Und da hatten sie solche Angst, daß sie mich und noch ein halbes Dutzend Leute, die den Krieg auch nicht erlauben wollten, ins Gefängnis steckten."
„Da hätten Sie und das halbe Dutzend Ihrer Mitgefangenen den Krieg also verhindern können?"
„Wenigstens die Boches glaubten das von mir. Vorher hatte ich nicht gewußt, daß ich ein so starker Mann bin. Aber dann erfuhr ich es, weil sie mich ja sonst nicht hätten einsperren brauchen."
„In welchem Festungsgefängnis haben Sie denn da gesessen?"
„In – in – in Südfalen."
„In welcher Stadt?"
„In Deutschenburg."
„Den Ort habe ich nie gehört."
„Ja, da wird nur wenig davon gesprochen. Das ist eine ganz geheime Festung, die sogar die Boches selber nicht kennen."
Der Kommandant wandte sich nun an den Leutnant: „Wußten Sie, daß der Mann ein Deutscher ist?"
„Jawohl, er hat es mir sofort gesagt."
„Sofort gesagt, ohne erst Ausflüchte zu machen?"
„Jawohl."

„Hat er einen photographischen Apparat gehabt, Karten, Bilder, Zeichnungen, Pläne oder etwas derart?"
„Nein, offen nicht. Ich habe ihn nicht durchsuchen lassen, er war immer unter Aufsicht und konnte nichts verbergen."
„Das war richtig. Wir werden sehen, was er hat."
Nun kamen zwei Korporale, und die durchsuchten mich. Aber sie hatten kein Glück. Alles, was sie fanden, waren ein paar Franken, ein zerrissenes Taschentuch, ein kleines Kämmchen und ein Stück Seife. Die Seife trug ich bei mir als Legitimation, daß ich einer zivilisierten Rasse angehöre, denn an meinem Äußern hätte man das nicht immer erkennen können. Und eine Legitimation mußte ich ja schließlich doch wohl haben.
„Schneiden Sie die Seife auf", wurde dem Korporal angeordnet. Aber auch inwendig war nichts andres als Seife. Der Kommandant hatte offenbar geglaubt, daß innen Schokolade wäre.
Dann mußte ich Stiefel und Strümpfe ausziehen, und die Sohlen meiner Stiefel wurden durchsucht.
Aber wenn schon alle die vielen Polizisten das nicht gefunden hatten, was die Leute alle gern von mir haben wollten, und die hatten doch auch gut verstanden, wie durchsucht werden muß, so fanden es die Korporale noch viel weniger. Wenn die Leute doch nur sagen wollten, was sie immer suchen, dann würde ich ihnen ja gern sagen, ob ich es habe oder nicht. Dann könnten sie sich die Mühe sparen. Freilich dann hätten sie wieder keine Arbeit.
Es muß ein sehr wertvolles Ding sein, was die in allen Ländern in meinen Taschen suchen. Vielleicht die Pläne einer verschütteten Goldmine oder eines versandeten Diamantenfeldes. Der Kommandant hätte sich beinahe verraten, denn er sprach schon von Plänen; aber rasch fiel ihm ein, daß er das große tiefe Geheimnis, das nur Cops und Soldaten wissen dürfen, nicht verraten darf.
„Ich verstehe nur eins nicht", wandte sich der Kommandant wieder an den Leutnant, „wie es möglich war, daß er die Posten an den Außenwerken passieren konnte, ohne gesehen zu werden und ohne aufgehalten zu werden."
„Um diese Stunde ist nur wenig Verkehr auf den zuführenden Straßen. Ich hatte, dem Befehl des Herrn Kommandanten Folge leistend, für die Zeit Exerzieren in einem gegenüberliegenden Werk angeordnet, und es blieben hier nur Patrouillen

zurück, die an den Straßen die Zugänge zu beobachten haben. Er ist dann sicher zwischen zwei Patrouillen durchgeschlüpft. Wenn ich mir erlauben darf, möchte ich aus dieser Erfahrung heraus dem Herrn Kommandanten den Vorschlag unterbreiten, die Übungen nur in Drittel Formationsstärke abzuhalten, um die Wachen nicht zu schwächen."

„Wir hatten geglaubt, es sei keine Annäherung möglich. Ich hatte mich an die gegebenen Vorschriften zu halten, deren Lücken ich, wie Sie sich wohl erinnern, rapportiert habe. Ich habe nun eine starke Stellung, unsern Entwurf durchzudrükken. Das ist etwas wert. Meinen Sie nicht?"

Was mich das eigentlich anging, welchen Entwurf sie für besser hielten. Warum sie nur das alles in meiner Gegenwart ausmachten? Aber warum sollten sie auch ein Blatt vor den Mund nehmen, vor einem Toten?

„Wo kommen Sie denn her?" fragte mich nun der Kommandant.

„Von Limoges."

„Wo sind Sie denn über die Grenze gegangen?"

„In Straßburg."

„In Straßburg? Das liegt doch gar nicht an der Grenze."

„Ich meine da, wo die amerikanischen Truppen liegen."

„Sie meinen im Moselgebiet? Dann sind Sie also im Saargebiet herübergekommen?"

„Ja, das wollte ich sagen. Ich habe Straßburg mit Saarsburg verwechselt."

„Was haben Sie denn hier die ganze Zeit in Frankreich gemacht? Herumgebettelt?"

„Nein. Ich habe gearbeitet. Bei Bauern. Und wenn ich wieder ein wenig Geld hatte, habe ich mir eine Fahrkarte gekauft und bin wieder ein Stück weitergefahren, bis ich wieder bei einem Bauern gearbeitet habe und wieder eine Fahrkarte kaufen konnte."

„Wo wollten Sie denn jetzt hin?"

„Nach Spanien."

„Was wollen Sie denn in Spanien?"

„Sehen Sie, Herr Kommandeur, nun kommt bald der Winter, und ich habe kein Feuerungsmaterial angespart. Da habe ich denn gedacht, ich gehe besser beizeiten nach Spanien, da ist es auch im Winter schön warm, und da braucht man kein Feuerungsmaterial, da kann man sich ruhig in die Sonne setzen

und den ganzen Tag Apfelsinen und Weintrauben essen. Die wachsen da ja wild im Chausseegraben, man braucht sie nur abzupflücken, und die Leute sind froh, wenn man sie abpflückt, weil das für die Spanier nur Unkraut ist, das sie nicht haben wollen."
„Also nach Spanien wollen Sie?"
„Wollte ich. Jetzt geht es ja nicht mehr."
„Warum?"
„Weil ich doch erschossen werde."
„Wenn ich Sie jetzt nicht erschießen lasse und Ihnen sage, Sie gehen auf dem schnellsten Wege zurück nach Deutschland, und Sie können frei gehen unter der Bedingung, daß Sie sofort nach Deutschland zurückkehren, würden Sie mir das versprechen?"
„Nein."
„Nein?" Er sah den Leutnant merkwürdig an.
„Lieber erschießen. Nach Deutschland gehe ich nicht. Ich bezahle keine Schulden mit. Aber davon abgesehen. Ich habe mir vorgenommen, daß ich nach Spanien gehen will, und ich gehe nach Spanien und nirgendwo anders hin. Wenn ich wohin gehen will, gehe ich da hin. Wenn ich erschossen werde, kann ich nicht hingehen. Spanien oder den Tod. Nun können Sie mit mir machen, was Sie wollen."
Nun lachte der Kommandant, und auch der Leutnant lachte. Und der Kommandant sagte lachend: „Lieber Junge, das hat Sie gerettet. Ich will Ihnen nicht sagen, warum, damit es nicht mißbraucht wird. Aber Sie haben mich davon überzeugt, daß ich Sie frei gehen lassen darf, ohne daß ich meine Pflicht verletze. Was sagen Sie, Leutnant?"
„Ich halte die Auffassung des Herrn Kommandanten für die allein richtige, und ich finde nichts, was mein Gewissen oder meine Ehre belasten könnte."
Der Kommandant sagte nun: „Sie werden jetzt sofort unter Bedeckung zur Grenze gebracht und der spanischen Grenzwache übergeben. Ich brauche Sie wohl nicht noch ausdrücklich darauf aufmerksam zu machen, daß, wenn Sie je wieder hier in der Nähe, auch wenn es nicht auf rein militärischem Gebiete ist, gesehen werden sollten, daß dann keine Frage mehr besteht, in welcher Form sich Ihr Schicksal innerhalb der nächsten zwei Stunden nach dem Ergreifen gestaltet. Haben Sie genau verstanden, was ich damit meine?"

„Jawohl, Herr Kommandant."
„Gut, das ist alles. Sie gehen sofort."
Ich blieb aber stehen und trat von einem Fuß auf den andern.
„Noch was?" fragte der Kommandant.
„Darf ich eine Frage an den Herrn Leutnant richten?"
Nicht nur der Kommandant schien zu erstarren, sondern erst recht der Leutnant. Der Kommandant warf einen Blick auf den Leutnant, als ob er ihn schon vor dem Kriegsgericht sähe.
Er vermutete richtig: der Leutnant war in der Tat im Bunde mit mir.
„Bitte, richten Sie ihre Frage an den Herrn Leutnant."
„Verzeihen der Herr Leutnant, ich habe noch nicht gefrühstückt."
Der Kommandant und der Leutnant platzten in ein schallendes Gelächter aus, und der Kommandant brüllte 'rüber zum Leutnant: „Nun ist wohl kein Zweifel mehr, daß der Mann unverdächtig ist."
„Der Zweifel war mir gestern schon geschwunden", sagte der Leutnant, „als ich ihn fragte, ob er Hunger habe.
„Gut, Sie sollen auch ein Frühstück haben", sagte der Kommandant noch immer lachend.
Aber ich hatte noch etwas auf dem Herzen.
„Herr Leutnant, da es doch schon mein letztes Essen, mein Abschiedsessen ist, darf ich um Offiziersfrühstück, Doppelportion, bitten? Ich möchte doch das Fort so gern in einem recht guten Andenken behalten."
Der Kommandant und der Leutnant brüllten vor Lachen, daß das ganze Fort zu erzittern schien.
Und unter seinem bärenhaften Lachen schrie der Kommandant die Worte hervor, die er nur mühselig in Reihe halten konnte, weil sie immer wieder von seinem schreienden, brüllenden Lachen abgehackt wurde: „Das ist der echte verhungerte Boche, wenn er schon am Ersaufen ist, wenn ihm schon der Strick um den Hals gelegt ist, will er erst noch essen und essen und noch mal essen. Diese verfressene Teufelsbrut kriegen wir nie unter."
Ich hoffe, daß die Boches für diese gute Meinung, die ich zwei französischen Offizieren über sie eingeflößt habe, mir ein anständiges Denkmal errichten werden. Nur nicht in der Sie-

gesallee, dann lieber nicht. Da würde ich den schlechten Geschmack im Munde nie los, und unzulängliche Revolutionen würden mir als Gespenster erscheinen.

16

Zwei Mann mit aufgepflanztem Seitengewehr begleiteten mich. So wanderte ich in das sonnige Spanien ein. Mit allen militärischen Ehren. Die Soldaten brachten mich zur Grenzwache, und dort wurde ich den spanischen Grenzbeamten übergeben.

„Papiere hat er keine", sagte der mich begleitende Korporal.

„Es aleman?" fragte der Spanier.

„Si, Senjor", sagte ich.

„Seien Sie willkommen!" antwortete darauf der Spanier, und zu dem Korporal sagte er, es sei gut, er würde mich hierbehalten. Der Korporal sah nach seiner Uhr und schrieb dann etwas auf einen Rapportzettel. Dann machten die beiden Soldaten kehrt und zogen ab.

„Good bye, France!"

Die Grenze Frankreichs entschwand meinen Blicken.

Der spanische Beamte schleifte mich nun gleich in die Wachstube, wo ich von allen Beamten sofort umringt wurde, die mir alle die Hand schüttelten und mich umarmten. Einer wollte mich sogar auf die Backen küssen. „Mach Krieg mit dem Amerikaner, und du findest keinen bessern Freund auf der ganzen Erde als den Spanier!" Hätten sie gewußt, wer ich bin, daß ich ihnen Kuba und die Philippinen abgenommen und manches andre zugefügt habe, würden sie mich zwar nicht erschlagen und sie würden mich auch nicht zurückgeschickt haben in jenes Fleckchen, wo ich mich nie wieder sehen lassen durfte, aber sie wären kühl gewesen wie nasse Jacken und gleichgültig wie altes Bettstroh.

Erst kriegte ich einmal Wein eingeschenkt, dann gab es Eier und feinen Käse. Dann gab es zu rauchen und wieder Wein zu trinken und wieder Eier und feinen Käse, und dann wurde mir gesagt, nun gäbe es bald Mittagessen. Die Beamten, die draußen im Dienst waren, kamen nach und nach herein. Und nun ging keiner mehr hinaus. Ganze Schmugglerzüge hätten jetzt kommen können, das wäre ihnen ganz gleichgültig gewesen. Hier war ein Deutscher, und dem hatte man zu zeigen, was man von Deutschland und den Deutschen dachte. Und um das auch ganz genau zu zeigen, wurde ihm zu Ehren aller Dienst eingestellt.

Äußerlich betrachtet, war ich kein glorreiches Beispiel des so sauberen und adretten deutschen Landes und seiner so frischgewaschenen und adretten Bewohner. Seit meine Tuscaloosa abgesegelt war, hatte ich weder meinen Anzug noch meine Stiefel, noch meinen Hut gewechselt, und meine Wäsche sah so aus, wie sie eben aussehen kann, wenn man sie an Bächen und Flüssen, an denen man vorüberkommt, mit mehr oder weniger Seife mehr oder weniger sorgfältig wäscht, dann auf einen Strauch hängt, selbst ein Bad nimmt und endlich so lange wartet, bis die Wäsche wieder trocken ist, oder bis man sie noch naß anziehen muß, weil es zu regnen anfängt.

Mein Ansehen schien aber der beste Beweis für sie zu sein, daß ich direkt ohne Aufenthalt von Deutschland kam. So hatten sie sich vorgestellt, wie ein Deutscher, der den Krieg verloren hat, den die Amerikaner bis aufs Hemd ausgeplündert und die Engländer ausgehungert haben, aussehen müsse. Und meine Erscheinung deckte sich mit ihren Vorstellungen so vollkommen, daß, wenn ich gesagt hätte, ich bin Amerikaner, sie mich für einen unverschämten Lügner angesehen hätten, der sie zum Narren halten wolle.

Daß jemand, der direkt ohne Aufenthalt aus Deutschland kommt, einen entsetzlichen Hunger haben muß, der sich nicht innerhalb fünf Jahre stillen läßt, war ihnen klar. Beim Mittagessen bekam ich so viel aufgehäuft, daß ich die fünf Jahre Hungerns ohne Mühe einholen konnte.

Dann brachte einer ein Hemd, einer Stiefel, einer einen Hut, einer ein halbes Dutzend Strümpfe, einer Taschentücher, einer Kragen, einer seidene Schlipse, einer eine Hose, einer eine Jacke, und so ging das in einem fort. Ich mußte alles annehmen und mußte alles, was ich bis jetzt besessen hatte, fortwerfen.

Nachmittags wurden Karten gespielt. Diese Karten kannte ich nicht, aber sie lehrten es mich, und ich spielte bald so gut, daß ich ihnen ein hübsches Sümmchen abgewann, was sie sehr erfreute und sie veranlaßte, immer weiterzuspielen.

Durch diese Station war noch nie ein Deutscher gekommen, und deshalb wurde ich als der Vertreter, als der erste echte

Vertreter jenes hier so sehr beliebten Volkes entsprechend gefeiert!
O sonniges Spanien! Das erste Land, das ich traf, wo man nicht nach meiner Seemannskarte fragte, wo man nicht meinen Namen, mein Alter, meine Körperlänge, meine Fingerabdrücke wissen wollte. Wo man nicht meine Taschen durchsuchte, wo man mich nicht bei Nacht zu einer Grenze schleppte und mich hinausjagte wie einen ausgedienten Hund, wo man nicht wissen wollte, wieviel Geld ich habe und wovon ich die letzten Monate gelebt hätte.
Nein, sie steckten mir die Taschen noch voll, damit endlich einmal jemand in meinen Taschen etwas finden möge. Den ersten Tag war ich in der Wache, die erste Nacht mußte ich im Hause des einen Beamten schlafen, den darauffolgenden Tag wurde ich in seinem Hause verpflegt. Am Abend wurde ich von einem andern abgeholt. Und nie wollte mich einer herausgeben, bei jedem sollte ich eine Woche bleiben. Das gab aber der, der jetzt an der Reihe war, nicht zu. Und als die Reihe herum war und wieder von vorn anfangen sollte, kamen die Bewohner des ganzen Grenzörtchens der Reihe nach an und erhoben Anspruch auf mich, und ich hatte jeden Tag bei einem andern Bürger zuzubringen. Die Konkurrenz, daß ich von jedem fortgehen sollte mit dem Gefühl, er habe mich bei weitem besser bewirtet als der Nachbar, zwang mich, eines Nachts die Flucht zu ergreifen. Ich bin fest davon überzeugt, die Leute alle behaupten heute, eine solche Undankbarkeit hätten sie nicht von mir erwartet. Aber der Tod durch Erschießen oder Erhängen war ja ein Lustspiel gegenüber dem qualvollen Tode, der mich hier erwartete und dem ich durch nichts andres als durch eine nächtliche Flucht entgehen konnte. Durch solche Mißverständnisse werden Menschen verdorben. Ich lebe in ihrer Erinnerung als jemand, der sicher ein entlaufener Zuchthaussträfling gewesen sein müsse, weil er sich so heimlich zur Nachtzeit aus dem Staube machte. Es ist durchaus möglich, wenn wieder ein fremder Mann dorthin kommt, diesmal vielleicht ein echter Deutscher, daß ihm kaum eine warme Suppe vorgesetzt wird, oder wenn sie ihm gegeben wird, dann mit hochgezogenen Augenbrauen und mit einer Miene, die deutlich sagt: Verhungern lassen wir keinen, und wenn es der Satan selber wäre. Aus Liebe kann nicht nur Haß werden, sondern, was viel schlimmer ist, aus Liebe kann Sklaverei

werden. Hier war sie Sklaverei mit Totschlag. Nicht einmal auf den Hof konnte ich gehen, ohne daß mir sofort ein Familienmitglied nachgelaufen kam mit der besorgten Frage, ob ich auch weiches Papier hätte. Yes, Sir.
Das kann kein Mensch ertragen oder nur ein Paralytiker. Hätte ich eine Andeutung gemacht, daß ich abreisen wolle, die Leute hätten mich in Ketten gelegt. Ich denke, daß ein Vernünftiger unter jenen Leuten lebt, der meine Untat in einem milderen Lichte sehen wird.

17

Sobald es mir in Sevilla zu langweilig wurde, zog ich ab nach Cadiz, und sobald mir in Cadiz die Luft nicht mehr bekam, wanderte ich wieder nach Sevilla, und wenn mir in Sevilla die Nächte wieder nicht gefielen, machte ich mich auf nach Cadiz. Dabei verging der Winter, und meine Sehnsucht nach New Orleans konnte ich glatt für einen Quarter verkaufen, ohne daß ich Gewissensbisse empfunden hätte. Warum muß es denn gerade New Orleans sein?
Ich hatte auch nicht ein winziges Papier mehr in der Tasche als an jenem weit zurückliegenden Tage, an dem ich in dieses Land eingezogen kam. Und nie interessierte sich jemals ein Cop um meine Papiere oder um mein Woher, Wohin oder Wozu. Die hatten andre Sorgen. Paßlose arme Teufel waren ihre geringste Sorge. Wenn ich kein Schlafgeld für die Herberge hatte und mich in irgendeine Ecke legte, so lag ich am andern Morgen genau noch so ruhig und unschuldig da, wie ich mich am Abend hingelegt hatte. Und hundertmal war der Cop vorbeigewandert, und hundertmal hatte er gut aufgepaßt, daß mich auch niemand etwa aus Versehen stehlen möchte. Ich wage gar nicht daran zu denken, was aus andern Ländern wohl werden würde, wenn ein armer Bursche oder gar eine ganze Familie in einem Torweg schliefe oder auf einer Bank die Nacht verbrächte, ohne verhaftet zu werden und wegen Herumtreibens und Obdachlosigkeit im Gefängnis oder im Arbeitshaus zu verschwinden. Deutschland würde sicher sofort von einem Erdbeben und England von einer Sintflut vernichtet werden, wenn der Mann, der es wagt, obdachlos zu sein, nicht verhaftet und ordentlich verknackst wird. Denn es

gibt eine ganze Anzahl von Ländern, wo obdachlos und mittellos zu sein ein Verbrechen ist; und es sind zufällig dieselben Länder, wo ein tüchtiger Raubzug, bei dem man nicht erwischt wird, kein Verbrechen ist, sondern die erste Stufe, um ein geachteter Bürger zu werden.

Es kam vor, daß ich auf einer Bank lag und ein Cop mich aufweckte, um mir zu sagen, daß es gleich regnen würde und daß ich besser täte, unter jenen Torweg da drüben zu gehen oder in den Schuppen am andern Ende der Straße, wo Stroh sei, wo ich besser schlafen könnte und wo es nicht hineinregne.

Wenn ich hungrig war, ging ich in einen Bäckerladen und sagte dem Manne oder der Frau, daß ich kein Geld hätte, dafür aber um so mehr Hunger, und ich bekam Brot. Niemand verekelte mir das Dasein mit der langweiligen Frage: „Warum arbeiten Sie nicht, Sie sind doch ein starker gesunder Bursche!"

Das hätten sie als grobe Unhöflichkeit angesehen. Denn wenn ich nicht arbeitete, so mußte ich wohl meine guten Gründe dafür haben; und diese Gründe aus mir herauszuforschen, hielten sie für unanständig.

Was gingen da für Schiffe 'raus! Manchen Tag gleich ein halbes Dutzend. Sicher war da Arbeit auf dem einen oder dem andern. Aber ich sorgte mich nicht darum. Ich lief der Arbeit nicht nach. Warum auch? Der spanische Frühling war da.

Um Arbeit sollte ich mich sorgen? Ich war auf der Welt, ich lebte, ich war lebendig, ich atmete die Luft. Das Leben war so wundervoll schön, die Sonne war so golden und so warm, das Land so märchenhaft lieblich, alle Menschen so freundlich, auch wenn sie in Lumpen gingen, alle Leute so höflich, und über alles das war so viel echte Freiheit. Kein Wunder, das Land hatte ja an dem Kriege für die Freiheit und die Demokratie der Welt nicht teilgenommen. Deshalb hatte der Krieg hier die Freiheit nicht gewonnen, und die Menschen hatten sie nicht verloren.

Es ist so unerhört lächerlich, daß alle die Länder, die von sich behaupten, sie seien die freisten Länder, in Wahrheit ihren Bewohnern die geringste Freiheit gewähren und sie das ganze Leben hindurch unter Vormundschaft halten. Verdächtig ist jedes Land, wo so viel von Freiheit geredet wird, die angeblich innerhalb seiner Grenzen zu finden sei. Und wenn ich bei einer Einfahrt in den Hafen eines großen Landes eine Riesenstatue der Freiheit sehe, so braucht mir niemand zu erzählen, was hinter der Statue los ist. Wo man so laut schreien muß: Wir sind ein Volk von freien Menschen!, da will man nur die Tatsache verdecken, daß die Freiheit vor die Hunde gegangen ist oder daß sie von Hunderttausenden von Gesetzen, Verordnungen, Verfügungen, Anweisungen, Reglungen und Polizeiknüppeln so abgenagt worden ist, daß nur noch das Geschrei, das Fanfarengeschmetter und die Freiheitsgöttinnen übriggeblieben sind. In Spanien spricht kein Mensch von Freiheit, und in einem andern Lande, wo man auch nicht von Freiheit spricht, habe ich einmal das Wort Unfreiheit erwähnen hören. Dieses Wort fiel bei einer Riesendemonstration. Die Demonstration, an der die ganze Bevölkerung teilnahm, wo ehrsame Bürger sich nicht fürchteten, hinter den Flaggen der Kommunisten und Anarchisten zu gehen, und die Kommunisten sich nicht für zu vornehm hielten, hinter den Flaggen des Heimatlandes zu marschieren, war ein Protest gegen die Polizei, die versuchte, nach preußischem Muster eine Art Meldepflicht der Bewohner einzuführen. Das heißt, sie hatte nur vorgeschlagen, daß jeder Bürger einmal im Jahre seine Adresse auf der Polizei angeben sollte, seinen Namen, sein Alter und seinen Beruf. Aber die Bevölkerung witterte sofort den Pferdefuß und wußte beim ersten Wort, daß dies nur der Anfang der Meldepflicht sei.

Es gibt heute keinen Menschen auf der Erde, der nicht wüßte, was Deutschland bedeutet. Der Krieg mit England und Amerika war die beste Reklame für Deutschland und für deutsche Arbeit. Daß Preußen ein Land ist, wissen nur wenige Menschen auf Erden. Wenn man in Amerika und in vielen andern Ländern das Wort „Preußen" hört, ist es nie mit dem Lande Preußen oder mit seinen Bewohnern verknüpft, sondern es ist ein Synonym für eine Abwürgung der Freiheit und für polizeiliche Bevormundung.

Als ich in Barcelona war, kam ich eines Tages an einem großen Gebäude vorbei, und ich hörte Schreien, Heulen und Wimmern von Menschen aus jenem Gebäude dringen.

„Was ist denn da los?" fragte ich einen Mann, der gerade vorüberging.

„Das ist das Militärgefängnis", sagte er mir.

„Aber warum schreien denn die Leute da so herzzerreißend?"

„Die Leute? Aber das sind doch die Kommunisten."

„Die brauchen doch nicht zu schreien, wenn sie Kommunisten sind."
„Ja, verstehen Sie denn nicht? Die werden jetzt geprügelt und gefoltert."
„Warum denn aber?"
„Das sind doch Kommunisten."
„Das haben Sie mir nun schon dreimal erzählt."
„Darum werden sie doch totgeschlagen. Abends werden sie dann 'rausgeschafft und vergraben."
„Sind denn das Verbrecher?"
„Nein, aber Kommunisten."
„Darum werden sie gefoltert und totgeschlagen?"
„Ja, die wollen alles anders machen. Denen ist das alles nicht gut genug. Die wollen uns zu Sklaven machen, daß wir nicht mehr tun dürfen, was wir wollen. Der Staat soll alles allein machen, und wir sollen nur noch alle Arbeiter des Staates sein. Das wollen wir aber nicht. Wir wollen arbeiten, wann wir wollen, wie wir wollen, wo wir wollen und was wir wollen. Und wenn wir nicht arbeiten, sondern verhungern wollen, so wollen wir auch nicht, daß sich da jemand hereinmischt. Aber die Kommunisten wollen sich in unser ganzes Leben hineinmischen, und der Staat soll alles kommandieren. Ganz recht, daß man sie totschlägt."
Soll ich darum Spanien verdammen? Ich denke nicht daran. Jedes Zeitalter und jedes Land, mag es noch so zivilisiert sein, hat seine Christenverfolgung, seine Ketzerverbrennungen und Hexenfolterungen. In Amerika werden die Ketzer nicht besser behandelt als in Spanien. Das Traurige, das Beklagenswerte, aber echt Menschliche ist, daß diejenigen, die gestern noch selber die Verfolgten waren, heute die bestialischsten Verfolger sind. Und unter den bestialischen Verfolgern sind heute auch schon die Kommunisten. Die Nachdränger, die Weiterdränger werden immer verfolgt. Der Mann, der vor fünf Jahren in Amerika eingewandert ist und gestern sein zweites Bürgerpapier erhalten hat, ist heute der Mann, der am wildesten schreit: „Macht die Grenzen fest zu, laßt niemand mehr herein." Und doch sind sie alle nur Einwanderer und Söhne von Einwanderern, der Präsident nicht ausgeschlossen...
Warum soll ich der Arbeit nachlaufen? Da steht man vor dem, der die Arbeit zu vergeben hat, und wird behandelt wie ein zudringlicher Bettler. „Ich habe jetzt keine Zeit, kommen Sie

später wieder.“ Wenn der Arbeiter aber einmal sagt: „Ich habe jetzt keine Zeit oder keine Lust, für Sie zu arbeiten“, dann ist es Revolution, Streik, Rüttelung an den Fundamenten des Gemeinwohls, und die Polizei kommt, und ganze Regimenter von Miliz rücken an und stellen die Maschinengewehre auf. Fürwahr, es ist manchmal weniger beschämend, um Brot zu betteln als um Arbeit zu fragen. Aber kann der Skipper seinen Eimer allein fahren, ohne den Arbeiter? Kann der Ingenieur seine Lokomotiven allein bauen, ohne den Arbeiter? Aber der Arbeiter hat mit dem Hute in der Hand um Arbeit zu betteln, muß dastehen wie ein Hund, der geprügelt werden soll, muß auf den blöden Witz, den der Arbeitvergebende macht, lachen, obgleich ihm gar nicht zum Lachen zumute ist, nur um den Skipper oder den Ingenieur oder den Meister oder den Vorarbeiter oder wer immer das Machtwort „Sie werden eingestellt!“ zu sagen die Befugnis hat, bei guter Laune zu halten. Wenn ich so untertänig um Arbeit betteln muß, um sie zu erhalten, kann ich auch um übriggebliebenes Mittagessen in einem Gasthof betteln. Der Hotelkoch behandelt mich nicht so wegwerfend, wie mich schon Leute behandelt haben, bei denen ich um Arbeit nachfragte.

Also wozu der Arbeit nachrennen, wenn die Sonne so golden scheint, überall ein Platz zum Schlafen ist und alle Menschen freundlich und höflich sind, kein Polizist etwas von mir erfahren will, und kein Cop meine Taschen durchsucht nach dem verlorengegangenen Rezept, wie man biegsames Glas machen könne.

Ich bekam Appetit auf Fisch, und ich dachte, die einfachste Art, Fisch zu essen, ist, ihn zu haben; und um ihn zu haben, mußte ich ihn fangen. Brot, Suppe und ein Hemd konnte man sich schon leicht verschaffen; aber um Angelgerätschaften betteln zu gehen, das schien mir doch zu modern zu sein. Ich paßte deshalb auf, als ein Passagierschiff ankam und die Reisenden das Zollhaus verließen. Da bekam ich einen Koffer in die Hand gedrückt, und als ich diesen Koffer seinem Besitzer im Hotel wieder ablieferte, bekam ich drei Peseten in die Hand ausbezahlt.

Mit diesem Geld ging ich in einen Laden und kaufte eine Angelschnur und Haken. Das machte so ziemlich einen Peseta aus. So nebenbei erzählte ich dem Verkäufer, daß ich ein Seemann sei, der sein Schiff verloren habe. Da lachte der

Verkäufer, wickelte meine Sachen recht sorgfältig in Papier und überreichte sie mir mit einem „Favor!". Ich wollte nach meinem Zahlzettel greifen, aber der Verkäufer lächelte, zerriß mit einer eleganten Geste den Zettel und warf ihn mit einer andern eleganten Geste über seine Schulter hinweg, verbeugte sich höflich und sagte: „Ist bezahlt, danke sehr! Viel Vergnügen beim Fischen, mein Herr."
Und in diesem Land sollte ich hinter der Arbeit herlaufen? Dieses Land sollte ich verlassen? Ich wäre ja nicht wert, daß mich die spanische Sonne bescheint.

18

Ich saß auf der Kaimauer und hielt meine Schnur ins Wasser. Kein Fisch biß an, obgleich ich sie so gut mit Blutwurst fütterte, die ich von einem holländischen Schiff mitgebracht hatte, wo ich zum Abkochen, zum Essen mit der Mannschaft, gewesen war. Dieses „Abkochen gehen" auf die Schiffe, das Mitessen mit der Mannschaft eines Schiffes, das im Hafen liegt, ist auch nicht immer eine sehr würdige Sache. Der Arbeiter, der gute Arbeit hat oder wenigstens glaubt, in guter Stellung zu sein, fühlt sich gegenüber dem Arbeiter, der keine Arbeit hat, zuweilen sehr überlegen. Und diese Überlegenheit läßt er den Arbeitslosen auch fühlen. Der Arbeiter ist des Arbeiters größter Teufel. „Na, ihr Beachcombers, ihr Herumtreiber, habt ihr wieder nischt zu fressen? Da wollt ihr wohl wieder hier 'raufkommen auf unsern Kasten, und da sollen wir euch wohl wieder was zu fressen geben, hä? Aber bloß zwei dürfen 'rauf. Ihr macht uns zu viel Schweinerei."
Da durften wir dann nicht in das Quartier kommen, oft genug. Nein, wir mußten vor der Tür stehenbleiben. Dann schütteten die Mitproletarier alles, was sie auf den Tellern übrig hatten und was sie manchmal schon im Munde gehabt hatten, in die große Blechschüssel, in der die Suppe geholt worden war, dann schoben sie uns die Schüssel 'raus, und wir mußten auf dem Verdeck essen, wo wir auf dem Boden zu hocken hatten. Wenn wir dann um einen Löffel bitten mußten – ich hatte, durch lange Erfahrung gewitzigt, immer meinen eignen in der Tasche –, dann sagten sie, Löffel bekämen wir nicht. Wir fischten dann mit den Fingern in dem Brei herum. Oder aber sie

warfen uns ein paar Löffel zu und warfen sie so geschickt, daß sie in den Brei fielen, so daß wir sie mit unsern dreckigen Fingern herausfischen mußten, was den Leuten ein höllisches Vergnügen zu bereiten schien.
Und diese Mannschaften waren noch nicht die schlimmsten. Da waren welche, die uns hinunterjagten vom Schiff, weil wir Spitzbubengesindel seien. Oder andre, die vor unsern Augen die schönsten Schüsseln voll Fleisch, Gemüse und Kartoffeln ins Meer schütteten und ganze Brote hinterherwarfen, nur um uns zu ärgern. Es war dann zuweilen ganz lieblich zu erleben, wenn einer oder der andre durch irgendeinen Umstand entweder entlassen wurde oder achtern abgekantet war, dann mit uns an der Beach, am Ufer lag, mit uns dann zum Abkochen gehen mußte und dabei lernte, wie gut es tut, in der Weise von seinen eignen Klassengenossen behandelt zu werden.
Nicht alle waren so. Ich habe manchen Peseta freiwillig von Schiffsproleten bekommen, habe ganze Büchsen voll Corned beef oder Leberwurst oder Blutwurst bekommen, Büchsen voll Gemüse, ganze Kilo Kaffee von den Köchen, ganze Brote, Kuchen und Puddings. Einmal zwölf, sage und wiederhole zwölf gebratene Hühnchen, von denen ich zehn selber wegwerfen mußte, weil ich sie nicht essen und nicht verwahren konnte, denn ich hatte ja keinen Eisschrank in meiner Hosentasche. Alles, was man besitzt auf der Welt, hat man bei sich und hat man an sich.
Wenn man in spanischen, afrikanischen, ägyptischen, indischen, chinesischen, australischen und südamerikanischen Häfen an der Beach liegt, lernt man allerlei Menschen kennen und allerlei Methoden, mit deren Hilfe man sich am Leben erhält. Aber niemand läßt einen mit solcher Kaltblütigkeit verhungern wie in vielen Fällen der Arbeiter. Und der Arbeiter der eignen Nationalität ist der schlimmste aller Teufel. Während ich als Amerikaner von den amerikanischen Schiffen heruntergejagt wurde von der Mannschaft, habe ich als Deutscher auf französischen Schiffen wie ein Fürst gelebt. Die Mannschaft lud mich ausdrücklich ein, zu jedem Frühstück, zu jedem Mittagessen und zu jedem Abendessen auf dem Schiff zu erscheinen, solange es im Hafen, es war in Barcelona, läge. Und ich bekam das Beste, was nur ins Quartier kam, während mir auf deutschen Schiffen Mannschaften gleich auf der Falltreppe mit einem großen Schild entgegensprangen: „Zu-

tritt verboten!“ Die deutschen Schiffe sind die einzigen Schiffe, die ich kenne, die zuweilen ein großes Schild im Hafen aushängen mit der Inschrift „Zutritt verboten!“ in deutscher Sprache und in der Sprache des Landes, in dessen Hafen sie liegen. Yes, Sir.

Als ich in Barcelona lag, wurde mir erzählt, in Marseille lägen viele amerikanische Schiffe, die keine Mannschaft bekommen könnten, weil zu viele ausgerückt seien. Die Mannschaft eines Kohlendampfers nahm mich mit nach Marseille. Aber es war falscher Alarm. Es lag auch nicht ein einziges amerikanisches Schiff im Hafen, und auf den paar andern, die dort lagen, war auch nichts zu machen.

Ganz verzweifelt schlich ich durch die Gassen im Hafenviertel. Ich ging in eine Hafenkneipe, wo viele Seeleute verkehren, um zu sehen, ob ich nicht vielleicht einen Bekannten treffen möchte, der mir aushelfen könnte; denn ich hatte keinen Copper in meiner Tasche.

Als ich hineinkam und mich umsah nach einem Stuhl, näherte sich mir die Kellnerin, ein nettes junges Mädchen, und fragte, was ich trinken wolle. Ich sagte ihr, ich hätte kein Geld und wolle nur sehen, ob nicht ein Bekannter drin sei, von dem ich vielleicht etwas bekommen könne. Sie fragte mich, was ich sei. Ich sagte: „Deutscher Seemann.“

Da sagte sie: „Setzen Sie sich, ich bringe Ihnen zu essen!“

Ich erwiderte: „Ich habe aber doch kein Geld.“

„Das macht nichts“, sagte sie. „Sie werden gleich genug Geld haben.“

Ich verstand das nicht und wollte mich aus dem Staube machen, weil ich glaubte, es sei irgendeine Falle.

Nachdem ich gegessen und eine Flasche Wein vor mir stehen hatte, rief das Mädchen plötzlich ganz laut durch die Schenke: „Meine Herren, hier ist ein armer deutscher Seemann, der kein Schiff hat. Möchten Sie ihm denn nicht etwas geben?“

Ich fühlte, daß ich totenbleich wurde, denn ich dachte jetzt, das sei die Falle und man wolle einen Spaß haben dadurch, daß man mir hier eine Abreibung geben würde, die nicht von schlechten Eltern sei. Aber nichts dieser Art geschah. Die Leute hörten nur alle auf zu reden und drehten sich nach mir um. Einer stand auf, kam mit seinem Glas und stieß mit mir an: „Auf Ihr Wohl, Deutscher!“ Er sagte nicht einmal „Boche“ dabei. Dann nahm das Mädchen einen Teller und ging

rund, und als sie den Teller dann vor mir ausschüttete, zählte ich siebzehn Franken und einige sechzig Centimes. Nun konnte ich mein Essen und meinen Wein gut bezahlen, und als ich mit dem Kohler zwei Tage später wieder nach Barcelona fuhr, hatte ich sogar noch etwas übrig von den Franken.
Ich glaubte nicht daran, daß es irgendeine Feindschaft zwischen Völkern gäbe, wenn sie nicht künstlich erzeugt und dann tüchtig geschürt würde. Man sollte eigentlich meinen, daß Menschen vernünftiger seien als Hunde. Hunde lassen sich manchmal gegen ihresgleichen hetzen, manchmal aber auch nicht. Menschen dagegen lassen sich immer aufeinander hetzen, und das „Kschksch" braucht gar nicht einmal geschickt gemacht zu werden. Es braucht nur überhaupt gemacht zu werden, da gehen sie auch schon aufeinander los wie blödsinnig geworden ...
Verflucht noch mal, es beißt auch nicht ein einziges Luder an, und die Büchse Blutwurst ist gleich alle. Das kommt davon, wenn man döst und seine Gedanken woanders hat, statt auf das Geschäft zu achten. Sobald ich eine Portion beieinander habe, gehe ich 'raus, mache mir ein Feuer an und brate die Fische an einem Stock. Es ist einmal etwas andres als die immer in Öl gebackenen Fische.
Wieder nichts dran und die Wurst abgebissen. Wie lange sitze ich hier? Sicher schon drei Stunden. Aber Fischen beruhigt die Nerven. Man hat nicht das Gefühl, daß man seine Zeit verplempert. Es ist nützliche Arbeit, die man verrichtet: Man trägt seinen Teil zur Volksernährung bei, denn wenn ich die Fische esse, die ich hier jetzt fange, brauche ich nicht woanders die Nudelsuppe aufessen. Die kann dann gespart werden, und am Ende des Jahres findet man die gesparte Nudelsuppe in irgendeiner Statistik wieder, wo die Zeile, in der die gesparte Nudelsuppe erwähnt ist, mehr kostet als alle weggeschütteten Suppen des ganzen Landes zusammengenommen.
Ich könnte die Fische aber auch verkaufen gehen. Vielleicht kriege ich so viel zusammen, daß ich zwei Peseten machen kann. Dann könnte ich wieder einmal zwei Nächte in einem Bett schlafen.
Siehst du, mein Freundchen, da habe ich dich doch endlich erwischt. Du bist es, der mir die ganze Blutwurst abgefressen hat. Schwer ist er ja nicht. Ein halbes Kilo. Ich glaube, nicht ganz. Dreihundertfünfzig Gramm. Da zappelst du aber schön.

Ich kann das nachfühlen. Ich habe auch schon verschiedene Male so gezappelt, wenn mich ein Cop am Kragen hatte. Aber es hilft nichts, ich habe Appetit auf Fische.
Ja, das Wasser ist so schön kühl und die Sonne so schön warm. Hier hat mich auch noch kein Cop am Kragen gehabt. Und ich weiß, wie es tut. Die dreihundertfünfzig Gramm tun es auch nicht. Wenn du wenigstens ein Kilo hättest. Und weil du doch angebissen hast und mir die Freude machtest, mich hier nicht so vergeblich sitzenzulassen, und weil ich liebe, frei zu sein, viel mehr liebe, als satt zu essen zu haben, und weil die Sonne lacht und das Wasser blaut, und weil du ein spanisches Fischlein bist: Hoppla, wirst nicht erschossen, schwimm wieder lustig los und freue dich deines munteren Lebens. Lauf nicht gleich einem andern ins Netz. Zieh ab und grüß dein Mädel.
Da plätschert er und schwimmt er und lacht, daß ich es bis auf die Mauer höre. Grüß dein Mädel! ... Ach schiet ...
„Sie sind mir aber auch ein Fischersmann", sagt da jemand hinter mir. Ich drehe mich um und sehe einen Zollbeamten stehen, der mir die ganze Zeit zugesehen hat und jetzt laut lacht.
„Aber da sind doch mehr Fische drin, das Wasser ist ja nicht so klein", sage ich, während ich wieder Blutwurst an den Haken spieße.
„Sicher sind da mehr drin. Das war doch aber ein ganz guter dicker Fisch."
„Sicher war er das, er hatte ja meine ganze Büchse Blutwurst im Magen, da soll er nicht dick sein."
„Warum fischen Sie denn da überhaupt, wenn Sie so gute Fische wieder hineinwerfen?"
„Damit, wenn mich heute abend jemand fragen sollte, was ich den ganzen Tag getan habe, ich sagen kann, ich hätte gefischt."
„Dann fischen Sie nur weiter", sagte der Zollbeamte und geht.
Daß Fischen betätigte Philosophie ist, verstehen die wenigsten Menschen. Es ist doch nicht des Habens wegen, daß man lebt, sondern des Wünschens, des Wagens, des Spielens wegen, daß man lebt.
Da schon wieder einer. Hätte ich nur den vorigen nicht gehen lassen, dann wäre nun schon bald eine Portion zusammen. Aber ich werde doch keine Klassenunterschiede einführen.

Den andern habe ich frei gelassen, nun kann ich doch diesen nicht seiner Dummheit wegen zum Tode verurteilen. Das heißt, Dummheit verdient eigentlich immer und überall die Todesstrafe, vorläufig wird sie nur mit Sklaverei bestraft. Wenn ich wüßte, ich bekäme noch drei solche, wie du einer bist, dann müßtest du hier dran glauben. Ich habe Appetit auf Fische. Aber du bist ein köstliches kleines lebendiges Wunder, na, gehe schon wieder 'rein in das weite Meer. Hoppla, Freiheit ist doch das Größte und Beste am Leben. Ja, Teufel noch mal, soll ich euch denn allen hier die Hand geben? Schon habe ich abermals einen in der Hand. Ich weiß genau, wenn ich dich jetzt hier behalte, beißt kein einziger mehr an, weil sie dann alle wissen, sie können sich auf mich nicht verlassen. Und mit dir allein kann ich nichts anfangen. Es würde sich gar nicht lohnen, 'rauszugehen und ein Feuer deinetwegen anzuzünden. Wie lange hat das liebe Leben an dir gebaut, um dich zu dieser unwichtigen Größe zu bringen? Sechs Jahre, vielleicht sieben. Nun soll ich dich in einer Sekunde mit einem Hieb töten und dein Leben beenden? Zieh ab, freue dich des blauen Meeres und deiner Gefährten. Da schwänzelt er lustig von dannen. Gelt, Bürschchen, du weißt, was Freiheit wert ist, freue dich ihrer, schätze sie und sei glücklich.
Das ist aber ein recht merkwürdiger Eimer, der da angeschwommen kommt... Sie macht gerade los und kommt nicht gut ab. Sie schleppt und schlittert und kratzt am Kai entlang. Offenbar will sie nicht 'raus, sie ist wasserscheu. Aber ganz gewiß, man kann sich drauf verlassen, es gibt auch wasserscheue Schiffe, yes, Sir. Das ist überhaupt der Fehler, der so oft gemacht wird, daß man den Schiffen die Persönlichkeit abstreitet. Die haben ihre Persönlichkeit, ihre Launen genausogut wie ein Mensch. Diese alte Tante hier hatte eine Persönlichkeit. Das sah ich auf den ersten Hieb. Mit der war nicht gut Salz lecken.

19

Manches Schiff habe ich gefahren, das wissen die Götter. Und tausend Schiffe habe ich gesehen, das glaubt mir Thomas. Aber nie vorher habe ich ein Schiff gesehen, daß diesem gleich gewesen wäre. Der ganze Rahmen, um damit gleich zu begin-

nen, war nicht nur ein guter Spaß, nein, der war eine Unmöglichkeit. Wenn man diesen Eimer ansah, zweifelte man, daß sie je auf dem Wasser schwimmen könnte. Viel eher schon glaubte man, daß sie ein gutes Transportmittel durch die Wüste Sahara sein müsse und mit Leichtigkeit die besten Kamele schlagen könnte. Ihre Form war weder modern noch mittelalterlich. Es wäre ein ganz vergebliches Bemühen gewesen, sie in irgendeine Periode der Schiffsbaukunst einzureihen. Am Bug trug sie den Namen „Yorikke". Aber der Name war so dünn und so verwaschen, als ob sie sich schämte, so zu heißen. Achtern sollte der Seevorschrift gemäß ihr Heimatort zu lesen sein. Aber wo sie her war, das wollte sie niemand verraten, wahrscheinlich schämte sie sich auch ihres Wohnortes. Auch ihre Nationalität hielt sie streng geheim, offenbar war ihr Paß nicht ganz in Ordnung. Jedenfalls war die Nationalitätsflagge, die auf dem Flaggenstock am Stern auswehte, so bleich, daß sie für jede Farbe aufnahmefähig war. Außerdem war die Flagge ganz ausgefranst, als ob sie in allen Seeschlachten der letzten viertausend Jahre den kämpfenden Flotten vorangeweht hätte.
Welche Farbe ihr Kleid hatte, konnte ich nicht ergründen, obgleich das ja in mein Spezialfach schlug. Allem Anschein nach zu urteilen, war das Röckchen einmal, in einer fern zurückliegenden Zeit, schneeweiß gewesen, weiß wie die Unschuld eines neugeborenen Kindleins. Aber das muß sehr lange her sein, das muß gewesen sein in dem Jahr, als sich Abraham mit der Sarah verlobte in Ur in Chaldäa. Die Kanten der Reeling waren einmal grün gewesen. Auch das war lange, lange her. Seit jenen fernen Tagen hatte die „Yorikke" einige hundert neue Anstriche erlebt, wie es ja dem Laufe der Zeiten entsprach. Aber die Deckarbeiter hatten sich nie die Mühe gemacht, die alte Farbe abzuklopfen. Wahrscheinlich war ihnen das untersagt worden. Jedenfalls war der neue Anstrich immer wieder auf den alten gekommen, dadurch hatte die „Yorikke" nun einen Umfang erhalten, der sie doppelt so groß erscheinen ließ, als sie in Wirklichkeit war. Hätte man sich die Arbeit gemacht, die einzelnen Anstriche sorgfältig abzupellen, dann hätte man genau feststellen können, welche Art von Farbe jedes einzelne Jahrhundert verwandte.
Selbstverständlich, um nicht der Übertreibung angeschuldigt zu werden, hätte man die Farbe nicht nur an dem Außenkleid

abpellen dürfen, wo die „Yorikke“ verhältnismäßig noch am jüngsten war, weil man sie ab und zu in ein Verschönerungsinstitut geschickt hatte. Nein, man hätte die Farbe an allen Teilen des Schiffes, insbesondere also an den Inneneinrichtungen abziehen müssen, um zu erfahren, in welchen Farben die große Festhalle Nebukadnezars gehalten war, worüber wir ja heute noch im unklaren sind, was uns sehr viele Sorgen bereitet.
Das Kleid sah zum Höllenerbarmen niederträchtig aus. Da waren große Flächen, wo die Deckarbeiter es mit einem schönen saftigen Bolschewistenrot versucht hatten. Dann aber schien der Eigentümer oder der Kapitän diese Farbe nicht zu lieben, und man malte weiter mit Adelsblau. Das Rot hatte Geld gekostet, und man ließ es ruhig stehen. Anstrich war Anstrich, und dem fressenden Salzwasser ist es gleichgültig, ob es Bolschewistenrot oder Freiheitsgrün zu fressen hat, die Hauptsache ist, daß Wind und Wogen etwas zu fressen kriegen, sonst fressen sie das Schiff. Der nächste Besitzer wieder dachte, daß ein schwarzes Schiff schöner sei und ein fettes Schwarz die mißtrauischen Augen der Versicherungsgesellschaften besser verkleistern möchte als irgendeine andre Farbe. Aber nie wagte jemand sich so hoch in die Kosten zu versteigen, daß er das, was einmal gestrichen war, mit der neuen Farbe überstrichen hätte, um dem ganzen Kleid eine einheitliche Nuance zu geben. Nur keine überflüssigen Ausgaben, es war ja ein – halt, das will ich noch nicht sagen, denn ich weiß es noch nicht. Aber ein alter Salzwasserfisch riecht frühzeitig, und ich bin ein alter Salzwasserfisch, wenn es aufs Riechen ankommt.
Wenn nun „Yorikke“ auf Fahrt war oder in einem Hafen lag, reichte die Farbe nicht mehr, und es wurde mit den Farben weitergemalt, die gerade noch da waren. Der Skipper schrieb nur immer an: „Farbe gekauft. Farbe gekauft. Farbe gekauft.“ Niemand kann von seinem Lohn allein leben. Aber die Farbe wurde nicht gekauft, sondern alles, was da war, wurde aufgebraucht, ob es braun, grün, violett, zinnober, gelb oder orange war.
Also so sah die „Yorikke“ von draußen aus. Mir wäre vor Schreck bald die Angelschnur aus der Hand geflitscht, als ich dieses Meerungeheuer zum ersten Male sah.
Das kommt aber davon, wenn man den Deckarbeitern im

Hafen keinen Tagesurlaub gibt, aus lauter Geiz. Der Erste Offizier weiß nicht, was er mit ihnen machen soll, und dann müssen sie anstreichen von morgens um sieben bis nachmittags um fünf, streichen, streichen, streichen, solange noch ein Pinselstiel auf der Welt ist und noch eine alte Blechbüchse an den Rändern eine Schicht verdickter und verkrusteter Farbe hat. Nun müssen die Deckarbeiter beim Streichen draußen an der Bordwand hängen an Tauen, oder sie sitzen auf schmalen Brettern, die an Tauen heruntergelassen werden. Kommt es nun vor, daß der ganze Kasten plötzlich einen gehörigen Schubs kriegt, sei es durch eine unerwartete große Welle oder durch das Aufrühren eines großen vorbeifahrenden Rieseneimers oder weil beim Gezeitwechsel den Fangtauen nicht richtig nachgegeben wurde, dann fliegt der Anstreicher mit seiner Todesschaukel los von der Bordwand. Weil er nun lieber sein Leben retten will als den Farbeimer, so geht natürlich der Farbeimer über Stag, und die bunte Tunke läuft an der Bordwand herunter. Der Eimer ist zwar gerettet und der Mann auch, der Eimer hing an einem Tau, und der Mann angelte noch rechtzeitig ein Tau. Aber die Farbe! Aber die Farbe! An der „Yorikke“ konnte man außer den verschiedenen Farbversuchen noch ganz genau alle Püffe nachzählen, die das gute Schifflein während des Anstreichens in den letzten zehn Jahren erlebt hatte. Diese Farbenergüsse zu überstreichen, wäre Verschwendung gewesen. Es war Farbe, und der Zweck, mit Farbe die mancherlei Schönheitsfehler der „Yorikke“ zartfühlend zu verdecken, war ja durch den Puff erfüllt worden. An und für sich war es schon teuer genug, weil ja nicht alle Farbe bei dieser Gelegenheit auf der „Yorikke“ blieb, sondern ein Teil im Meer verschwand und der andre Teil auf den Hosen des Deckarbeiters hängenblieb, wo er ganz überflüssig war. Mit diesen angestrichenen Hosen, die man jetzt hinstellen kann, ohne daß sie umfallen, ist das Ereignis keinesweg beendet. Nun kommt erst noch die Auseinandersetzung mit dem Ersten Offizier, der die Meinung vertritt, daß die Farbe wertvoller sei als der Mann, und statt an sein unwichtiges Leben zu denken, hätte er zuerst an die wertvolle Farbe denken sollen. Deckarbeiter kann er auf dem Straßenpflaster auflesen oder unter dem Galgen wegholen, aber Farbe kostet Geld, und der Skipper wird ihm einen Mordsspektakel machen, weil er nun wieder nicht mit dem Farbenbuch und mit der Rubrik „Farbe gekauft“ zurechtkommt. Häufig endet dieses Gespräch, nachdem die üblichen Fluchkanonaden alle Munition verschossen haben, damit, daß der gerettete Deckarbeiter sich seinen Lohn geben läßt, den Sack vollpfropft, über die Planke geht und dem Schiff Großfeuer in den Kohlenbunkern wünscht, wenn es fünfzehnhundert Meilen „off the coast“ ist. Einen verrückten Menschen erkennt man oft schon am Äußeren, am Aussehen seines Gesichts, an der Zusammenstellung seiner Kleidung. Je verrückter er ist, um so auffallender wird sein Aussehen sein. Man konnte nicht gut sagen, daß die „Yorikke“ einem vernünftigen Schiffe, einem geistig normalen Schiffe gleich oder auch nur ähnlich gesehen hätte. Das wäre eine Beleidigung für alle andern Schiffe der sieben Meere gewesen. Ihr Aussehen stimmte so vortrefflich mit ihrem Geist, mit ihrer Seele, mit ihrem Wesen und mit ihrem Betragen überein, daß man an der geistigen Gesundheit der „Yorikke“ mit Recht zweifeln mußte. Es war ja nicht nur das äußere Kleid, nicht nur die Farbe. Alles, was man von dem Boote sehen konnte, stand in vollem, ungetrübtem Gleichklang mit der Haut und dem Gesicht. Die Lademasten standen wir dürre Äste fuchtelnd in der Luft. Wenn durch den Schornstein der Länge nach eine Kugel geschossen worden wäre, auch wenn es nur eine Revolverkugel gewesen wäre, sie wäre nie am andern Ende herausgekommen. Aber Rauch geht ja auch um Ecken, andernfalls hätte die „Yorikke“ nie rauchen können. Aus dem Schornstein jedenfalls nicht. Wie die Brücke mit dem übrigen Schiff in Verbindung stand, konnte ich nicht herausfinden. Es sah so aus, daß, wenn das Schiff abfuhr, es nach einer Stunde wieder umkehren mußte, um die Kommandobrücke abzuholen, die im Hafen zurückgeblieben war; denn der Skipper hätte es von seinem Standort aus nicht bemerken können, daß das Schiff schon eine Stunde unterwegs war, und nur wenn der Steward auf die Brücke gegangen wäre, um dem Skipper zu sagen, daß sein Essen in der Messe sei, hätte man herausgefunden, daß die Brücke mit dem Skipper drauf nicht mitgekommen war, sondern irgendwo im letzten Hafen schwebte oder festgeklemmt war.

Als ich nun da auf der Mauer saß, so emsig mit Fischefangen beschäftigt, und ich sah die „Yorikke“, da lachte ich, da lachte ich so laut und so ungeheuerlich, daß die gute „Yorikke“ einen Schreck bekam und um eine halbe Schiffslänge zurückglitt. Sie wollte nicht 'raus ins Wasser und wollte nicht. Sie kratzte und schrammte am Kai, daß es einem Hund jammern konnte und man Mitleid bekam mit dem beklagenswerten Tantchen, das da wieder hinausgetrieben werden sollte in die grausame Welt wilder Mächte und Elemente.

Aber niemand empfand Mitleid mit ihr.

Ich hörte das Knarren und Quietschen der Wintschen und das Hinundherlaufen und wußte, die werden jetzt das Tantchen gründlich vermöbeln und bös einheizen, und dann muß sie eben doch hopsen. Was kann schließlich ein alleinstehendes Mädchen gegen so viele rauhe Fäuste auf die Dauer machen? Sie kann kratzten und beißen, aber sie muß hervor hinter dem Zaun und muß mit zum Tanz gehen, ob ihr danach zumute ist oder nicht. Wenn so ein sprödes Dämchen erst einmal die Musik hört, dann ist sie die Tollste von allen. So war es sicher auch mit der „Yorikke". Erst mal glücklich drin im Wasser, dann würde sie rennen wie ein junger Teufel, um nur schnell wieder in einem andern Hafen zu sein, wo sie sich ausruhen kann und von vergangenen Zeiten träumen, als man sie nicht so herumjagte wie in diesen hastigen Tagen. Sie ist doch schließlich keine Junge mehr und schon ein wenig schwer auf den Beinen. Wäre sie nicht so dick angezogen, würde sie sicher auch noch frieren in dem kalten Wasser, denn das Blut rennt nicht mehr so frisch durch die Adern wie damals, als sie den Begrüßungsfestlichkeiten zusah, die von Cleopatra zu Ehren Antonius' veranstaltet wurden.

20

Nach dem Aussehen eines Schiffes kann man genau die Beköstigung und die Behandlung der Mannschaft beurteilen, sobald man erst einmal eine Weile Salzwasser gerochen hat. Da bildet sich manch einer ernsthaft ein, daß er vom Meere, von Schiffen und Seeleuten etwas verstünde, wenn er ein dutzendmal auf einem Passagierschiff, vielleicht sogar Staatskabine, über Ozeane gefahren ist. Aber ein Fahrgast lernt weder etwas vom Meer noch etwas von einem Schiff und noch viel weniger etwas vom Leben der Mannschaft. Die Stewards sind keine Mannschaft, und die Offiziere sind auch keine Mannschaft. Die einen sind nur Kellner und Hausdiener, und die andern sind nur Beamte mit Pensionsberechtigung.

Der Skipper kommandiert das Schiff, aber er kennt es nicht. Wer auf dem Kamel reitet und den Ort angibt, wo er hinreiten will, weiß nichts von dem Kamel. Der Kameltreiber allein kennt das Kamel, zu ihm spricht das Kamel, und er spricht zu dem Kamel. Er allein kennt seine Sorgen und seine Schwächen und seine Wünsche.
So ist es auch mit einem Schiff. Der Skipper ist der Kommandant, der Vorgesetzte, der immer anders will, als das Schiff will. Ihn haßt das Schiff, wie alle Vorgesetzte und Kommandanten gehaßt werden. Wenn Kommandanten wirklich einmal geliebt werden, oder es wird gesagt, daß sie geliebt seien, so werden sie nur darum geliebt, weil man so am besten mit ihnen und mit ihren Schrullen zurechtkommt.
Aber die Mannschaft ist es, die das Schiff liebt. Die Mannschaft sind die echten und wahren Kameraden des Schiffes. Sie putzen an dem Schiff herum, sie streicheln es, sie kosen es, sie küssen es. Die Mannschaft hat häufig kein andres Heim als das Schiff; der Kommandant hat ein schönes Haus irgendwo auf dem Lande, er hat seine Frau, er hat seine Kinder. Es haben auch manche Seeleute eine Frau oder Kinder, aber ihre Arbeit mit dem Schiff und auf dem Schiff ist so hart und ermüdend, daß sie nur an das Schiff denken können und die Familie daheim ganz vergessen, weil sie keine Zeit haben, ans Zuhause zu denken. Denn wenn sie anfangen wollen, an das Zuhause zu denken, dann beginnen sie gleich zu schlafen, weil sie zu müde sind.
Das Schiff weiß ganz genau, daß es keinen Schritt gehen könnte, wenn die Mannschaft nicht wäre. Ohne Skipper kann ein Schiff laufen, ohne Mannschaft nicht. Der Skipper könnte nicht mal dem Schiff etwas zu essen geben, weil er nicht versteht, wie er aufschmeißen muß, damit die Feuer nicht ausgehen und doch die meiste Hitze geben, ohne Verdauungsstörungen zu erzeugen.
Mit der Mannschaft spricht das Schiff, mit dem Skipper und den Offizieren nie. Der Mannschaft erzählt das Schiff Märchen und wunderschöne Geschichten. Alle meine Seegeschichten haben mir die Schiffe erzählt und keine Menschen. Das Schiff läßt sich auch gern etwas erzählen von der Mannschaft. Ich habe gehört, daß Schiffe lachten und kicherten, wenn die Mannschaft sonntagnachmittags auf Deck saß und sich Witze erzählte. Ich habe Schiffe weinen sehen, wenn traurige Ge-

schichten erzählt wurden. Und ich habe ein Schiff bitterlich schluchzen hören, weil es wußte, daß es auf der nächsten Fahrt untergehen würde. Es kam auch nie wieder und stand später bei Lloyds auf der Liste „Verschollen".

Das Schiff ist immer auf seiten der Mannschaft, nie auf seiten des Skippers. Der Skipper arbeitet nicht für das Schiff, er arbeitet für die Kompanie. Die Mannschaft weiß häufig gar nicht, zu welcher Kompanie das Schiff gehört; sie macht sich keine Gedanken darüber. Sie kümmert sich nur darum, was das Schiff selbst angeht. Wenn die Mannschaft unzufrieden ist oder rebelliert, rebelliert das Schiff sofort mit. Streikbrecher haßt das Schiff mehr als den Boden des Meeres; und ich habe ein Schiff gekannt, das mit einer ganzen Horde von Streikbrechern auf der ersten Ausfahrt, beinahe noch in Sicht der Küste, glatt auf den Boden ging. Keiner kam mehr zurück. Es ging lieber selber unter, als von Streikbrechern begrapscht zu werden. Yes, Sir.

Wird die Mannschaft schlecht beköstigt oder schlecht behandelt, das Schiff nimmt sofort Partei für die Mannschaft und schreit in jedem Hafen die Wahrheit so laut hinaus, daß sich der Skipper die Ohren zuhalten muß und oft genug eine Hafenkommission aus dem Schlafe gescheucht wird und nicht eher Ruhe findet, bis sie eine Untersuchung angestellt hat. Ich glaube sicher, daß man mich für ein ganz verfressenes Subjekt hält. Aber für den Seemann ist ja das einzige, womit er sich außer seiner Beschäftigung mit dem Schiff befassen kann, das Essen. Andre Freuden hat er nicht, und hart arbeiten verursacht einen gesunden Hunger. Das Essen ist ein wichtiger Bestandteil seines Lohnes.

Auf der „Yorikke" aber, wie sie auch laut genug hinausschrie, wurde der elendeste Fraß für die Mannschaft gegeben, den eine geizige Kompanie und ein Skipper, der auf Nebenverdienste sehen mußte, nur herstellen konnte, um die Mannschaft eben gerade noch am Leben zu erhalten. Wie der Skipper selbst beschaffen war, verriet „Yorikke" jedoch, der die Sprache eines Schiffes verstand. Er trank gern, aber nur gute Tropfen; er aß gern, aber nur gute Dinge; er stahl, wo er nur stehlen konnte; er machten Nebengeschäfte, mit wem er nur konnte und auf wessen Kosten er nur konnte. Im übrigen war ihm alles sehr gleichgültig, und er belästigte die Mannschaft persönlich nur wenig. Er belästigte sie auf dem Umwege über die Offiziere und die Ingenieure. Die Ingenieure hätten auf Schiffen, die nicht verrückt waren, sondern normal, nicht einmal als Öler arbeiten können.

Wie war es nur möglich, daß „Yorikke" eine Mannschaft bekam und eine Mannschaft halten konnte? Wie war es möglich, daß sie aus einem spanischen Hafen, aus diesem gesegneten Lande des Sonnenscheins und der Freiheit, ausfahren konnte mit voller Mannschaft? Da war ein Geheimnis verborgen. Sie war doch nicht etwa gar ein –?

Aber vielleicht doch. Vielleicht war sie doch ein Totenschiff. Da! Da ist es endlich heraus. Ein Totenschiff. Verflucht noch mal, o Sperlingsschwänze und Fischflossen! Jawohl, sie ist ein Totenschiff.

Aber daß ich das nicht gleich auf den ersten Hieb gemerkt habe. Ich habe eben gedöst.

Richtig, da ist kein Zweifel mehr.

Aber da war wieder etwas andres herum, daß sie es auch nicht sein mochte. Da ist ein Geheimnis dahinter. Mich soll doch gleich ein Eisbär am Hintern kratzen, wenn ich das nicht 'rauskriege, was mit dem Eimer los ist.

Sie hatte sich nun doch endlich entschlossen zu gehen, freiwillig und gutwillig zu gehen. Ich hatte sie unterschätzt. Sie war wasserscheu aus guten Gründen. Der Skipper war ein Esel, yes, Sir. „Yorikke" war viel klüger als ihr Kapitän. Sie brauchte überhaupt keinen Kapitän, das sah ich jetzt. Sie war wie ein gutes altes Rassepferd, das man allein gehen lassen muß, wenn es den richtigen Weg gehen soll. Ein Kapitän braucht nur ein unterstempeltes und unterschriebenes Zeugnis vorzulegen, daß er ein Examen bestanden hat, und gleich wird ihm ein Eimer anvertraut und noch dazu ein so delikater, wie die „Yorikke" einer ist. Gebt einem erfahrenen Deckarbeiter den Lohn, den der Skipper bekommt, und er wird einen Eimer wie die „Yorikke" besser über den Froschteich bringen als ein konzessionierter Kapitän, der nichts weiter tut, als den ganzen Tag herumzulaufen und darüber nachzudenken, wie und wo er die Kost für die Mannschaft noch etwas mehr beschneiden könnte, um für die Kompanie und für seine Tasche noch einen Nickel mehr herauszuschinden.

Strömung und Wind waren gegen „Yorikke" auf dem Wege, den zu gehen der Skipper sie zu zwingen suchte. Ein so delikates Weibchen darf man nicht zwingen, wie und wohin sie gehen

soll, dabei kann sie nur auf Abwege geraten. Der Lotse war nicht zu tadeln. Der Lotse kennt seinen Hafen gut, aber er kennt nicht das Schiff. Dieser Skipper aber kannte das Schiff noch viel weniger.
Sie kroch quietschend an dem Kai entlang, und ich mußte jetzt die Beine hochziehen, sonst hätte sie die mitgenommen. Und so sehr versessen darauf, meine Beine nach Marokko zu schicken, während ich in Barcelona blieb, war ich denn doch nicht.
Achtern strampelte sie mit der Quirlflosse, und hier an den Seiten spuckte und pißte sie wie besessen, als ob sie wer weiß wieviel gesoffen hätte und als ob sie es wer weiß wie schwer hätte, auf den Weg zu kommen, ohne die Laternenpfähle mitzunehmen.
Endlich glückte es dem Skipper, vom Kai klarzukommen. Aber ich war überzeugt, daß es „Yorikke" war, die einsah, daß sie sich nun um sich selber zu bekümmern habe, wenn sie mit heiler Haut davonkommen wollte. Vielleicht auch wollte sie ihrem Eigentümer ein paar Eimer Farbe sparen.
Je näher sie kam, desto unerträglicher wurde ihr Aussehen. Und es kam mir der Gedanke, wenn jetzt der Henker hinter mir her wäre mit der offnen Schlinge, und ich könnte ihm entwischen allein nur dadurch, daß ich auf der „Yorikke" anmusterte, ich würde die Schlinge vorziehen und zu dem Henker sagen: „Lieber Freund, nehmen Sie mich und machen Sie ja recht rasch, damit ich vor dieser Nagelkiste bewahrt bleibe." Denn jetzt sah ich etwas, das schlimmer war als alles, was ich je in dieser Hinsicht erblickt habe.

21

Auf dem Vorderdeck standen die Mannschaften, die auf Freiwache waren, und guckten über die Reling hinunter auf den Kai, um ja noch mit ihren Augen alles an fester Erde auf die lange Fahrt mitzunehmen, was sie in diesen letzten Momenten erhaschen konnten. Ich habe verlumpte, abgerissene, verkommene, verdreckte, verlauste und verschwärte Seeleute genug in meinem Leben und in asiatischen und südamerikanischen Häfen in überreicher Vollkommenheit gesehen, aber solche Mannschaft und noch dazu eine, die nicht von einem Schiffbruch nach tagelangen Herumirren auf eine Küste geworfen

wird, sondern die sich auf einem hinausfahrenden Dampfer befindet, je gesehen zu haben, konnte ich mich nicht erinnern. Daß so etwas denkbar wäre, hätte ich nicht für möglich gehalten. Ich sah gewiß nicht elegant aus, und wenn ich ehrlich sein soll, ich war dem Abgerissensein viel näher als dem Nichtzerlumptsein. Doch dieser Mannschaft gegenüber sah ich aus wie der Scheik eines Chormädchens der Ziegfeld-Follies in New York. Das war kein Totenschiff. Gott mag mir die Sünde vergeben. Das waren ja Seeräuber vor ihrer ersten Beute; Piraten, die seit sechs Monaten von den Kriegsschiffen aller Nationen verfolgt werden; Buccaneers, die so tief gesunken sind, daß sie keinen andern Ausweg mehr sehen, als chinesische Gemüse-Dschunken auf dem Meer zu überfallen und auszurauben.
Heilige Seeschlange, waren die zerlumpt, waren die dreckig! Einer hatte keine Mütze auf, weil er weder Hut noch Mütze besaß, sondern hatte ein Stück von einem grünen Unterrock wie einen Turban um den Kopf gewickelt. Ein andrer hatte, meine Herren, nein, Sie werden es nicht glauben, aber ich will doch gleich auf einem Auslegerboot als Kesselheizer angemustert werden, wenn es nicht wahr ist, einer hatte sogar einen Zylinderhut auf. Stellen Sie sich das vor, ein Seemann mit einem Zylinderhut. Hat die Welt so etwas je erlebt? Vielleicht war er die letzte halbe Stunde vor der Ausfahrt noch Schornsteinfeger gewesen. Oder er hatte hier auf dem Eimer den Schornstein gefegt. Vielleicht war das eine besondere Anordnung auf der „Yorikke“, daß der Schornstein nur im Zylinderhut gefegt werden darf. Ähnliche merkwürdige Anordnungen habe ich auf Schiffen erlebt. Aber die „Yorikke“ gehörte nicht zu jenen Schiffen, wo man merkwürdige Anordnungen einführte; die „Yorikke“ war ein Schiff, wo man mit den Anordnungen, die tausend Jahre alt sind, genug zu tun hat, um den Eimer in Gang zu halten. Nein, dieser Zylinder war nur darum im Gebrauch, weil der Mann keine andre Kopfbedeckung hatte, und wenn er sie gehabt hätte, offenbar Geschmack genug besaß, daß er zu der Frackweste, die er auf dem Leibe trug, nicht gut eine Tellermütze aufsetzen konnte. Es schien gar nicht so unmöglich zu sein, daß er von seiner eignen Hochzeit entsprungen war in jenem verhängnisvollen Augenblick, als es anfing, ernst zu werden. Und weil er keinen andern Zufluchtsort vor den Megären fand, er in seiner letzten

Not die „Yorikke“ erwischte, wo man ihn mit offnen Armen willkommen hieß. Hier suchte ihn keine der Megären, sicher nicht einen, der in Frack und Zylinder der Braut die Hacken zeigte.
Hätte ich gewußt, daß sie wirklich Seeräuber wären, ich hätte sie angefleht, mich mitzunehmen zu Ruhm und Gold. Aber wenn man kein Unterseeboot hat, ist Seeräuberei heute nicht mehr lohnend genug.
Nein, da es keine Seeräuber sind, dann schon lieber den Henker, als hier gezwungen sein, die „Yorikke“ zu fahren. Das Schiff, das mich von dem sonnigen Spanien fortlocken kann, das muß schon eins sein, doppelt so gut wie die Tuscaloosa. Ach, wie lang ist das her. Ob sie noch in New Orleans zu Hause ist? New Orleans, Jackson Square, Levee und ach – na, wollen wir mal wieder Blutwurst aufspießen; sobald der bunte Eimer vorüber ist, werden wir ja vielleicht noch einen Zweipfünder machen. Wenn nicht, ist es auch gut; dann wollen wir mal sehen, was die Nudelsuppe macht oder was es drüben auf dem Holländer zum Abendessen gibt.
Wie eine Schnecke, die sich überfressen hat, sich aber gleichzeitig trainieren muß für das nächste Schneckenwettlaufen, so zog „Yorikke“ vorüber.
Als die Köpfe der Buschräuber gerade über mir waren, rief einer von ihnen herunter zu mir: „Hey, ain't ye sailor?“
„Yesser.“
„Want a dschop?“ Auf sein Englisch braucht er sich nichts einzubilden, aber für enge Familienverhältnisse reicht es aus.
Ob ich Arbeit haben will.
Ei, orgelspielender Grizzlybär, der wird das doch nicht etwa ernst meinen?
Ob ich Arbeit haben will?
Nun bin ich verloren. Da ist diese Frage, die ich mehr gefürchtet hatte als die Posaune des Erzengels Michael am Auferstehungstage. Es ist doch üblich, daß man selbst um Arbeit nachfragen gehen muß. Das ist doch ewiges unveränderliches Gesetz, solange es nun schon Arbeiter gibt. Und ich bin nie fragen gegangen, immer aus Angst, es hätte einmal jemand ja sagen können.
Wie alle Seeleute bin ich abergläubisch. Auf dem Schiff und auf dem Meer ist man auf Zufälle und also auch auf Aberglauben angewiesen, sonst hielte man es nicht aus und würde ver-

rückt. Und dieser Aberglaube ist es, der mich zwingt, ja zu sagen, wenn mich jemand fragt, ob ich Arbeit haben will. Denn würde ich nein sagen, so würde ich mein Glück verschwören, würde nie wieder im Leben ein Schiff bekommen und am allerwenigsten bekommen, wenn ich es so bitter notwendig brauchte. Manchmal glückt das Erzählen einer Geschichte, aber manchmal glückt es nicht, und der Mann brüllt: „Polizei! Betrüger!“ Wenn man dann nicht schnell ein Schiff zur Hand hat, glaubt die Polizei jenem Manne, der keinen Spaß versteht und keine Ideen hat.

Dieser Aberglaube hat mir schon manchen bösen Streich gespielt und mir Beschäftigungen auf den Hals gebracht, von denen ich nie geglaubt hätte, daß solche überhaupt in der Welt vorhanden seien. Er war die Ursache, daß ich Totengräbergehilfe in Guayaquil in Ecuador wurde und daß ich auf einem Jahrmarkte in Irland mit meinen eigenen Händen helfen mußte, das Kreuz, an dem unser Herr und Heiland Jesus Christus seinen letzten irdischen Seufzer aushauchte, splitterweise zu verkaufen. Jeder Splitter kostete eine halbe Krone, und das Vergrößerungsglas, das die Leute dazu kaufen mußten, um den Splitter auch zu sehen, kostete eine andre halbe Krone. Zu solcher Beschäftigung, die mir zweifellos nicht gut angeschrieben werden wird, kommt man aber, wenn man abergläubisch ist. Seitdem mir das in Irland zugestoßen ist, habe ich auch nichts mehr drum gegeben, ein braver und guter Mensch zu bleiben, denn ich wußte, daß ich nun alles Zukünftige verspielt hatte. Es war ja nicht, daß ich die Splitter hatte verkaufen helfen. Nein, das war nicht so schlimm, das wäre mir vielleicht gar als ein Verdienst angerechnet worden. Viel schlimmer war, daß ich auch geholfen hatte, mit dem Geschäftsinhaber in einem Hotelzimmer die Splitter aus einem alten Kistendeckel anzufertigen. Aber auch das wäre noch nicht so unverzeihlich gewesen, wenn ich nur nicht vor den Leuten meine Seele verschworen hätte, daß ich die Splitter selbst aus Palästina mitgebracht hätte, wo sie mir ein alter, zum Christentum bekehrter Araber, in dessen Familienbesitz die Splitter seit achtzehnhundert Jahren gewesen waren, anvertraut hätte mit der feierlichen Versicherung, daß ihm Gott im Traume erschienen sei und ihm anbefohlen habe, diese Splitter nur nach Irland und sonst nirgendwo anders hin gelangen zu lassen. Die in arabischen Zeichen geschriebenen Doku-

mente konnten wir vorweisen und auch eine Übersetzung in Englisch, aus der hervorging, daß in dem Dokumente wirklich das drin stünde, was wir auf dem Jahrmarkte erzählten. Solche Streiche kann einem der Aberglaube spielen, yes, Sir.
Hätten wir das eingenommene Geld wenigstens an ein Kloster oder an den Papst abgeschickt, dann wäre es ja auch nicht so schlimm gewesen und ich hätte Hoffnung, daß mir vergeben würde. Aber wir verbrauchten das Geld für uns, und ich war sehr bedacht darauf, daß ich auch meine richtigen Prozente und Tantiemen bekam. Aber ich war keineswegs ein Betrüger, ich war nur ein Opfer des Aberglaubens, meines Aberglaubens. Denn die guten Leute glaubten mir, die waren nicht abergläubisch.

22

So war es ganz natürlich, daß, als ich gefragt wurde, ob ich Arbeit haben wollte, ich ja sagte. Ich war innerlich gezwungen, ja zu sagen, und ich konnte diesem Zwange nicht entweichen. Ich bin sicher, daß ich bleich wurde vor Todesangst, auf diesen Eimer zu müssen.
„A. B.?" fragte der Mann.
Glück zu, da war die Rettung. Die brauchten einen A. B., und ich war kein A. B. Ich hütete mich weislich, nun zu sagen: „Plain", denn im Notfalle kann ein Deckarbeiter auch am Rande stehen, besonders wenn das Wetter ruhig ist und keine großen Kursveränderungen sind.
Deshalb antwortete ich: „Nosser, no A. B. Black gang. Schwarze Bande."
„Fein!" schrie der Mann herunter. „Das ist ja, was wir brauchen. Mach hurtig voran. Hopp auf."
Nun wurde mir alles klar. Sie nahmen, was sie kriegten und woher sie es kriegten, weil sie um soundso viele Mann zu kurz waren. Ich hätte sagen können: Koch, oder ich hätte rufen können: Zimmermann oder Boss'n, sie würden immer gerufen haben: „Hopp auf!" Da war etwas nicht in Ordnung. Verflucht, sollte sie doch ein –, nein, trotz aller verdächtigen Begleitumstände, die „Yorikke" schien doch kein Totenschiff zu sein.
Ich mußte die letzten Karten spielen.

„Where 're ye bound? Wohin geht ihr 'raus?"
„Wo wollen Sie hin?"
Die sind geeicht. Da ist kein Entrinnen. Ich kann rufen Südpol, ja, ich kann rufen Genf, sie werden mir, ohne zu zucken, entgegenrufen: „Da gehen wir hin."
Aber ich wußte ein Land, wo der Eimer nicht wagen dürfte, hinzugehen, das war England. Dcshalb sagte ich: „England."
„Mann, was für ein Glück haben Sie!" schrie die Stimme. „Wir haben Ladung, Stückgut für Liverpool. Sie können da abmustern."
Da hatten sie sich verraten. Das einzige Land, wo ich nicht abmustern konnte und auch kein andrer Seemann, der nicht auf einem englischen Boot fuhr, das war England. Aber dieser Antwort Liverpool konnte ich nicht ausweichen. Ich konnte ihnen doch nicht beweisen, daß sie schwindeln.
Es scheint so lächerlich zu sein. Es konnte mich natürlich niemand zwingen, anzuzeichnen für irgendein Boot, auf keinen Fall, solange ich hier auf festem Boden stand und nicht unter der Gerichtsbarkeit und Gesetzesgewalt des Skippers. Aber das ist ja immer so: Wenn man sich zu wohl und zu glücklich fühlt, dann möchte man es noch besser haben, läge dieses Besserhaben-Wollen auch nur darin versteckt, daß man sich nach einem Landschaftswechsel sehnt und eine stille ewige Hoffnung pflegt und nährt, daß jeder Wechsel zu Besserem führen müsse. Ich glaube, seit Adam sich im Paradiese langweilte, ist es der Fluch der Menschen, sich nie vollkommen glücklich zu fühlen und immer auf der Jagd nach einem größern Glück zu sein. Wenn ich an England denke mit seinem ewigen Nebel, seiner ewigen naßkalten Witterung, seiner Fremdenhetzerei, seines ewig stupid lächelnden Kronprinzen, dem die Maske angefroren ist, und es vergleiche mit diesem freien, sonnigen Lande und seinen freundlichen Bewohnern und mir nun vorstelle, daß ich alles dies zurücklassen soll, so ist mir aber doch in der Tat zum Sterben zumute.
Aber da war das Schicksal. Ich hatte ja gesagt, ich hatte nun als guter Seemann, der zu seinem Wort steht, anzuzeichnen für den Eimer, und wenn er direkt auf den Meeresboden führe; mit diesem Boot, das ich ausgelacht, laut und heulend ausgelacht hatte, als ich es zum ersten Male gesehen, und das zu fahren ich nicht gedacht hatte, auch wenn ich den letzten

Atemzug dadurch hätte aufhalten können. Nicht mit diesem Schiff und nicht mit dieser Mannschaft. „Yorikke" rächte sich dafür, daß ich sie ausgelacht hatte. Aber es geschah mir im Grunde ganz recht, warum war ich hier hinuntergegangen und hatte mich von ausfahrenden Schiffen sehen lassen. Da soll man mit der Nase wegbleiben, ausfahrende Eimer gehen einen gar nichts an, wenn es nicht der eigne ist, man soll sie in Ruhe lassen und nicht hinter ihnen her spucken wollen. Das ist immer Pech. Das können die nicht vertragen.

Ein Seemann soll nicht von Fischen träumen, und er soll nicht an Fische denken, das ist nicht gut. Und ich war hierhergegangen und wollte sogar welche fangen. Jeder Fisch oder seine Mutter hat schon an einem ertrunkenen Seemann genascht, darum soll sich ein Seemann vor Fischen hüten. Wenn ein Seemann Fische essen will, soll er sie sich von einem ordentlichen Fischersmann kaufen. Fische fangen ist dessen Geschäft, dem tun sie nichts; wenn der von Fischen träumt, bedeutet es Geld.

Ich schoß die letzte Frage, die möglich war: „Was wird gezahlt?"

„Englisch Geld."

„Wie ist das Essen?"

„Reichlich."

Nun war ich umzingelt. Nicht eine schmale Ritze blieb offen. Es gab für mein Gewissen auch nicht eine einzige Entschuldigung, mein Yes zurückzunehmen.

Sie warfen ein Tau 'rüber, ich fing das Tau auf, schwang mich mit voran gestreckten Füßen gegen die Bordwand, und während sie von Deck aus das Tau einholten, stieg ich an der Wand empor und sprang oben über die Verschanzung.

Als ich nun auf dem Deck stand, kam „Yorikke" merkwürdig rasch in volle Fahrt, und während ich das versinkende Spanien mit meinen Augen liebkoste, hatte ich das Gefühl, daß ich jetzt durch jenes große Tor geschritten war, über dem die schicksalsschweren Worte stehen:

> Wer hier eingeht,
> des Nam' und Sein ist ausgelöscht,
> er ist verweht!

ZWEITES BUCH

INSCHRIFT ÜBER DEM MANNSCHAFTSQUARTIER DES TOTENSCHIFFES

Wer hier eingeht,
des Nam' und Sein ist ausgelöscht.
Er ist verweht.
Von ihm ist nicht ein Hauch erhalten
in der weiten, weiten Welt.
Er kann zurück nicht gehn,
nicht vorwärts schreiten,
da, wo er steht, ist er gebannt.
Ihn kennt nicht Gott und keine Hölle.
Er ist nicht Tag, er ist nicht Nacht.
Er ist das Nichts, das Nie, das Nimmer.
Er ist zu groß für die Unendlichkeit
und ist zu winzig für das Sandkörnlein,
das seine Ziele hat im Weltenall.
Er ist das Niegewesen
und das Niegedacht!

23

Nun betrachtete ich mir die Haifischjäger in der Nähe. Der Eindruck, den ich von draußen gewonnen hatte, wurde keineswegs besser. Er wurde nicht einmal schlimmer, sondern er wurde einfach vernichtend. Ich hatte ursprünglich geglaubt, daß einige der Leute Neger und einige Araber wären. Aber jetzt erkannte ich, daß sie nur unter Kohlenstaub und Dreck so aussahen. Der Deckarbeiter steht ja nun auf keinem Schiff, die russischen Bolschewistenschiffe vielleicht ausgenommen, in der gleichen menschlichen Rangstufe mit dem Skipper. Wo sollte das aber auch hinführen? Man könnte die beiden ja eines schönen Tages miteinander verwechseln und herausfinden, daß der Deckarbeiter ein ebenso intelligenter Mensch ist wie der Skipper. Zuweilen wäre das sogar noch nicht einmal ein Beweis, daß der Deckarbeiter überhaupt Intelligenz besitzt.

Hier gab es zweifellos sogar noch unter den Deckarbeitern Rangstufen. Da waren Deckarbeiter ersten Grades, Deckarbeiter zweiter, dritter und vierter Ordnung. Jene beiden Taschendiebe, die da standen, schienen Deckarbeiter fünften Grades zu sein. Ich weiß nicht, welches augenblicklich die unzivilisierteste Menschenrasse ist. Das wechselt ja mit jedem Jahre, je nachdem, wie wertvoll oder wie wertlos, für andre, das Land ist, wo diese Menschenrasse lebt. Aber diese beiden Deckarbeiter würden bei jener unzivilisierten Rasse wohl noch nicht einmal gebraucht werden können, um Kokosnüsse aufzuschlagen. So viele Deckarbeiter, daß jeder Grad seinen rechtmäßigen Vertreter hier haben konnte, hatte man für die „Yorikke" nicht auftreiben können. Infolgedessen waren die Deckarbeiter des ersten, des zweiten, des dritten und des vierten Grades nicht vertreten, nur zwei des fünften und drei des sechsten Grades. Die Vertreter des fünften Grades habe ich geschildert, die des sechsten kann ich nicht beschreiben, da ich sie mit nichts vergleichen kann, was sich sonst auf Erden findet. Sie waren durchaus Original, und ich muß mich damit begnügen, zu sagen, sie waren würdig vertreten, und man glaubte es ihnen ohne Legitimation, daß sie der sechsten Ordnung angehörten.

„Gauten Tahk!" Der Anführer der Taschendiebe und der Jahrmarktsbetrüger – halt, ich wollte sagen: der Anführer der Taschendiebe und der Roßtäuscher kam auf mich zu. „Ich bing

da zwiehte Inkscheneer. Disser hier, was miehn Nachtbur ist, disser iehst da Dunkymänn." Das war ein Englisch! – Ich muß es wohl zukünftig mehr in eine besser lesbare Sprache übersetzen, um es verständlich zu machen. Er wollte mir mitteilen, daß er der Zweite Ingenieur und damit mein direkter Vorgesetzter sei, seit ich zur Schwarzen Bande gehörte, und daß sein Nachbar, der an seiner Seite stand, der Donkeyman sei, also mein Unteroffizier.
„Und ich", stellte ich mich nun selbst vor, „ich bin der Generaldirektor der Kompanie, die diesen Eimer besitzt, und ich bin an Bord gekommen, um euch Burschen ordentlich Beine zu machen."
Denn wenn die beiden glaubten, sie könnten mich aufziehen, dann müssen sie sich schon einen andern suchen, nicht gerade einen, der schon als Küchenjunge fuhr, als seine Altersgenossen noch das Abc lernten. Mit solcher Vanille müßt ihr mir nun nicht kommen, dann haben wir den rechten Ton gleich von der ersten Wache an und werden nicht viel gewürzte Schokolade miteinander trinken.
Aber er hatte nicht begriffen, was ich gesagt hatte; denn er sprach weiter: „Gehen Sie zum Quartier und suchen Sie sich ihre Bunk."
Ja, da fallen mir aber doch die Holzschindeln vom Dach, der wird doch nicht etwa im Ernst geredet haben und ist tatsächlich der Zweite Ingenieur und mein Vorgesetzter, dieser ausgebrochene Galeerensträfling?
Als hätte mich jemand mit einer Keule über den Schädel gehauen, so torkelte ich nun zum Forecastle, zum Quartier.
Ein paar Mann lagen faul in ihrer Bunk. Als ich hereinkam, sahen sie mich schläfrig an, ohne irgendein Interesse oder irgendein Erstaunen zu zeigen. Solche unerwarteten Auffrischungen der Mannschaft schienen zu oft vorzukommen, als daß sie wert gewesen waren, sie zu beachten. Ich habe später einmal gehört, daß in einem Dutzend Häfen, die „Yorikke" gelegentlich anzulaufen pflegte, immer zwei oder drei Mann am Ufer lagen, die aus diesem oder jenem Grunde kein andres Schiff kriegen konnten oder unbedingt fort mußten, weil die Kaie zu heiß wurden, und nun täglich beteten: „O Herr der Schiffe und Heerscharen, laß die gute alte ‚Yorikke' hereinkommen!" Denn auf der „Yorikke" fehlten immer zwei oder drei Mann, und ich bin sicher, daß die „Yorikke" noch nie in

ihrem urlangen Leben jemals mit voller Mannschaft gefahren ist. Man sagte der „Yorikke" auch sonst noch etwas Häßliches nach. Es wurde behauptet, ihr Skipper sei schon viele, viele Male zu den Galgen gegangen und habe die Gehenkten untersucht, ob nicht noch ein Fünkchen Leben in ihnen zurückgeblieben sei und sie noch so viel Atem hätten, um ein Ja zu flüstern und angemustert zu werden für die „Yorikke". Diese Nachrede ist häßlich, das weiß ich, aber sie ist nicht aus der Luft gegriffen und keiner Katze aus dem Ohrläppchen gesaugt. Ich fragte nach einer leeren Bunk. Einer der Leute deutete mit dem Kopfe nach einer oberen Schachtel. Ich fragte, ob auch niemand drin verreckt sei. Der Mann nickte und sagte dann: „Die untere Kommode ist auch frei."
So nahm ich die untere. Der Mann verlor jegliches Interesse an mir und meinem Tun.
In der Bunk war keine Matratze, kein Strohsack, kein Kissen, keine Decke, kein Bettuch. Nichts. Nur das nackte wurmstichige Holz. Und sogar an dem Holze hatte man jeden Millimeter gespart, der nur gerade noch abzusparen war, damit man den Koffer für menschliche Gebeine noch Bunk nennen könne und nicht etwa einen Schirmkoffer. In jedem der beiden Bunks, die meinem gegenüber lagen, der eine oben, der andre unten, lagen Lumpen und zerrissene alte Säcke. Das waren die Matratzen für die Mannschaften, die jetzt auf Wache waren oder auf dem Deck herumlungerten. Als Kissen hatten sie altes Tauwerk. Daß man auf altem Tauwerk schlafen könnte, mußte also doch keine Sage aus fernen Zeiten sein. In der Bunk, die über der meinen lag, in der also einer kürzlich verreckt war, vielleicht gestern erst, lagen keine Lumpen. Wenn ich auf meiner Bunk saß, so konnte ich die gegenüberliegende Bunk erreichen, ohne daß ich die Beine hätte lang ausstrecken brauchen. Ich stieß bereits mit den Knien an, während ich hier saß. Der Schiffsbauer war ein guter Rechner gewesen. Er hatte ausgerechnet, daß auf einem Schiff immer ein Drittel oder manchmal gar die Hälfte der Mannschaft auf Wache ist in der Zeit, wo die Bunks im Gebrauch sind. Aber es traf sich, daß wir drei Mann, die wir in diesem Abteil wohnten, alle dieselbe Wache hatten, so daß wir alle zu gleicher Zeit uns hier in diesem Raum, der zwischen den Bunks kaum einen halben Meter breit war, aus- und ankleiden mußten. Dieses Gewimmel von sich bewegenden Armen, Beinen,

Köpfen und Schultern wurde noch unübersichtlicher, als in einem Nachbarquartier ein Mann mit seiner Bunk herunterbrach und die gebrauchen mußte, wo der eine verreckt war. Wie sich das ja immer so fügt, so war es auch hier; der neue Quartierbewohner gehörte mit zu unsrer Wache, und nun waren die Einzelheiten des Gewimmels beim An- und Auskleiden überhaupt nicht mehr zu unterscheiden. Wenn es gar zu arg durcheinanderging, so daß die Schiffsglocke schon die Wache ausrief, dann schrie der eine oder der andre plötzlich ein brüllendes „Halt!" aus, bei dem nach stillem Übereinkommen jeder von uns still hielt für die Dauer einer Sekunde. Dieses „Halt!" durfte nicht unnützlich geführt werden, sondern nur dann, wenn einer in höchster Not war, daß er seinen linken Arm verloren hatte oder sein rechtes Bein sich mit dem linken Bein eines der andern Insassen so vertauscht hatte, daß man ohne dieses „Halt!" nie herausgefunden hätte, daß der Martin mit dem rechten Bein des Bertrand auf Wache ging, während Bertrand erst bei Tagesanbruch merkte, daß er die ganze Wache hindurch mit der rechten Hand des Martin und mit der linken des Henrik das Ruderrad gequirlt hatte, während ich die Hände Bertrands verdreckte und überhaupt nicht wußte, wer meine abnutzt.
Ernstere Folgen hatte es schon, wenn im trüben Halbschlummer der rußenden Quartierlampe Bertrand mit seinem rechten Bein in das linke Bein seiner eignen Hose stieg, während er mit seinem linken Bein voll angezogen im rechten Bein der Hose Henriks steckte. Manchmal kostete es zwei halbe Hosen, manchmal kostete es nach allen Seiten herumfliegende Püffe, manchmal eine eingebrochene Bunk oder eine durchstoßene Tür. Immer aber kostete es eine ganze Freiwache Streitens und Zankens, um festzustellen, wer zuerst in das falsche Hosenbein gestiegen sei, wodurch der Unschuldige gezwungen wurde, sich rasch nach einem freien Hosenbein umzusehen, damit er nicht etwa mit einem unbekleideten Beine auf die Wache zu gehen gezwungen war. Es ist in der Tat zweimal vorgekommen, daß ein Hosenbein im Quartier zurückblieb, das beidemal von seinem rechtmäßigen Besitzer erst vermißt wurde, als der Morgen aufkam. Es wäre ja vielleicht gegangen, wenn man sich geeinigt hätte. Aber wer sollte denn der Ausgestoßene sein, der eine Minute früher aufzustehen verdammt wurde? Beim Aufstehen begann ja gleich der wütende Streit darüber,

daß eine halbe Stunde zu früh geweckt worden sei, wodurch gleich alle in die nötige Stimmung versetzt wurden, um jede Einigungsverhandlung auszuschließen und im Keime zu erstikken. Dieses Streiten und Wüten und Androhen, daß man der Wache das Zufrühwecken schon anstreichen wolle, erreichte seinen Höhepunkt gerade immer dann, wenn die Schiffsglocke die Wache aufrief. Dann paarte sich die Wut mit Nervosität, daß man nicht fertig würde und gleich mit einem Anranzer die Wache beginnen müsse, weil der Hund wieder einmal zu spät geweckt habe, was er aus reinem Schabernack täte, wenn man an und für sich schon mit dem Zweiten nicht gut steht.

24

Elektrisches Licht hatte die „Yorikke" nicht; sie wußte offenbar in ihrer Unschuld auch gar nicht einmal, daß es so etwas gäbe. Das Quartier war erleuchtet von einer Petroleumlampe. Man muß diesen Leuchtapparat schon so nennen. Es war ein verbeulter Blechbehälter mit einer Kranzverschraubung, die aus Eisenblech war, die man aber durch betrügerische Mittel so behandelt hatte, daß man glauben sollte, sie sei aus reinem Messing. Vielleicht hat es eine Zeit gegeben, wo dieser Betrug aufrechterhalten werden konnte. Aber weil jedes Kind weiß, daß Messing nicht rostet und von jenem Messingkranz nur noch Rost übriggeblieben war, der durch eine lange Gewohnheit in der Form eines Zylinderkranzes zusammenhielt, so war der Betrug herausgekommen, freilich zu einer Zeit, als die Lampe nicht mehr umgetauscht werden konnte, weil die Garantie abgelaufen war. Die Lampe hatte auch einmal einen Zylinder gehabt. Der winzige Rest des Zylinders konnte allein nur dadurch als Überbleibsel eines brauchbaren Lampenzylinders zweifelsfrei festgestellt werden, weil zuweilen die Frage durch das Quartier schwirrte: „Wer ist denn heute dran, den Zylinder zu putzen?" Es war nie jemand dran, und es ging auch nie jemand dran. Diese Frage wurde auch nur aus alter Gewohnheit gestellt, um uns in dem Glauben zu lassen, wir besäßen einen Lampenzylinder. Ich habe nie jemand gesehen, der so viel Mut besessen hätte, „dran" zu gehen. Er wäre nicht mehr davongekommen. Eine leise direkte Berührung des Zylinders hätte ihn in Staub zerfallen lassen, der Missetäter

wäre dafür verantwortlich gewesen, man hätte ihm den Zylinder von der Heuer abgezogen, und auf diesem Wege hätte die Kompanie einen neuen Zylinder bekommen. Das Schiff noch lange nicht. Irgendwo hätte sich schon ein Glasscherben gefunden, der durch die Frage: „Wer ist denn heute dran?“ die Form eines Zylinders bekommen hätte. Die Lampe selbst war eine der Lampen, die jene sieben Jungfrauen getragen hatten, als sie auf der Hut waren. Unter solchen Umständen durfte man nicht gut erwarten, daß sie ein Seemannsquartier auch nur notdürftig erleuchten konnte. Der Docht war auch noch derselbe, den eine Jungfrau aus ihrem wollenen Unterrock geschnitten hatte. Das Öl, das wir für die Lampe faßten und das aus betrügerischen Gründen Petroleum, manchmal sogar Diamantöl genannt wurde, war schon ranzig, als die Jungfrauen Öl auf ihre Lampen gossen. In der Zwischenzeit war es nicht besser geworden. Bei dem traulichen, zu traulichen Schein dieser Lampe, die laut Vorschrift die ganze Nacht hindurch im Quartier zu brennen hatte und die erstickend schlechte Luft noch mehr verdickte, weil sie nie brannte, sondern stets nur schmökte, sich an- und auszukleiden, entweder müde zum Zusammenbrechen oder völlig schlaftrunken durch ein handfestes Aufgerissenwerden, hätte in diesem engen Raum zu größeren Katastrophen geführt, als ich zu erzählen für gut befunden habe, wenn nicht in den meisten Fällen abschwächende Umstände vorhanden gewesen wären. Es werden ja selten Dinge auf die äußerste Spitze getrieben. Um die Wahrheit zu gestehen, in den meisten Fällen wurde weder ausgekleidet noch angekleidet. Nicht etwa, daß wir nichts zum An- und Auskleiden gehabt hätten. Das war es nicht. Etwas war schon immer noch vorhanden, daß wir wenigstens den guten Willen zeigen konnten. Aber was dann, wenn man weder eine Matratze noch eine Decke, noch sonst etwa etwas Ähnliches hat?
Als ich ankam, hatte ich in der Erinnerung an normale Boote gefragt:
„Wo ist denn die Matratze für meine Bunk?“
„Wird hier nicht geliefert.“
„Kissen?“
„Wird hier nicht geliefert.“
„Decke?“
„Wird hier nicht geliefert.“

Mich wunderte nur, daß die Kompanie überhaupt das Schiff lieferte, das wir zu fahren hatten; und ich wäre nicht erstaunt gewesen, wenn man mir gesagt hätte, das Schiff muß jeder selber mitbringen. Ich war an Bord gekommen mit einem Hut, einer Jacke, einer Hose, einem Hemd und einem Paar – als sie noch neu waren, hatten sie Stiefel geheißen. Heute konnte man sie nicht gut so nennen, man würde es mir nicht geglaubt haben. Da waren aber andre an Bord, die nicht so reich waren. Einer hatte überhaupt keine Jacke, ein andrer überhaupt kein Hemd und ein Dritter hatte keine Schuhe, sondern eine Art Mokassins, die er sich aus alten Säcken, Kistendeckeln und Tauwerk gemacht hatte. Später erfuhr ich, daß die, die am wenigsten hatten, beim Skipper am höchsten angesehen wurden. Sonst ist es gewöhnlich andersherum. Aber hier, je weniger jemand hatte, desto weniger unternahm er das Wagnis, auszusteigen und die gute „Yorikke" ihrem Schicksal zu überlassen.
Meine Bunk war an der Korridorwand befestigt. Die gegenüberliegenden Bunks waren an einer Holzwand befestigt, die das Quartier in zwei Kammern teilte. An der andern Seite dieser Holzwand waren gleichfalls zwei Bunks, und diesen beiden Bunks gegenüber an der äußeren Bordwand waren abermals zwei Bunks. Dadurch war es möglich gemacht worden, daß dieses Quartier, das für vier ausgewachsene Menschen schon reichlich knapp war, nun acht Leuten zum ständigen Wohnaufenthalt zu dienen hatte. Jene Holzwand, die das Quartier in zwei Kammern teilte, war aber nicht durch das ganze Quartier gezogen, weil sonst die Leute, die in der äußeren, der Bordwandkammer lagen, zur Seitenluke hätten herauskriechen müssen, die aber auch nicht groß genug war, daß sich jemand hätte hindurchzwängen können. Diese Wand war also nur in zwei Drittel Länge mitten durch den Raum gezogen, und da, wo diese Wand aufhörte, begann der Meßraum, der Speisesalon. Laut Vorschrift muß der Meßraum von den Schlafkammern getrennt sein. Das war hier vollkommen geglückt. Alle drei Räume waren derselbe Raum, durch die Wand aber war dieser Raum in drei Räume geteilt, wo eben nur die Türen immer offen waren. So hatte man sich das zu denken, denn die Kammern hatten keine besondere Tür, das Quartier hatte eine gemeinschaftliche Tür, die in den Korridor führte. In jenem Meßraum stand der rohe Eßtisch, und an

jeder Längsseite des Tisches war eine rohe Bank. In einer Ecke, neben dem Eßtisch, stand ein alter verbeulter Blecheimer, der immer leckte. Er war Wascheimer, Badewanne, Scheuereimer alles in einer Gestalt. Außerdem diente er noch andern Zwekken, darunter auch solchen, um schwerbesoffene Seeleute um einige Kilo zu erleichtern, in den Fällen, wo der Eimer rechtzeitig erreicht wurde. Wurde er zu spät erreicht, wachte gewöhnlich ein Unbeteiligter in seiner Bunk auf, weil er von einem Wolkenbruch heimgesucht worden war, der alles mögliche in die Bunk gebracht hatte, das auf und unter der Erde erzeugt wird, mit der einzigen Ausnahme: Wasser. Wasser war nicht dabei, bei diesem Wolkenbruch, no Sir.
Da waren vier Kleiderspinde in diesem Quartier. Wäre es nicht der verrotteten Lumpen und alten Säcke wegen gewesen, die darin hingen, so hätte man die Spinde leer nennen können. Acht Mann lagen in diesem Quartier, aber es waren nur vier Spinde drin. Vier Spinde zuviel, denn wenn man nichts zum Reinhängen hat, braucht man auch keinen Spind. Das war ja auch der Grund, weshalb nur vier vorhanden waren. Es war von vornherein ausgemacht, daß fünfzig Prozent der Mannschaft, die auf der „Yorikke" fahren, nichts haben, das sich lohnen möchte, in einem Spinde aufbewahrt zu werden. Türen hatten die vier Spinde nicht mehr, woraus zu schließen war, daß hundert Prozent der Mannschaft kein Spind benötigten.
Die Bullaugen waren auffallend klein und trübe. Die Frage, wer sie zu putzen hatte, tauchte zuweilen auf, aber niemand beantwortete sie mit „ich", und wenn sie einer mit „Sie" oder mit „du" beantwortete, so wurde das unter Wutausbrüchen bestritten, bis man sich auf „er" einigte. Wer immer auch dieser Er sein mochte: Wenn er genannt wurde, war er auf Wache, konnte also an der Abstimmung dieser Frage nicht teilnehmen und hätte jetzt übrigens auch gar keine Zeit gehabt, sich um ungeputzte Bullaugen zu kümmern. Das Putzen des einen kam ja sowieso nicht in Frage, weil das Glas ausgebrochen und die leere Stelle mit Zeitungspapier verklebt worden war.
Das war der Grund, weshalb selbst bei hellem Sonnenschein das Quartier in mysteriöse Dämmerung gehüllt war. Die beiden Bullaugen, die zum Deck hinausführten, durften bei Nacht nicht geöffnet werden, weil das Lampenlicht des Quartiers die Wache auf der Brücke störte. Deshalb stand in

dem Quartier die Luft still wie festgerammt, weil kein Durchzug war.
Jeden Tag wurde das Quartier gefegt von einem, der im Dreck steckenblieb und seine Füße nicht mehr herausziehen konnte oder eine Nähnadel oder einen Knopf verloren hatte. Einmal in der Woche wurde das Quartier mit Salzwasser überflutet, was wir scheuern und schrubben nannten. Es gab weder Seife noch Soda, noch Bürsten. Wer sollte sie liefern? Die Kompanie nicht. Und die Mannschaft hatte nicht einmal Seife, um sich ein Hemd zu waschen. Man war schon selig, wenn man eine Krume Seife in der Tasche trug, um sich das Gesicht zuweilen waschen zu können. Liegenlassen durfte man die Krume nicht. Wenn sie wie ein Stecknadelkopf groß gewesen wäre, irgend jemand hätte sie gefunden, behalten und nie zurückgegeben.
Der Dreck war so dick und so hübsch festgetrocknet, daß man eine Axt gebraucht hätte, ihn loszukriegen. Hätte ich je die Kraft gefunden, das zu tun, ich würde mich darüber hergemacht haben. Nicht aus übertriebenen Reinlichkeitsgefühlen, die gingen auf der „Yorikke" bald verloren, sondern aus wissenschaftlichen Gründen. Ich trug in mir die feste Überzeugung, und diese Überzeugung habe ich heute noch, daß, wenn ich nicht zu müde gewesen wäre und den Dreck schichtweise abgemeißelt hätte, dann hätte ich in den tieferen Schichten Geldmünzen der Phönizier gefunden. Was für Schätze ich gefunden hätte, wenn ich noch einige Schichten tiefer gedrungen wäre, wage ich gar nicht auszudenken. Vielleicht lagen da die abgeschnittenen Fingernägel des Urgroßvaters des Neandertalmenschen, die solange schon und so vergebens gesucht werden und die so ungemein wichtig sind, um festzustellen, ob der Höhlenmensch schon etwas von Mr. Henry Ford aus Detroit gehört hätte oder ob er imstande gewesen wäre, auszurechnen, wieviel Dollar Mr. Rockefeller jede Sekunde verdient, wenn er seine blaue Brille putzt, denn die Universitäten können nur dann auf einen Privatzuschuß rechnen, wenn sie einen Teil der Reklame zu übernehmen gewillt sind. Wenn man das Quartier verlassen wollte, so hatte man einen dunklen lächerlich schmalen Korridor zu durchwandern. An der gegenüberliegenden Seite unsers Quartiers lag ein ähnliches Quartier, nicht genau so, nur ähnlich, weil es noch verdreckter, noch muffiger und noch dunkler war als unsres. Das eine Ende des Korridors führte auf das Deck, das andre zu einer Fallgrube.

Ehe man diese Fallgrube erreichte, waren zu beiden Seiten noch je eine winzig kleine Kammer, die für den Zimmermann, den Bootsmann, den Donkeyman und noch einen -mann bestimmt waren, die alle im Unteroffiziersrange standen und die deshalb ihre eignen Quartiere hatten, damit sie nicht dieselbe Luft wie die gewöhnliche Mannschaft zu atmen verpflichtet waren, was der Autorität hätte schaden können.
Die Fallgrube führte zu zwei Kammern, die eine war die Ketten- und Rüstkammer, während die andre die Schreckenskammer genannt wurde. Es war niemand auf der „Yorikke", der behaupten konnte, er sei je in der Schreckenskammer gewesen oder habe je einen Blick hineingeworfen. Sie war immer fest verschlossen. Als einmal aus irgendeinem Grunde, ich weiß nicht mehr zu sagen, welches dieser unerhörte Grund war, nach dem Schlüssel für die Schreckenskammer gefragt wurde, stellte es sich heraus, daß niemand wußte, wo der Schlüssel sei, und daß die Offiziere behaupteten, der Skipper habe den Schlüssel. Der Skipper aber verschwor seine Seele und seine noch ungeborenen Kinder, daß er den Schlüssel nicht habe und daß er strengstens verbiete, daß jemand die Kammer öffne oder gar hineingehe. Jeder Skipper hat seine Schrullen. Er hatte viele, unter andern jene, nie die Quartiere der Mannschaft zu inspizieren, was er jede Woche einmal zu tun, laut Vorschrift, verpflichtet war. Er begründete die Schrulle damit, daß er es nächste Woche ja tun könne, daß er sich gerade heute nicht den Appetit verderben wolle und auch das Besteck noch nicht gesetzt habe, was er jetzt zuerst einmal tun müsse.

25

Es waren aber doch einmal Leute in jener Schreckenskammer gewesen und hatten sich alles angesehen, was drin war. Diese Leute waren jetzt nicht mehr auf der „Yorikke", sie waren sofort 'runtergefeuert worden, als es herauskam, daß sie es gewagt hatten, in jene Kammer einzudringen. Aber ihre Erzählung hatte sich doch auf der „Yorikke" erhalten. Solche Erzählungen erhalten sich immer, auch wenn die gesamte Mannschaft entlassen wird auf einen Ruck, besonders in jenen Fällen, wenn der Eimer auf einige Monate ins Trockendock muß.

Die Mannschaft mag das Schiff verlassen. Die Erzählungen verlassen ein Schiff nie. Wenn das Schiff die Erzählung gehört hat, bleibt die Erzählung auch drauf. Sie dringt in das Eisen, in das Holz, in die Bunks, in die Ladeschächte, in die Kohlenbunker, in den Kesselraum. Und dort erzählt das Schiff in den Nachtstunden seinen Kameraden, den Mannschaften, die Geschichten wieder, Wort für Wort, genauer als wenn die Geschichten gedruckt wären.

Auch diese Geschichten über die Schreckenskammer waren erhalten geblieben. In der Kammer hatten die beiden Eindringlinge mehrere menschliche Skelette gesehen. Wie viele es waren, hatten sie in ihrem grausigen Schreck nicht zählen können. Es wäre auch nur schwer möglich gewesen, weil die Skelette auseinandergefallen und durcheinandergeschüttelt worden waren. Es war aber eine ganze Anzahl. Es wurde auch bald festgestellt, wer die Skelette waren, oder richtiger, wem sie ursprünglich gehörten. Die Skelette waren die Überreste ehemaliger Mitglieder der „Yorikke"-Mannschaft, die von Ratten aufgefressen worden waren, die die Größe sehr großer Katzen hatten. Diese überlebensgroßen Ratten waren wiederholt gesehen worden, wenn sie aus irgendwelchen Löchern der Schreckenskammer herauswischten.

Warum diese bedauernswerten Opfer den Ratten zum Fraße vorgeworfen worden waren, stand zuerst nicht zweifelsfrei fest. Es kamen Gerüchte in Umlauf, die sich schließlich aber auf eines kristallisierten. Diese armen Männer waren geopfert worden, um die Fahrtkosten für die „Yorikke" niedrig zu halten und die Dividenden der Kompanie oder des Einzelbesitzers der „Yorikke" hoch zu halten. Wenn nämlich in einem Hafen ein Mann abmusterte und er wagte es, die Bezahlung der Überstunden zu verlangen, wie es laut Vereinbarung getan werden soll, so wurde er kurzerhand in die Schreckenskammer gebracht.

Dem Skipper blieb ja kein andrer Ausweg. Die Bezahlung der Heuer und die Abmusterung wurden im Hafen vorgenommen. Dort konnte der Skipper den Mann, der seine Überstunden bezahlt haben wollte, nicht gut über Bord werfen; denn das hätten die Hafenbehörden sehen können und den Skipper wegen Hafenverunreinigung mit Geldstrafe belegt. Was er mit seinem Manne tat, darum hatten sich die Behörden nicht zu kümmern, nur was er mit dem Hafen und dem Hafenwasser tat. Hätte der Skipper nun den Mann einfach vom Boot gehen lassen, so wäre der Mann zur Polizei gegangen oder zum Konsul oder zu einer Seemannsgewerkschaft, und der Skipper hätte die Überstunden bezahlen müssen. Um das zu vermeiden, wurde der Mann kurz entschlossen in die Schreckenskammer eingeschlossen.

Wenn das Schiff nun auf hoher See war, so ging der Skipper 'runter, um den Mann wieder 'rauszulassen, denn nun war er ja nicht mehr gefährlich. Aber die Ratten wollten den Mann jetzt nicht mehr hergeben, sie hatten schon angefangen, an ihm zu essen, und eine Anzahl von Paaren wartete bereits mit Heiratslizenzen, weil die Gelegenheit so günstig war, ein ganz ausgezeichnetes Hochzeitsessen geben zu können. Der Skipper brauchte den Mann bitter notwendig zum Arbeiten, und er mußte sich in einen Kampf mit den Ratten einlassen. Bei diesem Kampfe aber zog der Skipper jedesmal den kürzeren und mußte endlich, um sein eignes Leben zu retten, die Kammer verlassen, ohne den Mann mitzukriegen. Hilfe konnte der Skipper ja nicht herbeirufen, dann wäre das alles herausgekommen, und er hätte von nun an die Überstunden bezahlen müssen.

Seitdem ich auf der „Yorikke" gewesen bin und sie gefahren habe, glaube ich nicht mehr an die herzzerreißenden Geschichten der Sklaven und der Sklavenschiffe. So dicht, wie wir gepackt waren, sind Sklaven nie gepackt worden. So hart, wie wir arbeiten mußten, haben Sklaven nie arbeiten brauchen. So müde und so hungrig, wie wir immer waren, sind Sklaven nie gewesen. Sklaven waren Handelsware, für die bezahlt worden war und für die man hohe Bezahlung erwartete. Diese Ware mußte sorgfältig behandelt werden. Für abgerackerte, ausgehungerte und übermüdete Sklaven bezahlte niemand auch nur die Transportkosten, geschweige denn einen Preis, daß der Händler noch tüchtig daran verdienen konnte.

Aber Seeleute sind keine Sklaven, für die bezahlt worden ist und die als kostbare Handelsware hoch versichert sind. Seeleute sind freie Menschen. Sie sind frei, verhungert, verlumpt, übermüdet, arbeitslos und darum gezwungen zu tun, was von ihnen verlangt wird, und zu arbeiten, bis sie zusammenfallen. Dann werden sie über Bord geworfen, weil sie das Futter nicht mehr wert sind. Da gibt es zu dieser Stunde noch Schiffe zivilisierter Völker, auf denen die Seeleute gepeitscht

werden dürfen, wenn sie sich weigern, die Arbeit von zwei Wachen dauernd zu übernehmen und von der dritten Wache noch die Hälfte, weil der Schiffsbesitzer so schlechte Löhne zahlt, daß die Mannschaft immer um ein Drittel zu kurz ist.
Und der Seemann hat zu essen, was ihm vorgesetzt wird, ob der Koch gestern noch Schneider war, weil ein richtiger Koch für die Heuer nicht zu haben war, oder ob der Skipper an der Mannschaftskost so viel zu ersparen trachtet, daß die Mannschaft nie satt wird.
Die Seegeschichten erzählen viel über Schiffe und über Matrosen. Wenn man diese Schiffe aber ein wenig aufmerksam betrachtet, dann sieht man, daß es Sonntagnachmittagsschiffe sind, und die Matrosen in jenen Seegeschichten sind immer lustige Operettensänger, die sich die Hände maniküren und ihren Liebeskummer hätscheln.

26

Mit den schläfrigen Leuten im Quartier hatte ich alles in allem kaum zehn Worte gewechselt. Als ich meine Bunk hatte und mir gesagt war, daß es hier weder Decken noch Matratzen gäbe, war der Gesprächsstoff erschöpft.
Über mir hörte ich das übliche Rattern und Knattern der Ketten, das dröhnende Hämmern des Ankers, der gegen die Bordwand schlug, ehe er zur Ruhe kam, das Rasseln der Wintschen, das Herumlaufen, Herumtrampeln, das Kommandieren, das Fluchen, das alles notwendig ist, damit ein Schiff 'rausgehen kann. Dasselbe Geräusch hört man, wenn das Schiff 'reinkommt.
Mich ärgert dieses Geräusch immer und macht mich mißmutig. Ich fühle mich nur wohl, wenn der Eimer draußen auf hoher See schwimmt. Ganz gleich, ob er heimgeht oder 'raus. Aber ich will draußen sein mit dem Schiff. Ein Schiff im Hafen ist kein Schiff, sondern eine Kiste, die gepackt wird, in die eingepackt oder aus der ausgepackt wird. Im Hafen ist man auch gar kein Seemann auf dem Schiff; man ist eben gerade Tagelöhner. Die dreckigste Arbeit wird im Hafen gemacht, und man arbeitet, als ob man in einer Fabrik wäre, aber nicht auf einem Schiff. Solange ich das Rasseln und Kommandieren hörte, verließ ich das Quartier nicht. Wo

gearbeitet wird, da soll man nicht nahe gehen. Denn steht man erst einmal in der Nähe, dann kann leicht etwas für einen dabei abfallen: „He, langen Sie doch da rasch mal zu." Ich denke ja gar nicht daran. Wozu denn? Ich kriege es ja nicht bezahlt. Da hängen sie in jedes Büro und in jeden Fabriksaal ein Plakat mit der Aufforderung: „Do more!" oder „Tu mehr!" Die Erklärung wird einem kostenfrei gegeben auf einem Handzettel, der einem auf den Arbeitsplatz gelegt wird: „Tu mehr! Denn wenn du heute mehr tust, als man von dir fordert, wenn du heute mehr arbeitest, als wofür du bezahlt wirst, dann wird man dir auch eines Tages das bezahlen, was du mehr tust." Mich hat noch nie jemand damit fangen können, darum bin ich ja auch nicht Generaldirektor der Pacific Railway and Steamship Co. Inc. geworden. Man kann es immer wieder in den Sonntagsblättern lesen und in den Zeitschriften und in den Bekenntnissen erfolgreicher Männer, daß allein durch dieses freiwillige Mehrarbeiten, das Ehrgeiz, Strebsamkeit und den Wunsch, kommandieren zu dürfen, verrät, schon manch einfacher schlichter Arbeitsmann Generaldirektor oder Milliardär geworden sei, und daß jedem, der diesen Spruch gewissenhaft befolgt, der gleiche Weg zum Generaldirektorposten offenstehe. Aber so viel Generaldirektorstellen und so viel Milliardärposten sind in ganz Amerika nicht frei. Da kann ich erst mal dreißig Jahre lang immer mehr und immer noch mehr arbeiten, ohne mehr bezahlt zu bekommen, weil ich ja doch Generaldirektor werden soll. Wenn ich dann gelegentlich einmal nachfrage: „Na, wie ist es denn nun mit dem Generaldirektorposten, ist noch nichts frei?", so wird mir gesagt: „Bedaure sehr, momentan noch nicht, wir haben Sie aber vorgemerkt, arbeiten Sie noch eine Weile tüchtig so weiter, wir werden Sie nicht aus dem Auge verlieren." Früher hieß es: „Jeder meiner Soldaten trägt den Marschallstab in seinem Tornister", heute heißt es: „Jeder unsrer Arbeiter und Angestellten kann Generaldirektor werden." Ich habe als Junge ja auch Zeitungen ausgeschrien und Stiefel geputzt und mir mit elf Jahren schon meinen Lebensunterhalt verdienen müssen, aber ich bin bis heute weder Generaldirektor noch Milliardär geworden. Die Zeitungen, die jene Milliardäre als Jungen ausgerufen haben, und die Stiefel, die sie geputzt haben, müssen ganz andre Zeitungen und Stiefel gewesen sein als die, mit denen ich in Berührung gekommen bin.

Wenn man des Nachts so auf dem Ausguck steht, und es ist alles ruhig, kommen einem allerlei schnurrige Gedanken. So habe ich mir schon ausgemalt, was geschehen wäre, wenn die Soldaten Napoleons plötzlich alle ihren Marschallstab aus ihren Tornistern genommen hätten. Wer macht denn dann die Nieten warm in der Kesselschmiede? Die frischgeadelten Generaldirektoren natürlich. Wer sonst? Es ist ja niemand sonst übriggeblieben, der es machen könnte, und der Kessel soll doch fertig werden, und die Schlacht soll geschlagen werden, weil man sonst weder Generaldirektoren noch Marschälle braucht. Der Glaube füllt leere Säcke mit Gold, macht Zimmermannssöhne zu Göttern und Artillerieleutnants zu Kaisern, deren Namen Jahrtausende überstrahlt. Mach die Menschen gläubig, und sie prügeln ihren lieben Gott zum Himmel hinaus und setzen dich auf seinen Thron. Der Glaube versetzt Berge, aber der Unglaube zerbricht alle Sklavenketten.
Als das Gerassel endlich einschlief und ich bereits Deckarbeiter müßig herumstehen sah, verließ ich das Quartier und ging hinaus aufs Deck. Gleich hoppte der Taschendieb, der sich mir als Zweiten Ingenieur vorgestellt hatte, auf mich zu und sagte in seinem unsagbar komischen Englisch zu mir: „Der Skipper will mit Ihnen sprechen, kommen Sie mit."
Die Redewendung „Kommen Sie mit" bereitet in neunzehn von zwanzig Fällen nur den Satz vor: „Wir werden Sie für eine gute Weile hierbehalten."
Auch wenn in diesem Ausnahmefalle der zweite Satz nicht gesprochen worden wäre, so war seine Folge doch schon entschieden. „Yorikke" lief bereits wie das leibhaftige Donnerwetter auf hoher See. Der Lotse hatte das Boot verlassen, und der Erste Offizier hatte die Wache übernommen.
Der Skipper war ein noch junger Mann, sehr gut genährt, mit einem gesunden, roten und glattrasierten Gesicht. Er hatte wässerig blaue Augen, und in seinem gelbbraunen Haar waren brandrote Farbtöne. Er war außerordentlich gut gekleidet, beinahe überelegant. Die Zusammenstellung der Farben des Anzuges, der Krawatte, der Strümpfe und der eleganten Halbschuhe waren gut gewählt. Nach seinem Aussehen würde man ihn nicht für den Kapitän eines kleinen Frachtdampfers, nicht einmal für den eines großen Passagierschiffes gehalten haben. Er sah nicht aus, als ob er einen Eimer auch nur von einer offnen Reede zu einer andern offnen Reede bringen

könnte, ohne dabei auf der andern Seite der Erdoberfläche zu landen. Er sprach ein gutes reines Englisch, wie man es in einer sehr guten Schule in einem nicht englisch sprechenden Lande lernen mag. Die Worte wählte er sehr sorgfältig aus, es machte den Eindruck, als ob er sehr geschickt, aber sehr rasch während des Sprechens nur solche Worte auswählte, die er fehlerfrei aussprechen konnte. Um dies mit Erfolg tun zu können, machte er im Sprechen Pausen, wodurch er die Vorstellung erweckte, daß er ein Denker sei. Der Kontrast zwischen dem Skipper und dem Zweiten Ingenieur, der ja ebenfalls Offizier war, hatte nichts Komisches an sich, sondern war so erschütternd, daß, wenn ich je im Zweifel gewesen wäre, wo ich war, ich es aus diesem Kontrast sofort gewußt hätte.
„So, Sie sind der neue Kohlenzieher?" grüßte er mich, als ich in seine Kabine trat.
„Ich? Kohlenzieher? No, Sir, I am fireman, ich bin Heizer." Mir kam schon der Leuchtturm in Sicht.
„Von Heizer habe ich nichts gesagt", mischte sich jetzt der Taschendieb ein. „Ich habe gefragt Heizpersonal, nicht wahr, das habe ich doch gefragt?"
„Das ist richtig", erwiderte ich, „das haben Sie gefragt, und das habe ich mit ja beantwortet. Aber nie in meinem Leben habe ich dabei an Kohlenzieher gedacht."
Der Skipper machte ein gelangweiltes Gesicht und sagte zu dem Roßtäuscher:
„Das ist nun Ihre Sache, Mr. Dils. Ich habe geglaubt, das sei in Ordnung."
„Ich will sofort das Boot verlassen, Skipper. Ich denke mit keiner Idee daran, als Kohlenzieher zu zeichnen. Sofort ausbooten. Ich protestiere, und ich werde mich beim Hafenamt beschweren wegen versuchten Shanghaiing."
„Wer hat Sie shanghaied?" fuhr jetzt der Roßtäuscher auf. „Ich? Das ist eine unverschämte Lüge."
„Dils", sagte der Kapitän jetzt sehr ernst, „damit will ich nichts zu tun haben. Dafür bin ich nicht verantwortlich. Das haben Sie auszubaden, das erkläre ich gleich hier. Machen Sie das draußen miteinander ab."
Der Taschendieb ließ sich aber nicht verwirren. „Was habe ich gefragt? Habe ich nicht gefragt: Kesselgang?"
„Richtig, das haben Sie gefragt, aber Sie haben nicht gesagt –"

„Gehört der Kohlenzieher zur Schwarzen Bande oder nicht?" fragte der Ingenieur nun lauernd.
„Allerdings gehört der Kohlenzieher dazu", bestätigte ich der Wahrheit gemäß, „aber ich habe –"
„Dann ist es ganz in Ordnung", sagte nun der Skipper. „Wenn Sie Heizer meinten, so hätten Sie das ausdrücklich sagen müssen, dann hätte Mr. Dils Ihnen schon gesagt, daß wir keinen Heizer zu kurz sind. Also gut, dann können wir ja nun schreiben."
Er nahm die Mannschaftslisten und fragte nach meinem Namen.
Unter meinem guten Seemannsnamen auf einem Totenschiff? Niemals. So tief bin ich noch nicht gesunken. Ich kriege ja nie wieder in meinem Leben einen ehrenhaften Eimer. Lieber das Entlassungszeugnis aus einem anständigen Gefängnis, das ist besser als das Quittungsbuch eines Totenschiffes.
So gab ich meinen guten Namen auf und sagte mich von meinen Familienbanden los. Ich hatte keinen Namen mehr.
„Geboren in und wann?"
Der Name war weg, aber ich hatte meine Heimat noch.
„Geboren in und wann?"
„In – in –"
„In wo?"
„Alexandria."
„In US.?"
„Nein in Ägypten."
Nun war auch die Heimat weg; denn von nun hatte ich das Quittungsbuch der „Yorikke" als einzigen Ausweis für den Rest meines Lebens.
„Nationalität? Britisch?"
„No. Ohne Nationalität."
Ich sollte meinen Namen und meine Nationalität in den Listen der „Yorikke" für ewige Zeiten registriert wissen? Ein gutgewaschener Amerikaner, zivilisiert, ausgerüstet mit dem Evangelium der Zahnbürste und der Wissenschaft des täglichen Fußewaschens, sollte je eine „Yorikke" gefahren, je eine „Yorikke" bedient, gescheuert, angestrichen haben? Meine Heimat, nein, nicht meine Heimat, aber die Vertreter meiner Heimat hatten mich zwar ausgestoßen und verleugnet. Aber kann ich die Erde verleugnen, deren Hauch ich mit meinem ersten Atemzuge trank? Nicht der Vertreter wegen und nicht

seiner Flagge wegen, aber der Liebe zur Heimat wegen, ihr zuliebe, ihr zu Ehren, habe ich sie abzuschwören. Auf der „Yorikke“ fährt kein ehrlicher amerikanischer Junge, selbst wenn er dem Henker entlaufen sein sollte. „No, Sir, keine Nationalität.“

Nach Seemannskarte, Heuerbuch, Paß oder sonst etwas Ähnlichem fragte er nicht. Er wußte, daß Leute, die zur „Yorikke“ kommen, nicht nach solchen Dingen gefragt werden dürfen. Sie könnten ja sagen: „Ich habe keine Papiere.“ Was dann? Dann dürfte er sie nicht zeichnen lassen, und „Yorikke“ würde keine Mannschaft haben. Beim nächsten Konsul mußte die Liste ja amtlich bestätigt werden. Aber dann war nichts mehr zu ändern, der Mann war bereits angemustert, hatte bereits gefahren, da war es nicht mehr möglich, ihm die konsulare Bestätigung zu verweigern. Der Konsul kennt amtlich keine Totenschiffe, und nicht amtlich glaubt er nicht daran. Konsul zu sein, erfordert Talente. Die Konsuln glauben auch nicht an das Geborensein von Menschen, wenn der Geburtsschein das Geborensein nicht schwarz auf weiß beurkundet.

Was blieb von mir noch übrig, nachdem Name und Heimat verspielt waren? Die Arbeitskraft. Das allein war es, das zählte. Das allein wurde bezahlt. Nicht zum vollen Werte. Aber etwas, damit nicht die Erschlaffung den Spaß verdirbt.

„Die Heuer für die Kohlenzieher ist siebzig Peseten“, sagte der Skipper so wie nebenbei, während er in die Liste schreibt.

„Wa–a–a–s?“ schreie ich. „Siebzig Peseten?“

„Ja, haben Sie das nicht gewußt?“ fragte er mit einer müden Geste.

„Ich habe angemustert für englische Heuer“, verteidige ich nun meinen Lohn.

„Mr. Dils?“ fragt der Skipper. „Was ist das, Mr. Dils?“

„Habe ich Ihnen englische Heuer versprochen?“ sagt der Roßtäuscher grinsend zu mir.

Ich könnte diesem Hund gleich so eine in die Fresse hauen, aber hier will ich doch nicht in Eisen liegen. Nicht auf der „Yorikke“, wo mich die Ratten lebendig anfressen würden, wenn man sich nicht wehren kann. „Jawohl, Sie haben mir englische Heuer versprochen“, schrie ich nun in Wut auf den

Gauner ein. Es ist ja das Letzte, was ich zu verteidigen habe, meinen Arbeitslohn. Den Hundelohn. Je schwerer die Arbeit, desto geringer der Lohn. Der Kohlenzieher hat die schwerste und teuflischste Arbeit auf dem Eimer und meist den schäbigsten Lohn. Englische Heuer ist ja auch nicht berühmt, aber wo in der Welt bekommt denn der Arbeiter seinen vollen Lohn? Wer den Arbeiter seinen Lohn nicht zahlt, ist ein Bluthund. Aber man braucht den Lohn mit dem Arbeiter, der die Arbeit so bitter benötigt, nur vorher ausmachen, dann ist es sein Lohn. Sein Lohn, und man ist kein Bluthund mehr. Gäbe es keine Gesetze, dann würde es auch keine Milliardäre geben. Worte kann man kneten, darum werden Gesetze in Worten niedergeschrieben. Dem Hungernden ist das Kneten bei Todesstrafe verboten; bei etwa mildernden Umständen ist Freiheitsstrafe vorgesehen, um Gnade üben zu können und die Menschlichkeit der Gesetze zu beweisen.

„Jawohl, das haben Sie, Sie haben mir englische Heuer zugesagt", schreie ich noch einmal.

„Schreien Sie nicht so", sagt der Kapitän und sieht von der Liste auf. „Wie ist das nun, Dils? Ich bin das endlich leid. Wenn Sie Leute annehmen, will ich doch, daß alles in Ordnung ist."

Der Skipper spielt fein. „Yorikke" darf stolz sein auf ihren Meister.

„Von englischer Heuer habe ich gar nicht gesprochen", sagt der Roßtäuscher.

„Doch haben Sie das. Das kann ich beschwören." Das winzige Eckchen Recht, das mir noch geblieben ist, will ich verteidigen bis zum äußersten.

„Beschwören? Begehen Sie nur ja keinen Meineid, Mann. Ich weiß genau, was ich alles zu Ihnen gesagt habe, und ich weiß ganz genau, was Sie geantwortet haben. Ich habe hier genug Zeugen an Bord, die bei mir standen, als ich Sie anmusterte. Ich habe gesagt, ‚englisches Geld', aber von englischer Heuer habe ich kein Wort gesagt."

Der Hund hat recht. Er hat in der Tat englisches Geld gesagt und das Wort Heuer gar nicht erwähnt. Ich hatte natürlich darunter englische Heuer verstanden.

„Dann ist das ja wohl nun auch in Ordnung", sagte der Skipper ruhig. „Sie bekommen natürlich ihre Heuer in englischen Pfunden und Schillings ausgezahlt. Für Überstunden

werden fünf Pence bezahlt. Und wo wollen Sie abmustern?"
„Im nächsten Hafen, den wir anlaufen."
„Das können Sie nicht", sagt der Roßtäuscher grienend.
„Jawohl, das kann ich."
„Können Sie nicht", wiederholte er. „Sie haben gemustert für Liverpool."
„Das meine ich ja auch", sage ich. „Liverpool ist ja der nächste Hafen, den wir anlaufen."
„Nein", antwortete der Skipper, „wir haben deklariert Griechenland, aber ich habe meine Absichten geändert und mache Nordafrika."
Deklariert und während der Fahrt Kurswechsel. Ei, lieber Freund, du bist deutlich. Marokko und Syrien bezahlen gute Preise für – –. Und wenn du das Geld noch schnell glücklich drin hast, dann wird angemustert auf große lange Fahrt. He? Einen Salzwasserfisch, der in so vielen Meeren geschwommen ist, dem kannst du nichts verstecken. Das wäre nicht der erste Blender, den ich fahre.
„Sie haben mir gesagt Liverpool, und Sie haben ausdrücklich erwähnt, daß ich in Liverpool abmustern darf", rufe ich erregt dem Taschendieb zu.
„Kein Wort wahr, Skipper", sagt der gerissene Bursche. „Ich habe gesagt, wir haben Stückgut für Liverpool, und er könne dort abmustern, wenn wir Liverpool machen."
„Das ist ja dann alles in Ordnung", bestätigt nun der Kapitän. „Wir haben acht Kisten Ölsardinen für Liverpool, Stückgut, weit unter Frachtsatz. Lieferungsgrenze achtzehn Monate. Ich werde doch nicht dieser acht Kisten wegen, die als Nebengut gehen, Liverpool machen. Die sind Gelegenheitsgut, die keine Fracht kosten sollen. Wenn ich mehr aufnehme, daß es sich lohnt, gehe ich natürlich schon innerhalb der nächsten sechs Monate 'rauf."
„Das konnten Sie doch aber gleich sagen, daß es nicht Stückgut sei, sondern Schnappgut, das Sie für Liverpool haben."
„Das haben Sie ja nicht gefragt", widerspricht der Roßtäuscher.
Eine feine Gesellschaft. Schmuggeln, Deklarierungen fälschen, Häfen täuschen, Kurse schwindeln und Totenschiffe fahren. Denen gegenüber ist ein zünftiger Seeräuber ein Edelmann. Einen Seeräuber fahren, ist keine Schande, da würde ich weder Namen noch Nationalität abschwören. Seeräuber fahren, ist

Ehrensache. Diesen Eimer fahren, ist eine Schmach, an der ich lange zu würgen haben werde, bis sie geschluckt und verdaut sein wird.
„Wollen Sie hier Ihren Namen untersetzen."
Der Skipper reicht mir einen Federhalter.
„Darunter? Nie! Nie!" Ich rufe es in Empörung.
„Wie Sie wollen. Mr. Dills, bitte, schreiben Sie hier als Zeuge hin."
Dieser Taschendieb, dieser Roßtäuscher, dieser Gauner, dieser Betrüger, dieser Shanghaier, dieser Mann, für den der Strick, mit dem zwei Dutzend Raubmörder gehenkt worden sind, zu anständig und zu ehrenhaft wäre, soll da für mich unterschreiben. Dieses Aas soll nicht einmal unter meinem ausgedachten Namen seine aussätzige Hand hinlegen dürfen.
„Geben Sie her, Skipper, ich unterschreibe selbst, es ist ja nun doch alles schon Schiet mit Rotz."
„Helmont Rigbay, Alexandria (Ägypten)."
Da steht es. Fest und sicher. Nun „Yorikke", hoiho! Geh zur Hölle meinetwegen. Jetzt ist alles, alles egal. Ausgelöscht aus den Lebenden. Verweht. Kein Hauch von mir ist mehr in der Welt.

Holla–he! Holla–he! Hoiho!
Ich liege nicht an einem Riff,
ich fahre auf dem Totenschiff
so fern vom sonn'gen New Orleans,
so fern vom lieben Louisiana.

Holla-he! Morituri salutant! Die modernen Gladiatoren grüßen dich, o Cäsar Augustus Capitalismus, Morituri salutant! Die Todgeweihten grüßen dich, o Cäsar Augustus Imperator, wir sind bereit zu sterben für dich, für die heilige und glorreiche Versicherung.
O Zeiten, o Sitten! Die Gladiatoren zogen in glänzenden Rüstungen in die Arena. Fanfaren schmetterten und Zimbeln klangen. Schöne Frauen winkten ihnen zu von den Brüstungen und ließen ihre goldgestickten Tüchelchen fallen; die Gladiatoren hoben sie auf, preßten sie an ihre Lippen, atmeten den berückenden Hauch, und ein süßes Lächeln dankte ihnen und grüßte sie. Unter dem begeisterten Beifallsgeschrei einer erregten Menge, unter den Klängen rauschender Kriegsmusik hauchten sie ihren letzten Atem aus.

Wir aber, die Gladiatoren von heute, wir verkommen im Dreck. Wir sind zu müde, um uns zu waschen. Wozu auch waschen? Wir verhungern, weil wir vor der Schüssel einschlafen. Wir verhungern, weil die Kompanie sparen muß, um die Konkurrenz auszuhalten. Wir sterben in Lumpen, schweigend, auf einem gesuchten Riff, tief im Kesselraum. Wir sehen das Wasser kommen, und wir können nicht mehr 'rauf. Wir hoffen, daß der Kessel explodiert, um es kurz zu machen, weil die Hände eingeklemmt sind, die Feuertüren aufgerissen sind und die glühende Kohle an unsern Füßen und Schenkeln langsam frißt. Der Kesselbums? Der ist dran gewöhnt. Dem macht das Verbrennen und Verbrühen nichts aus.
Wir sterben ohne Fanfarenmusik, ohne das Lächeln schöner Frauen, ohne das Beifallsrauschen einer erregten, festlich gestimmten Menge. Wir sterben schweigend und in Lumpen, für dich, o Cäsar Augustus! Heil dir, Imperator, wir haben keinen Namen, wir haben keine Nationalität. Wir sind niemand, wir sind nichts.
Heil dir, Cäsar Augustus Imperator, du hast keinen Witwen und Weisen Pension zu zahlen. Wir, o Cäsar, sind die getreuesten deiner Diener. Die Todgeweihten grüßen dich!

27

Es war halb sechs, als ein Neger das Abendbrot in das Quartier brachte. Das Abendbrot war in zwei verbeulten und fettigen Blechkumpen. Eine dünne Erbsensuppe, Pellkartoffeln und heißes braunes Wasser in einer zerhämmerten Emaillekanne. Das braune Wasser hieß: der Tee.
„Wo ist denn das Fleisch?" fragte ich den Neger.
„Nichts von Fleisch heute", sagte er.
Ich sah ihn an und bemerkte, daß er kein Nigger war, sondern ein Weißer. Er war der Kohlenzieher einer andern Wache.
„Abendessen holen ist deine Sache", wandte sich der Mann mir zu.
„Ich bin hier nicht als Meßboy, als Moses, damit du das nur gleich weißt", sagte ich darauf.
„Hier gibt es keine Meßboy."
„Na?"
„Das müssen hier die Kohlenzieher machen."

Die Hiebe setzen schon. Das kann ja nett werden. Ich sehe schon, warum und wozu. Das Schicksal will seinen Lauf haben.
„Abendessen holt der Kohlenzieher der Rattenwache."
Der zweite Hieb. Jetzt zähle ich nicht mehr die Hiebe. Laß sie kommen und fallen. Mach das Fell dick.
Also Rattenwache. Das war ja vorauszusehen. Wache von zwölf bis vier, die niederträchtigste Wache, die erfunden wurde, um Seeleute zu martern. Um vier kommt man von Wache. Man wäscht sich. Dann holt man Abendessen für die ganze Bande. Dann wäscht man das Geschirr für die ganze Bande, weil ja kein Meßboy da ist und die Kohlenzieher alles mitzumachen haben. Dann legt man sich in die Bunk. Da es bis zum nächsten Morgen um acht nichts mehr zu essen gibt, man aber in der Nacht auf Wache zu gehen hat und nicht nur zu gehen, sondern zu arbeiten und wie, so muß man tüchtig Abendbrot 'reinhauen, weil man sonst in der Nacht klappt. Mit dem vollen Magen kann man aber nicht schlafen. Bis um zehn manchmal sitzen auch noch die Freiwachen auf und spielen Karten oder erzählen sich etwas. Da sie keinen andern Raum haben, wo sie hingehen können, so sitzen sie hier. Man kann ihnen das Geplauder doch nicht verbieten, sie verlernen ja sonst die Sprache, und sie reden doch schon leise, um den schlafenden Mitarbeiter nicht zu stören. Aber das leise Reden stört noch mehr als das laute. Um elf fängt man an, einzuschlafen. Zwanzig vor zwölf kommt die Wecke. 'raus und 'runter. Um vier kommt man von Wache. Wäscht sich. Vielleicht. Man fällt in die Bunk. Um halb sechs geht der Tageslärm auf dem Boot schon los. Um acht wird man aus dem Schlaf gerissen: „Frühstück ist da!" Den ganzen Vormittag wird auf dem Boot gehämmert, genagelt, gesägt, kommandiert. Um zwanzig vor zwölf kommt keine Wecke, weil ja nicht angenommen wird, daß jemand um diese Zeit schlafen könne. Man ist schon auf und fällt in seine Wache. Und so fort, um vier – ja und immer so weiter.
„Wer wäscht denn das Geschirr, wenn kein Meßboy da ist?"
„Der Kohlenzieher."
„Wer scheuert denn die Aborte?"
„Der Kohlenzieher.'
Das ist ja eine durchaus ehrenwerte Beschäftigung, wenn man sonst nichts weiter zu tun hat. In diesem Falle ist es Schwei-

nerei. Und wer die Aborte gesehen hätte, der würde gesagt haben: „Das ist die größte Schweinerei, die ich je in meinem Leben oder in einem Schützengraben gesehen habe." Aber ich habe erfahren gelernt, daß die Schweine saubere Tiere sind, die dem Pferde an Sauberkeit nichts nachgeben. Wenn ich den Bauer oder den Schweinezüchter in einen finstern Stall stecke, der zwei Schritte lang und zwei Schritte breit ist, ihn überfüttere, nie hinauslasse, nur ab und zu ein paar Hälmchen Stroh hinwerfe und die alten vermanschten nicht oder nur selten herausnehme, weil er sich ja in dem Mist so wohl fühlt, dann möchte ich einmal sehen, wie der Bauer in diesem Stall nach zwei Wochen aussieht und wer das größere Dreckschwein ist, der Bauer oder sein Dickerchen. Unbesorgt, alles wird an den Menschen heimgezahlt werden, alles, was er Pferden, Hunden, Schweinen, Fröschen und Vögeln angetan hat. Dafür wird er einmal mehr büßen müssen, als was er seinen eigenen Mitmenschen tat. Man kann keinen Abort scheuern, wenn man zu müde ist, um den Löffel mit Reis in den Mund zu bringen, no, Sir.

Sonniges Spanien, das ist die Strafe, weil ich dich, du freundliche Wirtin, verließ!

Auf einem guten Schifflein ist ein Nauke; ein Tagarbeiter, der so als Knochenbeilage mitgenommen wird, sich nie überarbeitet, immer überall dasein soll, um zuzufassen, seinen Deckarbeiterlohn bekommt und im großen und ganzen ein ganz angenehmes Leben führt. Nauke ist der Mann für alles. Und alles, was verkehrt geht, wird stets auf Nauke zurückgeführt. Er ist an allem schuld. Wenn in den Bunkern Feuer ausbricht, Nauke ist schuld, obgleich er nie in die Bunker darf, aber er hat die Luken nicht regelmäßig gehoben. Wenn dem Koch das Essen anbrennt, Nauke kriegt den Krach, obgleich er nie in die Küche darf, aber er hat an den Wasserkränen geschraubt, als er sie putzte. Wenn das Schiff untergeht, Nauke ist schuld, weil er, weil er – nun ja, weil er Nauke ist.

Auf der „Yorikke" waren die Kohlenzieher die Nauken, und der Nauke der Nauken war – richtig geraten: der Kohlenzieher der Rattenwache. Wenn irgend etwas Dreckiges, Unangenehmes, Lebensgefährliches zu tun war, sagte es der Erste Ingenieur dem Zweiten, daß er es tun solle. Der sagte es dem Donkeyman, der dem Putzer und Öler, der dem Heizer und der Heizer sagte: „Das ist keine Heizerarbeit, das ist

Kohlenziehers Sache.“ Und der Kohlenzieher der Rattenwache tat es, weil er es tun mußte.
Kam der Kohlenzieher dann heraus mit blutenden und aufgeschlagenen und zerschrammten Knochen und mit zwanzig Brandwunden bedeckt und hatte er an den Beinen hervorgezogen werden müssen, weil er sonst verbrüht worden wäre, dann ging der Heizer zum Öler und sagte: „Ich habe es getan.“ Der Öler zum Donkeyman: „Ich.“ Der Donkeyman zum Zweiten Ingenieur: „Ich.“ Und der Zweite zum Ersten, und der Erste Ingenieur ging zum Alten und sagte: „Ich möchte das im Journal rapportiert haben: ‚Der Erste Ingenieur hat, während die Kessel über vollen Feuern lagen, um die Fahrt nicht nachzubüßen, unter Lebensgefahr einen Rohrbruch ersten Grades ausgeheilt. Schiff konnte ungeschwächte Fahrt beibehalten.‘ “ Die Kompanie liest das Journal, und der Direktor sagt: „Wir müssen dem Ersten Ingenieur der ‚Yorikke‘ ein größeres Schiff geben, der Mann ist Besseres wert.“ Der Kohlenzieher hat die Narben, die er nie wieder los wird, und ist gekrüppelt. Aber warum mußte es denn der Kohlenzieher tun? Er konnte doch auch sagen wie die andern: „Das tu' ich nicht, da komme ich nicht mehr lebendig heraus.“ Aber das konnte er eben nicht sagen. Er mußte, mußte es tun. „Ja, Mann, wollen Sie denn das ganze Schiff untergehen lassen und alle Ihre Kameraden dabei ertrinken lassen? Können Sie das vor Ihrem Gewissen verantworten?“ Die Deckarbeiter konnten es ja nicht tun, die verstanden ja nichts von Kesseln. Der Kohlenzieher verstand auch nichts von Kesseln, er verstand nur Kohle zu schleppen. Der Ingenieur verstand etwas von den Kesseln, er wurde dafür ja als Erster Ingenieur bezahlt, weil er etwas von Kesseln verstand und bei seinen Prüfungen solche Dinge machen mußte. Aber der Kohlenzieher arbeitete vor den Kesseln und neben den Kesseln und hinter den Kesseln, und er war der Kohlenzieher, und er war der Mann, der die Verantwortung für den Tod so vieler Menschen nicht tragen wollte, auch wenn sein Leben dabei in die Kehrichttonne ging. Das Leben eines dreckigen Kohlenziehers ist kein Leben, niemand zählt es. Es ist weg und Schluß, reden wir nicht mehr davon. Eine Fliege kann man ja schließlich aus der Milch fischen und ihr das kleine Leben schenken, aber ein Kohlenzieher ist nicht einer Fliege gleich. Der Kohlenzieher ist Dreck, Staub, Scheuerlappen; er ist eben gerade gut genug, die Kohle zu ziehen.

„Kohlenzieher, he!“ ruft der Erste Ingenieur. „Wollen Sie einen Rum trinken?“
„Ja, Chef.“
Aber das Schnapsglas fällt ihm aus der Hand, der Rum ist weg. Die Hand ist verbrüht, yes, Sir.
Das Abendessen stand auf dem Tisch. Hungrig war ich inzwischen auch geworden, und ich dachte, daß ich ganz gut etwas essen könnte. Das war meine Absicht. Aber die Absicht haben und die Absicht ausführen, sind zwei Dinge. Ich sah mich nach einem Teller und nach einem Löffel um.
„Laß den Teller stehen, das ist meiner.“
„Ja, wo kriege ich denn da einen Teller her?“
„Wenn du dir keinen mitgebracht hast, dann wirst du wohl ohne Teller hier leben müssen.“
„Wird denn hier kein Geschirr geliefert?“
„Nur was du selber hast, das kannst du dir liefern.“
„Wie soll ich denn da essen, ohne Teller, ohne Gabel und Löffel?“
„Deine Sache.“
„Höre, du Neuer“, rief einer aus seiner Bunk heraus, „du kannst meinen Teller, meine Tasse und mein Geschirr haben. Hast es aber immer zu putzen dafür.“
Da war einer, der hatte nur einen zerbrochenen Teller, aber keine Tasse; ein andrer eine Gabel, aber keinen Löffel. Wenn nun das Essen ins Quartier kam, entstand zuerst immer ein Streit darüber, wer zuerst den Löffel oder die Tasse oder den Teller gebrauchen dürfe; denn wer zuerst in den Besitz des Tellers oder des Löffels gelangte, fischte sich natürlich das Beste heraus. Niemand kann es ihm übelnehmen.
Das, was Tee genannt wurde, war heißes braunes Wasser. Oft war es nicht heiß, sondern lauwarm. Das, was Kaffee genannt wurde, gab es zum Frühstück und um drei Uhr. Diesen Drei-Uhr-Kaffee habe ich nie gesehen. Grund: Rattenwache. Von zwölf bis vier war ich auf Wache. Um drei gab es den Kaffee. Um vier, wenn ich abgelöst wurde, war auch nicht ein Tropfen mehr von diesem Kaffee vorhanden. Manchmal war noch heißes Wasser in der Galley, aber wenn man keine eignen Kaffeebohnen hatte, so konnte man sich keinen Kaffee bereiten.
Je weiter Kaffee oder Tee von wahrem Kaffee oder Tee entfernt sind, desto mehr hat man das Bedürfnis, ihn mit Zucker und

Milch zu verschönern, um die Phantasie anzuregen. Alle drei Wochen erhielt jeder Mann eine kleine Büchse kondensierte und gezuckerte Milch und jede Woche ein halbes Kilo Zucker; denn Kaffee und Tee wurden von der Galley schlicht geliefert, also ohne Milch und Zucker.

Hatte man die Milch gefaßt, so öffnete man die Büchse und nahm als sparsamer Mensch ein Löffelchen voll heraus, um dem Tee ein Wölkchen zu geben. Dann stellte man seine Büchse sorgfältig fort, um sie erst wieder beim nächsten Kaffee zu gebrauchen. Aber während man sich auf Wache befand, wurde die Büchse nicht gestohlen, aber von andern aufgebraucht bis auf den letzten Rest. Da die sichersten Verstecke am leichtesten gefunden werden, passierte mir das nur beim erstenmal; daß meine Milch verschwand. Als ich das zweitemal Milch faßte, löffelte ich sie auf einem Sitz völlig aus, das einzige Mittel, meine Ration zu retten, ein Mittel, das alle anwandten.

Mit dem halben Kilo Zucker machte man es genau ebenso, er wurde sofort nach dem Fassen auf einen Ruck aufgegessen. Wir kamen einmal zu einer Einigung. Der Zucker des ganzen Quartiers wurde in eine gemeinsame Büchse geschüttet, und jeder sollte sich einen Löffel herausnehmen, wenn der Kaffee oder Tee kam. Die Folge dieser Einigung war, daß der ganze Zucker am zweiten Tage verschwunden war und mich nur die leere Büchse angähnte.

Frisches Brot gab es jeden Tag. Und jede Woche bekam das Quartier eine Büchse Margarine, die gut reichen konnte. Aber niemand konnte sie essen, weil Schmierseife besser schmeckte.

An Tagen, wo wir das Maul zu halten und die Augen zuzumachen hatten, gab es für jeden Mann zwei Glas Rum und eine halbe Tasse Marmelade. Das waren die Tage, an denen geblendet wurde.

Zum Frühstück gab es Graupen mit Pflaumen oder Reis mit Blutwurst oder Kartoffeln und Hering oder schwarze Bohnen und Salzfisch. Alle vier Tage fing das wieder mit Graupen und Pflaumen an.

Sonntag gab es zum Mittag Rindfleisch mit Mostrichsoße oder Corned beef mit Wasserbrühe, Montag Salzfleisch, das nie jemand aß, weil es nur Salz und Schwarte war, Dienstag getrockneten Salzfisch, Mittwoch Trockengemüse und Back-

pflaumen in einer blauwäßrigen Schleimerei aus Kartoffelstärke. Die Schleimerei hieß: der Pudding. Donnerstag begann es wieder mit Salzfleisch, das nie jemand aß.
Das Abendessen war eines der genannten Frühstücke oder Mittagessen. Zu jeder Mahlzeit gab es Pellkartoffeln, von denen nur die Hälfte gebraucht werden konnte. Der Skipper kaufte nie Kartoffeln. Sie wurden aus der Ladung genommen, wenn wir Südkartoffeln fuhren. Solange sie neu und jung waren, machten diese Kartoffeln einem Spaß und waren Leckerbissen, aber wenn wir lange keine Kartoffeln gefahren hatten, dann kamen die an die Reihe, von denen ich sprach.
Als Blendladung fuhren wir manchmal nicht nur Kartoffeln, sondern auch Tomaten, Bananen, Ananas, Datteln, Kokosnüsse. Diese Ladungen allein machten es möglich, daß wir bei dem Essen bestehen konnten und nicht an Eßekel verreckten. Wer einen Weltkrieg mitgemacht hat, der hat vielleicht gelernt, was ein Mensch ertragen kann, ohne zu krepieren, wer aber auf einem echten Totenschiff oder auf einer echten Blendlaterne gefahren ist, der weiß es ganz sicher, wieviel ein Mensch aushalten kann. Das Ekeln gewöhnt man sich bald ganz ab.
Das Geschirr, das mir so opferwillig zum Gebrauch angeboten wurde, war nicht ganz komplett, es bestand nur aus einem Teller. Als ich das notwendige Geschirr beisammen hatte, gebrauchte ich die Gabel von Stanislaw, die Tasse von Fernando, das Messer von Ruben, und den Löffel hätte ich von Hermann haben können, aber einen Löffel besaß ich selbst. Für die Opferwilligkeit hatte ich das Geschirr aller hübsch sauber zu putzen, zweimal für jede Mahlzeit. Zuerst, wenn ich es übernahm, und dann, nachdem ich es gebraucht hatte.
Als das Abendessen vorüber war, hatte ich die Kumpen zu waschen, also die verbeulten Blechwaschbecken, in denen das Essen aus der Galley geholt wurde. Zu diesem Waschen brauchte weder ich noch sonst jemand Seife, Soda oder Bürste, weil solche Dinge nicht vorhanden waren. Wie die Kumpen dann aussahen, wenn wieder das frische Essen hineingeschüttet wurde, braucht nicht erzählt zu werden.
In diesem Dreck konnte ich nicht leben. Ich ging daran, das Quartier zu scheuern. Die Burschen waren nach dem Essen sofort in ihre Bunks gefallen wie tot. Während des Essens war kaum gesprochen worden. Es ging zu, als ob Schweine an

einem Trog stehen. Drei Tage später erkannte ich diesen Vergleich nicht mehr. Die Fähigkeit, Vergleiche zu ziehen oder deutliche Erinnerungen aus einem früheren Leben zu erwekken, war erloschen.
„Seife wird nicht geliefert", wurde mir brummend aus einer Bunk zugerufen. „Schrubber oder Bürsten auch nicht. Und nun halte Ruhe mit deinem Herumwirtschaften, wir wollen schlafen."
Ich sofort mittschiffs und zur Ingenieurkabine, wo ich anklopfte.
„Ich will das Quartier scheuern und verlange Seife und eine kräftige Schrubberbürste."
„Was denken Sie denn von mir? Sie wollen doch nicht damit sagen, daß ich Ihnen Seife oder Bürsten zu kaufen habe? Nichts zu machen."
„Ja, aber nun ich selbst. Ich habe keine Seife für mich selbst. Und ich soll doch vor den Kesseln arbeiten." Das wollte ich doch sehen, ob ich keine Seife bekäme.
„Das ist Ihre eigne Sache, wenn Sie sich waschen wollen, müssen Sie auch Seife haben. Seife gehört zu einer anständigen Seemannsausrüstung."
„Kann sein, mir ist das neu. Toilettenseife ja, aber nicht Arbeitsseife, und für Kesselbande hat der Ingenieur die Seife zu stellen oder der Skipper oder die Kompanie. Das ist mir gleichgültig, wer die Seife zu stellen hat. Ich will aber Seife haben. Was ist das überhaupt für eine Sauerei? Auf jedem anständigen Eimer wird alles gestellt, Matratze, Kissen, Betttuch, Decke, Handtuch, Arbeitsseife und vor allem Eßgeschirr. Das gehört zur Ausrüstung des Schiffes und nicht zur Ausrüstung des Mannes."
„Nicht bei uns. Wenn es Ihnen hier nicht gefällt, können Sie ja gehen."
„Sie unverschämter Patron, Sie."
„'raus aus meiner Kabine oder ich rapportiere zum Skipper und lass' Sie festlegen."
„Das wäre mir ganz recht."
„Nicht wie Sie denken, Mann. So besoffen sind wir nicht. Ich brauche den Kohlenschlepper. Nein, ich lasse Sie festlegen mit einer vollen Monatsheuer, wenn Sie mir noch mal so kommen."
„Feine Leute," das muß ich sagen. Auch noch die paar

Groschen abtricken."
Der Gauner saß da und grinste. Bei Klopperei kommt nie etwas heraus, und er trickt mir zwei Monatsheuern ab.
„Erzählen Sie doch das alles Ihrer Urgroßmutter", sagte er. „Sie wird sich das ruhig mit anhören. Aber ich nicht. 'raus jetzt, aber flott. Vorwärts ins Bett, um elf haben Sie auf Wache zu gehen."
„Meine Wache fängt um zwölf an. Zwölf bis vier."
„Nicht bei uns und nicht mit den Kohlschleppern. Die Kohlschlepper fangen um elf an und ziehen von elf bis zwölf Asche, und um zwölf fängt die Arbeitswache an."
„So. Von elf bis zwölf ist wohl keine Arbeitswache?"
„Asche ziehen, das haben die Kohlschlepper bei uns nebenbei zu machen."
„Aber Überstunden werden angeschrieben."
„Nicht bei uns. Und nicht für Ascheheben."
In welchem Jahrhundert lebte ich denn? Unter welche Menschenrasse war ich geraten? Halb im Dusel torkelte ich zum Quartier.
Da war das Meer, das blaue herrliche Meer, das ich so sehr liebte und in dem als anständiger Seemann zu versinken ich nie mit Grauen angesehen hatte. War es doch die große festliche Vermählung mit dem Weibe, das so launenhaft war, das so wütend rasen konnte, so viel herrliches Temperament hatte, das so berückend lächeln, so bezaubernde Schlaflieder singen konnte und so wunderschön, ach, so über alle Maßen schön war.
Es war dasselbe Meer, auf dem Tausende und Tausende ehrlicher, gesunder Schiffe fuhren. Und nun hatte mich das Schicksal ausersehen, mich ein Schiff fahren zu lassen, das an Lepra erkrankt war und das nur noch fuhr mit der Hoffnung, daß das Meer Erbarmen mit ihm haben möge. Aber es sah ganz so aus, ich hatte es im Gefühl, daß die See das mit Lepra behaftete Schiff nicht aufnehmen wollte, um sich nicht verpesten zu lassen. Noch nicht. Seine Zeit war noch nicht gekommen. Noch wartete das Meer, noch hoffte es, daß es diese Pest nicht zu erdulden haben werde, daß dieses Meeresgeschwür irgendwo auf dem Lande oder in einem verschmierten Winkelhafen zerplatzen und vergehen würde. Noch war „Yorikkes" Zeit nicht gekommen. Ich hatte noch kein Todesahnen, an meine Bunk hatte der Gast noch nicht geklopft. Denn als ich

jetzt an der Reling stand, über mir den sternenblinkenden Himmel und vor mir das grünlich flickernde Meer, an mein verlorenes New Orleans und an mein sonniges Spanien dachte, da überkam es mich: Hopp drüber, Junge, schiet sie an mit dem Kohlschlepper und mach ein flottes sauberes Ende, damit du nicht deinen Rest verlierst. Aber dann war ja nur ein andrer armer müder, verlumpter, verhungerter, verdreckter und gehetzter Kohlschlepper, der Doppelwache bekam und mir die letzte Reise so schwer machte und ich immer wieder hoch kommen mußte.

Ei zum Teufel noch mal, beiß zu und schiet. Die „Yorikke" kann dich, mein Junge, nicht unterkriegen. Nicht die Konsuln. Nicht die „Yorikke". Nicht der Taschendieb. Bist ja von New Orleans, Junge. 'rin in die Schiet und durchgeschwommen. Es gibt auch wieder mal Wasser und Seife. Der Gestank ist nur äußerlich. Patsch 'rin, daß es spritzt.

Weg von der Reling, und dem Biest, das dich unterkriegen will, eins in die Zähne gehauen! Spuck noch mal 'runter und nun weg in die Bunk!

Als ich weg war von der Reling, wußte ich, daß ich zwar auf einem Totenschiff und auf einer Blendkaroline war, aber daß es nicht mehr mein Totenschiff war. Mit der „Yorikke" half ich keine Versicherung fahren. Auf ihr wurde ich kein Gladiator. Ich spucke dir ins Gesicht, Cäsar Augustus Imperator. Spare deine Seife und fresse sie, ich brauche sie nicht mehr. Aber du sollst mich nicht mehr winseln sehen. Ich spucke dir ins Angesicht, dir und deinem Gezücht.

28

Einschlafen konnte ich nicht. Ich lag auf den blanken Brettern meiner Bunk wie ein eingelieferter Spitzbube auf der nackten Pritsche in einer Polizeiwache. Die schmökende Petroleumlampe füllte den Raum mit einem Dunst, daß Atmen eine Qual wurde. Da ich ja keine Decke hatte, fröstelte ich, denn die Nächte auf dem Meere können ganz verteufelt kalt werden. Gerade war ich in einen dämmernden Halbschlaf gefallen, als ich plötzlich mit kräftigen und ungeduldigen Händen so gerüttelt und gestoßen wurde, als sollte ich durch die Wand geworfen werden.

„'raus du. Ist halb elf.“
„Halb erst? Warum kommst du nicht um dreiviertel?“
„Ich bin gerade oben, weil ich für den Heizer Trinkwasser hole. Ich kann nicht noch mal 'raufkommen. Mußt 'raus. Zehn vor zwölf weckst du deinen Heizer und holst ihm Kaffee.“
„Kenn' ihn nicht. Weiß seine Bunk nicht.“
„Komm 'raus. Ich zeig' dir.“
Ich stand auf, und mir wurde die Bunk des Heizers gezeigt, der zu meiner Wache gehörte.
„Mach voran. Rasch. Geh gleich zu der Aschenwintsche. Wir haben verflucht viel Asche.“ Der Mann verschwand wie ein Geist.
Es war fast finster in dem Quartier, weil die Lampe kein Licht gab.
Beim Licht einer zerbrochenen kleinen verräucherten Laterne zeigte mir der Kohlenzieher der Vorwache, es war Stanislaw, wie die Wintsche gehandhabt werden muß.
„Höre mal, Stanislaw, das verstehe ich nicht“, sagte ich. „Ich kenne doch nun auch etwas von Salzkrusten, aber das habe ich noch nicht erlebt, daß die Kohlschlepper Wache aufzubüßen haben. Warum?“
„Weiß ich gut. Ich bin auch nicht gerade aus den Windeln gerutscht. Woanders hat der Heizer beim Aschehieven zu helfen. Aber hier wird ja der Heizer allein nicht fertig, und wenn ihm der Schlepp nicht manchmal hilft, fällt er 'runter auf hundertzwanzig, daß es nur so rasselt, und der Eimer sackt und steht wie eine Böckchenpinne. Auf andern Eierkisten, auch wenn es Särge sind, hat die Wache zwei Heizer oder wenigstens ein und einen halben. Aber ich denke doch, du weißt jetzt schon, wo du bist, mein Seemannsengelchen.“
„Ich engele nicht. Da kannst du Zinnober drauf schlucken.“
„Willst du achtern kanten? Glückt nicht. Wirst du schon noch lernen. Setz dich nur lieber gleich richtig in die Wolle und such dir das Boot aus, mit dem du klippen willst. Der Koch hier ist der Großvater. Der erzählt dir was, wenn du mit ihm angewärmt bist. Der Hund hat zwei Westen in seiner Bunk liegen.“
„Haben wir denn keine Westen?“ fragte ich erstaunt.
„Nicht mal ein Ring ist da. Vier Dekorationsringe mit Goldbronze. Aber ich rate dir, nimm keinen davon. Wenn du da den Kopf durchsteckst, nimm lieber einen Mühlstein. Mit dem

Mühlstein hast du vielleicht noch Hoffnung, mit den Dekorationswürsten nicht."
„Wie kann der Hund denn das machen? Da muß doch in jeder Bunk eine Weste sein. Ich bin das so gewöhnt, daß ich das gar nicht beachtet habe, daß keine da ist."
Stanislaw lachte und sagte: „Du hast so eine Kanne noch nicht gefahren. Darum. ‚Yorikke' ist meine vierte Leichenkanne. Die sind ja jetzt zum Aussuchen."
„He-ho, Lawski!" schrie sein Heizer den Aschenschacht hinauf.
„Was ist los, Heizer?" fragte Stanislaw 'runter.
„Zieht ihr denn heute keine Asche, oder was ist los?" blökte der Heizer 'rauf. Es war Martin.
„Natürlich ziehen wir. Aber ich muß doch den Neuen anlernen. Der kennt doch die Wintsche nicht."
„Dann mach zu und komm 'runter. Mir ist ein Rost 'raus." Der Heizer schrie es 'rauf.
„Erst muß die Asche gezogen werden. Der Rost hat Zeit. Ich muß den Neuen anlernen", schrie Stanislaw wieder 'runter.
„Nein, was Leichenkannen anbetrifft – wie heißt du denn eigentlich, Neuer?"
„Ich? Pippip."
„Hübscher Name. Bist du Türke?"
„Ägypter."
„Das ist gut. Ägypter hat gefehlt. Wir haben hier alle Nationen auf der Kanne."
„Alle? Auch Yanks?"
„Ich glaube, du schläfst noch. Die beiden einzigen, die nie auf einer Leichenkanne fahren, das sind Yanks und Kommse."
„Kommse?"
„Ach tu doch nicht so unschuldig, du Schaf. Bolsches. Kommunisten. Yanks kommen nicht, weil die in dem Dreck den ersten Tag verrecken würden und weil denen auch immer von ihren Konsuln geholfen wird. Der winkt ihnen schon die Weisheit über die Eimer."
„Und die Komms?"
„Die sind zu schlau, die riechen, was los ist, wenn sie nur den Mastknopf sehen. Kannst dich drauf verlassen. Die sind gekocht. Wo ein richtiger Komms drauf ist, kann keine Versicherung fahren. Die beerdigen dir jede Versicherungspolice, und wenn sie noch so fein gezuckert ist. Die haben dir Riecher, da

können wir alle nicht mit. Und die haben auch immer gleich die schönste Sauerei mit der Inspektion. Aber nun kann ich dir auch erzählen, wenn da ein gesunder Eimer ist, wo nicht nur Yanks drauf sind, sondern Yanks, die Komms sind, Mann, das ist Honig. Das ist –. Ich kann es dir ja sagen, ich fahre überhaupt nur, um mal auf einen solchen Eimer zu kommen. Da gehe ich nie wieder 'runter. Da mache ich sogar den Nauke. Mir ganz egal. Wenn du mal einen Eimer sehen solltest, der von New Orleans ist oder da herum. Das ist eine Sache."
„So ein Schiff habe ich noch nicht gesehen", sagte ich.
„Kommst du auch nicht drauf, und wenn du hundert Jahre alt wirst und alles ausgestiegen ist. Du nicht. Ein Ägypter überhaupt nicht, und wenn er einen Paß hat wie Zucker. Jetzt ist es für mich auch vorbei. Wer die ‚Yorikke' gefahren hat, kommt nie wieder auf einen gesunden Eimer. Jetzt wollen wir mal dran gehen."
„Hängt er drin?" schrie Stanislaw in den Schacht.
„Hiev up!"
Stanislaw schaltete den Hebel ein, und die Aschkanne rasselte 'rauf. Als sie in Reichhöhe war, warf er den Hebel wieder herum. Die Kanne ruckte noch mal 'rauf und noch mal 'runter und hing dann in der Schachtluke.
„Nun hängst du die Kanne aus und trägst sie zur Schanze und schüttest sie aus. Da gib aber gut Achtung, daß dir die Kanne nicht mit über Stag geht. Dann sitzt du da. Dann können wir mit einer arbeiten, und wir können zwei Stunden früher aufstehen. Daß du's weißt."
Die Kanne war glühend heiß, und obenauf lagen die rotglühenden Schlacken. Ich konnte sie kaum anfassen, aber es mußte sein. Und schwer war die Kanne. Sicher ihre fünfzig Kilo. Nun hatte ich die Kanne vor der Brust quer über das vier Meter breite Gangdeck zu schleppen und in den Holzschacht zu schütten, durch den die Asche ins Meer fiel und dort zischend verschwand. Dann trug ich die Kanne zurück, und ich hängte sie wieder in die Hievketten.
„Das ist doch ganz klar, warum die Westen gegangen sind. Ich bin sicher, der Skipper hat sie verkauft, um nebenbei was zu machen", sagte Stanislaw. „Aber des Verkaufens wegen war es nicht. Siehst du, wenn keine Westen da sind, kommen auch keine Zeugen vor das Seemannsgericht. Verstehst du jetzt den Zimt? Auf Zeugen kann man sich schlecht verlassen. Manch-

mal haben sie doch was gesehen oder gemerkt, und die Versicherung ist ja auch immer gleich dahinterher und schnappt sich die Leute. Die Boote mußt du dir mal bei Tage betrachten – wie war doch gleich dein Name? Ja, also die Boote mußt du dir mal bei Tage betrachten, Pippip. Da kannst du deine Stiefel durchschmeißen. Aber glatt. Noch weniger Zeugen."
„Na rede keinen Sectang, hä?" sagte ich zur Antwort. „Der Skipper will doch auch 'runter."
„Sorge dich nur nicht um den Skipper. Denk zuerst an deine Haut. Der Skipper kommt schon 'runter. Wenn du alles so gut weißt wie das, dann fehlt dir nichts mehr."
„Du bist doch aber auch schon von drei Leichenkannen 'runtergekommen oder etwa nicht?"
„Auf zweien bin ich richtig ausgestiegen und habe den letzten Hafen nicht im Stich gelassen. Und beim dritten – aber du Esel, Glück mußt du eben auch haben. Wenn du kein Glück hast, dann bleibe nur überhaupt vom Wasser weg, sonst fällst du in die Waschschüssel und kommst nicht mehr hoch."
„Lawski! Mensch! Was ist denn los da oben?" schrie nun wieder der Heizer 'rauf.
„Die Ketten haben sich ausgehakt, verflucht noch mal", blökte Stanislaw 'runter.
„Das gibt heute eine lange Asche, wenn ihr so weitermacht", kam wieder die Stimme aus der Tiefe.
„So, nun probiere mal die Wintsche, aber sei vorsichtig, die haut wie das Donnerwetter. Die haut dir glatt den Schädel ab, wenn du nicht alle Gedanken beieinander hast."
Die schwere Kanne kam 'rauf und sauste oben gegen den Deckel, daß ich glaubte, sie würde den ganzen Schacht in Trümmer schlagen, aber ehe ich den Hebel herum hatte, setzte die Wintsche von selbst mit der Konterwirkung ein, und der Eimer raste wieder den Schacht hinunter. Er schlug unten mit einem fürchterlichen Getöse auf, die Schlacken spritzten herum, der Heizer schrie wie verrückt, und im selben Augenblick setzte abermals die Konterwirkung ein, und die Kanne, jetzt halb leer, raste wie wahnsinnig ein zweites Mal gegen die Deckung des Schachtes, schlug herum mit donnerndem Krachen, und mit einem entsetzlichen Geprassel fielen die Schlakken den Schacht hinunter, beim Fallen gegen die Eisenwände des Schachtes schlagend und das Getöse und Geratter so vermehrend, daß man glauben konnte, das ganze Schiff splittert

auseinander. Die Kanne war schon wieder am Heruntersausen, als Stanislaw jetzt eingriff und den Hebel packte. Sofort stand die Kanne so brav da, als ob sie ein totes Geschöpf sei.
„Ja", sagte Stanislaw, „so einfach ist das nicht. Das muß gelernt sein. Da brauchst du zwei Wochen, bis du den Dreh heraus hast. Geh besser 'runter und schippe ein, dann werde ich die Wintsche bedienen. Ich zeige es dir morgen mittag, bei Tage, da kriegst du das dann schon besser. Wenn die Wintsche in die Wicken gehauen wird, dann können wir die Asche mit der Hand hieven. Und das wünsche ich dir nicht und uns nicht. Dann laufen wir nicht mehr, dann kriechen wir nicht mehr, dann rollen wir nur noch von einem Platz zum andern."
„Laß es mich noch mal versuchen, Lawski. Ich will mal gnädige Frau zu ihr sagen. Vielleicht tut sie es dann."
Dann rief ich 'runter: „Hopp an."
„Hiev up!" kam der Schrei.
„Na, Frau Gräfin, wollen wir jetzt?"
Der Prophet weiß, sie tat es, sie tat es so sanft, so zart. Sie stand auf den Millimeter. Ich glaube, daß ich „Yorikke" besser kannte als ihr Skipper oder der Großvater. Die Wintsche gehörte zu jenen Teilen des Schiffes, die schon in der Arche Noah mitgewirkt hatten und noch aus der Zeit vor der Sintflut stammten. In dieser Dampfwintsche waren alle Geister und Geisterchen zusammen, die in den übrigen Ecken und Winkeln der „Yorikke" nicht mehr Platz fanden, weil ihre Zahl zu groß war. Darum auch hatte die Wintsche ihre Persönlichkeit, die respektiert werden wollte. Stanislaw erwarb sich den Respekt durch eine lang geübte Hand, ich mußte es durch Worte machen.
„Euer königliche Gnaden, noch mal, bitte."
Sieh da, abermals glitt die Aschkanne wie mit Sammetpfötchen gestreichelt. Aber freilich, oft genug noch, spielte sie toll und machte Splittereffekte, jedoch nur, wenn ich vergaß, sie mit Höflichkeit zu behandeln. Es waren manchmal recht ergötzliche Fangversuche, die ich anzustellen hatte, um den 'rauf- und 'runterrasenden Behälter zu schnappen. Bald sauste er oben durch, bald raste er 'runter und gleich wieder hoch. Wenn der Hebel nicht genau, aber haargenau gehalten wurde, schlug der Konterhub ein.
Stanislaw war 'runtergegangen und schippte und rief die „Hiev-ups" aus. Und ich hängte meine Kannen aus und ein,

schleppte sie glühend heiß, wie sie waren, über das Gangdeck und schüttete sie in den Aschenschacht.
Als fünfzig Kannen gehievt waren, schrie Stanislaw, daß wir den Rest lassen wollten für die nächste Wache, weil es zu spät sei. Ich dachte, daß ich nun zusammenbrechen würde, von diesem atemlosen Schleppen der unglaublich schweren Kannen. Aber ehe ich Zeit hatte, umzuklappen, schrie Stanislaw herauf: „He, mach voran, zwanzig vor zwölf."
Ich schleppte mich zum Quartier. Das Deck war nicht erleuchtet, um das Petroleum zu sparen; und ich schlug mir viermal die Schienbeine auf, ehe ich bis zum Forecastle kam. Was da alles auf dem Deck herumlag, läßt sich nur dadurch näher beschreiben, daß ich sage: „Da lag alles auf dem Deck herum." Alles, was die Erde hervorbringt, je hervorgebracht hat. Unter diesem alles lag sogar ein schwerbesoffener Schiffszimmermann, der der Zimmermann der „Yorikke" war, sich in jedem Hafen sinnlos besoff und den ersten Tag auf Fahrt nicht einmal als Besenstiel gebraucht werden konnte. Der Skipper war nur froh, wenn ihm nicht jedesmal die A. B.s dabei Gesellschaft leisteten und wenigstens einer der A. B.s noch genug Leben zurückbehalten hatte, um am Ruder zu stehen. Der Zimmermann, die drei A. B.s und noch ein paar andre hätten ruhig Westen bekommen dürfen. Sie hätten keine Versicherung vermanscht, anders, sie hätten die wackligste Versicherung gerettet, ohne zu wissen, was man von ihnen wollte. Sie hatten auch die meiste Aussicht, mit in Boot eins zu kommen, das der Skipper brauchte, um das wohlgepflegte Journal zu retten und die Lizenz zu behalten mit Auszeichnung für Pflichteifer trotz Lebensgefahr.
Ich hatte jetzt die Kaffeekanne zu nehmen, damit zur Galley zu gehen, wo der Kaffee auf dem Kochherd stand, und sie zu füllen. Dann hatte ich den Weg zum drittenmal zu machen, über das Verdeck, wo kein Licht brannte. Meine Schienbeine bluteten fürchterlich. Aber da war keine Handapotheke an Bord, und wenn wirklich der Erste Offizier irgendwo etwas versteckt hielt für Erste Hilfe, wegen solcher Kleinigkeiten durfte man ihm nicht kommen.
Jetzt bearbeitete ich meinen Heizer, um ihn hochzukriegen. Er wollte mich ermorden, daß ich es wagte, ihn schon zu wecken. Und als die Glocke ausrief und er den heißen Kaffee noch nicht hatte schlucken können, wollte er mich ein zweites Mal ermor-

den, weil ich ihn zu spät geweckt hatte. Sich zu streiten, ist Kraftvergeudung. Nur Narren streiten sich. Sag deine Meinung, wenn du überhaupt eine hast, was selten genug der Fall ist, und dann halt 's Maul und laß den andern reden, bis ihm das Maul aus den Angeln fällt. Sage immer ja zu der Meinung des andern, und wenn er dann fertig ist und nicht mehr japsen kann und dich fragt: „Na, habe ich nicht recht?", dann erinnere ihn so nebenbei daran, daß du ihm deine Meinung ja schon längst gesagt hättest, daß er aber im übrigen durchaus recht habe. Eine Woche lang Heizer der Rattenwache wecken, macht jemand auf Jahre hinaus unfähig, Politik zu begreifen.
Der Kaffee war heiß, schwarz und bitter. Kein Zucker, keine Milch. Brot war vorhanden, aber man mußte es trocken essen, weil die Margarine stank. Der Heizer kam zum Tisch, fiel auf die Bank, richtete sich hoch, und während er die Kaffeetasse an den Mund führen wollte, fiel sein Kopf herunter und schlug auf die Tasse, daß sie umkippte. Er schlief schon wieder und tastete träumerisch nach dem Brot, um sich ein Stück abzureißen, weil er das Messer nicht halten konnte vor Müdigkeit. Jede seiner Bewegungen wurde vom ganzen Körper ausgeführt, nicht nur mit den Händen, den Armen, den Fingern, den Lippen oder dem Kopfe. Die Glocke rief aus, er bekam einen Wutanfall, des Kaffees wegen, und sagte: „Geh 'runter, ich komme gleich. Kümmere dich um Schlackenwasser."
Als ich an der Galley vorbeikam, sah ich Stanislaw im Dunkeln da herumwirtschaften. Er versuchte, Seife zu stehlen, die der Koch vielleicht irgendwie versteckt haben mochte. Der Koch stahl die Seife vom Steward, und der Steward stahl die Seife aus dem Koffer des Skippers.
„Zeig mir doch mal den Weg 'runter in die Stokehold, in den Kesselraum, Lawski", sagte ich zu ihm.
Er kam 'raus, und wir hatten auf eine höhere Etage zu klimmen, die das Halbdeck vom Mittschiff war. Er zeigte mir einen schwarzen Schacht. „Da gehen die Leitern 'runter. Du kannst nicht fehlgehen", sagte er und ging wieder zurück zur Galley.
Aus der tiefschwarzen und doch so glänzend klaren Meeresnacht blickte ich hinunter in den Schacht. In einer unendlich erscheinenden Tiefe sah ich eine flackernde, dunstige, rauchige Helle. Diese Helle war rötlich von dem Widerschein der Kesselfeuer. Mir war, als sähe ich in die Unterwelt. In diesen

rötlichen, dunstigen Schein trat jetzt eine nackte menschliche Gestalt, verrußt und mit glitzernden Streifen rieselnden Schweißes. Die Gestalt stand da, die Arme verschränkt und starrte bewegungslos auf die Quelle des rötlichen Scheines. Dann bewegte sich die Gestalt, ergriff ein langes schweres Schüreisen und stellte es an die Rückwand, nachdem sie unschlüssig damit herumgewirtschaftet hatte. Die Gestalt ging jetzt vor, bückte sich, und einen Augenblick darauf war es, als sei sie von Flammen umlodert. Dann reckte sich die Gestalt hoch, die Flammen waren verlöscht, und übrig blieb nur der gespenstige rötliche Schein.

Ich wollte die Leiter hinuntergehen. Als ich aber einen Fuß auf die oberste Sprosse gesetzt hatte, schlug mir eine entsetzliche Säule von Hitze, erstickendem Ölgestank, Kohlenstaub, Flugasche, dickem Petroleumqualm und Wasserdampf entgegen. Ich fiel zurück, und mit einem lauten Japser schnappte ich nach frischer Luft, weil ich glaubte, meine Lungen könnten nicht mehr arbeiten. Aber es half nichts. Ich mußte da hinunter. Da war ein Mann unten. Ein lebender Mensch, der sich bewegen kann. Und wo ein andrer Mensch sein kann, da kann auch ich sein. Ich kletterte rasch fünf oder sechs Sprossen, dann aber ging es nicht mehr. Mit einem Rasen sauste ich wieder hoch, um Luft zu bekommen.

Die Leiter war aus Eisen, die Sprossen aus fingerdickem Rundeisen. Nur an der einen Seite war ein Geländer, die andre Seite, die äußere Seite, war ohne Geländer, also just die Seite war offen, wo man in den Schacht abstürzen konnte, während die Seite, die an der Wand der Maschinenhalle war, mit einem Geländer gesichert war.

Als ich meine Lungen wieder aufgefüllt hatte, machte ich den dritten Versuch, und ich kam auf eine Plattform. Drei Schritte über die Plattform, die nur einen halben Schritt breit war, führten zum Ende der Platte, wo eine zweite Leiter tiefer in den Schacht ging. Diese drei Schritte konnte ich aber nicht machen. In Gesichtshöhe war hier die Aschenhievwintsche, und das Dampfrohr der Wintsche hatte einen langen, aber ganz dünnen Riß. Durch diesen Riß zischte ein brühend heißer Wasserdampf, scharf und schneidend wie eine Stichflamme. Der Riß lag so, daß selbst, wenn man sich bückte, man diesem schneidenden Dampfstrahl nicht ausweichen konnte. Ich versuchte, mich hochzurecken, aber dann wurden die Arme und

die Brust angefressen und verbrüht. Inzwischen mußte ich hoch, um Luft zu schöpfen.
Ich war auf falschem Wege. Das war nicht der meine. Ich ging wieder zur Galley, wo Stanislaw immer noch nach Seife suchte.
„Ich gehe mit dir 'runter, komm los", sagte er bereitwillig.
Als wir auf dem Wege waren, sagte er: „Du bist doch nie Kesselbums gewesen, nicht wahr? Habe ich doch gleich gesehen. Zu einer Wintsche sagt man doch nicht guten Tag, der haut man eins auf den Schädel und fertig."
Ich war nicht in der Laune, ihm jetzt zu erzählen, wie man mit Dingen umzugehen hat, die eine Seele haben.
„Recht hast du, Lawski, bin nie beim Kessel gewesen, habe noch nie da überhaupt 'reingeguckt. War Deckarbeiter, Steward, Kabinenjunge, seit ich meinen ersten Eimer gesehen habe. Nie schwarzen Gang gerochen, war mir immer zu stickig. Sag, willst du mir nicht für die erste Wache eine Krume zur Hand gehen?"
„Rede nicht lange. Freilich. Komm nur voran. Wir werden die Kohlsuppe schon kochen. Kenne deine Sorgen. Dein erster Leichenwagen. Ich kenne die Särge, kannst mir glauben. Aber manchmal dankst du Himmel und Hölle, daß dir eine ‚Yorikke' quer vor 'n Bug kommt, und du hoppst drauf mit einem Wonnegefühl, als ob – ja, hab nur keine Bange. Wenn was krumm geht, ruf mich nur. Ich zieh' dich schon 'raus aus dem Dreck. Wenn wir auch alle miteinander Tote sind, nur nicht verzagen. Schlimmer kann es nicht kommen."
Es kam aber schlimmer. Man kann ein Totenschiff fahren. Man kann ein Toter sein, ein Toter zwischen Toten. Ausgelöscht kann man sein aus der Reihe der Lebenden, hinweggeweht von der Oberfläche der Welt, und kann dennoch gezwungen sein, entsetzliche Qualen zu erdulden, denen man nicht entgehen kann, weil man schon tot ist, weil einem kein weiterer Weg zur Flucht offengelassen ist.

29

Ich sah Stanislaw zu dem Schacht gehen, den ich soeben verlassen hatte, weil ich glaubte, ich hätte mich im Wege geirrt. Er kletterte die Leiter ohne zu zögern hinunter, und ich folgte ihm. Als wir am Ende der ersten Leiter waren und auf die Platte kamen, die unter dem heißen Dampfstrahl lag, sagte ich: „Da können wir nicht durch. Da wird uns die Haut bis auf die Knochen abgeledert."

„Meist gibt es was ab. Ich kann dir morgen meine Arme zeigen. Aber wir müssen durch", sagte Stanislaw. „Hilft uns nichts. Kein andrer Weg zu den Kesseln für uns. Die Ingenieure lassen uns nicht durch die Maschinenhalle gehen, wir sind zu dreckig, und es ist gegen die Vorschrift."

Während er das noch sagte, sah ich, wie er plötzlich seine Arme um den Kopf schlug, sich so Gesicht, Ohren und Nacken schützend. Nun drehte, quetschte und reckte er sich zwischen die glühendheißen Dampfrohre, wo die Schutzpackungen längst abgefault und abgerissen waren, und der glühendheißen Kesselwand hindurch wie eine geölte Zitterschnecke. Das konnte ihm kein Schlangenmensch nachmachen, dachte ich, als ich das sah. Aber ich erfuhr nun, daß der ganze Kesselbums das so zu machen hatte, und ich verstand auch mit einemmal, warum es auf der „Yorikke" so viele Dinge zu essen gab, die kein Mensch essen konnte und die über Bord flankiert wurden. Das Flankieren durfte der Koch nicht sehen, dann gab es einen Mordskrach, weil alle Salzschwarten und alles Ungenießbare, das nicht in den Magen hineinwollte, weil der Magen sich sträubte, in die Küche zurückgebracht werden mußte, damit daraus Irish Stew, Frikandellen, Gulasch, Haschee und ähnliche Delikatessen gemacht werden konnten.

„Hast du nun gesehen, Sohn, wie das gemacht wird? Besinne dich nicht lange. Wenn du dich erst besinnst und dir das anguckst und darüber nachdenkst, daß du an der einen Seite verbrüht werden magst und an der andern Seite hinuntersausen kannst in den Schacht, dann geht's gar nicht. Arme um den Kopf, sieh so – und dann Schlange gemacht. Kann dir eines Tages von Nutzen sein, wenn du andern Leuten zu tief in die Taschen gelinst hast und man dir eiserne Vorhänge an die Fenster gehängt hat. Bin ich auch schon durchgekommen. Immer gut, wenn man in der Übung bleibt, du weißt nie, wie du es gebrauchen kannst. Hopp an."

Schwupp, da war ich durch. Ich fühlte Heißes an meinen Armen, aber das war sicher nur Einbildung.

Am andern Ende der Platte ging eine lange eiserne Leiter weiter hinunter, zu den Grundmauern der Unterwelt. Diese zweite Leiter war so heiß, daß mein Taschentuch, das ich bisher benutzt hatte, wertlos wurde. Ich mußte mich mit den gebogenen Ellbogen in das Geländer hängen, um Halt an der Leiter zu greifen. Je tiefer ich kam, desto dicker wurde die Luft, desto heißer, qualmiger, öliger und unerträglicher. Die Hölle, die ich nun endlich nach meinem Tode erreicht hatte, konnte das nicht sein. In der Hölle hatten ja auch die Teufel zu leben, hier aber konnten keine Teufel leben, das war undenkbar.

Doch da stand ein Mensch, ein nackter, schwitzender Mensch, der Heizer der Vorwache. Menschen konnten hier auch nicht leben. Aber sie mußten. Sie waren Tote. Ausgelöschte. Landlose. Paßlose. Heimatlose. Die mußten, ob sie konnten oder nicht. Teufel konnten hier nicht leben, denn ein Rest von Kultur ist selbst den Teufeln gelassen, das weiß Goethe. Aber Menschen mußten hier nicht nur leben, sie mußten hier arbeiten, und sie mußten hier so schwer arbeiten, daß sie alles vergaßen, zuletzt sogar, nachdem sie lange vorher sich selbst vergessen hatten, sogar vergaßen, daß hier zu arbeiten unmöglich sei.

Mir ist oft, ehe ich gestorben wurde und ehe ich zu den Toten kam, unverständlich gewesen, wie Sklaverei möglich sein kann, wie Militärdienst möglich sein kann, wie es möglich ist, daß Menschen, gesunde und vernünftige Menschen, sich ohne Protest vor Kanonen und Kartätschen jagen lassen, daß Menschen nicht tausendmal lieber Selbstmord begehen, als Sklaverei, Militärdienst, Galeerenketten und Peitschenhiebe zu ertragen. Seit ich bei den Toten war, seit ich selbst ein Toter bin, seit ich ein Totenschiff fuhr, ist auch dieses Geheimnis für mich gelöst, wie sich ja alle Geheimnisse erst nach dem Tode offenbaren. So tief kann kein Mensch sinken, als daß er nicht immer noch tiefer sinken könnte, so Schweres kann kein Mensch erdulden, als daß er nicht noch Schwereres ertragen könnte. Hier ist es, wo der Geist des Menschen, der ihn über das Tier erhebt, ihn tief unter das Tier erniedrigt. Ich habe Packzüge von Kamelen, von Lamas, von Eseln und von Maultieren getrieben. Ich habe Dutzende unter diesen Tieren gesehen, die sich hinlegten, wenn sie nur mit einem Kilogramm überladen waren, die sich hinlegten, wenn sie sich schlecht behandelt glaubten, und die sich klaglos hätten zu Tode peitschen lassen – und auch das habe ich gesehen – als aufzustehen, die Last zu übernehmen oder die schlechte Behandlung weiter zu erdulden. Ich habe Esel gesehen, die zu Leuten verkauft worden waren, die Tiere schändlich peinigten, und die Esel hörten auf zu fressen und starben weg. Nicht einmal Mais vermochte ihren Entschluß zu ändern. Aber der Mensch? Der Herr der Schöpfung? Er liebt es, Sklave zu sein, er ist stolz, Soldat sein zu dürfen und niederkartätscht zu werden, er liebt es, gepeitscht und gemartert zu werden. Warum? Weil er denken kann. Weil er sich Hoffnung denken kann. Weil er hofft, daß es auch wieder besser gehen wird. Das ist sein Fluch und nie sein Segen. Mitleid mit Sklaven? Mitleid mit Soldaten und mit Soldatenkrüppeln? Haß gegen Tyrannen? Nein! Nein! Nein!

Wäre ich über die Reling gesprungen, dann würde ich jetzt nicht in einer Hölle sein, wo es selbst die Teufel nicht aushalten können. Aber ich sprang nicht und habe nun kein Recht, mich zu beklagen oder gar andre anzuklagen. Laß den Bettler verhungern, wenn du den Menschen in ihm achtest. Ich habe kein Recht, mein trauriges Schicksal zu beklagen. Warum sprang ich nicht? Warum springe ich jetzt nicht? Warum lasse ich mich peitschen und martern? Weil ich hoffe, ins Leben zurückkehren zu können. Weil ich hoffe, New Orleans wiederzusehen. Weil ich hoffe und weil ich lieber durch die Schiet schwimme, als meine gehätschelte und getätschelte Hoffnung in die Schiet zu werfen. Imperator, du wirst niemals um Gladiatoren verlegen sein; die schönsten und stolzesten Männer werden dich anflehen: „O angebeteter, o bewunderungswürdiger Imperator, laß mich dein Gladiator sein!“

30

Natürlich kann ich hier arbeiten. Da arbeiten ja auch andre. Das sehe ich ja mit eignen Augen. Was ein andrer kann, das kann ich auch. Der Nachahmungstrieb des Menschen macht Helden und macht Sklaven. Wenn der nicht an den Peitschenhieben stirbt, dann werde ich sie wohl auch überleben können. „Siehst du, der da, der geht direkt drauf los auf das Maschinengewehrfeuer, Donnerwetter noch mal, das ist ein Kerl, verflucht noch mal, vor dem muß man Achtung haben, das ist ein Kerl, der hat Mumm in den Knochen.“ Natürlich kann ich das auch. So geht der Krieg voran, und so fahren die Totenschiffe, alles nach demselben Rezept. Die Menschen haben nur eine Schablone, nach der sie alles machen; das geht so glatt, daß sie ihr Hirn gar nicht anstrengen brauchen, um ein andres Rezept auszudenken. Man geht nichts lieber als ausgetretene Pfade. Da fühlt man sich so schön sicher. Der Nachahmungstrieb ist schuld daran, daß die Menschheit innerhalb der letzten sechstausend Jahre keine Fortschritte gemacht hat, sondern trotz Radio und Fliegerei in derselben Barbarei lebt wie am Anfang der europäischen Periode. So hat es der Vater gemacht, und so hat es der Sohn nachzumachen. Schluß. Was für mich, den Vater, gut genug war, wird für dich, du Rotznase, wohl erst recht gut genug sein. Die heilige Konstitution, die für George Washington und die Revolutionskämpfer gut genug war, ist erst recht gut genug für uns. Und die Konstitution ist gut, denn sie hat hundertfünfzig Jahre schon ausgehalten. Aber auch Konstitutionen, die einmal junges feuriges Blut in den Adern hatten, bekommen mit der Zeit Adernverkalkung. Die beste Religion ist eines Tages heidnischer Aberglaube, und keine Religion macht hiervon eine Ausnahme. Allein das, was anders gemacht wurde als bisher, allein das, was unter Protest der Väter und Heiligen und Verantwortlichen anders gedacht wurde, hat der Menschheit neue Ausblicke verschafft und ihr den Glauben gegeben, daß eines fernen Tages doch ein Fortschreiten wird beobachtet werden können. Dieser ferne Tag wird in Sicht sein, wenn die Menschen nicht mehr an Institutionen glauben und nicht an Autoritäten...

„Was stehst du denn ’rum? Wie heißt du überhaupt, Schlepp?“

Mein Heizer war ’runtergekommen und brummte übel gelaunt herum.

„Pippig ist mein Name.“

Das schien seine Laune ein wenig zu verbessern.

„Dann bist du wohl ein Perser?“

„Nein, ich bin Abessinier. Meine Mutter war Parse. Die werfen ihre Leichen den Geiern vor.“

„Wir den Fischen. Da scheint deine Mutter eine ganz anständige Frau gewesen zu sein. Meine war eine alte verfluchte Hure. Aber wenn du Hurensohn zu mir sagst, dann gibt es eins in die Fresse.“

Also er war Spanier. Wenn die drei Worte sprechen, dann sind zwei davon „Hurensohn". Es kommt auf den Grad der Freundschaft an, ob man zu jemand sagen darf, daß seine Mutter eine Groschenhure war. Je näher man dabei der Wahrheit kommt, desto mehr Aussicht hat man, sich plötzlich ein Messer aus den Rippen ziehen zu können. Je weiter man von der Wahrheit entfernt ist, desto früher hört man die Antwort: „Muchas gracias, Senjor, vielen Dank, bitte, genieren Sie sich nicht, stets zu Ihren Diensten." Niemand hat ein so zartes und so albernes Ehrgefühl wie der dreckigste Prolet. Und wenn die dreckigen Proleten eines Tages das Ehrgefühl dort haben werden, wo es wirklich hingehört, dann sind sie die Lacher. Heute haben sie ihr Ehrgefühl da, wo es die andern bei ihnen gerne sehen, weil sich dann so gut damit spielen läßt, zum Vorteil der andern. Was brauchst du Ehre, Prolet? Lohn brauchst du, guten Lohn, dann kommt die Ehre von selbst. Und wenn du auch noch die Fabrik hast, dann kannst du die Ehre ruhig den andern dauernd überlassen; dann erst wirst du erfahren, wie wenig sich die draus machen...

Der Heizer der Vorwache zog jetzt einen glühenden dicken Bolzen aus dem Feuer und steckte ihn in einen Eimer mit Frischwasser. In Seewasser kann man sich ja nicht waschen, das ist kaum gut genug zum Schlackenkühlen. Dann begann er sich zu waschen mit Sand und Asche, weil er ja keine Seife hatte.

Der Kesselraum war durch zwei Lampen erhellt. Eine dieser beiden Lampen hing vor dem Dampfmeter, damit der Dampfdruck gelesen und von dem Heizer geregelt werden konnte. Die andre Lampe hing in einer Ecke und wartete auf den Schlepp. In dieser Welt der Toten wußte man nichts von einer Erde, wußte man nichts davon, daß es Azetylenlampen, Kunstgaslampen, Gasolinlaternen, Spirituslaternen gab, gar nicht zu reden von Elektrizität, die sich durch Ankopplung eines Dynamos leicht hätte erzeugen lassen. Aber jeder Cent, ausgegeben für die „Yorikke", war verschwendetes Geld. Die Fische mit Geld zu füttern, wäre närrisch, sie sollen zufrieden sein mit der Mannschaft. Diese Lampen hier waren bei den Ausgrabungen des alten Karthago gefunden worden.

Wer die Form dieser Lampen kennenlernen will, gehe in ein Museum, sehe sich die römische Abteilung an, wo er unter den Töpferwaren auch diese Lampen, die wir hatten, finden wird. Es war ein Gefäß mit einer Tülle. In der Tülle steckte ein

Ballen Putzwolle. Das Gefäß wurde gefüllt mit jener Flüssigkeit, die auch für die Jungfrauenlampe im Quartier zu dienen hatte und die den auf Irrwege führenden Namen Petroleum trug. Viermal in einer Stunde mußte die Putzwolle weiter herausgezerrt werden, weil sie kohlte und den Kesselraum mit einem undurchsichtigen dicken schwarzen Rauch erfüllte, in dem die Rußflocken so dicht flogen wie Heuschrecken in Argentinien während einer Plage. Die Putzwolle mußte man mit den bloßen Fingerspitzen herauspulen, deshalb hatte man nach der ersten Wache abgeschmorte Fingernägel und angeschmorte Fingerspitzen. Wenn man mit seiner Lampe in den Kohlenbunkern saß, konnte man nicht die Lampe erst ausmachen, weil man ja sonst in den Kesselraum 'runter gemußt hätte, um sie wieder anzustecken.
Stanislaw hatte heute bereits eine Doppelwache gerissen. Was das bedeutet, wird noch klarwerden. Trotzdem er kaum noch kriechen konnte, blieb er doch mit mir noch eine volle Stunde im Kesselraum, um mir beizustehen. Neun Feuer mußten von dem Heizer bedient werden. Und um diese neun Feuer zu füttern, hatte der Schlepp die Kohle heranzuschaffen. Ehe aber mit dem Heranschaffen der Kohle begonnen werden konnte, waren andre Arbeiten zu verrichten. Da die Feuer selbst auf diese Arbeiten keine Rücksicht nahmen und sie jede Vernachlässigung sofort am Meter herausbrüllten oder gar auf der Brücke herausheulten, so mußte ein erheblicher Vorrat von Kohle im Kesselraum angeschichtet sein, der für diese Zeit der Nebenarbeiten langte. Diesen großen Vorrat mußte die abzulösende Wache für die neuantretende Wache hinterlassen, und diese neue Wache hatte, wenn sie abgelöst wurde, einen gleichen Vorrat der nächsten zu übergeben. Dieser Vorrat konnte nur geschaffen werden durch eine unmenschlich erscheinende Kraftanstrengung in der Zeit der beiden mittleren Stunden einer Wache, also bei meiner Wache von eins bis drei. Von zwölf bis eins kamen die Vorarbeiten, und um drei begann das Aschehieven mit dem Schlepp der neuen Wache. In zwei Stunden also mußte alle die Kohle herbeigeschafft werden, die neun Feuer eines in voller Fahrt befindlichen Dampfers in vier Stunden verschlingen. Liegt die Kohle in den Bunkern in Front der Feuer, so ist das Heranschaffen der Kohle die kräftige Arbeitsleistung eines gesunden, starken und gutgenährten Arbeiters. Liegt die Kohle aber da, wo sie meist auf der

„Yorikke“ lag, so ist es die Arbeit von drei oder vier starken Männern. Hier hatte diese Arbeit einer zu tun. Und er tut sie. Er ist ja ein Toter. Der kann alles. Und niemand versteht besser anzutreiben, niemand versteht höhnischer zu sagen: „Schlapper Hund! Solltest mich mal sehen!“ als der Mit-Tote, als der Mit-Prolet, als der Mit-Hungernde, als der Mit-Gepeitschte. Auch die Galeerensklaven haben ihren Stolz und ihr Ehrgefühl, sie haben den Stolz, gute Galeerensklaven zu sein und „nun einmal zu zeigen“, was sie können. Wenn das Auge des Auspeitschers, der mit der Peitsche die Reihen entlanggeht, wohlgefällig auf ihm ruht, so ist er beglückt, als hätte ihm ein Kaiser persönlich einen Orden an die Brust geheftet.
Der Heizer warf drei Feuer auf, immer zwei überschlagend. Dann brach er drei andre Feuer auf, die dazwischenlagen. Über jedem Feuer stand eine Nummer mit Kreide geschrieben, die Nummern von eins bis neun. Als das Aufwerfen und das Aufbrechen vorüber war, kam das Feuer drei an die Reihe. Es war ziemlich niedergebrannt, und er brach mit einer schweren langen Eisenstange die Schlacken von den Rosten. Die Schlakken saßen fest. Und von dem Feuer strömte eine brüllende Hitze heraus. Mit jeder Schlacke mehr, die herausgebrochen und vor das Feuer gezerrt war, wurde die Hitze mächtiger. Denn nun lagen die glühenden Schlacken vor den Feuertüren im Kesselraum und erhitzten ihn wie einen Glutofen. Der Heizer und auch ich, wir hatten nur die Hosen an, nichts weiter. Der Heizer hatte an den bloßen Füßen zerlumpte Tuchpantinen, während ich Stiefel hatte. Ab und zu sprang der Heizer hoch und trampelte die gühenden Schlackenkörner von den Füßen, auf die sie gesprungen waren. Die Schürstange konnte nur gehalten werden, weil der Heizer seine Hände mit Sacklumpen umwickelt hatte und Leder von einem alten Koffer zwischen Hand und Eisen hielt. Endlich wurde die Hitze, die von den Schlacken ausströmte, so gewaltig, daß der Heizer fort mußte vom Feuer. Jetzt wurden die Schlacken mit Wasser, das ich aus einem Bottich nahm, gelöscht. Der explosionsartig hochgehende Wasserdampf ließ uns beide zurück an die Wand springen. Die Schlacken gleich einzeln zu kühlen, wenn sie herauskommen, geht nicht, weil während des Kühlens der Heizer nicht arbeiten kann. Dann dauert das Ausschlacken zu lange, das Feuer fehlt, und der Dampf geht so weit zurück, daß eine halbe Stunde wie wahnsinnig gearbeitet werden muß,

um den Dampf wieder hochzukriegen. 'runter geht er wie nichts, 'rauf nur langsam und mit mühseliger Arbeit.
Alles, was auf der „Yorikke" war, diente dazu, der Mannschaft Leben und Arbeit zu erschweren. Der Kesselraum war viel zu schmal. Er war viel schmäler als die Feuerungskanäle lang waren. Wenn die Schürstange also in die Feuerung gestoßen oder herausgezogen werden sollte, so mußte der Mann mit der Stange alle möglichen Wendungen und Drehungen verüben, um die Stange zu handhaben, weil sie immer gegen die Rückwand stieß. Durch diese Tänze, die der Heizer zu machen hatte, kam es nicht selten vor, daß er bald dort stolperte und in einen Kohlenhaufen fiel, bald hier. Bald stieß er sich an der Wand die Knöchel der Finger auf, bald an der Feuertür. Wenn er fiel und instinktiv nach einem Halt griff, so griff er in glühende Schlacken oder er packte die glühende Schürstange an. Es kam auch vor, besonders wenn das Schiff rollte, daß er mit dem Gesicht in die Schlacken oder auf die rotglühende Schürstange oder auf die Feuertür fiel oder mit den bloßen Füßen auf einen herausgenommenen heißen Rost oder auf heiße Schlacke trat. Mein Heizer glitschte einmal bei einem unerwartet schweren Roller des Bootes aus und fiel mit dem nackten Rücken in die weißglühende Schlacke, die vor dem Feuer lag. Totenschiff, yes, Sir. Totenschiffe gibt es, die Leichen drin machen, und Totenschiffe gibt es, die Leichen draußen machen, und Totenschiffe gibt es, die Leichen überall machen. „Yorikke" machte alles und alle, sie war ein gutes Totenschiff.
War die Schlacke heraus und gelöscht, so wurde frische Nußkohle aufgeworfen. Diese Kohle mußte der Schlepp inzwischen aus der Haufenkohle herausgelesen haben, es mußte gute, nicht zu große Stückkohle sein, damit sie leicht anbrannte und damit das Feuer schnell wieder in Gang kam. Denn die Kohle, die auf der „Yorikke" verfeuert wurde, war die billigste und schlechteste Kohle, die es nur gab, sie erzeugte nur wenig Hitze; und das war die weitere Ursache, warum der Schlepp unglaubliche Riesenmengen von Kohle herbeischaffen mußte, um den Dampf hochzuhalten. Nun wurden die andern Feuer wieder nachgesehen, während ich die Schlacke nach der Mitte der Kesselwand zu schaufelte, wo sie nicht im Wege lag.
Der andre Heizer hatte sich inzwischen fertig gewaschen, war aber die ganze Zeit über immer in Gefahr gewesen, von dem

glühenden Schüreisen gestoßen und angeschmort zu werden oder von einer springenden Schlacke verbrannt zu werden. Aber das kümmerte ihn nicht sehr, er war tot. Man konnte es jetzt auch sehen. Gesicht und Körper waren von dem Waschen mit Sand und Asche ziemlich rein geworden. In die Augen konnte er aber nicht gut mit Sand und Asche gehen, darum hatten die Augen breite schwarze Ringe. Das gab dem Gesicht das Aussehen eines Totenschädels, um so mehr, als die Backen vor schlechter Ernährung und vor übermäßiger Arbeit tief eingefallen waren. Er zog sich seine Hose an und sein durchlöchertes Hemd und kletterte die Leiter hoch. Ich hatte gerade Zeit genug, einmal einen Blick nach oben zu werfen, als ich ihn die Schlange machen sah.

Stanislaw schaffte indessen Kohle heran, damit ich wenigstens den Vorrat bekam. Es kamen dann die Feuer sechs und neun an die Reihe. Als sechs ausgeschlackt und aufgeschüttet war und die übrigen Feuer soweit vorbereitet waren, um auch neun ausschlacken zu können, kam Stanislaw und sagte zu mir: „Nun bin ich fertig. Ich kann nicht mehr. Es ist eins. Ich habe fünfzehn Stunden jetzt ununterbrochen gewürgt. Um fünf muß ich schon wieder Asche hieven. Es ist ja gut, daß du da bist, wir hätten das nicht mehr länger machen können. Ich will dir nur jetzt gestehen, wir sind nur zwei Schlepps, wenn du eingerechnet bist. Wir haben also nicht zwei Wachen jeder, sondern drei, und dazu kommt zu jeder Wache eine Stunde Aschehieven extra. Und morgen haben wir, auch noch extra, die Berge von Asche, die auf Deck liegen, weil im Hafen ja keine Asche ausgeworfen werden darf, abzuschaufeln. Wird für jeden vier Stunden extra machen."

„Das sind doch dann alles Überstunden, die Doppelwachen, das Abschaufeln der Deckasche und das Aschehieven", sagte ich.

„Ja, das sind alles Überstunden. Wenn es dir Vergnügen macht und du gerne schreibst, kannst du dir die ganzen Überstunden anschreiben. Aber bezahlen tut sie dir keiner."

„Das ist mir aber bei der Heuer ausgemacht worden", antwortete ich.

„Was ausgemacht wird, hat keine Geltung bei uns. Nur was du in der Tasche hast, das hat Geltung. Und in die Tasche kriegst du immer nur Vorschuß, Vorschuß, Vorschuß. Immer so viel, daß es zum Besaufen gerade langt und vielleicht für ein Paar Pantinen oder ein Hemd, aber nicht mehr. Denn wenn du anständig aussiehst und ruhig durch die Straßen gehen kannst, könntest du ja vielleicht wieder lebendig werden. Verstehst du jetzt den Dreh? Kannst nicht fort. Mußt Geld haben, mußt eine ganze Hose, eine ganze Jacke, ganze Stiefel und Papiere haben. Kriegst du nicht. Kannst nicht lebendig werden. Wenn du aussteigst, läßt er dich einfangen, wegen Desertion. Die haben dich gleich mit deinen Lumpen und keinen Papieren. Dann zieht er dir zwei oder drei Monatsheuern ab wegen Desertion. Kann er. Tut er. Dann bettelst du wegen eines Schillings auf den Knien für Schnaps. Schnaps mußt du haben. Tot sein tut manchmal doch weh, auch wenn man sich schon lange daran gewöhnt hat. Gute Nacht. Waschen tu' ich mich nicht, ich kann nicht mehr die Hand heben. Laß dir keine Roste durchfallen, das kostet Blut, Pippig. Gute Nacht."

„Heilige Maria, genotzüchtigter Gabriel, Joseph und Arimathia, Eberklöten und Bockspinnen, Himmelkreuzdonnerwetter – –"

Der Heizer schrie wie besessen und nahm einen gewaltigen Anlauf, um eine neue Serie von Flüchen und Verwünschungen loszulassen, daß die Bewohner aller Höllen schamrot werden mußten. Von der Erhabenheit seines Gottes, von der jungfräulichen Reinheit der Himmelskönigin, von der Würde der Heiligen blieb nichts mehr bestehen. Sie sanken in den Kot der Straße und wurden durch die Jauche der Gosse geschleift. Die Hölle hatte ihre Schrecken für ihn verloren, ihn konnte kein noch so fürchterlicher Bannstrahl des Himmels mehr treffen, denn als ich fragte: „Heizer, was ist denn los?", da heulte er wie eine blutdürstige Bestie: „Sechs Roste sind 'rausgefallen. Heilige verhur – –"

31

Stanislaw hatte beim Raufgehen gesagt, daß das Herausfallen der Roste Blut kostet. Damit meinte er, wenn einer 'rausfällt. Jetzt waren sechs 'raus. Sie einzusetzen kostete nicht nur Blut und nicht nur abgestoßene Fleischstücken und abgeschmorte Hautfetzen, das kostete blutendes Sperma, herausgezerrte Sehnen, das Mark floß einem wie wäßrige Lava aus den

Knochenröhren, die Gelenke krachten wie Holz, das gebrochen wird. Und während wir arbeiteten wie verblödete Maden, fiel der Dampf und fiel und fiel. Und wir sahen die Arbeit, die uns bevorstand, den Dampf wieder hochzubringen. Sie kroch und würgte sich in unsre Kadaver, während wir mit den Rosten würgten. Seit jener Nacht stehe ich über den Göttern. Ich kann nicht mehr verdammt werden. Ich bin frei, darf unbekümmert tun und lassen, was ich will. Ich darf Götter verfluchen, darf mich verwünschen, darf handeln, wie es mir gefällt. Kein menschliches Gesetz, kein göttliches Gebot mehr kann meine Handlungen beeinflussen, denn ich kann nicht mehr verdammt werden. Die Hölle ist ein Paradies. Keine menschliche Bestie kann Höllenqualen ausdenken, die mich erschrecken könnten. Wie immer auch die Hölle beschaffen sein mag, sie ist Erlösung. Erlösung vom Einsetzen 'rausgefallener Roste auf der „Yorikke".

Der Skipper ist nie im Kesselraum gewesen und keiner der beiden Offiziere. Freiwillig ging niemand in diese Hölle. Sie machten sogar einen Umweg, wenn sie am Einsteigschacht vorbei mußten. Die Ingenieure wagten sich in den Kesselraum nur, wenn die „Yorikke" sanft im Hafen lag und der Kesselbums Reinigungsarbeiten machte, Rohre ziehen, Maschinenhalle putzen und ähnliche dreckige Tagesarbeiten. Selbst dann hatten die Ingenieure diplomatisch mit den Schwarzen Banditen umzugehen. Denn die waren immer und immer in einem Zustande, dem Ingenieur einen Hammer an den Schädel zu pfeffern. Was bedeutete dem Kesselbums Gefängnis, Zuchthaus oder der Henker? Nicht einen Pfifferling machten die sich daraus.

Von der Maschinenhalle aus führte ein schmaler niedriger Gang zwischen dem Steuerbordkessel und der Steuerbordwand zu dem Kesselraum. Dieser Gang war von der Maschinenhalle durch eine schwere eiserne kleine Tür, die wasserdicht war – was auf der „Yorikke" wasserdicht genannt werden konnte –, abgetrennt. Kam jemand von der Maschinenhalle und hatte er die Luke passiert, so mußte er mehrere Stufen hinuntergehen, um den Gang zu erreichen. Dieser Gang war drei Fuß nur breit und so niedrig, daß man ganz gebückt gehen mußte, um sich nicht den Kopf an den eisernen, scharfkantigen Querstreben einzurennen. Der Gang war, wie alles auf der „Yorikke" und wie auch der Kesselraum, stockdunkel bei Tage und bei Nacht. Zudem war der Gang heiß wie ein Hochofen. Wir, die Schlepps, fanden uns in dem Gange mit verbundenen Augen zurecht, denn er gehörte mit zu den Spezialmarterwegen. Durch diesen Gang hatten wir einige hundert Tonnen Kohle nach den Kesseln zu schaufeln und zu quetschen, von den Bunkern, die neben der Maschinenhalle lagen. Wir kannten diesen Martergang und seine labyrinthischen Rätsel. Andre Leute kannten ihn nicht so gut.

Fiel nun der Dampf erheblich, weit unter hundertdreißig, dann mußte der wachhabende Ingenieur etwas tun. Dafür wurde er ja bezahlt. Der Erste kam auch nicht in den Kesselraum. Auf Fahrt nie. Ein zerschlagenes Schulterblatt hatte ihn gelehrt, daß man den Kesselbums auf Fahrt nicht belästigen darf. Er rief nur von oben, vom Deck aus, den Schacht hinunter: „Der Dampf fällt!" Dann war er aber auch schon weg. Denn von unten kam das Gebrüll: „Du gottverfluchter Hurenhund, das wissen wir selber. Komm 'runter, du Schwein, wenn du was willst." Dabei flogen aber auch schon Kohlenstücken gegen die Einsteigluke.

Man rede dem Arbeiter nichts von Anstand, Höflichkeit und guten Sitten, wenn man ihm nicht gleichzeitig die Bedingungen geben will, daß er anständig und höflich bleiben kann. Dreck und Schweiß färben ab, nach innen mehr als nach außen.

Der Zweite Ingenieur war noch verhältnismäßig jung, vielleicht sechsunddreißig. Er war ein großer Streber und wollte gern Erster werden. Er glaubte, seine Strebsamkeit am besten beweisen zu können dadurch, daß er den Kesselbums herumjagte, besonders wenn „Yorikke" im Hafen lag, denn dann hatte er das Maschinenkommando. Er war kein guter Lerner und lernte schwer, eigentlich nie, mit dem Kesselbums der „Yorikke" umzugehen. Es gibt Ingenieure, die vom Kesselbums angebetet werden. Ich habe einmal einen Skipper gekannt, der vom Kesselbums wie ein Gott verehrt wurde. Der Skipper ging jeden Tag persönlich in die Galley: „Koch, ich will das Essen sehen, das meine Heizer und Kohlschlepps heute kriegen. Will ich kosten. Das ist Dreck. Das geht über Bord. Die Heizer und Kohlschlepps fahren einen Dampfer, niemand sonst." Und wenn er einen Schlepp oder einen Heizer auf dem Deck traf: „Schlepp, wie war das Essen heute; genug Fleisch? Wie kommt ihr mit der Milch zurecht? Abends kriegt ihr eine Extraration an Eiern und Speck. Bringt euch der Junge auch regelmäßig den kalten Tee 'runter, der angeordnet ist?" Und merkwürdig, die Heizer und Schlepps auf jenem Eimer hatten ein Benehmen, daß sie zum Gesandtschaftsball hätten eingeladen werden können.

Als beim Einsetzen der Roste der Dampf fiel und fiel, kam der Zweite, der die Wache hatte, durch den Gang, lugte um die Kesselecke und sagte: „Was ist mit dem Dampf los? Der Kasten wird gleich stehenbleiben." Der Heizer hatte in dem Augenblick gerade die rotglühende Schürstange in der Hand, mit der er einen Rost vom Aschenzug aus einzustützen versucht hatte. Mit einem fürchterlichen Geheul, mit blutunterlaufenen Augen und schäumendem Munde richtete er sich auf und raste wie ein Irrsinniger mit der glühenden Stange auf den Ingenieur los, um ihm die Stange durch den Leib zu rennen. Aber wie ein Funke war der Ingenieur hinter der Ecke verschwunden und sauste den Gang zurück. In der Schnelligkeit, mit der er floh, maß er die Höhe des Ganges nicht genügend und schlug sich den Schädel an einer der Querstreben auf. Der Heizer hatte die Stelle, wo der Ingenieur gestanden hatte, getroffen. Der Stoß war so gewaltig, daß ein Fladen von dem Mauerwerk, das den Kessel gegen Hitzeverlust schützte, absprang und die Stange sich oben verbog. Doch der Mann gab die Verfolgung nicht auf. Er raste hinter dem Zweiten her mit der Stange, und er hätte ihn mitleidlos erschlagen und zermanscht, wenn der Ingenieur nicht rechtzeitig, blutüberströmt von dem Gegenrennen an den Eisenstreben, die Stufen erreicht und die Luke hinter sich zugeschlagen und verrammelt hätte.

Der Ingenieur rapportierte den Fall nicht, wie kein Unteroffizier oder Offizier, der von einem gemeinen Soldaten unter vier Augen gebackpfeift wurde, die Backpfeifen rapportieren würde, um nicht zugeben zu müssen, daß ihm das geschehen konnte. Hätte der Ingenieur den Fall rapportiert, so hätte ich als Zeuge geschworen, daß der Ingenieur hereingekommen sei und den Heizer mit einem Schraubenschlüssel habe erschlagen wollen, weil angeblich nicht genügend Dampf gewesen sei und der Heizer ihm gesagt habe, er möge machen, daß er 'rauskäme, er sei ja besoffen, und da ist er in seiner Trunkenheit 'rausgetorkelt und hat sich den Kopf aufgeschlagen. Das ist nicht gelogen. Abgesehen von allem andern, der Heizer ist mein Leidensgefährte. Und wenn die andern blöken: „Right

or wrong, my country! Recht oder Unrecht, mein Vaterland!", so habe ich, verflucht noch mal, Recht und Schuldigkeit, zu rufen: „Right or wrong, my fellowworker! Recht oder Unrecht, meine Mitproleten!"
Am nächsten Tage fragte der Erste den Zweiten, wie er zu dem Loch im Schädel gekommen sei. Der Gefragte erzählte die Wahrheit. Aber der Erste, ein schlauer Bursche, rapportierte nichts, sondern sagte zum Zweiten: „Da haben Sie verteufelt Glück gehabt, Mensch. Machen Sie das nicht noch mal. Wenn Roste 'raus sind, lassen Sie sich nicht sehen, gucken Sie zum Einsteigeschacht 'rein, aber melden Sie sich mit keinem Atemzug, daß Sie da sind. Lassen Sie den Dampf 'runtergehen, soviel er will, und wenn der Kasten stehenbleibt. Wenn Sie 'runtergehen, solange Roste 'raus sind und die nächste halbe Stunde danach, werden sie mitleidlos totgeschlagen und in den Feuerungskanal geschoben. Kein Mensch erfährt je, wo Sie geblieben sind. Ich warne Sie."
So ein Streber war der Zweite doch nicht, daß er sich diese Warnung nicht zu Herzen genommen hätte. Er ist nie wieder in den Kesselraum gekommen, wenn Roste gefallen waren, und wenn er sonst kam, weil der Dampf büßte und nicht hochkommen wollte, dann kam er wohl 'rein, sagte keine Silbe, sah nach dem Dampfmeter, stand eine Weile, bot dem Heizer und dem Schlepp eine Zigarette an und sagte dann: „Wir haben ludermäßige Kohle, da kann ein Heizer von Gold gemacht sein und er kann keinen Dampf halten."
Heizer sind ja keine Idioten und verstehen natürlich sofort, was der Ingenieur will, und tun das Beste, was sie können, um den Dampf hochzukriegen. Denn nicht nur andre Leute, sondern auch Proleten haben Sportgefühl. Aber es soll sich kein Arbeiter über seine Vorgesetzten beschweren, er hat immer die, die er verdient und die er sich macht. Ein gutgezielter und gutsitzender Hieb zur rechten Zeit ist besser als ein langer Streik oder ein langes Herumärgern. Ob man die Arbeiter als „Rohlinge" bezeichnet, kann ihnen gleichgültig sein. Respektieren soll man sie, das ist die Hauptsache. Nur nicht schüchtern sein, Prolet. Was Übles man der „Yorikke" auch immer sonst nachreden konnte, in einem Dinge verdiente sie, mit Lorbeer gekrönt zu werden: Sie war ein vortrefflicher Lehrmeister. Ein halbes Jahr „Yorikke" und man hatte keine Götzen mehr. Hilf dir selbst und verlaß dich nicht soviel auf

andre. Gefallene Roste einsetzen, ist selbst auf einem gesunden Eimer kein Vergnügen, wie ich später erfuhr. Es ist immer eine sehr ärgerliche Sache. Doch nicht mehr als das. Auf der „Yorikke" aber war es Blutarbeit.
Jeder Rostbarren wog etwa vierzig bis fünfzig Kilo. Diese Barren lagen mit ihren Nocken auf einer Querleiste vorn und auf einer Querleiste am Ende des Feuerungskanals. Die Querleisten waren einmal gut und neu gewesen, zu der Zeit, als der große Streik ausbrach beim Bau des Turms von Babel und jene Sprachverwirrung eintrat, die auf der „Yorikke" ihren Höhepunkt erreicht hatte.
Kein Wunder, daß in der langen Zwischenzeit jene Querleisten ihre stützende Wirkung verloren hatten. Die Leisten waren verschmort. Die Roste lagen mit ihren Nocken nur auf winzigen Narben jener abgeschmorten Querbalken. Beim Aufbrechen der Schlacke brauchte man nur einen Millimeter zu unvorsichtig sein, oder die Schlacke brauchte nur sehr fest sitzen, dann rutschte ein Rostbarren ab und fiel hinunter in den Aschfall. Der Rostbarren war glühend und mußte aus dem Aschfall herausgefischt werden mit einem merkwürdigen Instrument, das Rostzange hieß und etwa zwanzig Kilo wog. Hatte man den Barren gefischt, so mußte er in den Feuerungskanal gehoben und in seine alte Lage gebracht werden. Da die Querbalken abgeschmort waren im Laufe der Jahrtausende, so waren die verschrumpelten und verbrannten Narben, auf denen der Barren ruhen sollte, weniger als einen halben Zoll breit. Hatte man den Barren vorn glücklich drin, rutschte er hinten ab und fiel wieder in den Aschfall zurück, wo er abermals herausgefischt werden mußte, um das Einsetzen ein zweites Mal zu versuchen. Diesmal lag er hinten glücklich in der Narbe, aber er erreichte vorn nicht den Rest des Balkens und fiel nun vorn in den Aschfall. Fiel der Barren an einem Ende in den Aschfall, so gab auch das andre Ende nach, und der ganze Barren fiel 'runter. Dieses Herausfischen und Wiedereinheben mußte so lange versucht werden, bis der Barren durch ein glückliches Zusammentreffen mehrerer glücklicher Umstände an beiden Enden diesen knappen halben Zoll von Auflagefläche gewonnen hatte.
Handelte es sich nur um einen Barren, so war das schon das Schlimmste, was man sich nur an Arbeit vorstellen kann. Aber durch das Fischen und durch das Einlegen stieß man zuweilen

einen Nachbar-Barren an, und der folgte dem Rufe und fiel gehorsam auch nach in den Aschfall, dabei seinen nächsten Nachbar mit sich reißend. Beim Einlegen des letzten Nachbars fiel ein weiterer Nachbar herunter, der an und für sich schon nur noch einen Millimeter auflag und schon eine Stunde sehnsüchtig darauf gewartet hatte, daß ihn doch jemand berühren möge, damit er endlich einen Grund habe, auch in den Aschfall rutschen zu können und den Tanz mitzumachen.
Während dieser Fischzeit und Einlegezeit brannte das Feuer in dem Kanal natürlich lustig weiter, die Barren waren glühend, die Zange war glühend, das Schüreisen, mit dem die Barren während des Einlegens von unten aus gestützt wurden, war glühend, und die Barren hatten ein Gewicht, daß sie selbst dann eine ansehnliche Last darstellten, wenn sie eiskalt waren und man sie in den Armen vor sich tragen konnte. Ununterbrochen durfte man nicht an den Barren arbeiten, weil die übrigen Feuer bedient werden mußten, damit sie nicht verlöschten. Alles, was an vorrätiger Kohle im Kesselraum lag, wurde in der Zeit aufgefressen und mußte nachgeschleppt werden.
Als wir endlich die sechs Roste drin hatten und keiner es wagte, in der Nähe der Feuerungstür fest aufzutreten, um die Barren nicht zu erschüttern und sie von ihren Millimeterstütznarben abzuwerfen, fielen wir beide leblos in einen Kohlenhaufen. Leblos ist die richtige Bezeichnung; denn jegliches Leben in uns war für eine halbe Stunde erloschen. Wir bluteten, aber wir fühlten es nicht, unsre Haut war in Streifen und großen Flecken von Armen, Händen, Brust und Rücken abgeschmort, aber wir fühlten es nicht. Wir hatten nicht mehr die Kraft, zu atmen.
Ein Hauch des Lebens kam endlich zurück, und wir hatten den Dampf wieder hochzubringen. Aus den fernsten Winkeln des Schiffes mußte die Kohle geschleppt werden, denn die Kohlenbunker lagen da, wo sie am wenigsten Laderaum wegnehmen konnten. Die Laderäume waren die Hauptsache. Ihretwegen fuhr die „Yorikke“, ihretwegen fährt jedes Schiff. Die Kohle, das Essen für das Schiff, war Nebensache, wie das Essen für die Mannschaft Nebensache war. Wo ein Winkel frei war, der als Laderaum nicht verwendet werden konnte, da wurde Kohle verbunkert, und da mußte sie weggeschleppt werden. In einer Wache von vier Stunden verbrauchten die neun Feuer der „Yorikke“ mehr als vierzehnhundertfünfzig

volle schwere Schaufeln Kohle. Diese vierzehnhundertfünfzig Schaufeln mußten herbeigeschleppt werden. Und das mußte getan werden neben dem Ausschlacken, neben dem Aschfallziehen, neben dem Aschehieven und, in gebenedeiten Wachen, neben dem Rosteeinsetzen.
Das mußte getan werden von nur einem Kohlenschlepp, dem dreckigsten Mann der Mannschaft, dem verachtetsten, der weder Matratze hatte noch eine Decke, noch ein Kissen, noch einen Teller, noch eine Gabel, noch eine Tasse, mußte getan werden von einem Manne, dem satt zu essen zu geben nicht durchführbar war, weil die Kompanie behauptete, sonst nicht konkurrenzfähig zu sein. Und daß Kompanien konkurrenzfähig sein müssen, darauf achtet sogar der Staat. Dafür achtet er um so weniger darauf, daß die Menschen konkurrenzfähig bleiben. Beide, Kompanien und Arbeiter, können nicht gleichzeitig konkurrenzfähig gemacht werden.
Um vier wurde mein Heizer abgelöst. Ich nicht. Ich ging meine Ablösung, den Stanislaw, um zwanzig vor fünf wecken, zum Aschehieven. Ich mußte ihn aus der Bunk ziehen. Er war wie ein Klotz.
Er war schon lange auf der „Yorikke". Er war daran gewöhnt. Wenn jemand, vielleicht der Passagier einer Luxuskabine, durch Neugier getrieben, an dem Kesselschacht vorbeikommt, so ist sein erster Gedanke: „Wie ist es möglich, daß da Menschen arbeiten können?"
Aber da flüstert ihm sofort der, der immer zur Hand ist und ihm das Leben erträglich macht, ins Ohr: „Das sind die gewöhnt, die merken davon nichts."
Damit kann man alles entschuldigen, und damit entschuldigt man alles. Sowenig wie sich ein Mensch an Lungentuberkulose gewöhnt, sowenig wie er sich daran gewöhnt, dauernd zu hungern, sowenig kann sich ein Mensch daran gewöhnen, etwas zu ertragen, was am ersten Tage körperliche und seelische Qualen bereitet, die man niemand gönnen mag, der Menschenantlitz trägt. Mit der nichtswürdigen Ausrede: „Die sind daran gewöhnt!" entschuldigt man auch das Auspeitschen der Sklaven.
Stanislaw, ein robuster Bursche, hatte sich nie daran gewöhnt, ich habe mich nie daran gewöhnen können, und ich habe nie einen Menschen gesehen, der sich an Qualen je gewöhnt hätte. Weder Tiere noch Menschen können sich an Qualen gewöhnen,

nicht an körperliche, nicht an seelische. Sie werden nur abgestumpft, und das nennt man Gewöhnung. Doch ich glaube nicht, daß je ein Mensch so abgestumpft werden kann, daß er sich nicht nach Erlösung sehnt, daß er nicht in seinem Herzen den ewigen Schrei trägt: „Ich hoffe, daß mein Befreier kommt!" Nur der allein hat sich gewöhnt, der nicht mehr hofft.

Die Hoffnung der Sklaven ist die Macht der Herren.

„Ist das schon fünf?" sagte Stanislaw. „Ich habe mich doch soeben erst hingelegt." Er war noch so dreckig, wie er 'raufgegangen war. Auch jetzt konnte er sich nicht waschen. Er war zu müde.

„Ich will dir sagen, Stanislaw, ich halte es nicht aus. Ich kann um elf nicht Asche hieven und um zwölf ablösen. Ich gehe über die Reling."

Stanislaw saß auf der Bunk, guckte mich verschlafen an, gähnte und sagte: „Tu das nicht. Ich kann nicht deine Wache auch noch machen. Ich mache auch über die Reling. Gleich hinterher. Nein. Mache ich nicht. Dann schon lieber Pflaumenmus unter den Kessel. Dann geht alles mit, und die können keinen mehr fangen. Das ist eigentlich ein Spaß. Das mit Pflaumenmus."

Der arme Stanislaw war noch ganz im Dusel. Dachte ich.

32

Um sechs Uhr morgens war meine Wache zu Ende. Ich hatte dem Stanislaw keinen Kohlenvorrat hinterlassen können. Ich konnte die Schaufel nicht mehr halten. Ich brauchte keine Matratze, keine Decke, kein Kissen, keine Seife. Ich fiel in meine Bunk, dreckig, ölig, fettig verschwitzt wie ich war. Meine Hosen waren für dauernd verdorben, auch mein Hemd und meine Stiefel. Dick verschmiert mit Öl, Kohlenstaub und Petroleum. Löcher 'reingebrannt, versengt, zerrissen. Wenn ich nun an der Reling der „Yorikke" stand im nächsten Hafen, in Reih und Glied der übrigen Taschendiebe, Einbrecher und entlaufenen Sträflinge, dann war ich nicht mehr zu unterscheiden. Ich hatte nun auch meine Sträflingskleidung, in der ich nicht mehr aussteigen konnte, ohne sofort gefaßt und zurückgeliefert zu werden. Ich war jetzt ein Teil der „Yorikke"

geworden, mußte mit ihr gehen auf Tod und Verderben. Es gab kein Entrinnen mehr.
Jemand riß mich auf und schrie mir ins Ohr: „Frühstück ist da." Es kann kein Frühstück auf der Welt bereitet werden, das imstande gewesen wäre, mich aus der Bunk zu bringen. Was war mir Frühstück, was war mir Essen? Ein schwarzes, dickes, dunstiges, schwerwuchtendes Etwas. Manch einer sagt: „Ich bin so müde, daß ich keinen Finger mehr rühren könnte." Der das sagen kann, weiß nicht, was Müdesein bedeutet. Fingerrühren? Nicht einmal die Augendeckel schlossen ganz, vor Müdigkeit. Meine Augen waren halb geöffnet, und ich empfand das trübe Tageslicht wie einen lastenden Schmerz, aber ich konnte und konnte die Augenlider nicht schließen. Sie schlossen nicht selbsttätig, und sie schlossen nicht auf meinen Willen. Denn den Willen konnte ich nicht aufbringen. Ich hatte nicht den Wunsch, sondern nur ein lastendes Unbehagen: „Möchte doch das Tageslicht weggehen."
Und als ich nicht dachte, sondern widerstandslos empfand: „Was kümmert dich das Tageslicht?", da riß mich der schwere eiserne Haken eines Ladekrans hoch, dem Kranführer flitschte der Hebel aus der Hand, ich sauste aus dreißig Meter Höhe hinunter, klatschte flach auf den Ladekai, und ein dicker Schwarm von Leuten stürmte auf mich los und schrie: „'raus, zwanzig vor elf, Asche hieven."
Nachdem die Asche gehievt war, holte ich das Mittagessen aus der Galley, hatte mit meinen Kumpen die Leiter mittschiffs 'raufzugehen und die Leiter zum Vordeck wieder 'runterzuklimmen. Ich aß ein paar Pflaumen, die „Der Pudding" hießen und die in einem blauen Stärkeschleim steckten. Etwas andres und mehr zu essen war ich zu müde. Ich wusch mich nicht, sondern trat so meine Wache an. Als ich um sechs abends wieder abgelöst wurde, war ich zu müde, um mich zu waschen. Das Abendessen war kalt und steif. Das rührte mich nicht. Ich schlug in meine Bunk.
Das ging drei Tage und drei Nächte. Ich hatte keinen andern Gedanken als nur: elf bis sechs, elf bis sechs, elf bis sechs, elf bis sechs. In diesem Begriff sammelte sich für mich der Weltbegriff und das Persönlichkeitsbewußtsein. Ich war ausgelöscht. An Stelle des Ichs stand nichts andres als elf bis sechs. Zwei unsagbar wehe Schreie schnitten sich mir mit Grausamkeit in das, was Hirn, Fleisch, Seele, Herz gewesen war. Sie bereiteten

einen Schmerz, der gellend scharf war. Mag sein, daß man einen ähnlichen kreischenden Schmerz empfindet, wenn einem das nackte Gehirn mit einer Stahlfeder gekitzelt wird. Die Schreie kamen immer von weit her, waren immer dieselben, immer gleich grausam und schmerzhaft: „'raus, zwanzig vor elf!" – –„Heilige genotzüchti – Roste durchgefallen!"
Als vier Tage und fünf Nächte um waren, bekam ich Hunger, aß und begann, mich daran zu gewöhnen.
„So schlimm ist das eigentlich gar nicht, Stanislaw", sagte ich, als ich ihn ablösen kam. „Die Frikandellen schmecken ganz gut. Wenn man nur etwas mehr Milch bekäme. Na, der Vorrat, den du mir hinterläßt, ist auch nicht gerade berühmt. Das stochern wir in einen hohlen Zahn vom Feuer eins. Wie kann man denn beim Ersten einen Rum 'rausschinden?"
„Spielend, Pippig. Siehst ja klapprig genug aus. Glaubt er dir. Gehst jetzt gleich 'rauf und sagst, hast dir den Magen verdorben und mußt immerfort kotzen. Sagst, kannst nicht auf Wache gehen, kotzt grün. Gleich hast du ein Weinglas weg. Zweimal die Woche kannst du drauf reiten auf das Rezept. Wenn du mehr kommst, zieht es nicht mehr. Dann gießt er dir unversehens halb Rizinus mit ein, merkste erst, wenn du geschluckt hast. Und kannst ihm doch nicht gut in die Kabine spucken, mußte dann aufscheuern. Also schluckste. Gib das Rezept nicht weiter. Ist bloß für uns beide. Die Heizer haben ein separates. Pfeifen's aber nicht, die Gauner."
Ich gewöhnte mich immer mehr.
Dann kam die Zeit, wo ich schon wieder Nebengedanken bekam, wo ich nicht in einem ermüdeten Dämmerzustande, sondern ganz trocken dem Zweiten zuschrie, wenn er nicht sofort den Kesselraum verließe, er nicht nur einen Hammer, sondern auch noch einen Knebelbolzen an den Schädel kriegen würde, und daß er mich wehrlos über Bord schmeißen dürfe, wenn ich ihm nicht ganz gewiß mit dem Hammer die Vorderfront und mit dem Bolzen die Hinterpartie seines Idiotenschädels einschlüge, und daß er uns diesmal nicht durch den Gang entkommen würde.
Er hätte in der Tat nicht entkommen können. Er hatte wohl auch das Gefühl. Wir hatten in dem Gange eine Stange aus Eisen so angebracht, daß sie in der Schwebe hing. Von der Rückwand des Kesselraumes aus führte eine Schnur zu jener Eisenstange. Wollte er entfliehen, so sprang einer sofort zu der

Schnur und zog sie an. Dadurch wurde die Stange aus der Schwebe ausgelöst und fiel so in seinen Weg, daß er in der Falle war. Ob er lebend herausgekommen wäre oder mit kurz und klein geschlagenen Gliedmaßen nur, hing lediglich von der Anzahl der 'rausgefallenen Roste ab.
Es vergingen manchmal fünf Wachen, ohne daß auch nur ein Rost herausfiel. Aber die Roste brannten ja auch durch und mußten durch neue ersetzt werden, weil sonst die Feuer durchbrachen. Zuweilen hatte man so viel Glück, daß bei dem Neueinsetzen nur ein Nachbar mitging und daß man die beiden mit Geduld und Blut so andächtig behandeln konnte, daß es bei den beiden blieb. Dafür aber kamen dann auch die Prüfungen um so schärfer, daß nicht nur sechs fielen, sondern acht, und nicht nur in einem Feuerzug, sondern in zwei oder drei in derselben Wache. Fürwahr, es wurde einem nichts geschenkt.
Als wir Goldküste machten, kamen wir in Wetter, und was für ein Wetter! Ehre sei Gott in der Höhe, und blas mir die Trompeten! Das war ein Lüftchen. Da bring mal die Kumpen mit Suppe und Schneidergulasch heil über Mittschiff zum Quartier. Fleckenseife und Benzin noch mal! Das will gelernt sein.
Nun das Aschehieven. Da hat man die schwere Aschkanne ausgehängt und trägt sie warm im Ärmchen 'rüber über das Gangdeck zum Ascheschacht. Aber ehe man mit seiner geliebten Kanne dort ankommt, hat „Yorikke" übergerollt, und man saust mit seiner holden gefüllten Kanne das ganze Gangdeck entlang und sauber zur Gangstieg. Kachelt „Yorikke" achtern aus, landet man mit seiner Aschkanne immer noch fest im Arm unten auf dem Vordeck, läßt „Yorikke" vorn die blanken Oberschenkel sehen, rasselt man mit der Kanne nach achtern und rollt das ganze Achterdeck 'rauf und 'runter, und der Erste Offizier schreit von der Brücke herunter: „He, Schlepp, wenn Sie über Stag gehen wollen, man immer los, es hält Sie niemand, aber die Aschkanne lassen Sie gefälligst hier. Die können Sie beim Fischen nicht gebrauchen."
Unten vor den Kesseln ist es dann auch viel gemütlicher als sonst. Wenn der Heizer gerade mit einem schön einstudierten Schwung eine volle Schaufel aufschmeißen will, dreht er sich plötzlich und schmeißt einem die Schaufel voll Kohlen klatschend ins Gesicht oder zwischen die Eingeweide. Beim näch-

sten Überholer kommt er gar nicht zum Schwunge, sondern fliegt mit seiner Schaufel in einen Kohlenhaufen, in dem er verschwindet und aus dem er erst hervorkraucht, wenn „Yorikke“ wieder hier überlegt.
In den Bunkern, wenn es Oberbunker sind, die auch mit Gut beladen werden können, ist der Spaß noch größer, weil man mehr Spielraum hat. Man hat glücklich am Steuerbordschacht zweihundert Schaufeln aufgeschichtet und beginnt gerade damit, sie nach dem Kesselschacht abzuwerfen.
Ratsch, legt „Yorikke“ über nach Backbord. Und Schlepp, seine Schaufel und seine schönen zweihundert Würfe Feuergut rutschen in einem wilden Gemengsel über nach Backbord und steigen an der Backbordwand hoch. „Yorikke“ macht nun einen Längser, man kommt ins Gleichgewicht und beschließt die zweihundert Würfe am Backbordschacht abzuwerfen. Eine Schaufel hat man gerade unten, da legt sich „Yorikke“ zur Abwechslung nach Steuerbord über, und das Gemengsel, mit dem Schlepp in der Mitte, rasselt nach Steuerbord, wo es ursprünglich herkam. Jetzt aber überlistet man die gute „Yorikke“. Man überlegt nicht lange, prasselt gleich zehn, fünfzehn Schaufeln ’runter in den Steuerbordschacht, dann rennt man noch rechtzeitig ’rüber nach Backbord, und wenn die Lawine dort nachkommt, gleich wieder fünfzehn Würfe den Backbordschacht ’runter, und wie der Satan ’rüber nach Steuerbord, schon ist die Lawine hinterher, fünfzehn Würfe hier in den Schacht, und so kriegt man seine Kohle vor die Kessel, wenn sie in den Oberbunkern lagern.
Ein Kohlschlepp muß ebensoviel von Navigation verstehen wie der Skipper, sonst würde er zu manchen Zeiten nicht ein Kilo Kohle vor die Kessel kriegen. Natürlich ist der Schlepp am ganzen Körper braun und blau, die Nase zerschunden, die Schienbeine aufgeschlagen, die Hände und Arme abgeschunden. Lustig ist das Seemannsleben, hoiho!
Und lustiger noch ist es, daß Hunderte von „Yorikken“, Hunderte von Totenschiffen auf den sieben Meeren fahren. Alle Nationen haben ihre Totenschiffe. Die stolzesten Kompanien, die die schönsten Flaggen protzig wehen lassen, schämen sich nicht, Totenschiffe zu fahren. Wozu zahlt man denn Versicherungsprämien. Nicht zum Vergnügen. Alles muß seinen Profit abwerfen.
Es fahren viele Totenschiffe auf den sieben Meeren, weil es

viele Tote gibt. Nie gab es so viele Tote, als seit der große Krieg für die Freiheit gewonnen wurde. Für jene Freiheit, die Pässe und Nationalitätsnachweise der Menschheit aufzwang, um ihr die Allmacht des Staates zu offenbaren. Das Zeitalter der Tyrannen, das Zeitalter der Despoten, der absoluten Herrscher, der Könige, Kaiser und deren Lakaien und Mätressen ist besiegt worden, und der Sieger ist das Zeitalter eines größeren Tyrannen, das Zeitalter der Landesflagge, das Zeitalter des Staates und seiner Lakaien.
Erhebe die Freiheit zu einem religiösen Symbol, und sie wird leicht die blutigsten Religionskriege entfesseln. Wahre Freiheit ist relativ. Keine Religion ist relativ. Am wenigsten relativ ist die Profitgier. Sie ist die älteste Religion, hat die besten Pfaffen und die schönsten Kirchen. Yes, Sir.

33

Wird man so zuschanden gearbeitet, daß man nicht einmal mehr „pip" sagen kann, so kümmert man sich um nichts, was um einen herum vor sich geht. Laß geschehen, was da will, nur in die Bunk und geschlafen. Man kann so müde gearbeitet werden, daß man aufhört, an Widerstand zu denken, daß man aufhört, an Flucht zu denken, daß man aufhört an Müdigkeit zu denken. Man wird Maschine, man wird Automat. Um einen herum darf nun geraubt oder gemordet werden, man sieht nicht hin, man hört nicht hin, nur schlafen, schlafen, nichts weiter.
Dösig stand ich an der Reling und schlief im Stehen. Eine gute Anzahl von Feluken mit ihren merkwürdigen spitzen Segeln waren in der Nähe. Aber das fiel nicht auf. Die waren immer herum. Fischer und Schmuggler, und was sie sonst für Geschäfte haben mochten, Geschäfte, an die man zu denken nicht wagen würde.
Ich ruckte zusammen und wurde völlig wach. Ich konnte nicht begreifen, was es war, das mich so aufriß. Es schien ein mächtiges Getöse zu sein. Aber als ich mich auf das Getöse eingestellt hatte, kam mir zum Bewußtsein, daß es kein Getöse war, das mich so überwach gemacht hatte, sondern daß es eine schwere Ruhe war. Die Maschine hatte aufgehört zu arbeiten, und das verursacht merkwürdige Gefühle. Tag und Nacht hört

man das Stampfen und Dröhnen der Maschine, es dröhnt im Kesselraum wie ein rollendes Donnern, in den Bunkern wie ein dumpfes schweres Hämmern, im Quartier wie ein drehendes, ratterndes Keuchen und Pumpen. Es kriecht einem in Fleisch und Hirn. Man hat es in allen Fibern seines Körpers. Der ganze Körper wird ein holpriges Stampfen. Der ganze Mensch fällt in den Rhythmus der Maschine ein. Er spricht, er speist, er liest, er arbeitet, er hört, er sieht, er schläft, er wacht, er denkt, er fühlt und lebt in diesem Rhythmus. Und plötzlich hört das Stampfen der Maschine auf. Man empfindet einen eigentümlichen Schmerz. Man wird leer in sich, als ob man in rasender Geschwindigkeit in einem Aufzuge hinuntersause. Die Erde versinkt einem unter den Füßen, und man empfindet, daß der Boden des Schiffes herausgefallen ist und daß man auf den Boden des Meeres sinkt.

„Yorikke" stand und wogte leicht auf dem glatten ruhigen Meer. Die Ketten rasselten, und der Anker fiel.

Stanislaw kam in dem Augenblick vorbei mit der Kaffeekanne.

„Pippip", rief er mich an und sagte halblaut, „jetzt haben wir unten aber zu hopsen, ei verflucht noch mal. Müssen den Dampf hochpfeifen auf hundertfünfundneunzig."

„Du bist wohl verrückt, Stanislawski", sagte ich, „da fliegen wir ja gleich ohne Aufenthalt durch bis auf den Sirius. Bei hundertsiebzig klappern uns ja schon die Eingeweide."

„Deshalb drücke ich mich ja hier oben 'rum, so viel ich kann", griente Stanislaw, „da rennt man mit dem Schädel nicht erst lange gegen die Platte. Man geht dann gleich wie ein Gummiball ab, und ehe die Brocken nachkommen, schwimmt man schon. Als ich die Feluken so verdächtig in der Nähe sah, habe ich wie ein Wahnsinniger Vorrat gemacht, um nur recht viel Gelegenheit zu haben, 'raufzukommen. Dem Heizer habe ich gesagt, ich habe Durchfall. Das nächste Mal mußt du dir was andres aussuchen, man kann nicht immer den gleichen Hanfsamen erzählen, sonst will er selber 'raufgehen und schmeckt die Pomeranzen."

„Was ist denn los?"

„Na, du bist mir ein Schaf. Es wird geblendet. Skipper zieht die Prozente ein für die Versicherung. So einen Esel, wie du bist, habe ich in meinem Leben nicht gesehen. Was denkst du denn, wo du drauf bist?"

„Leichenwagen."
„Das hast du ja wenigstens schon klar. Aber die rennen doch so einen Eimer nicht 'runter ohne Musik. Das bilde dir nur ja nicht ein. Die ‚Yorikke' ist geliefert. Der Totenschein liegt schon bei der Kompanie, die brauchen bloß noch das Datum 'reinschreiben. Na, und siehst du, Mensch, wenn man schon auf der letzten Violinsaite spielt, dann ist doch alles Kick und Kaktus. Die ‚Yorikke' kann alles machen, was sie will, sie ist verzweifelt, sie steht auf der Totenliste. Die kann alles riskieren, verstehst du? Guck mal da 'rauf, auf den Laternenkorb. Da hängt der Boss'n mit der Prismatüte und guckt 'raus, ob die Luft dicht ist. Dann kannst du aber mal die ‚Yorikke' loskartoffeln sehen, Mensch, die olle ausgeleierte Schachtel macht dir in der ersten Viertelstunde einen Satz, daß dir himmelangst wird, bei dem Dampfdruck. Entweder ruff in den Mond oder 'raus mit fünfunddreißig Meilen. Da sollst du mal die ‚Yorikke' sehen. Nach einer halben Stunde pfeift und keucht sie aus allen Knopplöchern und hat für vier Wochen Asthma. Aber sie ist 'raus. Und das ist die Hauptsache. Jetzt muß ich aber 'runter. Ich komme gleich wieder, wenn ich ein paar geschippt habe. Dann muß ich wieder abknöppen gehen."
Wir fuhren gewöhnlich hundertfünfzig, auch hundertfünfundfünfzig Druck, wenn die „Yorikke" gegen schweres Wetter zu kämpfen hatte. Hundertsechzig war ihre „Achtung!", hundertfünfundsechzig „Warnung!", hundertsiebzig „Gefahr!". Hier blies sie ab mit markdurchdringendem Geheule. Um ihr das Heulen auszutreiben, waren jetzt die Tränendrüsen zugeschraubt. Wenn sie Lust hatte, konnte sie nach innen in sich hineinweinen, ihr grausames Schicksal beweinen und mit Trauer zurückdenken an jene Zeit, wo auch sie ein ehrliches rotbäckiges Jungferlein war. Sie hatte alle Stadien eines abenteuerlichen Weibes durchgemacht in ihrem langen, reichen Leben. Sie war auf glänzenden Bällen gewesen, wo sie die Königin des Festes war und umworben wurde von den schönsten Herren. Sie hatte sich mehrfach verheiratet, war ihren Männern durchgebrannt, war in üblen Hotels gefunden worden, war dreißigmal geschieden worden, hatte von neuem Glück gehabt und war in die Gesellschaft wieder aufgenommen worden, hatte wieder Dummheiten gemacht, sich eine Zeitlang dem Suff ergeben und schottischen Whisky nach

Norwegen und nach den Krabbenlöchern an der Küste des States Maine geschmuggelt, und nun war sie endlich Kuppelmutter, Testamentsschleicherein, Giftmischerin und Engelmacherin geworden. So tief kann eine Frau sinken, die aus bester Familie kam und, versehen mit ausgezeichneter Erziehung und mit seidenen Röckchen und Fähnchen, ins Leben zog. Aber das Unglück vieler schöner Frauen ist, daß sie nicht zur rechten Zeit zu sterben verstehen...

Die Ladeluken wurden geöffnet, und es wurde in den Eingeweiden der „Yorikke" emsig herumgewühlt.

Die Feluken waren nahe gekommen, und zwei machten längsseit fest. Sie waren von marokkanischen Fischern bemannt. Die kamen wie die Katzen an Bord. Die Lademasten wurden ausgeholt und fingen kreischend an zu arbeiten. Drei Marokkaner, die wie Fischer gekleidet waren, jedoch sonst den Fischern nicht glichen, klug und intelligent aussahen, gingen mit dem Zweiten Offizier zur Kabine des Skippers. Der Offizier kam wieder heraus und überwachte das Verladen. Der Erste stand auf der Brücke und hatte die Augen überall, am Horizont, auf dem Wasser, auf dem Schiff. Vorn in seinem Gurt hatte er einen schweren Browning stecken.

„Alles dicht, Boss'n?" schrie er 'rauf zum Mast.

„Alles dicht, aye, aye, Sir."

„All right! Keep on!"

Die Kisten schwangen lustig durch die Luft und 'runter in die Feluken. Dort waren andre Marokkaner mit flinken Händen tätig, die Kisten unter den Ladungen von Fischen und Früchten zu verstauen. War eine Feluke geladen, so machte sie los und stieß ab. Sofort kam eine andre herbeigerudert, machte fest und nahm die Ladung ein.

Jede Feluke, die ihre Ladung hatte, stieß ab, heißte die Segel und flog davon. Jede segelte in eine andre Richtung. Einzelne in die Richtung, wo auf keinen Fall Land liegen konnte, es wäre denn, daß sie nach Amerika hätten segeln wollen.

Der Zweite Offizier hatte einen Block mit eingeschobenem Kohlepapier und einen Bleistift. Er zählte die Kisten. Dann rief ihm einer der Marokkaner, der als Lademeister zu arbeiten schien, eine Zahl zu, der Offizier antwortete die gleiche Zahl zurück und schrieb sie dann auf. Auch der Lademeister schrieb auf einem Stück Papier mit. Die Zahlen wurden in Englisch gerufen.

Endlich wurden keine Kisten mehr heraufgezogen und die Luken geschlossen. Die letzte Feluke, die Ladung genommen hatte, war schon weit fort. Die ersten konnte man nicht mehr sehen. Sie waren hinter dem Horizont verschwunden oder vom Dunst verschluckt. Die andern sah man in verschiedenen Richtungen wie kleine Stückchen weißen Papiers herumschwimmen.

Eine weitere Feluke, die letzte, die hier sichtbar war, hatte festgemacht. Sie hatte keine Ladung eingenommen. Sie hatte nur ihre Fischladung.

Die drei Marokkaner, die mit dem Skipper in der Kabine gewesen waren, kamen jetzt mit ihm heraus. Sie lachten und schwätzten miteinander. Dann verabschiedeten sich die drei mit großen schönen Gesten ihrer Arme und Hände, kletterten am Fallstieg herunter, stiegen in ihr Schifflein, stießen ab, heißten die Segel, der Fallstieg wurde hochgezogen, die Ankerkette rasselte, und „Yorikke" war auf voller Fahrt.

Nach zehn Minuten etwa kam der Skipper 'raus und 'rauf zum Deck: „Wo steht sie?"

„Sechs ab von der Küste."

„Bravo. Dann sind wir ja 'raus?"

„Yes, Sir!"

„Kommen Sie frühstücken. Wir wollen einen heben. Geben Sie dem Ruder den Kurs und kommen Sie."

Damit war der Spuk vorbei.

Aber der Spuk hatte etwas zurückgelassen. Wir alle bekamen großes Nach-Sturm-Frühstück. Bratwürste, Schinken, Kakao, Bratkartoffeln und pro Kehle ein Wasserglas Rum, der uns in unsre Blechtassen gefüllt wurde. Dieses Nach-Sturm-Frühstück war das Maulpflaster für uns. Das Maulpflaster für den Skipper sah anders aus. Das konnte man nicht essen, man mußte es in die Brieftasche stecken.

Aber wir waren ja so zufrieden. Wir wären mit dem Skipper in die Hölle gefahren, wenn er gesagt hätte: „Los, Jungens!" Und keine Daumenschrauben hätten aus uns herausquetschen können, was wir gesehen hatten.

Wir hatten nur gesehen, daß an der Maschine ein Lager heiß gelaufen war, daß wir uns vor Anker legen mußten, bis der Schaden wieder repariert war, und daß, während wir vor Anker lagen, Feluken ankamen, die uns Fische und Früchte hatten verkaufen wollen. Der Koch hat für zwei Mahlzeiten

Fische gekauft, und die Offiziere haben sich Ananas und frische Datteln und Orangen gekauft.
Das können wir beschwören, weil es die Wahrheit ist, yes, Sir.
Einen so guten Kapitän läßt man nicht im Stich, no, Sir.

34

Sobald man nicht überarbeitet wird, gleich kümmert man sich um andre Dinge und steckt seine Nase in Sachen, die einen gar nichts angehen, die einen nur auf Ideen und Gedanken bringen, die verderblich sein müssen, wenn man sie pflegt und hätschelt. Seemann, bleib bei deinem Ruder und bei deinem Farbenpott; dann bist du auch immer ein braver Seemann und ein anständiger Kerl.
Der Ingenieur hatte einen Kohlenbunker aufschrauben lassen, der nahe den Kesseln lag, weil der Bunker für Ladung gebraucht werden sollte. Jetzt konnte man die Kohlenschächte des Kesselraumes so schön und mollig auffüllen. Und als die Schächte aufgefüllt waren, der Bunker leer war und „Yorikke" die Ladung übernommen hatte, begann eine wollüstige Zeit. Sie dauerte nur drei Tage, dann waren die Schächte wieder leer, aber es waren doch schöne Tage, ganz unvergeßlich.
Es waren die Tage der Galeerensklaven, wenn die Segel voll sitzen und nur tote Kreuzerfahrten gemacht werden. Sie bleiben angeschmiedet, damit sie die Gewohnheit nicht verlieren; sie werden weiter gepeitscht, damit sie das Gefühl nicht verlieren und nicht an Aufruhr denken; sie müssen weiterarbeiten, damit die Muskeln nicht zu schlapp werden. Aber sie dürfen sich hin und wieder ausruhen und den Kopf auf die Riemenstangen fallen lassen, weil unter den vollen Segeln die auslegenden Riemen bremsen und nicht in Richtung wirken.
Auch die vollen Kesselschächte konnten bremsend wirken, wenn man nicht ruhte, und sie hätten den Kesselraum so verstopfen können, daß der Heizer nicht arbeiten konnte, vielleicht gar Feuer ausbrach.
Die Ladung wurde ebenfalls auf offner See eingenommen. Irgendwo an der Küste Portugals mußte es sein; denn die Bootsleute sprachen portugiesisch. Es ging ähnlich zu wie weiter südlich an den Küsten Afrikas das Ausladen.

Auch hier kamen drei Mann zuerst an Bord, die wie Fischer aussahen, jedoch keine Marokkaner waren. Auch sie gingen mit dem Skipper in dessen Kabine. Es wurde geladen, es wurden Zahlen in Englisch gerufen und in Arabisch geschrieben. Dann zogen die Boote mit ihren Fisch- und Apfelsinenladungen wieder ab, in alle Richtungen hinaus. Zuletzt stiegen auch die drei in ihr Boot und setzten ab.
Diesmal gab es kein großes Nach-Sturm-Frühstück, sondern nur Kakao und Stollenkuchen mit Rosinen. Es gab ja auch nichts zu schwören.
„Denn was soll man schwören?“ sagte Stanislaw. „Wenn da einer kommt und hebt die Luke auf und guckt ’rein und sieht die Kisten, was willst du da schwören? Kannst doch nicht gut schwören, es ist keine Kiste da, wenn der Mann sie in der Hand hat. Aber da kommst du auch gar nicht zum Schwören. Da sind die Kisten und fertig. Kann nur der Skipper schwören, wo er mit den Kisten hin will. Und der wird ihnen schon was schwören, da kannst du Schlacke drauf fressen.“
Jetzt hatte ich und natürlich auch Stanislaw feine Wachen. Wenn ausgeschlackt war, wurden die Aschenfälle gezogen, dann hob ich dem Kohlefall das Schürzchen hoch, und der Kesselraum lag voll, Vorrat mit eingeschlossen.
Da kroch ich in einer Wache in der Nacht mal so ’rum in den Eingeweiden. Manchmal findet man ganz angenehme Dinge. Nüsse, Apfelsinen, Tabakblätter, Zigaretten und andres. Manchmal muß man die Kisten aufmachen und sehen, ob neue Hemden drin sind oder Stiefel oder Seife. Moral wird einem ja nur darum gelehrt, damit die, die alles haben, alles behalten können und das übrige noch dazu kriegen. Moral ist die Butter für die, denen das Brot fehlt.
Man muß die Kisten wieder gut zumachen und darf das Hemd und die Stiefel nicht gleich anziehen. Wenn es rauchig wird, verkauft man es besser im nächsten Hafen. Nimmt jeder ab. Der Seemann ist billig. Er spart ja die Ladenmiete und kann deshalb unter Fabrikpreisen verkaufen.
Seine Ausgaben hat man auch. So leicht ist es nicht, an die Kisten zu kommen. Man muß Schlangenmensch sein. Das hatte ich ja gelernt. Jeden Tag ein paarmal Training; wenn man nachließ, spürte man es sofort an den verbrühten Armen und den verschmorten Stellen auf dem Rücken. Es hat auch seine Schwierigkeiten, in den Laderäumen ’rumzuwirtschaf-

ten und seine Ware zu suchen und in Empfang zu nehmen. Da rutscht so eine Kiste, ein paar andre rutschen nach, und man ist gefangen in der Falle oder zu Brei zerquetscht. Licht hat man ja keins, sondern Wachszündhölzchen, damit man den Waren heimleuchten kann.

Die „Yorikke" fuhr keine echten Werte, sie fuhr Totenwerte. Alte Schrauben, versichert als Corned beef. Aber diese Einladungen und Ausladungen ließen meinen Geschäftssinn nicht ruhen. Das waren keine alten Schrauben, und das waren auch keine Zementfüllungen. Ich kenne die Marokkaner, die machen sich nichts aus Schrauben und gebackenem Zement. Außerdem hatte ich gesehen, daß nur ein Rettungsboot dicht war und daß die Offiziere mit dem Skipper auf Wertschätzung standen. Die beiden Offiziere beanspruchten Boot zwei; sie durften nicht mit in Boot eins, dann wären Skipper und Offiziere erschlagen worden, weil man wußte, was los war. Ein zweites Boot mußten sie schon klarmachen. Die beiden andern Boote waren ja für den Bootsmann und die A. B.s, den Kesselbums und einen Ingenieur. Wenn der Zweite Offizier mit zum Skipper in Boot eins stieg, das fiel niemand auf, aber beide Offiziere durften nicht 'rein. Solange also nicht Boot zwei überholt war, konnte der „Yorikke" nichts geschehen. Geschah ihr trotzdem etwas, dann lag der Fall treu, und alles konnte in Boot eins steigen, und wer nicht Platz hatte, wurde 'rausgepfeffert. Da packen alle Hände zu. Dann ist es auch nicht nötig, Zeugen zu verheiligen, weil alles, was heimkommt, bester Zeuge ist, denn es war eine treue Beerdigung, an der Versicherung kann keine Maus knabbern.

Boot zwei also war für mich das Signal für die Beerdigung. Es war noch knistertrocken, also hatte auch die „Yorikke" noch andre, treue Werte an Bord und nicht nur reine Totenwerte. Wenn es auch Blender waren, so wollte ich doch wissen, was die Blender im Magen hatten. Wissenschaft macht sich manchmal bezahlt.

Da war ich drin im Laderaum und betrachtete mir die Kisten.

„Garantiert echtes schwäbisches Pflaumenmus
Garantiert reine Früchte und Zucker
Kein Farbenzusatz
Erste schwäbische Pflaumenmusfabrik A.-G.
Oberndorf a. N."

Wir sind schöne Esel. Da fressen wir die Schmierseife rein, die Margarine heißt, und hier liegt das schönste schwäbische Pflaumenmus stapelweise aufgeschichtet. „O Stanislaw, ich habe dich für einen so intelligenten Burschen gehalten, aber du bist das größte Rindvieh auf Erden.“
Das war mein erster Gedanke. Stanislaw hatte immer so einen großen Mund, er tat immer so klug, er wußte immer alles, wußte immer, wohin die „Yorikke“ ging und wohin sie nicht ging. Aber das Pflaumenmus hatte er doch nicht entdeckt.
Kisten aufmachen ist Spielerei, wenn man Übung hat. Feine große Büchsen. Das gibt ein Fressen morgen dick draufgeschmiert auf das warme Brot. Mir lief das Wasser im Munde zusammen. Garantiert reine Früchte und Zucker. Kein Ersatz aus deutscher Rübenzeit. Reine Früchte und Zucker. Die Marokkaner wissen schon, was gut ist. Das ist besser als Datteln und Rosinen, schwäbisches Pflaumenmus aus der ersten Pflaumenmusfabrik. Mit dem Meißel, den ich zum Aufmachen der Kiste gebraucht hatte, öffnete ich jetzt gleich eine Büchse. Ich war mit zwei Büchsen zum Bunker gekrochen, wo ich ja meine Lampe unbekümmert brennen durfte. Es konnte mir schon keiner ’raufkommen, weil ich das Brett, das über zwei Streben lag und das zur Bunkerluke führte, weggezogen hatte. Von den Ingenieuren wäre sowieso keiner über das Brett gegangen; denn das erforderte Mut. Besonders stark war das Brett nicht, und es war auch nicht mehr neu. Es war nicht ausgemacht, ob es heute oder morgen brach. Und wenn es brach oder wenn man beim Drübergehen infolge eines unerwarteten Stampfers der „Yorikke“ das Gleichgewicht verlor, so sauste man zwanzig Fuß tief ’runter in den Kesselraum und schlug sich auf dem Wege dahin einen Schädelbruch, wenn man Glück hatte. Wenn man Pech hatte, so war es schon ganz egal, ob man einen oder zehn Schädelbrüche hatte. Aber besser ist besser, dachte ich, und darum hatte ich das Brett weggezogen. Die Büchse war auf. Es war keine Blendung, verflucht noch mal. Es war tatsächlich garantiert reines Pflaumenmus. Offenbar hatte ich Goldstaub erwartet, weil ich so erstaunt war. Das hätte ich von der „Yorikke“ nicht gedacht. Sie fährt treues, echtes Gut. Und ich habe das arme Weib unter Verdacht gehalten, daß sie Deklarierungen kleistert und Blender fährt. Man soll doch nie voreilig urteilen, wenn man es mit

Weibern zu tun hat. Man soll nicht voreilig urteilen, wenn man es mit –.
Schmeckt das Zeug? Schmeckt ganz gut. Schmeckt – na – na – warte mal – schmeckt etwas ranzig. Nein, schmeckt nach – nach – nach was denn zum Donnerwetter noch mal? Die haben Coppers 'reingetan, die Säue. Die haben Kupfermünzen 'reingetan, damit die Pflaumen Farbe behalten sollen. Garantiert kein Farbzusatz. Ist keine Farbe, aber schmeckt danach. Wollen doch noch mal kosten. Ja, Teufel, schmeckt nach Grünspan, direkt nach Messing. Kann ich nicht essen auf Brot. Ich werde den Geschmack nicht los. Frißt sich auf der Zunge ein und klietscht gegen den Gaumen.
Vielleicht nur oben so schlimm. Gehen wir mal tiefer mit dem Finger in die Marmelade! Was ist denn das? Da sind ja noch die ganzen Pflaumenkerne drin geblieben. Das ist ja eine Marmelade. Scheint echt schwäbisch zu sein, die Kerne alle drin zu lassen.
Na? Was ist denn das? Das sind aber merkwürdige Pflaumen, die echt schwäbischen Pflaumen. Die haben sehr mysteriöse Kerne. Die Kerne sind ja aus Blei, tatsächlich aus Blei. Und damit das Blei nicht beschädigt wird, hat es einen weißen Stahlpanzer. Und jeder Kern steckt auf einer Messinghülse. Daher der Messinggeschmack. Und in den Hülsen? Was ist denn da drin? Zucker. Feiner Zucker. Schwäbischer Zucker muß das sein. Ist schwarz und schmeckt ganz salzig. Garantiert reine Früchte und Zucker. Feine Blender. Man soll nicht voreilig urteilen, „Yorikke"...
Dann ging ich auf die zweite Reise. Mausefallen. Daß die Marokkaner so wild auf Mausefallen sein sollten, glaubte ich nicht. Es waren wirklich Mausefallen in den Kisten. Als ich aber nach den Kernen suchte, fand ich Mausefallen ohne Fallen, mit einem R am Ende. Mauser.
Da waren Kisten mit Kinderspielzeug. „Blechautos mit aufziehbarem Federwerk." Ich suchte nicht nach den Kernen und sparte mir die Mühe, weil die Blechautos mit aufziehbarem Federwerk aus der „Ältesten Suhler Spielwarenfabrik" kamen. Aber England war viel besser und viel gründlicher vertreten als Belgien und benachbarte Gebiete. Belgien hatte Zuckerwaren beigesteuert und England Kasserollen aus Weißblech. Die Marokkaner haben ganz recht. Spanien den Spaniern, Frankreich den Franzosen und China den Chinesen. Wir

lassen keine Chinesen 'rein. Aber wenn die uns nicht 'rein lassen, dann ist unser Rot-Weiß-Blau-Hurra-Hurra-Hurra! befleckt, bedreckt, beschiet und muß mit Blutfleckseife ausgewaschen werden, yes, Sir.
He, Skipper, auf mich kannst du zählen. Du machst das Geschäft, und ich habe das Wohlgefallen.

35

„Stanislaw, nun sag mal, warum frißt du denn die Margarine immer so in dich hinein? Hast du denn gar kein Schamgefühl?"
„Was willst du machen, Pippip. Erstens habe ich Hunger, und zweitens kann ich doch nicht meine Lumpen auskochen, den Saft eindicken und dann als Marmelade aufs Brot schmieren. Hab' doch weiter nichts aufs Brot. Und immer das trockene Brot hinterwürgen, Mensch, du wirst ja ganz dusselig davon. Kriegst ja Betonfundamente in den Bauch."
„Du bist schön dumm", sagte ich nun, „weißt du, daß wir Marmelade geladen haben?"
„Natürlich weiß ich", sagte Stanislaw, ruhig weiterkauend.
„Warum machst du denn nicht eine Kiste dicht?" fragte ich.
„Das ist doch keine Marmelade für uns."
„Warum denn nicht?"
„Die ist bloß gut für Marokkaner, Spanier und Franzosen und natürlich für die Lieferanten. Aber für uns, für dich und für mich, ist das keine Marmelade. Die kannst du nicht verdauen. Die kannst du nur verdauen, wenn man sie dir in die Rippen pfeffert. Aber dann kriegst du die Lauferei, da läufst du gleich so sehr, daß du deinen Urgroßvater noch einholen und mit ihm zusammen gehen kannst."
Der wird doch nicht etwa?
Ich platzte gleich 'raus: „Weißt du denn etwa schon, was da drin ist. Du hast doch nicht etwa –?"
„Nachgesehen? Für was für ein großes Kamel hältst du mich denn eigentlich? Die drei Edlen waren noch beim Skipper in der Kabine und oben wurde noch die Luke dicht gemacht, damit auch ja niemand dran kann, da hatte ich schon eine Kiste auf. Ich brauche doch nur lesen Pflaumenmus oder Marmelade oder Dänische Butter oder Corned beef oder

Ölsardinen oder Schokolade, da bin ich doch auch schon dahinter."
„Da ist aber tatsächlich Pflaumenmus drin", erwiderte ich.
„Es ist immer was drin. Aber das kannst du nicht essen. Das schmeckt zu sehr nach Grünspan. Stirbst an Blutvergiftung. Auf der letzten Reise, ehe du 'raufkamst, da hatten wir Corned beef. Natürlich auch Blender, aber ich habe gründlich abgehäutet, das kann ich dir sagen. Das war fein. Da war nichts dran. Das war in Pergament gefettet. Manchmal hat man eben Glück. War gute amerikanische Ware. Ging nach Damaskus oder da herum."
„Wie waren denn die Knochen?"
„Die Knochen? In Corned –? Ach so, die Knochen meinst du. Das waren K'rabben. K–rabben. Karabiner. Made in USA. Feines Modell. Da hat der Skipper schwer Draht gezogen. Da gab es Kognak, Rinderbraten, Huhn und frisches Gemüse. Da mußte nicht nur das Maul, da mußten auch die Glotzen und die Riecher gepflastert werden. Ein französischer Jäger kriegte uns auf, ehe wir 'raus waren. Die haben geschnüffelt, mit Zigaretten und mit Franken 'rumgeschmissen. Aber mußten wieder abziehen und dem Skipper Verbeugungen machen."
„Hat denn keiner für die gewinkten Franken gepfiffen?"
„Bei uns? Auf der ‚Yorikke'? Wir sind alle Dreck und haben nichts mehr zu melden. Wir sind tot. Du auch. Na, und sieh mal, jemand anders ins Portemonnaie oder in den Glasschrank gucken oder Kisten aufmachen in einem Schuppen oder auf der „Yorikke', dem Zweiten und dem Ersten noch dazu den Hammer an den Schädel feuern, das ist alles Ehrensache. Behältst du immer den Kopf hoch, behältst du immer deinen Murr, deinen Stolz. Aber pfeifen bei der Polizei oder der auch nur mit einem Fingernagel helfen, das ist schäbig. Da kannst du dir nicht mehr in die Augen gucken. Wenn die was wollen, laß sie doch machen. Aber du bist doch ein anständiger Kerl, da putzt man den Burschen nicht die Brillengläser. Ich will lieber auf der ‚Yorikke' und mit der ‚Yorikke' verrecken, als mit einem Polizisten tauschen."
Wir lagen auf der Reede an der portugiesischen Küste, um Deckungsgut einzunehmen und die „Yorikke" zu klären. Die „Yorikke" war plötzlich in Verdacht gekommen. Deshalb nahm der Skipper nur echtes Gut ein und ließ sehr saubere Deklarierungen gegen die „Yorikke" laufen, an denen auch

nicht ein Pünktchen zu deuteln war. Es war sehr billiges Gut, denn hohes vertraute der „Yorikke" niemand an. Wer sie kannte, nicht. Aber da gibt es ja so unendlich viel Gut, das an sich keinen besonderen Wert darstellt, aber doch gefahren werden muß und doch wieder zu gut ist, um nur als Ballast zu gehen. Den Wert bekommt dieses Gut erst, wenn es abgeliefert ist.

Nach fünf Uhr des Nachmittags hatten wir nichts mehr zu tun, und die Arbeit begann erst wieder am nächsten Morgen um sieben. Das war die Arbeitszeit, wenn wir auf Reede oder am Kai in einem Hafen lagen. Die Arbeit in diesen Fällen war meist unangenehm, aber doch nicht gar so schwer wie auf der Fahrt.

Hier war es dann, daß wir schon manchmal einige Stunden beieinandersitzen konnten, um in Ruhe zu schwätzen. Ein Schiff ist immer groß genug, daß man irgendwo sitzen kann, ohne daß man sich mit den Ellbogen stößt.

So viele Leute auf der „Yorikke" waren, so viele Nationen waren auch vertreten. Jede Nation hat ihre Toten, die leben und atmen, aber gegenüber der Nation doch tot für ewig sind. Manche Staaten haben ganz offen ihre Totenschiffe. Diese Totenschiffe nennt man dann Fremdenlegion. Wer sie überlebt, kann vielleicht ein neues Leben damit erkauft haben. Er hat einen neuen Namen erworben, der ihm bestätigt wird, und er hat einen neuen Platz in einer Nation gefunden, als wäre er als Säugling eben hineingeboren.

Alle Kommandos auf der „Yorikke" wurden in Englisch gegeben, und alle Unterhaltung wurde in englischer Sprache gepflogen weil sonst eine Verständigung nicht denkbar gewesen wäre. Es war ein höchst merkwürdiges Englisch. Nur der Skipper sprach ein reines, fehlerfreies Englisch. Alle übrigen dagegen sprachen etwas, das mit Englisch nichts zu tun hatte. Es war Yorikkisch. Eine eigne Sprache.

Wie die Sprache klang und aussah, läßt sich nur schwer schildern. Jeder Seemann weiß zwei Dutzend englische Worte. Und jeder weiß drei bis sechs Worte, die der andre nicht weiß, aber von ihm lernt durch das Zusammenleben an Bord, wenn nur Englisch gesprochen wird. Dadurch eignet sich jeder in kurzer Zeit etwa zweihundert Worte an. Zweihundert Worte der englischen Sprache auf diese Weise, aber nur auf diese Weise gelernt und dazu die Zahlen, die Namen der Tage und Monate in Englisch, ermöglichen jedem Menschen, alles das klar und

zweifelsfrei auszudrücken, was er innerhalb dieses Kreises sagen will. Ganze Romane kann er mit diesem Sprachschatz erzählen. Er kann natürlich kein englisches Buch lesen und noch viel weniger eine englische Zeitung. Keine andre europäische Sprache kann diesen Vorteil ihren Schülern bieten, sich so leicht und so rasch im Leben verwenden zu lassen.
Ehe ich aber das Yorikkisch verstand und mich in Yorikkisch ausdrücken konnte, vergingen mehrere Tage. Hätte ich Worte und Wortverbindungen so gebraucht, wie ich sie seit meinen ersten nassen Windeln gehört und geplappert hatte, würde mich niemand auf der „Yorikke", der Skipper ausgenommen, verstanden haben, und man würde mir kaum geglaubt haben, daß ich Englisch spräche.
Wie war das Yorikkische Englisch entstanden, und wie war das Englisch auf andern Totenschiffen entstanden?
Das Sprachgewirr unter den Angehörigen der verschiedenen Nationen, die auf der „Yorikke" fuhren, machte eine gemeinsame Sprache notwendig. Da jeder, wenn er nur ein paar Wochen fährt, einige englische Brocken weiß und gleich mitbringt, so ergibt sich ganz von selbst das Englisch als Kommando- und Umgangssprache.
Da ist das Wort First-Mate, Erster Offizier, das die meisten wissen, und da ist das Wort Money, das jeder weiß.
Nun aber kommt die lebendige Entwicklung, eine Sprachentwicklung, wie sie sich nicht nur auf der „Yorikke" zeigte, sondern wie sie sich in ganzen Völkern zeigt und von jeher gezeigt hat.
Mate wird in London-West ganz anders ausgesprochen als in London-Ost, und der Amerikaner spricht achtzig Prozent der Worte anders aus als der Engländer, und sehr viele schreibt er auch ganz anders und verwendet sie in ganz andern Ideenverbindungen.
Der Zimmermann hat das Wort First-Mate nie in England gehört, sondern von einem Schweden, der das Wort von einem Seemann aus London-Ost gehört hatte. Der Schwede konnte es schon selbst nicht richtig aussprechen, außerdem hatte er es noch in dem üblen Petty-coatlane oder Cockney-Dialekt gehört, den er für die richtige und allein gültige Aussprache halten mußte, weil er ja das Wort von einem Engländer vernommen hatte. Wie das Wort nun von dem Zimmermann ausgesprochen wurde, kann man sich vielleicht vorstellen. Ein

Spanier bringt die Aussprache des Wortes Money, ein Däne bringt Coal, ein Holländer Bread, ein Pole Meal, ein Franzose Thunder und ein Deutscher Water.
Das Wort First-Mate läuft durch alle Stadien der Laute, die ein Mensch geben kann: Feist-Moat, Fürst-Meit, Forst-Miet, Fisst-Määt und noch so viel mehr, als Leute auf der „Yorikke" sind. Nach einer kurzen Zeit aber schleifen sich die verschiedenartigen Aussprache-Färbungen gegeneinander ab, und es kommt zu einer einheitlichen Aussprache, in der sich alle die Tonfarben wiederfinden in abgeschwächter Form. Wer neu hinzukommt, selbst wenn er genau weiß, wie das Wort richtig ausgesprochen wird, ja selbst wenn er Professor der Phonetik in Oxford wäre, muß das Wort Yorikkisch aussprechen, wenn er zu jemand den Befehl bringen soll, daß der First-Mate ihn zu sehen wünsche, weil der Mann sonst gar nicht wüßte, was man von ihm wolle. Der Professor merkt nach kurzer Zeit gar nicht mehr, daß er die Worte Yorikkisch ausspricht, weil er sie nur in dieser Form hört und sie sich in dieser Forn in sein Gedächtnis einprägen. Von den Vokalen bleibt nicht viel an richtiger Aussprache übrig, aber von den Konsonanten bleibt genug übrig, um das Wort nach einigem Hinhören doch zu verstehen. Dadurch bleibt die Sprache immer Englisch in ihrem Skelett und kann auf jedes andre Schiff übertragen werden. Gäbe es keine Buchdruckerkunst, so würde es so viele ganz selbständige Sprachen geben, wie es Dialekte gibt. Hätten die Amerikaner nicht die gleiche Schriftsprache wie die Engländer, würde heute die Sprache der beiden Völker ebenso verschieden sein wie die Sprache der Holländer und der Deutschen.
Der Seemann ist, soweit die Sprache in Frage kommt, nie verlegen. An welcher Küste er auch geworfen werden mag, er kann sich zurechtfinden und kann sich verständlich machen. Und wer eine „Yorikke" überwinden und überleben kann, den kann nichts mehr in Schrecken versetzen, für ihn ist nichts unmöglich.

36

Stanislaw wurde nur von mir und den Heizern Stanislaw oder Lawski gerufen. Alle übrigen, auch die Offiziere und Ingenieure riefen ihn Pole, manche Pollack. Die Mehrzahl der

Leute wurden nach ihrer Nationalität gerufen: He, Spanier oder Russ oder Holländer. Und das war ein ironischer Witz des Schicksals. Ihre Nation verleugnete sie und stieß sie von sich, auf der „Yorikke“ war ihre Nation ihre ganze Persönlichkeit. Jeder, der auf einem Schiff angezeichnet werden soll, wird zum Konsul gebracht, zum Konsul jenes Staates, unter dessen Flagge das Schiff fährt. Der Konsul hat die Anmusterung zu bestätigen und zu registrieren. Er prüft die Papiere des Seemanns, und wenn ihm die Papiere nicht gefallen, verweigert er die Registrierung, und der Mann kann nicht mustern. Die Anmusterung vor dem Konsul muß im Hafen erfolgen, ehe der Mann seine Arbeit beginnt.
„Yorikke“ hätte auf diese Art nie einen Mann bekommen, vielleicht nicht einmal Ingenieure und Offiziere; denn wer mit seinen Papieren in Ordnung war, ging der „Yorikke“ in weitem Bogen aus dem Wege. Die „Yorikke“ verdarb die besten Papiere eines Mannes, und ein Mann, der von der „Yorikke“ abzeichnete, hatte ein oder zwei Jahre dreiviertel und halbe Yorikken erst zu fahren, ehe er sich wieder beim Skipper eines ehrlichen Schiffes sehen lassen konnte, falls er überhaupt je auf eine dreiviertel Yorikke kommen konnte. Denn selbst da war der Skipper mißtrauisch. „Auf der ‚Yorikke‘ haben Sie gefahren? Wo werden Sie denn verlangt? Was haben Sie denn ausgefressen?“ Das sagt der Skipper.
Und der Mann sagt: „Ich konnte kein andres Schiff kriegen und nahm deshalb die ‚Yorikke‘ für eine Reise.“
„Ich will keine Schereien haben mit der Polizei oder mit den Konsuln. Ich möchte nicht gern, daß es heißt, auf meinem Schiff haben sie unter der Mannschaft einen Raubmörder verhaftet, der in Buenos Aires verlangt wird“, sagt der Skipper.
„Aber, Skipper, wie können Sie denn das sagen? Ich bin ein ganz ehrlicher Mann.“
„Ja, ja. Aber von der ‚Yorikke‘. Ich kann doch nicht von Ihnen fordern, daß Sie mir von allen Ländern der Erde ein polizeiliches Leumundszeugnis beibringen, nicht älter als vier Wochen. Da haben Sie zwei Schillinge, für ein gutes Abendessen, aber Anmusterung? Ich möchte doch lieber nicht das Risiko übernehmen. Vielleicht kriegen Sie ein andres Schiff, liegen ja eine Masse hier. Gehen Sie mal zu dem Italiener da drüben. Kann sein, er nimmt es nicht so hart.“

Der Skipper der „Yorikke“ konnte mit keinem seiner Leute zum Konsul gehen, wahrscheinlich nicht einmal mit seinem Ersten Offizier, und ich würde mich nicht wundern, wenn er sich selbst nicht beim Konsul sehen lassen dürfte, ohne daß der Konsul sofort den Hörer abnimmt und zum Skipper sagt: „Setzen Sie sich bitte, Herr Kapitän, nur einen Augenblick, dann stehe ich zu Ihren Diensten.“

Diese Dienste würde der Skipper vielleicht nicht abwarten, sondern andres tun; ’rin ins Auto, ’rauf auf die „Yorikke“, Anker gehievt und abgesurrt mit hundertfünfundneunzig und zugeschraubten Tränendrüsen.

Die „Yorikke“ bekam alle Leute unter dem Schiffsnotgesetz. Sie kamen ’rauf, wenn der Blaue Peter eingezogen wurde und der Lotse schon an Bord war. Kein Konsul der Erde wird dann verlangen, daß der Skipper nun wieder anhalten und mit einem Mann zum Konsul gehen soll. Das verlangt noch viel weniger irgendeine Hafenbehörde. Früher konnte man den Mann nicht anmustern, weil keiner da war und weil man nicht wußte, daß von der Mannschaft sich einer besaufen und achtern abkanten würde. Das merkte man erst, als das Lotsensignal gepfiffen wurde und der Mann nicht an Bord war.

Selten verriet jemand auf der „Yorikke“ einem andern seinen wahren Namen und seine wahre Nationalität. Ebenso selten erfuhr man, unter welchem Namen und unter welcher Nationalität jemand angemustert hatte. Kam jemand neu, so fragte ihn der Offizier oder der Ingenieur oder ein Mann, eben irgendeiner, der mit ihm zuerst zu tun hatte: „Wie heißen Sie?“ Darauf sagte der Gefragte: „Ich bin Däne.“ Damit hatte er zwei Fragen beantwortet und nun hieß er Der Däne oder nur Däne. Mehr zu fragen, hielt man für überflüssig. Man wußte meist oder glaubte meist, daß Däne schon gelogen war, und sich mehr anlügen zu lassen, darauf ging man nicht aus. Willst du nicht belogen werden, dann darfst du auch nicht fragen.

Um uns an einem faulen Abend, während wir auf der Reede lagen, die Zeit zu vertreiben, erzählte mir Stanislaw seine Geschichte und ich ihm meine. Ich erzählte ihm nicht meine wahre Geschichte, sondern eben eine Geschichte. Ob er mir eine wahre Geschichte erzählte, weiß ich nicht. Wie kann ich das wissen? Ich weiß ja nicht einmal, ob das Gras grün ist, es kann ja nur in meinen Augen eine grüne Täuschung verursachen.

Aber gute Gründe machen mich glauben, daß die Geschichte, die mir Stanislaw erzählte, der vollen Wahrheit entsprach, weil sie den Geschichten aller Reisenden auf Totenschiffen so ähnlich war.
Sein Name, den ich, wie die ganze Geschichte, auf dem Eimer nicht verraten durfte, war Stanislaw Koslowski. Er war geboren in Posen und dort bis zu seinem vierzehnten Jahre in die Schule gegangen. Indianer- und Seegeschichten verlockten ihn, er rannte von Hause fort, kam nach Stettin, verbarg sich dort auf einem dänischen Fischkutter und fuhr mit ihm nach Fünen. Dort fanden ihn die Fischersleute in ihrem Kutter halb erfroren und halb verhungert. Er sagte, er sei aus Danzig, borgte sich von seinem Buchbinder, wo er die Seegeschichten zu kaufen pflegte, den Namen aus und gab ihn als seinen Namen an. Er erzählte weiter, daß er ein Waisenkind sei und von den Leuten, bei denen er in Pflege sei, so schlecht behandelt und so verprügelt werde, daß er ins Meer gesprungen sei, um sich zu töten. Da er aber schwimmen könne, so habe er zu schwimmen angefangen und sich auf dem Kutter versteckt. Er schloß seine Erzählung unter Tränen mit den Worten: „Wenn ich zurück nach Deutschland muß, binde ich mir Hände und Füße zusammen und springe sofort ins Meer. Zu den Pflegeeltern gehe ich nicht zurück."
Die Fischersfrauen weinten alle herzzerbrechend über das traurige Schicksal des kleinen deutschen Jungen und nahmen ihn auf. Zeitungen lasen sie nicht, und in die dänischen Zeitungen kam es wohl auch nicht, daß ganz Deutschland nach dem Jungen abgesucht wurde und die gräßlichsten Geschichten in Umlauf waren, was wohl alles mit dem Jungen geschehen sein könne.
Bei den Fischersleuten auf Fünen mußte er schwer arbeiten, aber es gefiel ihm hundertmal besser als in den Straßen von Posen; und wenn er daran dachte, daß man ihn zu einem Schneider hatte in die Lehre geben wollen, so verging ihm alle Lust, seinen Eltern auch nur das kleinste Zeichen zu schicken, daß er am Leben sei. Die Furcht, Schneider werden zu müssen, war größer als die Liebe zu Vater und Mutter, die er ganz niedlich hassen konnte für ihre Absicht, ihn zu einem tüchtigen Schneider ausbilden zu lassen.
Mit siebzehn Jahren verließ er die Fischersleute mit deren Segenswünschen, um nach Hamburg zu gehen und für große

Fahrt zu mustern. In Hamburg war kein Schiff zu haben, und er nahm für einige Monate Arbeit bei einem Segelmacher. Er meldete sich vorschriftsmäßig unter seinem richtigen Namen an, bekam seine Invalidenkarte und ließ sich endlich ein gutes deutsches Seemansbuch ausstellen.
Dann fuhr er los auf große Fahrt auf ehrlichen deutschen Schiffen. Dann wechselte er und fuhr auf einem Holländer. Und dann kam der blutige Tanz ums goldene Kälbchen. Als das losging, war er mit seinem Holländer im Schwarzen Meer. Auf der Heimfahrt passierte das Schiff den Bosporus, wurde von den Türken untersucht, und er mit noch einem Deutschen wurde herausgeholt und in die türkische Kriegsmarine gesteckt, unter anderm Namen, weil er seinen richtigen nicht angab.
Dann kamen zwei deutsche Kriegsschiffe nach Konstantinopel, die in einem italienischen Hafen gelegen hatten und dort den Engländern, die ihnen auflauerten, entwischt waren. Stanislaw kam nun auf eines dieser Schiffe und diente weiter unter türkischer Flagge, bis er eine passende Gelegenheit fand, den Türken den Abschied zu geben.
Er fand Heuer auf einem Dänen. Der Däne wurde von einem deutschen Unterseeboot durchsucht, und ein Schwede, der auf dem Schiff fuhr und dem er erzählt hatte, daß er nicht Däne, sondern Deutscher sei, verriet ihn an die Offiziere des Unterseebootes. Stanislaw kam nach Kiel und wurde unter falschem Namen in die deutsche Kriegsmarine gesteckt. Artilleriedienst.
In Kiel traf ihn ein andrer Kuli, mit dem er früher auf einem deutschen Handelsschiff gefahren war. Durch den kam der richtige Name heraus, und Stanislaw wurde nun mit seinem richtigen Namen in der deutschen Kriegsmarine geführt.
Stanislaw war dabei, als in der Nähe von Skagen zwei sich bekämpfende Nationen, die Engländer und die Deutschen, zu gleicher Zeit Sieger wurden und die Engländer mehr Schiffe verloren als die Deutschen und die Deutschen mehr als die Engländer. Stanislaw wurde von dänischen Fischerbooten aufgepickt und ins Dorf gebracht. Da er mit dänischen Fischersleuten umzugehen verstand und hier ein Bruder jener Frau war, die ihn in Fünen aufgenommen hatte, so lieferten ihn die Fischer nicht ab an die dänische Regierung, sondern versteckten ihn und brachten ihn endlich als Dänen auf einem guten Schiff in Esbjerg unter, mit dem Stanislaw wieder auf

große Fahrt kam. Diesmal hütete er sich, zu verraten, daß er Deutscher sei, und so konnte er allen Unterseebooten, englischen und deutschen, ins Gesicht lachen.

Die Regierungen vertrugen sich, die großen Räuber setzten sich alle zu einem fetten Versöhnungsbankett nieder, und die Arbeiter und kleinen Leute in allen Ländern hatten die Unfallkosten, die Hospitalrechnungen, die Beerdigungskosten und das Versöhnungsbankett zu bezahlen. Dafür durften sie den einziehenden Heeren, die, „im Felde gesiegt" hatten, mit kleinen Fähnchen und Taschentüchern zuwedeln und den übrigen Heeren, die „im Felde nicht besiegt" waren, mit brausender Begeisterung zurufen: Macht nischt, das nächste Mal! Und als den Arbeitern und den Kleinen schwindlig wurde von der Höhe der Rechnungen, die sie bezahlen sollten, weil die großen Räuber nichts verdient und sogar das noch für die Wohltätigkeit geopfert hatten, da führte man die kleinen Leute an das Grab des „Unbekannten Kriegers", wo sie so lange standen und man so lange auf sie einredete, bis sie dran glaubten, an die Pflicht des Bezahlens und an die Echtheit des Unbekannten Kriegers. Wo man sich keinen Unbekannten Krieger leisten konnte, weil man keinen hatte, da schläferte man das Denken der Arbeiter damit ein, daß man ihnen den Dolch im Rücken zeigte und sie raten und streiten ließ, wer ihn 'reingesteckt habe.

Dann kam die Zeit, wo in Deutschland ein Zündholz zweiundfünfzig Billionen Mark kostete, während die Herstellung jener zweiundfünfzig Billionen Mark in Nicht-Billionen-Scheinen mehr kostete als ein ganzer Eisenbahnwaggon voll Zündhölzer. Da fand es die dänische Kompanie an der Zeit, ihre Schiffe nach Hamburg ins Trockendock zu schicken zum Überholen. Die Mannschaften wurden entlassen und in ihre Heimat geschickt. Stanislaw war mit dem Schiff nach Hamburg gekommen und war nun gleich in seinem Heimatlande.

37

Das dänische Heuerbuch war nicht viel wert. In Dänemark lagen so viele Schiffe auf, daß man kaum auf Musterung rechnen konnte. Und Stanislaw wollte endlich wieder einmal ein richtiges Seemannsbuch haben.

Er ging zum Seemannsamt, wo er dachte, das Buch zu bekommen.
„Müssen Sie erst eine Bescheinigung von der Polizei beibringen."
„Ich habe hier mein altes Seemannsbuch."
„Das ist ein dänisches. Wir sind hier nicht in Dänemark."
Das dänische Seemannsbuch trug einen andern Namen, nicht den richtigen Namen Stanislaws.
Er ging zur Polizei, sagte seinen richtigen Namen und wollte eine Bescheinigung haben, damit er ein Seemannsbuch bekommen könne.
„Hier gemeldet?" wurde er gefragt.
„Nein. Bin gestern erst angekommen. Mit einem Dänen", sagte Stanislaw.
„Dann lassen Sie sich erst Ihren Geburtsschein schicken, sonst können wir Ihnen keine Bescheinigung geben", sagte die Polizei.
Stanislaw schrieb nach Posen, um seinen Geburtsschein zu bekommen. Er wartete eine Woche. Der Geburtsschein kam nicht. Er wartete zwei Wochen. Der Geburtsschein kam nicht.
Nun schrieb Stanislaw einen Einschreibebrief und packte fünfzig Billionen Mark bei für Unkosten.
Stanislaw wartete drei Wochen. Der Geburtsschein kam nicht. Er wartete vier Wochen. Der Geburtsschein kam nicht. Was kümmert man sich in Polen um den Geburtsschein eines Mannes, der in Deutschland wohnt. Man hat andre Sorgen. Da ist erst mal Oberschlesien. Und da ist erst mal Danzig. Und wer weiß, wo die Geburt registriert ist. In diesem Kram können wir uns nicht zurechtfinden. Das ist alles nichts für uns. Das Geld, das Stanislaw mitgebracht hatte, ein hübsches Päckchen dänischer Kronen, war längst über alle Berge. Berge? Nein, war längst über ganz St. Pauli. In St. Pauli kennt man dänische Kronen und weiß sie zu schätzen, sind beinahe ebensogut wie Dollar. „Was willst du machen, wenn da die Mädels sind? Kannst doch nicht gut abwinken. Sieht ja aus, als ob du nicht mehr –. Ja, da waren halt die Kronen im –."
„Verhungern und Kohldampf schieben tun nur die Dussel und Idioten", sagte Stanislaw. „Ein ehrliches Handwerk ernährt immer seinen Mann."
Da fiel schon mal eine Kiste auf dem Güterbahnhof aus einem

Güterwagen, wo die Tür zu leicht aufging. „Mußt bloß da sein, wenn sie fällt, und mußt sie nicht liegenlassen. Das ist der ganze Witz an der Geschichte", sagte Stanislaw.
Dann gingen auch schon mal ein paar Zuckersäcke im Hafen auf. „Wenn du da mit einem leeren Rucksack gehst", sagte Stanislaw, „und es geht ganz von allein so ein Zucker- oder Kaffeesack auf, und der ganze Brassel rutscht dir in den Rucksack, da machst du doch nicht den Rucksack los, schüttest den Kaffee wieder aus und gehst deiner Wege. Das wäre ja Gottversuchen. Wenn du den Kaffee wieder ausschüttest und es sieht einer, denkt er gar noch, du hättest ihn gestohlen, und er läßt dich hochgehen."
Es gab auch Salvarsan und Koks. „Für die arme leidende Menschheit muß man ein Herz haben, da kannst du nicht drum 'rum. Weißt nicht, wie es dir tun kann, wenn du Salvarsan nötig hast, und kannst es nicht kriegen. Mußt nicht nur immer an dich denken, mußt auch mal an andre denken, wenn es dir gut gehen soll."
„Siehst du, Pippip", ergänzte Stanislaw seine Erzählung, „jedes Ding hat seine Zeit. Da kommt dann eine Zeit, wo du dir sagen mußt, nun trachte aber nach etwas anderm. Das ist der Fehler, daß die meisten nicht zur rechten Zeit sagen können: Nun aber 'runter von der Ella, sonst kommst du nicht mehr 'raus, und die Olsche schnappt dich. Und da sagte ich mir, jetzt mußt du einen Kasten kriegen, und wenn du ihn stehlen sollst, sonst sitzt du fest."
Als Stanislaw zu dieser Überzeugung gekommen war, ging er wieder zur Polizei und sagte, daß sein Geburtsschein nicht gekommen sei.
„Die verfluchten Pollacken", sagte der Inspektor, „das machen sie aus Niedertracht. Wir werden ihnen schon noch die Hölle heiß machen, lassen Sie nur erst mal die Franzosen in Afrika und die Engländer in Indien und China die Hände voll Dreck haben, dann werden wir schon was pfeifen."
Stanislaw, den die politische Meinung des Inspektors nicht interessierte, der aber aus Höflichkeit zugehört, genickt und mit der Faust auf den Tisch geschlagen hatte, sagte nun: „Wo krieg' ich denn nun mein Seemannsbuch her, Herr Inspektor?"
„Haben Sie denn nicht schon mal in Hamburg gewohnt?"
„Natürlich. Vor dem Kriege."
„Lange?"

„Über ein halbes Jahr."
„Gemeldet gewesen?"
„'türlich."
„Welchen Bezirk?"
„Hier in diesem Bezirk. Auf diesem Revier."
„Dann gehen Sie nur einmal rasch zur Hauptmeldestelle und lassen Sie sich einen Meldeauszug geben. Dann kommen Sie damit her und bringen Sie zwei oder drei Photographien mit, die ich Ihnen stempeln kann."
Stanislaw bekam den Meldeauszug und eilte zurück zu dem Inspektor. Der Inspektor sagte: „Der Auszug ist richtig, wenn ich nur genau wüßte, daß Sie auch der sind, der hier im Auszug genannt ist?"
„Das kann ich beweisen. Ich kann ja den Segelmacher Andresen, bei dem ich gearbeitet habe, herbringen. Aber da steht ja ein Wachtmeister, der mich vielleicht noch kennt."
„Ich? Sie kennen?" fragte der Wachtmeister.
„Ja. Ihnen habe ich neun Mark Ordnungsstrafe zu verdanken, die Sie mir eingebracht haben, wegen einer Prügelei. Damals hatten Sie noch eine Fliege an der Unterlippe, die Sie jetzt abrasiert haben", sagte Stanislaw.
„Ja-a-a-! Jetzt kann ich mich auf Sie besinnen. Richtig, Sie arbeiteten bei dem Andresen. Wir hatten ja noch die Geschichte mit Ihnen. Posen suchte Sie, weil sie als Junge zu Hause durchgebrannt waren. Wir ließen Sie dann hier, weil Sie ja hier anständig in Arbeit waren."
„Dann stimmt das alles", sagte nun der Inspektor. „Jetzt kann ich Ihnen die Bescheinigung geben und die Photographien stempeln."
Am nächsten Tage ging Stanislaw mit der Bescheinigung zum Amt.
„Die Bescheinigung stimmt. Der Inspektor bestätigt, daß er Sie persönlich kennt. Aber. Aber die Reichsangehörigkeit bezweifeln wir noch. Da steht Deutsche Reichsangehörigkeit. Das müssen Sie uns beweisen." Das sagte man ihm auf dem Amt.
„Ich habe doch in der K. M. gedient und bin am Skagerrak verwundet worden."
Der Beamte zog die Augenbrauen hoch und machte eine Gebärde, als ob von dem, was er jetzt sagen wolle, der Weiterbestand der Erde abhängig sei. „Als Sie in der Kaiserlichen

Marine dienten und am Skagerrak verwundet wurden, wo wir es den scheinheiligen Hunden aber gründlich gegeben haben, da waren Sie deutscher Reichsangehöriger. Das wird nicht in Zweifel gestellt. Aber ob Sie heute noch deutscher Staatsangehöriger sind, das ist von Ihnen zu beweisen. Solange Sie uns das nicht beweisen können, sind wir nicht in der Lage, Ihnen ein Seefahrtsbuch auszustellen."
„Wo muß ich denn da hingehen?"
„Da müssen Sie zum Polizeipräsidium gehen. Abteilung Staatsangehörigkeit."

38

Stanislaw mußte doch wieder nach seinem ehrlichen Handwerk sehen, um nicht zu verhungern. Da half nichts. Seine Schuld war es nicht. Arbeit gab es nicht einen Brocken. Alles saugte an der Arbeislosenunterstützung.
Stanislaw machte keinen Versuch, sie mitzunehmen. Ehrliches Handwerk war ihm lieber.
„Es drückt einen so nieder, wenn man immer zwischen Arbeitslosen steht und dort der paar Pfennige wegen halbe Tage in Reih und Glied anstehen und jeden Tag hinlaufen muß. Dann schon lieber Schmalmachen nachts auf der Straße oder aufpassen, ob nicht jemandem die Brieftasche juckt", sagte Stanislaw. „Meine Schuld ist es nicht. Hätten die mir ein Buch gegeben, als ich das erstemal da war, wäre ich längst fort. Ich kriege schon einen Kasten."
Auf dem Polizeipräsidium fragte man ihn: „Sie sind in Posen geboren?"
„Ja."
„Geburtsschein?"
„Hier ist die Quittung vom Einschreibebrief. Schicken keinen."
„Die Bescheinigung von dem Inspektor in Ihrem Revier genügt mir. Es ist nur die Staatsangehörigkeit. Haben Sie für Deutschland optiert?"
„Ob ich was habe?"
„Ob Sie für Deutschland optiert haben? Ob Sie, als die polnischen Provinzen abgegeben werden mußten, vor einer deutschen zuständigen Behörde die Erklärung persönlich zu Proto-

koll gegeben haben, daß Sie deutscher Staatsangehöriger bleiben wollen?"
„Nein", sagte Stanislaw. „Das habe ich nicht getan. Davon habe ich gar nichts gewußt, daß man das tun müsse. Ich habe geglaubt, wenn ich Deutscher einmal bin und nichts andres werde, daß ich dann auch Deutscher bleibe. Ich war doch in der K. M. und habe Skagerrak mitgekämpft."
„Damals waren Sie Deutscher. Damals gehörte die Provinz Posen noch zu Deutschland. Wo waren Sie denn, als die Optionen gemacht werden mußten?"
„Auf großer Fahrt. Draußen."
„Da hätten Sie zu einem deutschen Konsul gehen müssen und dort Ihre Option zu Protokoll geben müssen."
„Aber ich habe doch gar nichts davon gewußt", sagte Stanislaw. „Wenn man draußen fährt und hat seine verfluchte schwere Arbeit, dann hat man keine Zeit, an solche dummen Sachen zu denken."
„Hat Ihnen denn Ihr Kapitän nichts gesagt?"
„Ich fuhr einen Dänen."
Der Beamte dachte eine Weile nach und sagte dann: „Da ist nichts mehr zu wollen. Sind Sie vermögend? Haben Sie Landbesitz oder Hausbesitz?"
„Nein, ich bin Seemann."
„Ja, wie gesagt, da ist nichts mehr zu wollen. Alle Fristen, sogar die Versäumungsfristen sind abgelaufen. Und Sie können sich nicht einmal berufen darauf, daß Sie irgendwo durch höhere Gewalt gehindert worden seien, zu optieren. Sie waren nicht schiffbrüchig in irgendeinem Lande, das außerhalb des üblichen Verkehrs liegt. Sie konnten zu jeder Zeit einen deutschen Konsul oder den Konsul einer andern Macht, der uns vertrat, aufsuchen. Die Aufforderung zur Option ist in der ganzen Welt bekanntgemacht worden, und das ist wiederholt geschehen."
„Wir kommen nicht dazu, Zeitungen zu lesen. Deutsche sieht man nicht, und andre versteht man nicht. Und wenn man eine Zeitung wirklich mal kriegt, da steht es dann nicht drin, weil das nicht in jeder Nummer eingesetzt wird."
„Ich kann nichts machen, Koslowski. Es tut mir leid. Ich möchte Ihnen ja gerne helfen. Aber ich habe nicht die Vollmachten. Sie können sich noch an das Ministerium wenden. Aber das dauert lange, und ob Sie Erfolg haben, ist noch sehr

fraglich. Die Polen kommen uns in keiner Weise entgegen. Warum sollen wir dann ihre Stuben rein fegen. Vielleicht kommt es noch so weit, daß sie in Polen alle, die für Deutschland optiert haben, ausweisen, und dann tun wir das natürlich auch."

Überall erzählte man dem armen Stanislaw politische Ansichten, anstatt ihm ernsthaft zu helfen. Wenn ein Beamter jemand nicht helfen will, so sagt er, er möchte ja so gerne helfen, aber er habe keine Macht und keine Vollmachten.

Wenn man aber laut mit einem Beamten spricht oder ihn nachdenklich ansieht, dann kommt man ins Gefängnis wegen Beleidigung eines Staatsbeamten und wegen Widerstandes gegen die Staatsgewalt. Dann ist er plötzlich der Staat selbst, ausgerüstet mit allen Vollmachten und allen Gewalten, sein Bruder spricht das Urteil, und sein andrer Bruder schließt einen in die Zelle oder schlägt einem den Knüppel über den Schädel. Was ist der Wert des Staates, wenn er dir nicht helfen kann in deinen Nöten?

„Ich kann Ihnen nur den einen Rat geben, Koslowski", sagte der Beamte, während er mit dem Stuhle rückte, „gehen Sie zum polnischen Konsul. Sie sind Pole. Der polnische Konsul muß ihnen einen polnischen Paß ausstellen. Dazu ist er verpflichtet. Sie sind in Posen geboren. Wenn Sie den polnischen Paß haben, dann können wir eine Ausnahme hier machen und Ihnen, weil Sie hier ortsansässig sind und auch schon früher hier gewohnt haben, ein deutsches Seemannsbuch ausstellen. Das ist alles, was ich Ihnen raten kann."

Stanislaw ging am nächsten Tage zum polnischen Konsul.

„Sie sind in Posen geboren?"

„Ja. Meine Eltern wohnen noch da."

„Haben Sie in Posen oder in einer der Provinzen, die von Deutschland, Rußland oder Österreich abgetreten werden mußten, zur Zeit der Abtretung gewohnt?"

„Nein."

„Auch nicht zwischen neunzehnhundertzwölf und dem Tage der Abtretung?"

„Nein. Ich fuhr auf See."

„Was Sie taten und wo Sie fuhren, will ich jetzt noch nicht wissen."

„Stanislaw, da war der richtige Zeitpunkt, ihn über die Barriere zu ziehen."

„Weiß ich, Pippip, aber ich wollte doch erst den Paß haben, dann hätte ich ihm eine auf die Nase gesetzt, eine Stunde ehe mein Schiff abging."
„Haben Sie bei einer polnischen Behörde innerhalb Polens, die hierfür zuständig war, innerhalb der vorgeschriebenen Frist persönlich zu Protokoll gegeben, daß Sie Pole bleiben wollen?"
„Ich habe Ihnen doch schon gesagt, daß ich in den letzten Jahren nicht in Posen oder in Westpreußen war."
„Das ist keine Antwort auf meine klare Frage. Ja oder nein?"
„Nein."
„Haben Sie vor einem rechtmäßig bestallten polnischen Konsul im Auslande, der ausdrücklich bevollmächtigt war, Willenserklärungen solcherart anzunehmen, persönlich zu Protokoll gegeben, daß Sie polnischer Staatsangehöriger bleiben wollen?"
„Nein."
„Was wollen Sie denn dann hier? Sie sind Deutscher. Scheren Sie sich zu den deutschen Behörden und belästigen Sie uns ja nicht mehr."
Stanislaw erzählte das nicht kochend, sondern mehr traurig, weil er aus Gründen andrer Art dem Konsul nicht seine Meinung nach Seemannsart hatte sagen können.
„Sieh mal einer an", sagte ich, „was diese neuen Staaten sich leisten. Das ist schon allerhand. Die werden es noch weit bringen. Du solltest nur mal sehen, wie weit es Amerika auf diesem Gebiet schon gebracht hat und wie es sich abrackert, es noch viel weiter zu bringen und das muffigste und verstaubteste preußisch-kaiserliche Beamtenhirnchen an Muffigkeit und Beschränktheit zu übertrumpfen. Gehe mal nach Deutschland oder nach Polen oder nach England oder nach Amerika und hilf mal deiner Ella mit Rotwein und Zimt und Nelken aus der Appelsoße, da hast du gleich ein Jahr weg, daß es nur so hagelt. Der Staat darf keinen Menschen verlieren. Wenn du aber ausgewachsen bist, dann will dich keiner haben. Du hast ja kein Vermögen, keinen Landbesitz, keinen Hausbesitz. Da geben die Staaten Millionen an Dollar aus, halten Tausende von Vorträgen, machen Filme und drucken Bücher, damit die Jungen nicht in die Fremdenlegion gehen sollen. Aber wenn ein Junge kommt und hat keinen Paß, geben sie

ihm einen Tritt in den Hintern. Dann muß er in die Fremdenlegion oder, was viel schlimmer ist, aufs Totenschiff. Das Volk, das zuerst die Pässe aufheben und den Zustand wieder herbeiführen wird, der vor dem Freiheitskriege war und der niemand schadete und allen das Leben erleichterte, das Volk, das zuerst diese Tat vollführt, wird den Toten der Totenschiffe das Leben zurückgeben und den Besitzern der Totenschiffe den Spaß verderben."

„Möglich", sagte Stanislaw. „Von der ‚Yorikke' kommt keiner mehr 'runter. Wie es heute ist, nicht. Er hat nur eine Aussicht, wenn sie abrutscht, und man rutscht nicht mit ab. Aber so sicher ist das auch nicht, man kann leicht auf einer andern ‚Yorikke' landen."

Stanislaw ging nun wieder zum Polizeipräsidium, Abteilung Staatsangehörigkeit.

„Der polnische Konsul nimmt mich nicht auf."

„Das war vorauszusehen. Was machen wir nun, Koslowski. Sie müssen doch Papiere haben, sonst kriegen Sie kein Schiff."

„Sicher, Herr Kommissar."

„Gut, ich gebe Ihnen eine Bescheinigung, und da gehen Sie morgen früh um zehn zum Paßamt. Ist hier gleich dabei, Zimmer dreihundertvierunddreißig. Da kriegen Sie dann einen Paß. Mit dem Paß holen Sie sich dann Ihr Seemannsbuch."

Stanislaw war froh, und die Deutschen hatten bewiesen, daß sie Leute waren, die noch am wenigsten Bürokraten genannt werden konnten. Er ging zum Paßamt, gab seine Bescheinigung ab und seine Photographien, unterschrieb seinen schönen Paß, bezahlte vierzig Trillionen Mark und bekam seinen Paß.

Alles stimmte in dem Paß. Es war ein gutes Papier. Stanislaw hatte nie in seinem ganzen Leben je ein so gutes Papier gehabt. Damit konnte er direkt nach New York fahren, so gut war das Papier. Er hätte nicht einmal nach Ellis Island gebraucht.

Alles stimmte, Name, Geburtsdatum, Beruf, Geburtsort. Was ist denn das? „Staatenlos." Macht nichts, brauche ich nicht. Kriege ein Seemannsbuch. Und das, was bedeutet das? „Nur für das Inland gültig." Wahrscheinlich denken die Beamten, daß man auch in der Lüneburger Heide mit Dampfern fahre oder daß man auf Elbkähnen rudern wolle.

Wieder ein Tag mehr, und Stanislaw ist auf dem Seemannsamt.
„Seefahrtsbuch? Können wir nicht ausstellen. Sie haben ja keine Staatsangehörigkeit. Und die Staatsangehörigkeit, die Heimatsberechtigung ist für das Seefahrtsbuch die Hauptsache, der übrigen Sachen wegen kann man auch mit der Invalidenkarte auskommen."
„Wie soll ich denn da ein Schiff kriegen? Sagen Sie mir das bloß." Stanislaw war zu Ende mit seiner Weisheit.
„Sie haben ja einen Paß, da kriegen sie jedes Schiff. Es geht ja aus dem Paß hervor, wer Sie sind, was Sie sind und daß Sie hier in Hamburg wohnen. Sie sind doch ein alter befahrener Mann, Sie kriegen spielend ein Schiff. Kriegen jeden Ausländer, verdienen Sie mehr als auf deutschen Schiffen bei diesem Tiefstand der Mark."
Stanislaw bekam ein Schiff. Einen schönen Holländer. Gute Heuer. Als der Heuerbas den Paß sah, sagte er: „Feine Sache", und als der Skipper den Paß sah, sagte er: „Gute Papiere, das habe ich gern; wir wollen jetzt zum Konsul gehen, anmustern und registrieren, Akten verlesen."
Der Konsul registrierte und trug den Namen Stanislaw Koslowski ein.
Dann sagte er: „Seemannsbuch?"
Und Stanislaw antwortete: „Paß."
„Ebensogut", erwiderte der Konsul.
„Paß ist ganz neu, hier vom Präsidium, zwei Tage alt. Alles in Ordnung. Der Mann ist gut." Das sagte der Skipper und zündete sich eine Zigarre an.
Der Konsul nahm den Paß, blätterte darin herum, nickte wohlgefällig, weil es ein Meisterwerk gutgeölter Bürokratie war. Solche Dinge behagten dem Konsul.
Plötzlich hielt er inne und erstarrte zu einer Eiskruste.
„Können nicht mustern", sagte er.
„Was?" rief Stanislaw.
Und „Was?" rief der Skipper und ließ vor Erstaunen die Zündholzschachtel auf den Boden fallen.
„Mustere ich nicht an", sagte der Konsul.
„Warum denn nicht? Ich kenne ja den Beamten vom Präsidium, der die Unterschrift gegeben hat, persönlich." Der Kapitän wurde ungeduldig. „Der Paß ist durchaus einwandfrei. Aber ich kann nicht mustern. Er hat ja keine Staatsange-

hörigkeit", ereiferte sich der Konsul.
„Das ist mir ganz wurscht", sagte darauf der Skipper. „Ich will den Mann haben, mein Erster kennt ihn, und die Schiffe, auf denen der Mann gefahren hat, sind Topp. Solche Leute, wie den hier, will ich um mich haben."
Der Konsul hatte das Paßbüchlein zugeklappt und patschte sich damit auf die offne linke Hand.
Er sagte nun: „Sie wollen den Mann gern haben, Herr Kapitän? Wollen Sie ihn adoptieren?"
„Unsinn!" bellte der Skipper.
„Übernehmen Sie persönlich die Verantwortung dafür, daß Sie den Mann wieder loswerden können?"
„Verstehe ich nicht", brummte der Skipper.
„Der Mann darf in keinem Lande landen. Er darf an Land gehen, solange das Schiff im Hafen liegt. Wenn das Schiff fort ist, und er wird aufgegriffen, hat die Kompanie oder Sie, Kapitän, den Mann wieder aus dem Lande herauszubringen. Wo wollen Sie ihn hinbringen!"
„Er kann doch hier nach Hamburg jederzeit zurück", sagte der Skipper.
„Kann. Kann. Nein, er kann nicht. Deutschland kann seine Aufnahme verweigern und gibt ihn der Kompanie zurück oder Ihnen. Deutschland braucht ihn nicht mehr aufzunehmen, sobald er auch nur die Grenze übertreten hat. Er hat einen Weg. Er kann sich eine Bescheinigung verschaffen, daß er jederzeit nach Hamburg oder Deutschland zurück dürfe und da wohnen darf. Aber eine solche Bescheinigung kann nur das Ministerium ausstellen, und das Ministerium wird es kaum so ohne weiteres tun, weil diese Bescheinigung gleichbedeutend ist mit deutscher Staatsbürgerschaft. Und dann kommt es wieder zu dem Ausgangspunkt zurück. Könnte er eine Staatsbürgerschaft erwerben, dann hätte er sie, er ist ja Deutscher, ist in Posen geboren. Aber weder Deutschland noch Polen erkennen ihn an. Nur wenn Sie oder Ihre Kompanie volle Verantwortung für den Mann übernehmen –"
„Wie kann ich denn das?" rief der Kapitän unwillig aus.
„Dann kann ich den Mann nicht anmustern", sagte der Konsul ruhig, strich den Namen aus dem Buche wieder aus und händigte Stanislaw den Paß ein.
„Hören Sie", der Skipper drehte sich noch einmal um und sagte zu dem Konsul, „hören Sie, können Sie denn keine Ausnahme

machen? Ich möchte den Mann gern haben. Er ist ein vorzüglicher Rudermann."
„Tut mir leid, Kapitän, dazu reichen meine Vollmachten nicht aus. Ich habe mich an meine Vorschriften zu halten. Ich bin nur ein Diener."
Der Konsul hob die Schultern hoch bis zu den Ohren, als er das sagte, seine Arme gingen mit hoch, und die Unterarme hingen nun rechtwinklig und wackelnd im Ellbogengelenk. Das sah aus, als ob man ihm die Flügel gerupft und gestutzt hätte.
„Verfluchter Schietkram, verfluchter", schrie der Skipper, warf seine Zigarre wütend auf den Fußboden, trampelte wie wild darauf 'rum, ging zur Tür und warf die Tür krachend zu.
Draußen auf dem Korridor stand Stanislaw.
„Was mache ich denn bloß mit dir, Junge", sagte der alte Skipper. „Ich möchte dich ja so gerne mitnehmen. Aber nun kannst du nicht mal mehr Notmusterung machen, der Konsul kennt deinen Namen. Da hast du zwei Gulden, mach dir einen vergnügten Abend. Muß mich nach einem andern A. B. umsehen."
Skipper und schöner Holländer waren weg.

39

Aber ein Schiff mußte Stanislaw unbedingt haben. „Ehrliches Handwerk ist ganz gut, für eine Weile. Aber nicht zu lange. So eine Kiste oder so ein Sack, das tut ja niemand weh. Das sind Geschäftsunkosten in einem großen Hause. Die Kiste kann ja auch bei Verladung in die Brüche gehen. Aber man wird das ehrliche Handwerk leid."
Ich sagte nichts darauf und ließ ihn ruhig reden.
„Ja, man wird es wahrhaftig leid", setzte Stanislaw fort, „man kriegt das Gefühl, als ob man jemand auf der Tasche liegt. Eine Zeit, ja, aber dann wird es einem so widerlich, immer auf der Tasche zu liegen. Man will doch auch was tun, was schaffen. Sehen will man, wie das rennt, was man arbeitet. Siehst du, Pippip, so am Ruder stehen, in schwerem Wetter, und den Kurs halten ... Das ist eine Sache, da kann das ganze ehrliche Handwerk nicht mit. Verflucht und zugenäht, nein, da kann

es nicht mit. Da stehst du und stehst, und der Kasten will herumhauen und 'rauswichsen aus dem Kurs. Aber da hältst du ihn an der Kandare. Sieh mal so."
Stanislaw packte mich beim Gürtel und versuchte mich herumzuwitschen, als ob er das Ruderrad in der Hand hätte.
„Du, ich bin kein Ruder, laß los!"
„Und dann, wenn du es durchhältst im schweren Wetter, und es rutscht dir noch nicht einmal einen viertel Strich ab, Pippip, ich kann dir sagen, da könnte man schreien und brüllen vor lauter Vergnügen, daß man diesen Riesenkasten so an der Schlippe halten kann, daß er tun muß, wie du willst, wie ein junges Lämmchen, weiß wie Schnee. Und wenn dann der Erste oder gar der Skipper auf die Rose guckt und sagt: ‚Kos'ki, Junge, Sie können aber mal Kurs halten, verflucht feine Arbeit, könnte ich selber nicht besser machen. Weiter so, dann halten wir die Karline gut in der Zeit!', ja, Mensch, Pippip, da lacht dir das Herz, da könnte man gleich so wegheulen und natschen, daß dir der Rotz die Backen 'runtertrippt, vor lauter Vergnügen. Siehst du, das kann das ehrliche Handwerk nicht und nie. Lachst ja auch, wenn dir ein Schnapp glückt, aber lachst doch nicht so, lachst mehr scheinheilig und drehst dich immer um dabei, ob nicht schon einer hinter dir her ist."
„Ich habe ja an dicken Eimern noch nicht gerudert, aber doch schon an kleinen, und ich denke, du hast recht", sagte ich. „Aber beim Anpinseln geht es einem auch so. Wenn dir eine grüne oder braune Kante so recht fein glückt, ohne zu klecksen und ohne auszurutschen, da hat man auch seinen Spaß."
Stanislaw schwieg eine Weile, spuckte über die Reling, schob sich ein neues Dickerchen zwischen die Zähne, den er vor einer halben Stunde von einem Händler, der mit einem Boot herangepullt war, gekauft hatte, und sagte: „Wirst vielleicht lachen. Kohlenschleppen, wenn man eigentlich A. B. ist, und ein besserer A. B. als diese Räuber hier, ist ja vielleicht eine Schmach. Aber doch nicht. Hat auch seine Freuden. Auf so einem Kasten ist alles wichtig. Wenn nicht geschleppt wird, kann der Heizer keinen Dampf halten, und wenn der keinen Dampf hält, steht die Karre wie eine Ramme im Lehm. Und mal so fünfhundert Schaufeln in einem Zug auf zehn Schritt Entfernung durch die Schachtluke pfeffern und einen Vorrat hinhauen, daß der Heizer kaum noch treten kann, bloß um mal zu sehen, was du schaffen kannst, wenn du mal 'ran-

gehst an die Ella, und du siehst dir den Berg an, den du so auf einen Sitz hingehauen hast, da lacht dir auch das Herz im Leibe. Du könntest den Berg wahrhaftig abknutschen vor Vergnügen, wenn er da so dick aufgeschichtet daliegt und dich so verwundert anglubscht, weil er doch eben noch oben in einem Bunker war und nun mit einemmal hier vor den Kesseln liegt. Nein, an Arbeit, an gesunde Arbeit, kann das schönste ehrliche Handwerk nicht ’ran.
Und warum macht man das ehrliche Handwerk überhaupt? Weil man keine Arbeit hat, weil man keine kriegt. Mußt doch was tun, kannst doch nicht den ganzen geschlagenen Tag im Bett liegen oder dich in den Straßen ’rumtreiben, wirst ja ganz vertattelt im Kopf.“
„Na und was dann, als du den Holländer nicht kriegtest?“ fragte ich.
„Arbeit mußte ich haben, und ein Schiff mußte ich haben, weil ich sonst verrückt geworden wäre. Den guten Paß, das feine Papier, verkaufte ich für Dollar. Dann platzte wieder ein Sack, und ich hatte ein paar Silberlinge in der Hand. Machte mit ein paar dänischen Fischern ein saftiges Spritgeschäft, das ich ihnen durch den Zoll brachte, na und da hatte ich ja feine Pinke. Ich mich in den Zug gesetzt und ’runter nach Emmerich. Komme auch glatt ’rüber. Drüben aber, als ich mir eine Karte nach Amsterdam kaufen will, werde ich geschnappt, und nachts bringen sie mich über die Grenze und schieben mich ’rüber.“
„Was?“ fragte ich. „Du willst doch nicht etwa sagen, daß die Holländer Leute nachts über die Grenze bringen, ganz heimlich?“
Ich wollte hören, wie es Stanislaw ergangen war.
„Die? Die?“ sagte Stanislaw und streckte seinen Kopf weit vor und bohrte mich fest mit seinen Augen. „Die machen noch ganz andre Sachen. Da ist jede Nacht an den Grenzen das schönste Austauschgeschäft mit Menschen. Die Deutschen schleppen ihre lästigen Ausländer und Bolschewisten über die holländische, belgische, französische und dänische Grenze, und das machen die Holländer, die Belgier, die Franzosen, die Dänen. Ich bin sicher, die Schweizer, die Tschechen, die Polen machen es genau ebenso.“
Ich schüttelte den Kopf und sagte: „Kann ich nicht glauben. Das ist ganz ungesetzlich.“

„Aber sie machen's. Sie haben es doch mit mir gemacht, und ich habe an der Grenze und in Holland ein paar Dutzend getroffen, mit denen sie es von allen Seiten aus gemacht hatten.

Was wollen sie denn tun? Totschlagen und eingraben können sie doch die Leute nicht. Sie haben ja nichts verbrochen. Haben bloß keinen Paß und können keinen kriegen, weil sie nicht geboren sind oder nicht optiert haben. Jedes Land versucht, seine Paßlosen und Staatenlosen loszuwerden, weil die Leute ihnen immer wieder Scherereien machen. Wenn sie mit den Pässen aufhören, hört diese Warenverschiebung auch auf. Also, ob du es glaubst oder nicht, mit mir haben sie es getan."

Stanislaw ließ sich aber nicht einschüchtern weder mit der Drohung Arbeitshaus, noch mit der Drohung Gefängnis, noch mit der Drohung Internierung. Er ging in derselben Nacht wieder 'rüber nach Holland, machte es klüger und kam nach Amsterdam. Er kriegte einen Italiener, ein ganz schmachvolles Totenschiff, und ging mit ihm nach Genua. Dort segelte er achtern 'raus, kriegte wieder ein Totenschiff, diesmal einen unmittelbaren Leichenmacher, und ging mit ihm aufs Riff. Er, mit noch ein paar andern, überlebte die Leichen, strolchte sich bettelnd durch zu einem andern Hafen und kam über ein andres Totenschiff, wo er infolge einer gräßlichen Schlägerei abkanten mußte, auf die „Yorikke".

Wo bleibt er? Wo bleibe ich? Wo bleiben alle die Toten eines Tages? Am Riff. Früher oder später. Einmal trifft es. Man kann nicht ewig Totenschiffe fahren. Man muß die Fahrerei eines Tages doch bezahlen, ob man noch so viel Glück hat. Und man muß immer auf ein Totenschiff. Kein andrer Ausweg ist einem geblieben. Das feste Land ist mit einer unübersteigbaren Mauer umgeben, ein Zuchthaus für die, die drinnen sind, ein Totenschiff oder eine Fremdenlegion für die, die draußen sind. Es ist die einzige Freiheit, die ein Staat, der sich zum Extrem seines Sinnes entwickeln will und muß, dem einzelnen Menschen, der nicht numeriert werden kann, zu bieten vermag, wenn er ihn nicht mit kühler Geste ermorden will. Zu dieser kühlen Geste wird der Staat noch kommen müssen. Vorläufig aber hat Cäsar Kapitalismus an diesem Mord noch kein wesentliches Interesse, weil er den Kehricht, der über die Zuchthausmauern geworfen wird, noch gebrauchen kann. Und Cäsar

Kapitalismus läßt nichts verkommen, solange es noch Profit verspricht. Auch der Kehricht, den die Staaten über die Mauern werfen, hat noch seinen Wert und wirft gute Profite ab, die abzuweisen Sünde wäre, unverzeihliche Sünde.
„In der Bunk über mir", sagte ich eines Tages zu Stanislaw, „da ist einer verreckt, wurde mir erzählt. Weißt du was davon, Lawski?"
„Freilich, weiß ich davon. Wir waren ja sozusagen Brüder. Er war ein Deutscher. War aus Mülhausen im Elsaß. Seinen richtigen Namen weiß ich nicht. Kümmert mich auch nicht. Er sagte, er hieße Paul. Gerufen wurde er Franzos oder French eigentlich. War Kohlschlepp. Er hat mir mal in einer Nacht, als wir zusammen im Achterbunk saßen und er wie ein kleiner Junge heulte, erzählt, was mit ihm los war.
Paul war in Mülhausen geboren und hatte Kupferschmied, glaube ich, gelernt in Straßburg oder in Metz. Ich habe das verwechselt, weil es nur so nebenbei war.
Er ist dann auf die Wanderschaft gegangen nach Frankreich und Italien. In Italien war er interniert, als der Dreck da losging, oder warte mal, nein, es war anders. Er war in der Schweiz gewesen, als es losging, hatte kein Geld, wurde 'rübergeschoben und eingezogen. Dann wurde er auf einem Patrouillengang von den Italienern gefangengenommen. Er brach aus, stahl sich Zivilsachen, grub seine feldgrauen Lumpen ein und trieb sich in Mittelitalien und Süditalien herum. Er kannte ja die Gegenden, weil er da gearbeitet hatte.
Endlich wurde er erwischt. Daß er ausgekniffener Kriegsgefangener war, wußte man nicht, man hielt ihn für einen Deutschen, der sich da während der ganzen Zeit herumgetrieben hatte, und so kam er in ein Internierungslager für Zivilgefangene. So war die Geschichte.
Ehe noch die Zivilgefangenen ausgetauscht wurden, war er schon wieder ausgebrochen und walzte 'rauf durch die Schweiz. Er wurde abgeschoben nach Deutschland und arbeitete da in einer Brauerei. Dann kam er in revolutionäre Geschichten 'rein, wurde verhaftet und mit Landesverweis bedacht als Franzose. Die Franzosen nahmen ihn nicht an, weil er schon ewige Zeiten fort war von Mülhausen und weder für Frankreich noch für Deutschland optiert hatte. Was kümmert man sich als Arbeiter um solchen Quatsch. Da hat man andres zu denken und zu sorgen, besonders wenn man keine Arbeit

hat und 'rumlaufen muß wie verrückt, um wenigstens was für den Magen zu schaffen.

Aber er wurde wegen der bolschewistischen Sachen, von denen er gar nichts verstand, landesverwiesen. Er kriegte zweimal vierundzwanzig Stunden Zeit, sich zu verduften, oder sechs Monate Arbeitshaus. Kam er 'raus aus dem Arbeitshaus, so bekam er wieder zwei Tage Zeit, und war er nicht weg in der Zeit, dann blühte ihm wieder Arbeitshaus oder Gefängnis oder Internierungslager. Arbeitshaus haben sie ja nicht mehr oder nennen es nicht mehr so, wie er mir sagte. Aber sie haben dafür ähnliche Einrichtungen. Die Brüder finden immer neue Schikane, wenn sie mit einer alten aufräumen aus irgendwelchen Gründen. Was wissen die von menschlichen Gründen? Da gibt es bloß Verbrecher und Nichtverbrecher. Wer nicht beweisen kann, daß er bestimmt kein Verbrecher ist, der ist eben einer.

Also 'raus mußte er. Er war ein halbes Dutzend mal schon beim französischen Konsul gewesen, aber der wollte nichts von ihm wissen, schmiß ihn 'raus und verbot ihm das Betreten des Konsulats.

Paul walzte nun nach Luxemburg, machte die Grenzen und kam nach Frankreich. Als er geschnappt wurde, sagte der Esel, er sei Franzose. Es blieb ihm ja nichts weiter übrig. Es wurde nachgeforscht, und die fanden 'raus, daß er sich auf diesem Wege die französische Staatsangehörigkeit in ungesetzlicher Weise habe erschleichen wollen. Das ist ein großes Verbrechen. Ein saftiger Einbruch ist lange kein so großes Verbrechen. Die hätten ihm ein paar Jahre aufgeknackst.

Na, kurz und gut, er kriegte ein Mauseloch, um zu entwischen. Anmusterung für die Fremdenlegion. Da konnte er sich ja ein Zehntel französische Staatsangehörigkeit verdienen, wenn er es aushielt.

Aber er hielt es nicht aus und mußte kippen.

Wie er mir erzählte, ist das ja nun so mit dem Abbrennen. Wo willst du hin? 'rüber auf spanisches Gebiet? Gut. Wenn nur der Weg nicht so weit wäre. Aber da kommen Marokkaner, die sich das Kopfgeld verdienen wollen. Man sieht es ihnen nicht an der Nasenspitze an, wenn man sie um ein paar Datteln oder um ein Schluck Wasser anbettelt. Und zurück als Deserteur, dann schon lieber mit einem Stück spitzen Holz erstechen.

Dann wieder trifft man Marokkaner, die ziehen einen aus bis aufs Hemd und lassen einen liegen im Sonnenbrand und im Sande.
Dann trifft man welche, die rauben einen nicht aus, aber schlagen einen tot oder martern einen tot, weil er von der verhaßten Legion ist oder von den verhaßten Christenhunden einer ist.
Da sind auch welche, die verschleppen einen und verkaufen einen tief ins Innere als Sklave zu den Göpelmühlen. Auch ein Vergnügen, lieber die Kaldaunen aus dem Leibe reißen.
Aber der Junge hatte Glück, ein ganz verfluchtes Glück. Er traf Marokkaner an, die ihn erschlagen wollten oder an den Pferdeschwanz binden und abhäuten. Aber er konnte ihnen verständlich machen, noch rechtzeitig genug, denn sie lassen sich für gewöhnlich in keine Diskussionen ein, daß er Deutscher sei. Na, die Deutschen sind ja auch Christenhunde, aber sie haben gegen die Franzosen gekämpft, das wird ihnen hoch angerechnet, wie man in Spanien und in Mexiko es den Deutschen hoch anrechnet, daß sie fünfzigtausend Amerikanern unter die Erde verholfen haben. Bei den Marokkanern haben aber die Deutschen noch einen andern Stein im Brett, sie haben an der Seite der Türken, an der Seite der Mohammedaner gegen die Engländer und Franzosen gekämpft, und sie haben die mohammedanischen Glaubensgenossen, die auf seiten der Engländer und Franzosen kämpften und von den Deutschen gefangen wurden, nicht als Kriegsgefangene, sondern als dreiviertel Freunde behandelt. Das weiß jeder, der Allah und den Propheten anruft, ob er in Marokko wohnt oder in Indien.
Es ist nur so ungemein schwer, einem nichttürkischen Mohammedaner das begreiflich zu machen, daß einer Deutscher ist. Er denkt sich die Deutschen ganz anders aussehend als die verhaßten Franzosen und Engländer, und wenn er nun sieht, daß der Deutsche auch nicht viel anders aussieht, so glaubt er es ihm nicht und denkt, der Mann will ihn beschwindeln. Wenn er nun gar als Deutscher in der Fremdenlegion dient, um die Mohammedaner dort zu bekämpfen, so glaubt es ihm selbst der nicht mehr, der vielleicht zuerst ihn für einen Deutschen gehalten hätte. Denn ein Deutscher kämpft nicht auf seiten der Franzosen gegen die Mohammedaner, die um ihre Freiheit kämpfen, weil die Deutschen das selbst wissen, was es bedeutet, wenn man um die Freiheit und Unabhängig-

keit seines Landes gegen Franzosen und Engländer zu kämpfen hat.
Wie es geschah, niemand kann es sagen. Durch ein unbegreifliches Gefühl, das in den Marokkanern plötzlich auftauchte, glaubten sie ihm, daß er Deutscher sei und daß er nie gegen Marokkaner gekämpft habe. Sie nahmen ihn auf, pflegten ihn, fütterten ihn gut und gaben ihn von Sippe zu Sippe und von Stamm zu Stamm weiter, bis er an der Küste landete und dort mit den Pflaumenmushändlern auf die ,Yorikke' gebracht wurde.
Der Skipper nahm ihn mit Freuden auf, weil er einen Kohlschlepp brauchte, und Paul war glücklich, unter uns zu sein.
Aber nach zwei Tagen schon, obgleich er mit Rosten kein Pech hatte und die Kohlen damals gut zur Hand lagen, sagte er: ,Ich wollte, ich hätte die Fremdenlegion nicht gekippt. Das hier ist zehnmal schlimmer als die böseste Kompanie in unsrer Division. Wir lebten demgegenüber ja wie die Fürsten. Hatten menschliches Essen und menschliche Quartiere. Ich gehe hier in die Wicken.'
,Mach keine solchen Töne, Paul', sagte Stanislaw, um ihn aufzurichten. Aber Paul, der vielleicht auch durch die Strapazen der Flucht schon etwas abgekriegt hatte, fing an Blut zu spucken. Immer mehr. Dann kotzte er Blut in großen Fladen. Und eines Nachts, als ich ihn ablösen kam, lag er auf einem Kohlenhaufen oben im Bunker im dicken Blut. Tot war er nicht. Ich schleifte ihn ins Quartier und packte ihn in seine Bunk da oben. Früh, als ich ihn wecken kommen wollte, war er tot. Um acht kam er über Bord. Der Skipper nahm nicht einmal die Mütze ab, er tippte bloß so an den Rand. Eingewickelt wurde er auch nicht. Er hatte nur Lumpen, die vom Blut verkleistert waren. Ans Bein kriegte er einen dicken Klumpen Kohle. Ich glaube, selbst diesen Klumpen Kohle gönnte ihm der Skipper nur mit schiefem Maul. Ins Journal ist Paul nicht gekommen. Luft, verwehte Luft."

40

Paul war nicht der einzige Schlepp, den die „Yorikke" verschluckt und verdaut hat, während Stanislaw drauf war. Da war der Kurt, ein Junge von Memel, auch nicht optiert. Zu

der Zeit trieb er sich in Australien herum, wurde aber nie erwischt, um interniert zu werden. Schließlich kriegte er namenloses Heimweh und mußte nach Deutschland. Irgendwo in Australien hatte er was ausgefressen. Eine Streikbrechergeschichte mit Streikbrecherverholzen, und einer von diesen Lumpen war liegengeblieben und nicht mehr aufgestanden. Kurt konnte nicht zum Konsul gehen, um auf treuem Wege wegzukommen, denn wenn es sich um Streik handelt oder um Geschichten, die nach Kommunismus riechen, dann bocken die Konsuln gleich alle zusammen, auch wenn sie ein paar Monate vorher sich noch anspucken wollten. Der Konsul hätte ihn sicher der Polizei verwinkt, und Kurt hätte seine zwanzig Jahre machen müssen. Ein Konsul ist immer auf seiten des Staatsgedankens. Des Staatsgedankens, dieses großen erlauchten Wortes, das nichts als Unfug stiftet und die Menschen zu Nummern macht. Und diese Staatsidee ist so stark in den Konsuln entwickelt, daß sie zugunsten der Staatsidee ihre eignen Söhne verkaufen, nur damit der Staat recht behalten kann. Streik ist ja gegen den Staat gerichtet. Manchmal, wenn er ein treuer und nicht ein geschobener Streik ist. Es gelang Kurt, ohne Papiere bis nach England zu kommen. Aber Endland ist eine böse Sache. Eine Insel ist immer bös. Man kann 'rauf, aber nicht mehr 'runter. Kurt konnte nicht mehr 'runter. Er mußte zum Konsul. Der Konsul wollte wissen, warum er von Brisbane in Australien fort sei, warum er dort nicht den deutschen Konsul aufgesucht habe und warum er auf illegalen Wegen nach England gekommen sei.
Kurt konnte das nicht erzählen und wollte es auch nicht erzählen, weil ja England für ihn auch nicht sicherer war als Australien. Die Engländer hätten ihn sofort an Australien zur Aburteilung ausgeliefert.
Auf dem Konsulat in London oder in Southampton oder in welcher Stadt in England es sein mochte, bekam Kurt in dem Büro des Konsuls, wo alles an die Heimat erinnerte, ein so übermächtiges Heimwehgefühl, daß er bitterlich zu weinen anfing. Darauf schrie ihn der Konsul an, er möge hier kein Theater machen, sonst schmisse er ihn 'raus, solche Vagabunden kenne er schon zur Genüge. Kurt gab ihm die einzige richtige Antwort, die ein echter Junge für solche Gelegenheiten auf Lager hält, und um der Einladung den gehörigen Nachdruck zu verleihen, ergriff er einen Sandstreuer oder was es

war und feuerte es dem Konsul an den Kopf. Der fing gleich an zu bluten und an zu schreien, aber Kurt war 'raus wie der Teufel.

Er hätte sich den Weg zum Konsul sparen können, denn da er von Memel war und nicht optiert hatte, konnte ihm der Konsul ja doch nicht helfen. Dazu reichten dessen Vollmachten nicht aus. Wie gewöhnlich. Er war ja nur Diener des Götzen.

Dadurch war Kurt nun endgültig tot und konnte die Heimat nicht wiedersehen. Es war ihm ja durch eine Amtsperson bestätigt worden, daß sein Heimweh nur Theater war. Was weiß eine Amtsperson davon, daß ein Vagabund, ein zerlumpter Weltherumtreiber auch Heimweh bekommen kann? Solche Gefühle sind nur denen vorbehalten, die weiße Wäsche haben und jeden Tag ein reines Taschentuch aus der Kommode nehmen können. Yes, Sir.

Ich habe kein Heimweh. Ich habe gelernt, daß das, was Heimat, was Vaterland sein sollte, eingepökelt und in Aktenmappen eingeheftet ist, daß es in Gestalt von Staatsbeamten repräsentiert wird, die einem das treue Heimatsgefühl so sicher austreiben, daß nicht eine Spur davon mehr übrigbleibt. Wo meine Heimat ist! Da, wo ich bin und wo mich niemand stört, niemand wissen will, wer ich bin, niemand wissen will, was ich tu', niemand wissen will, woher ich gekommen bin, da ist meine Heimat, da ist mein Vaterland.

Der Junge von Memel kriegte einen Spanier und kam schließlich auf die „Yorikke" als Schlepp.

Schutzvorrichtungen gab es auf der „Yorikke" nicht, erstens kosten sie Geld und zweitens hindern sie an der Arbeit. Ein Totenschiff ist keine Kleinkinderbewahranstalt. Mach die Augen auf, und wenn was abgeht, so ist das nur faules Fleisch oder ein fauler Finger, der doch nicht arbeiten wollte.

Das Wasserstandglas an den Kesseln hatte weder ein Schutzglas noch ein Drahtgitter. Eines Tages platzte es, als Kurt auf Wache war. Es war auch kein Langhebel dran, wodurch das Rohr, das zum Wasserstandglas führte, von einem sicheren Platz aus hätte abgedrosselt werden können. Das kochende Wasser strahlte heraus, und der Kesselraum war in dichten heißten Dampf gehüllt.

Das Rohr mußte abgedrosselt werden. Mußte gemacht werden. Aber der Drosselhahn war direkt unter dem gebrochenen

Glas, zwei Zoll von der Strahlöffnung entfernt. Es mußte abgedrosselt werden, sonst lag der Eimer einen halben Tag fest, und wenn schweres Wetter aufkam, konnte das Schiff nicht manövrieren und wurde gepfeffert, daß kein Splitter mehr heil blieb.
Wer drosselt ab? Der Schlepp natürlich. Der Vagabund opferte sein Leben, damit „Yorikke“ manövrierfähig blieb und erst dann zu den Fischen ging, wenn es befohlen wurde.
Und Kurt drosselte ab. Dann brach er zusammen und wurde von dem Ingenieur und dem Heizer in seine Bunk getragen.
„So etwas von Schreien“, erzählte mir Stanislaw, „kannst du dir nicht denken. Auf dem Rücken konnte er nicht liegen und nicht auf dem Bauche und nicht auf den Seiten. Die Haut hing ihm in Fetzen herunter wie ein zerrissenes Hemd, alles Blasen und Blasen, dick wie ein Kopf, und eine neben der andern. Hätte man ihn in ein Hospital gebracht, ich weiß ja nicht, vielleicht hätte man ihm helfen können mit Hauteinsetzen. Aber man hätte schon eine ganze Kalbshaut gebrauchen müssen, um ihn wieder zurechtzuflicken. Und geschrien und geschrien und geschrien! Ich wünsche nur, daß der Konsul ihn im Schlafe gehört hätte, er wäre den Schrei nicht mehr losgeworden. Die sitzen am Tisch und schreiben Formulare voll. Hundert Meilen hinter der Front des nackten Lebens.
Tapferkeit im Kriege? Quatsch! Tapferkeit auf dem Felde der Arbeit. Aber da kriegst du keinen Orden. Da bist du kein Held. Er hat sich totgeschrien. Abends kam er über Bord, der Junge von Memel. Na, Pippip, ich muß die Kappe abnehmen, guck mich nicht so an. Da mußt du ‚Präsentiert das Gewehr!‘ machen. Kannst nicht anders. Über Bord, mit einem Klumpen Kohle am Bein. Sah aus wie ein Sträfling. Der Zweite Ingenieur sah hinterdrein und sagte dann: ‚Verfluchte Geschichte, jetzt haben wir wieder keinen Schlepp.‘ Das war alles, was er sagte. Und gerade er war der Mann, der es hätte machen müssen; denn es war eine Reparatur, und solche Reparaturen gehen den Schlepp gar nichts an. Ja, das war der Kurt. Steht auch nicht im Journal. Der Zweite Ingenieur steht drin. Der Koch hat es gesehen, als er Seife stehlen ging in die Kabine vom Skipper. Na, was sich unsereiner dafür schon kauft.“

41

Mit den übrigen Mannschaften redete ich sehr wenig. Sie waren meist brummig, übel gelaunt und schläfrig, wenn sie nicht besoffen waren, was in jedem Hafen vorkam. Aber, wenn ich ganz ehrlich sein soll, so waren es eigentlich sie, die nicht mit uns redeten. Ich war ja nur Schlepp, ich und der Stanislaw. Und der Schlepp ist ja nicht, bei weitem nicht soviel wie ein A. B., nicht einmal soviel wie ein Deckarbeiter. Das sind alles Herren im Vergleich zum Schlepp. Der Schlepp wühlt im Dreck und in der Asche und ist erst recht Dreck und Asche. An ihm kann man sich ja die Finger dreckig machen. Und nun gar erst der Zimmermann oder gar, um noch höher zu gehen, der Bootsmann. Denen gegenüber ist man nur ein Würmchen. Niemand versteht es so gut, feine und allerfeinste Rangunterschiede zu machen wie der Arbeiter.

Nun erst in der Fabrik. Der die Schrauben drehen darf, tausendweise, alle nach Schablone, was ist der für ein großer Mann gegenüber dem, der die Schrauben in einem Korbe wegschleppen muß. Und der die Schrauben wegschleppen darf, was ist der für eine unerreichbare Größe gegenüber dem, der die Säle ausfegen darf. Und der, der ausfegen darf, wirft sich in die Brust und sagt: „Ach der, der sucht ja bloß den Dreck durch, der muß ja die Messingspäne aussuchen, mit dem kann ich doch nicht verkehren. Wie sieht denn das aus?"

Unter den Toten hört der Rangunterschied nicht auf. Er wird noch größer beinahe. Wer da hinten an der Mauer nur gerade so verscharrt ist, weil er ja irgendwo liegen muß, der ist nichts. Der in einem Tannensarg begraben wird, ist schon mehr. Nachts, wenn sie tanzen, guckt er den Verscharrten mit keiner Miene an, sondern sieht sehnsüchtig 'rüber zu denen, die mit ihrem Eichensarg tanzen. Zu denen, die mit einem Metallsarg mit goldenen Ecken gravitätisch herumwandern, wagt er gar nicht aufzusehen; das würden die sich auch sehr verbitten. Damit man das alles gleich von vornherein klarstellen kann, darum werden ja die einen in Metallsärgen mit vergoldeten Ecken begraben und die andern in einer viereckigen Holzkiste in einem Winkel verscharrt. Erst die Würmer und die Maden, diese revolutionären Aufräumer und Umwälzer, die machen sich nichts aus Rangunterschieden. Die sind alle gleich weiß

und alle gleich groß, und sie wollen fressen; und das Fressen nehmen sie sich, wo sie es kriegen, sie holen es sich aus dem Metallsarg mit vergoldeten Ecken ebenso rasch wie aus der Kiste.
Der Herr Zimmermann und der Herr Bootsmann und der Herr Donkeyman waren Petty-Offiziere, Unteroffiziere. Sie waren genauso dreckig wie wir, waren auch nicht länger befahren als wir, waren für den geregelten Gang der „Yorikke" viel weniger wichtig als wir, aber die Schlepps mußten den Herrn Donkeyman bedienen. Mußten ihm das Essen aus der Galley holen, auf den Tisch stellen und wieder abservieren. Damit der Rangunterschied gewahrt blieb. Der Donkeyman ist der Wintschenmaschinist, und wenn das Schiff im Hafen liegt und die Heizer und Schlepps haben Tagarbeit, dann muß er die Kessel heizen, auch des Nachts. Auf der Fahrt murkst er im Wege herum, putzt an den Maschinen hier ein wenig, dort schmiert er ein Lager, dann muß er einen Selbstöler auseinandernehmen und auswaschen und dann wieder da ein wenig Dreck wegnehmen und ihn hier hinlegen. Dafür braucht er nicht in den großen Quartieren schlafen, sondern in kleinen, wo nur zwei oder drei Bunks sind, und dafür bekommt er Sonntag Grießpudding mit Himbeersaft und in der Woche zweimal Backpflaumen in blauer Stärke, während wir keinen Pudding am Sonntag und nur einmal in der Woche Backpflaumen in blauer Stärke fassen. Wenn wir aber zweimal Backpflaumen kriegen mit versteinertem Salzfisch, dann bekommt er dreimal Backpflaumen. Er, der Bootsmann, der Zimmermann, die Unteroffiziere. Dafür hat er hinter uns her zu sein und aufpassen, daß wir nicht etwa einen Kesselbunker aufschrauben, wenn schweres Wetter ist und die Achterbunker noch ein paar Kilogramm haben. Was würde Cäsar mit seinen Armeen machen, wenn er keine Unteroffiziere hätte, die auf der ersten Sprosse der Leiter zum Generalfeldmarschall stehen? Unteroffiziere, die von oben kommen, sind nicht zu gebrauchen; sie müssen von unten kommen, gestern noch geprügelt worden sein, dann sind sie gut zu gebrauchen, die können am besten prügeln.
Dann kamen die A. B.s und dann die Deckarbeiter. Stanislaw konnte mehr als alle drei A. B.s zusammen, aber er war nur Dreck. Sie hätten sich erst wohl gefühlt, wenn angeordnet worden wäre, daß die Schlepps, wenn sie an dem Donkeyman

vorbeigehen wollten, zu fragen hätten, ob es ihnen auch erlaubt sei, an ihm vorbeizugehen.

Dennoch waren sie alle Tote, und dennoch waren sie alle auf dem Wege zu den Fischen.

Soweit das Erhabenheitsgefühl bei ihnen nicht verletzt wurde, konnte man mit ihnen umgehen, und sie fühlten sich durchaus im gleichen Schiethaufen mit uns. Die weniger Befahrenen unter den Deckarbeitern waren noch zu unsicher unter uns alten Seehunden, um irgendwelchen Sprossensinn uns gegenüber zu entwickeln. Mit der Zeit kam dann doch ein Zusammenhörigkeitsgefühl heraus, das seinen Grund in der uns allen gemeinsamen Schicksalslage hatte. Wir alle waren Verwehte, wenn es auch keiner für sich zugeben wollte und immer noch auf ein Entspringen hoffte. Uns allen drohte das gleiche Schicksal der Gladiatorenopferung, was wir alle wußten, ohne es offen auszusprechen. Seeleute sprechen nicht von Schiffbruch und nicht von Untergang, das ist nicht gut. Lockt nur den Gast aufs Schiff. Aber gerade dieses wartende Wissen, dieses bebende Zählen der Tage von einem Hafen zum andern, dieses verhaltene Nichtaussprechen der Tatsache, daß, wie lange es auch immer dauern möge, wir doch mit jedem Tage näher und sicherer dem letzten Tage kommen, wo es um den brutalen Kampf, ums nackte Leben gehen würde, knüpfte uns mit einem merkwürdigen Band zusammen.

Es ging nie einer allein in den Hafen, immer zu zweien oder dreien. Seeräuber konnten nicht ein Viertel so schlimm aussehen wie wir. Wir kamen nie in Händel mit den Mannschaften andrer Schiffe. Zum Teil waren wir ihnen zu dreckig und zu zerlumpt, zum Teil hakten sie nicht ein. Wir konnten sagen, was wir wollten, sie taten, als hörten sie es nicht, tranken ihren Wein aus oder ihren Schnaps und gingen ihrer Wege. Sie waren die ehrliche Arbeiterklasse, der vierte Stand; wir waren der fünfte, der noch lange nicht dran ist, solange nicht der vierte erst einmal an der Krippe sitzt. Vielleicht waren wir gar der sechste und hatten noch ein paar Jahrhunderte zu warten.

Die vom vierten, dem ehrlichen Stand, ließen sich auch darum nicht mit uns ein, weil sie uns für Desperados hielten. Das waren wir ja auch. Uns war alles gleichgültig. Was immer auch geschah, es konnte uns nichts Schlimmeres geschehen. Also los, weg mit ihm.

Wenn wir in eine Seemannskneipe kamen, war der Wirt immer

ängstlich darauf bedacht, uns nur ja recht schnell heraus zu haben, obgleich wir alles über die Kante hauten, was wir in der Tasche hatten oder im Munde, weil die Taschen zerrissen waren, oder auch im Mützenleder, wenn es noch vorhanden war. Wir waren gute Kunden, aber solange wir in der Taverne waren, ließ der Wirt kein Auge von uns und beobachtete jeden Schritt und jeden Blick. Schien es ihm, daß einer mit den Augen zuckte und einen vom ehrlichen Stand zu deutlich anguckte, ging der Wirt sofort zu dem Manne hin, der angeguckt worden war, und bearbeitete ihn, daß er das Lokal verließe. Er mußte ihn ja vorsichtig und zart behandeln, denn hätte der Betreffende gemerkt, was los war, so hätte er vielleicht doch einmal gelippt, und dann war die Appelsoße im Gange.

Wahrscheinlich hatte sich mit der Zeit durch die übermäßige Arbeit, die wir zu leisten hatten, durch die seltsame, verlorene Lage, in der wir uns alle befanden, durch die unaufhörliche Spannung vor dem krachenden Schrei der aufgebrannten „Yorikke“, die nicht zu den Fischen wollte, in unsre Gesichter etwas eingegraben, das alle Menschen, die nicht auf der „Yorikke“ fuhren, mit unsagbarem Grauen erfüllte. Es mußte etwas in unsern Gesichtern und in unsern Augen liegen, das Frauen manchmal erbleichen und aufschreien machte, wenn wir unerwartet in ihren Gesichtskreis traten. Selbst Männer sahen uns scheu an und drehten und wendeten sich, um einen andern Weg zu machen, damit sie nicht an uns vorbei brauchten. Die Polizei folgte uns mit den Augen, solange sie auch nur ein Zipfelchen von uns sah. Merkwürdig war es mit Kindern. Manche fingen an zu schreien, wenn sie uns sahen, und liefen fort wie gehetzt, manche wieder blieben stehen, rissen die Augen weit auf, wenn wir vorüberkamen, manche wieder folgten uns atemlos, als hätten sie Traumgestalten verwirklicht gesehen, und manche, und das war recht seltsam, kamen auf uns zu, gaben uns die Hand, lachten uns an und sagten: „Guten Tag, Mann!“ oder „Guten Tag, Seemann!“ oder so etwas. Unter denen, die uns die Hand gaben, waren aber wieder einige, die, nachdem sie uns die Hand gegeben hatten, aufblickten mit großen Augen, uns mit offnem Munde anstarrten, dann plötzlich wegrannten und sich nicht mehr umdrehten.

Waren wir so tot, daß die Kinderseele den Tod in uns sah und fühlte? Waren wir den Kindern erschienen, als sie noch unter dem Herzen ihrer Mütter träumten? Schlang sich ein geheimnisvolles Band um uns Fortgehende und Totgeweihte und um die Kinderseelen, die gerade über die Schwelle des Lebens getreten sind und noch den Schatten des unbekannten Reiches im Bewußtsein tragen? Wir die Gehenden – sie die Kommenden, die Verwandtschaft lag im Gegensatz.

Richtig sauber gewaschen waren wir nie. Mit Sand und Asche kann man sich nicht sauber waschen. Wenn man in einem Hafen dachte, daß man ja auch Seife haben wollte, war das Geld schon weg für andre Dinge, die einem auch wichtig erschienen, Wein und Gesang und alles das übrige. Singen konnten wir auch. Es war ein Grölen und Heulen, aber niemand rief vom Fenster hinunter, daß wir ruhig sein sollten. Sie hüteten sich. Die Polizei hörte nichts und sah nichts.

Manchmal kauften wir ja auch ein Stück Seife, aber man hatte es nur einen Tag. Dann war es weg für immer. Man kann doch nicht die Seife den ganzen Tag im Munde halten, um sie zu schützen. Und weil man das Geld auch nicht dauernd im Munde halten konnte und es auch nicht gestohlen haben wollte und sich dann noch ärgern mußte, gab man es aus. Das einfachste Ding von der Welt.

Es kam vor, daß wir uns rasieren ließen, wenn wir daran dachten, solange wir noch Geld hatten, oder wenn wir zufällig in eine Schaufensterscheibe guckten und uns selber nicht mehr kannten. Denn einen Spiegel hatten wir nicht. Das war gut, so wußte keiner, wie er selbst aussah im Gesicht. Es war ja immer der andre, der so fürchterlich aussah, daß die Frauen aufschrien und sich in den Häusern versteckten. Nicht rasiert, das Gesicht rot und verschrammt von dem Sand und der Asche, die nackten Arme voll Brandnarben und die Kleidung versengt, verbrannt, zerrissen, verlumpt.

Nach einem englischen, französischen, deutschen, dänischen oder holländischen Hafen gingen wir nie. Da hatten wir nichts zu suchen. Immer an den Küsten Afrikas oder Syriens. Nur selten gingen wir in Spanien oder Portugal an einen Kai, meist blieben wir draußen auf der Reede liegen und nahmen die Ladung von Leichtern und von Booten über. Der Skipper mochte wohl wissen, warum er in manchen Häfen nicht an den Kai ging, sondern sich auf Reede vor Anker legte. Dann signalisierte er nach einem Boot und fuhr hinein zum Hafen, um die Papiere in Ordnung zu bringen beim Konsul oder bei den Hafenbehörden.

Wir gingen unsre eignen Wege. Es gibt keine Totenschiffe. Das sind Dinge der Vorkriegszeit. Es gibt keine, weil man sie in einem Hafen, in einem bekannten Hafen nicht sieht. Sie sind da draußen in der Ferne, wo jede Bucht ein Hafen ist, wenn ein Schuppen hingebaut wird. In den chinesischen Gewässern, in den indischen, in den persischen, den malaiischen, an den Küsten des südlichen und östlichen Mittelmeeres, an den Küsten Madagaskars, an den Westküsten und Ostküsten Afrikas, an den Küsten Südamerikas, in der Südsee. Platz genug für alle und für ein paar Tausend mehr. Sowenig wie man je alle Vagabunden von den Landstraßen der Erde wird vertreiben können, weil ja auch ganz anständige Leute darunter sein mögen, die eben gerade nur mal knapp bei Gelde sind, ebensowenig wird man die Totenschiffe von den sieben Meeren vertreiben können. Wer sie suchen wollte, findet sie nicht. Es gibt ja dreimal mehr Wasser auf der Erde als Land; und wo Wasser ist, da ist auch eine Straße für ein Schiff, aber wo Land ist, da ist noch lange nicht eine Straße für einen Vagabunden.
Die „Yorikke" hätte nie jemand gefunden. Sie hatte einen Skipper, der sich aufs Handwerk verstand. Er konnte mit Fürsten umgehen, sie würden ihn für ihresgleichen gehalten haben. Kam jemand irgend etwas verdächtig vor, er schlug die Geschicktesten. Seine Papiere waren immer in Ordnung, soweit sie sich auf die „Yorikke" und auf ihren Mageninhalt bezogen. Kein zehnmal konzessionierter Postdampfer konnte bessere Papiere zeigen. Und das Journal? Es stimmte auf die Minute.
Da kam mal ein spanisches Kriegsboot auf, als wir noch innerhalb der Seegrenze waren. Das Boot suchte. Jedes Kind wußte, daß Corned beef mit Knochen ein gutes Geschäft ist.
Das Boot signalisierte, aber der Skipper pfiff drauf. Dann feuerte das Boot den Stopper. Und „Yorikke" stoppte. Es hatte nicht mehr gelangt. Sie war noch drin. Na, solche Boote machen sich ja nichts draus. Sie versuchen auch außerhalb der Grenze zu picken. Der Skipper muß vor Gericht beweisen, daß er nicht mehr drin war, sondern schon anderthalb Seemeilen 'raus. Soll er mal beweisen, das ist nicht so einfach. Es steht kein Grenzpfahl im Wasser. Die Rumjäger in den States kennen überhaupt keine Seegrenze. Manchmal glückt es dem Skipper aber doch, zu beweisen, daß er 'raus war. Na, dann wird eben bezahlt. Und eine halbe Stunde drauf wird es

woanders schon wieder versucht. Nur der Mensch, der kleine, der muß das Gesetz achten, der Staat braucht das nicht. Er ist die Allmacht. Der Mensch muß Moral haben, der Staat kennt keine Moral. Er mordet, wenn er es für gut befindet, er stiehlt, wenn er es für gut befindet; er raubt die Kinder von den Müttern, wenn er es für gut befindet; er zerbricht die Ehen, wenn er es für gut befindet. Er tut, was er will. Für ihn gibt es keinen Gott im Himmel, an den zu glauben er den Menschen bei Leib- und Lebensstrafe zwingt, für ihn gibt es keine Gebote Gottes, die er den Kindern mit dem Knüppel einbleuen läßt. Er macht sich seine Gebote selbst, denn er ist der Allmächtige und der Allwissende und der Allgegenwärtige. Er macht sich die Gebote selbst, und wenn sie ihm eine Stunde darauf nicht mehr zusagen, übertritt er sie selbst. Er hat keinen Richter über sich, der ihn zur Rechenschaft zieht, und wenn der Mensch anfängt, mißtrauisch zu werden, dann fuchtelt er ihm mit der Flagge Rot-Weiß-Blau-Hurra-Hurra-Hurra vor den Augen herum, daß der Mensch ganz duselig wird, und brüllt ihm ins Ohr: „Haus und Herd – Weib und Kind" und bläst ihm in die Nasenlöcher den Rauch: Blick auf deine ruhmreiche Vergangenheit. Und dann plappern die Menschen alles nach, weil der Allmächtige sie in ausdauernder Arbeit zu Maschinen und Automaten gemacht hat, die ihre Arme, Beine, Augen, Lippen, Herzen und Gehirnzellen genauso bewegen, wie es der allmächtige Staat haben will. Das hat nicht einmal der allmächtige Gott zuwege gebracht, und der konnte doch auch etwas. Aber diesem Ungeheuer gegenüber ist er nur ein armer Stümper. Seine Menschen handelten ganz selbständig, sobald sie erst einmal ihre Arme und Beine bewegen konnten. Sie liefen ihm davon, achteten seine Gebote nicht, sündigten wie toll und setzten ihn endlich ab. Bei dem neuen allmächtigen Gott haben sie es schwerer, weil er noch zu jung ist und weil sie noch nicht wagen, ihm auf die Füße zu treten und den Apfel vom Baume zu reißen.
Wir stoppten. Blieb uns ja nichts andres übrig. Er hätte uns sonst hochgeblasen.
Und dann kamen sie 'rauf.
„Möchten die Papiere sehen. Ja, danke, die sind in Ordnung. Wir dürfen doch wohl einmal überprüfen. Wir halten Sie nicht auf. Ein paar Minuten nur."
„Bitte, bitte, meine Herren, aber nicht zu lange. Ich habe

Verspätung, oder ich muß Ihre Regierung haftbar machen."
Der Skipper lacht. Wie der Mann zu lachen verstand. Mit seinem Lachen, das so halb ironisch, so halb ungemein lustig war, leerte er alles aus, was da noch verdächtig sein konnte.
Die guten Leute hatten etwas von Corned beef mit Knochen vernommen. Wie Ameisen krochen sie in dem Laderaum herum und suchten Corned beef von Chikago. Und der Skipper lachte und lachte.
Es war kein Corned beef da. In der Galley waren ein paar Büchsen. Zum Hausgebrauch für das Mittschiff.
Aber da war Kakao. Holländischer, garantiert reiner, entölter, Van Houtens. Kisten und Kisten voll. Aller Kakao in Blechbüchsen. Damit das Aroma nicht verlorengeht.
Der Untersuchungsoffizier tippte auf eine Kiste, die ganz mitten drin lag. Die Kiste kam hoch. Er ließ sie öffnen.
Und der Skipper lachte. Und der Offizier wurde nervös. Er wollte es nicht merken lassen, aber er konnte es nicht verbergen. Das Lachen machte ihn halb verrückt.
Schöne große Büchsen. Alle mit Etiketten verklebt. Der Skipper trat an die Kiste, nahm eine Blechbüchse heraus und reichte sie dem Offizier zu, während er seinem Lachen einen ganz unterstrichnen sarkastischen Ton gab. Der Offizier sah den Skipper an, dann sah er die Büchse an, und nun trat er mit einem schneidigen Schritt auf die offene Kiste zu und nahm sich selbst eine Büchse heraus, gleich neben der Lücke. Er riß das Etikett hastig ab und öffnete die Büchse. – Kakao.
Der Skipper schüttelte sich vor Lachen.
Plötzlich fiel dem Offizier wieder das Corned beef mit Knochen ein, und er schüttete den Kakao aus der Büchse völlig aus. Kakao. Da war nichts andres drin. Nichts als garantiert reiner entölter Van Houtens Kakao.
Aber der Offizier, zitternd vor Nervosität, nahm jetzt dem Skipper die Büchse aus der Hand, riß das Etikett ab, hob den Blechdeckel ab, und da war – Kakao. Er steckte den Deckel wieder auf und gab die Büchse dem Skipper mit einem „Danke!" zurück.
Was in dem Skipper vorging, als ihm der Offizier die Büchse aus der Hand nahm, weiß nur er allein. Aber er lachte, daß man es drüben auf dem Kriegsboot, das beigedreht hatte, hören konnte.

Der Offizier entschuldigte sich, gab das Revisionsdokument, in das er das Zeichen der geöffneten Kiste einschrieb mit der Quittung für die beiden verdorbenen Büchsen Kakao, stieg mit seinen Leuten in die Schaluppe und setzte ab zu seinem Boot.

Als er abstieß, rief der Skipper 'rüber zu Galley: „Koch, heute abend Kakao für die Mannschaft und Rosinenstollen."

Dann ging er näher zur Kiste, suchte eine Weile herum, bis er fand, was er haben wollte, nahm die gewünschte Büchse heraus und übergab sie dem Koch. Dann ließ er die Kiste wieder zunageln und verstauen.

Ich hatte auf Deck gestanden, als dies geschah. Und da man Gelegenheiten nie verpassen soll, so machte ich mich nachts gleich daran, ein paar Blechbüchsen Kakao flottzumachen. Im nächsten Hafen brachten sie immer ein paar Schillinge ein, oder man konnte sie für Tabak eintauschen.

Fünf zog ich ab und verstaute sie im Bunker.

Bei der Ablösung sagte ich zu Stanislaw: „Hast du schon mal an den Kakao gedacht? Ehrliches Handwerk. Ein paar Schillinge sind drin."

„Da ist kein Schilling drin. Wenn es Kakao wäre. Aber es sind ja Kakaobohnen, und wenn du nicht die passenden Kakaomühlen dazu verkaufen kannst, kriegst du nicht einen roten Penny dafür."

Das kam mir verdächtig vor. Stanislaw hatte also schon an das Handwerk gedacht. Wahrscheinlich schon eine Kiste aufgehabt, als die zweite noch am Lademast hing.

Ich kletterte sofort 'rauf in den Bunker und machte eine Büchse auf. Stanislaw hatte recht. Es waren Kakaobohnen. Sehr harte, mit Messinghülsen. In der zweiten Büchse, dasselbe. In der dritten, vierten, fünften, dasselbe. Ich machte sie wieder schön zu und packte sie zurück in die Kisten. Für arabische und marokkanische Kakaobohnen hatte ich kein Interesse; die passenden Mühlen, falls wir sie an Bord hatten, hätte ich ja doch nicht sicher heruntergekriegt.

Nur der Skipper war fähig, Kakaobohnen in Kakaopulver zu verwandeln. Er konnte es auf zwei Arten. Er konnte das Wunder vollbringen dadurch, daß er die Blechbüchse in der Kiste ließ, er konnte es aber auch dadurch, daß er die Büchse in die Hand nahm. Er war ein Meister in der schwarzen Magie, yes, Sir.

42

Wir machten Tripolis und hatten verteufelt schweren Seegang. Wir wurden im Kesselraum hin und her gepfeffert, und in den Bunkern war es noch schlimmer. Ich betrachtete mir, wenn ich mal ein wenig zum Verschnaufen im Kesselraum auf einem Kohlenhaufen saß, zuweilen das kleine Glasröhrchen, das einen erwachsenen Seemann so martervoll verschlucken kann, wenn er dazu in der Laune ist. Dabei legte ich mir die Frage vor, ob ich das Rohr abdrosseln würde, wenn das Röhrchen zum Tanzvergnügen geht.
Natürlich sagte ich nein. Aber wer kann sagen, was er tun wird, wenn die Frage nicht gestellt wird, sondern wenn die Frage entschieden werden muß und man gar nicht daran denkt, daß die Frage überhaupt existiert? Der Heizer kann ja drunter liegen und kann nicht mehr allein fort. Meinen Heizer im Stich lassen, daß er mir mein ganzes Leben hinterher schreit: „Pippip! Pippip! Ich verbrühe! Hol mich 'raus, Pippip! Ich kann nicht sehen, meine Augen sind 'rausgebrüht, Pippip, schnell, es ist gleich vorbei! Pip-pip-p-"
Na, nu laß mal da deinen Heizer liegen. Da gehst du eben, auch wenn du weißt, ihr bleibt beide da liegen.
Vielleicht gehe ich auch nicht. Warum? Mein Leben ist auch etwas wert. Mein Leben –
„Pippip, Schlepp, spring Back, nicht gucken, Backbord und her!"
Der Heizer brüllt es, daß er das Hämmern der Maschine überkreischt.
Ohne aufzugucken, mache ich einen Satz 'rüber nach Backbord und falle dort in die Knie, weil ich über das Schüreisen falle, das im Wege liegt. Gleichzeitig erfolgt ein Krach und ein Rasseln, das betäubend ist.
Unter seinem schwarzen dicken Kohlenstaub, den er im Gesicht hat, sehe ich, daß der Heizer ganz bleich ist. Auch Tote können noch erbleichen. Ich klaube mich auf mit zerschundenen Schienbeinen und aufgeschlagenen Kniescheiben und drehe mich um.
Die Aschenhuze, die Aschenführung, ist 'runtergekommen.
Diese Aschenführung ist ein runder Blechkanal, wie ein großer Blechschornstein, mit einem Durchmesser von etwa einem Meter. In ihm werden die Aschkannen hochgehievt, damit sie

nicht hin und her schlenkern können, sondern oben in den Aushebeschacht geführt werden.
Die Huze hängt weit in den Kesselraum hinein bis etwa neun Fuß über dem Boden. Oben ist sie an einen Kranz festgenietet. Sie ist sicher dort an den Nieten durchgerostet, und jetzt bei dem Wetter hat sie den Rest bekommen und ist abgebrochen. Wo will sie hin? Sie muß in den Kesselraum. Sie ist senkrecht fallendes, sehr starkes Eisenblech und hat hundert Kilo oder mehr. Schneidet den Kopf und den ganzen Körper der Länge nach durch. Geht wie mit dem Rasiermesser. Oder schlägt den Arm ab und nimmt die eine Schulter mit. Wenn sie Gnade übt, nur den halben Fuß. Wer denkt an die Aschenhuze, daß die einmal abrosten könnte am Kranz. Sie hängt seit der Zerstörung Jerusalems da drin und ist nie 'runtergefallen. Die ganzen vielen Jahrhunderte nicht. Und nun mit einemmal fällt es ihr ein, 'runterzukommen.
Seemannslos. Arbeiterlos. Deine Schuld. Geh zur rechten Zeit drunter weg, dann kann dir nichts passieren.
Hallo, Heizer, da bin ich ja noch mal mit einem Sprung davongekommen. Gleich beim ersten Schrei: „Schlepp, Back!" gesaust wie ein Affe. Nicht erst lange gedacht, was los ist. Die „Yorikke" entwickelt die Instinkte, sie hält einen in Form.
„Ja, Heizer, verflucht noch mal, das war ein Sprung zur rechten Zeit." Danke! ist nicht. Wozu? Morgen dir, übermorgen Stanislaw. Wer weiß, wen die nächste Kugel trifft. Wir sind im Kriege. Kopp weg. Aber ehe du es hörst, ist er schon weg, der Kopp. Der Rest bleibt liegen. Wird nicht bezahlt. Über Bord. Klumpen Kohle ans Bein. An die Mütze getippt. Grabmusik: „Nun haben wir wieder keinen Schlepp."
Das Glasröhrchen ist heil. Es hat sein Opfer. Der Aschenhuze hat der Heizer den Spaß verdorben. Aber dafür wartet die Rache. Was ist das nächste Glasröhrchen? Wer ist der Nächste? Junge, zieh dir den Gürtel fest. Da ist Warnung in der Luft. Warnung für dich. Es schwirrt der Gast herum, er kriecht in den Winkeln und lauert in den Ecken. Beim nächsten Mal macht er bessere Arbeit und läßt nicht gerade den Heizer zufällig nach oben blicken, daß er sieht, wie sich erst die eine Hälfte am Kranz löst und dann die andre. Beim nächsten Mal ist es vielleicht das Brett da oben, auf dem du 'rüberbalancierst zur Bunkerluke.
Mein Junge, ich glaube, du steigst am besten aus in Tripolis.

Wenn du auch tot bist, man macht doch gern noch manchmal einen Spaziergang aus den Gräbern und sieht, was draußen los ist, weil man sich so rasch an die stickige Luft im Grabe nicht gewöhnen kann. Mußt ja wieder 'rein ins Grab oder in ein Totenschiff, aber hast doch eine Nase voll frischer Luft mitgenommen, und beim zweiten Male geht es schon besser. Aber Tripolis war nichts mit Aussteigen. Wir konnten keinen Schritt tun ohne Bewachung. Beim geringsten Versuch, achtern abzubleiben, hätten sie uns gepackt und zurückgebracht. Hätten dem Skipper eine Kostenrechnung gemacht, und er hätte sie von der Heuer abgezogen. Es war auch nichts in Syrien. Man konnte nicht abkanten. Wir waren freie Männer, freie Seeleute. Durften in die Häfen gehen, durften in den Kneipen 'rumsaufen, durften tanzen und unser Geld verspielen oder es uns aus den Taschen räubern lassen. Alles durften wir tun, weil wir ja freie Seeleute und keine Sträflinge waren. Aber sobald „Yorikke" das Blaue Peterlein flattern ließ und man drückte sich auffällig weit vom Kai oder von den Molen herum oder gar in verschnörkelten Gäßchen und dunklen Winkeln, da hatte einen auch schon einer am Arm: „Monsieur, s'il vous plait, Ihr Schiff wartet, wir werden Sie begleiten, damit Sie nicht den Weg verfehlen."
Und war man dann erst wieder drauf auf der „Yorikke", hatten sie das Recht, draußen am Kai zu stehen und einem das abermalige Verlassen des Bootes zu verbieten, denn Blau Peterlein flatterte, und das hieß, nun hat die Freiheit wieder mal ein Ende.
Stanislaw hatte schon recht gehabt: „Kommst nicht mehr 'runter. Und wenn du kommst, die kriegen dich und stecken dich auf einen andern Toteneimer, der vielleicht noch schlimmer ist. Denn die Toten nehmen dich immer wieder auf, auch aus den Händen der Polizei. Mit Dank. Drücken dem Engelmacher noch zehn Schillinge in die Hand dafür. Füttern dich sogar, bis sie dich auf ein andres Totenschiff, das hereinkommt, verkaufen können. Müssen dich doch loswerden. Können dich doch nicht nach der Heimat deportieren, hast ja keine."
„Da brauche ich doch aber nicht 'raufzugehen."
„Mußt 'rauf. Der Skipper sagt, er hat dich gezeichnet, auf Handschlag. Dir glaubt man nichts, dem Skipper glaubt man. Er ist ja ein Skipper und hat eine Heimat, wenn es auch nur selbst eine geschwindelte ist und er selber nicht mehr heim

darf. Aber er ist der Skipper. Mußt 'rauf. Er hat dich gemustert. Hat dich nie gesehen. Aber auf Handschlag gemustert. Mußt 'rauf. Bist Deserteur."

„Aber, Stanislaw, nun rede mal klar. Da gibt es doch noch Recht", sagte ich, weil ich glaubte, er übertreibt.

„Das ist doch schon mein viertes. Es ist dein erstes. Und ich bin durch mit allen Zipfeln."

„Man kann dich doch nicht zwingen. Ich bin doch freiwillig auf die ‚Yorikke' gekommen", wandte ich ein.

„Ja, das erstemal kommt man halb freiwillig. Aber hättest du deine Sachen alle klar gehabt, wärst du nicht freiwillig gekommen. Wenn du deine Sachen in Ordnung hast, kann dir niemand mit solchem Zimt kommen, wie Handschlag, Deserteur und so. Da sagst du, du willst zum Konsul. Da müssen sie dich gehen lassen und können mitkommen. Wenn der Konsul sagt, daß er dich annimmt, daß er dich anerkennt, müssen sie abziehen. Da ist nichts von Handschlag, da heißt es zu dem Skipper: ‚Wer sind Sie? Wann wurde das Schiff zum letztenmal inspiziert? Wie sind die Gebührnisse für die Mannschaft, Essen, Löhnung, Quartiere?' Da zuppelt er ab, der Skipper und sagt nichts mehr von Handschlag. Kannst du zum Konsul gehen? Hast du Papiere? Hast du ein Vaterland? Na also. Können sie mit dir machen, was sie wollen. Glaubst du nicht? Steig aus, versuche es."

„Hast du denn dein dänisches Heuerbuch nicht mehr?" fragte ich Stanislaw.

„Eine Frage! So eine dumme Frage! Wenn ich das noch hätte, wäre ich doch nicht hier. Ich hab's doch gleich für zehn Dollar verkauft, als ich den schönen Paß in Hamburg kriegte. Auf einen Dänen darf er nicht damit gehen, auch nicht zu einem dänischen Konsul. Der nimmt es ihm gleich ab, weil es angemeldet ist; es ist doch ein Schwimmer. Lebt doch nicht mehr. Aber für kleine Verhältnisse ist es hundert Dollar wert. Wenn ich es nur hätte. Hab' mich doch auf meinen eleganten Paß verlassen. War doch wie eine Festung, so gut und so sicher. Kerngesund. Echt bis auf die Pupille. Besser als zehn Eide. Konnte von der ganzen Erde aus angeklingelt werden in Hamburg, ohne Murren. Bloß die Nummer gewinkt. Schon war die Antwort da: Paß ist klar wie ein Diamant. Aber er war doch bloß Gipsfront. Hatte bloß ein schönes Gesicht und nichts dahinter."

„Warum hast du es denn nicht noch woanders damit versucht?"
„Habe ich doch, Pippig. Denkst du denn, ich lass' so einen eleganten Schwenker gehen, ohne ihn ein halbes dutzendmal anzuziehen und zu sehen, ob er nicht doch noch paßt! Ich hatte doch auch einen Schweden. Da sind wir gar nicht erst bis zum Konsul gekommen. Der Skipper nahm ihn, guckte 'rein und sagte gleich: ‚Nichts zu machen mit uns. Ich werde Sie nicht mehr los.'"
„Die Deutschen hätten dich doch aber genommen", sagte ich nun.
„Zuerst einmal zahlen die ja hundemäßig. Damals wenigstens. Was sie heute zahlen, weiß ich nicht. Ich hätte auch gern einen genommen. War mir ja egal. Aber wenn du da ankamst, gleich sprangen sie dir ins Gesicht: ‚Nehmen keine Pollacken. Pollakken 'raus. Freßt oberschlesische Steinkohle. Könnt ja euren Pollackenrachen nicht voll kriegen.' Und lauter solche Sachen. Das wäre dann die ganze Fahrt so gegangen. Auch wenn ich hätte mustern können. Die andern, die Mannschaften sind ja noch zehnmal schlimmer, noch zehnmal verhetzter. Hältst du gar nicht aus. Geht vom frühen Morgen bis zum Abend: ‚Saupollack. Dreckpollack. Mistpollack. Wollt ihr nicht auch noch Berlin einsacken, ihr Pollackenschweine?' Hältst du nicht aus, Pippip. Gehst über die Reling. Dann schon lieber, ‚Yorikke'. Da schmeißt keiner dem andern seine Nationalität vor, weil keiner mehr eine Nationalität hat, mit der er protzen kann."
So verging ein Monat nach dem andern. Ehe ich es mir versah, war ich vier Monate auf der „Yorikke". Und ich hatte gedacht, ich könnte dort keine zwei Tage leben.

43

Lasset uns Menschen machen ein Bild, das uns gleich sei, und lasset uns ihnen die Fähigkeit geben, zu glauben und sich zu gewöhnen, damit sie uns nicht eines Tages absetzen. „Yorikke" war erträglich geworden. War eigentlich doch ein ganz feines Schifflein. Das Essen war gar nicht so schlecht, wie es schien. Es gab ja hin und wieder Nach-Sturm-Frühstück. Auch schon mal Kakao mit Rosinenstollen. Und zuweilen ein halbes

Wasserglas Kognak oder ein volles Wasserglas Rum. Manchmal gab der Koch sogar ein halbes Kilo Zucker extra her, wenn man ihm schöne Nußkohle für die Galley aus den Bunkern klaubte.
Der Dreck in den Quartieren war zu ertragen. Wir hatten ja keine Bürste und keinen Feger. Wir fegten mit einem Sacklumpen. Seife hatten wir ja auch keine. Und wenn wir uns ein Stück kauften für den persönlichen Gebrauch, werden wir es doch nicht aufbrauchen für Reinquartier. Wir waren doch nicht verrückt.
Die Bunk war auch gar nicht so hart, wie sie erst erschien. Ich hatte mir aus Putzwolle ein Kissen zurechtgemacht. Wanzen? Gibt es auch anderswo. Nicht nur auf der „Yorikke". Es war ganz gut zu ertragen. Es sah auch niemand mehr so dreckig aus und so zerlumpt wie in den ersten Tagen. Auch die Eßgeschirre waren nicht mehr so schmierig.
Mit jedem Tag war alles ein klein wenig sauberer und besser und erträglicher geworden. Wenn Augen sehr lange dasselbe sehen, sehen sie es nicht mehr. Wenn müde Glieder jeden Tag auf demselben harten Holze ruhen, schlafen sie bald wie auf Daunen. Wenn die Zunge jeden Tag dasselbe schmeckt, weiß sie nicht, wie andres wohl schmecken mag. Wenn alles rundherum kleiner wird, sieht man nicht, wie man zusammenschrumpft, und wenn alles dreckig ist, was einen umgibt, sieht man nicht, wie dreckig man selbst ist.
Die „Yorikke" war recht erträglich. Mit Stanislaw konnte man sich gut unterhalten. Er war ein kluger und intelligenter Junge, der viel gesehen und alles mit ganz klaren Augen gesehen hatte und der sich das Hirn nicht so leicht verkleistern ließ. Mit den Heizern konnte man auch sprechen. Wußten auch dies und jenes Neue zu erzählen. Die Deckarbeiter waren auch keine verblödeten Dummköpfe. Dummköpfe kamen nie zu den Toten und nur selten Durchschnittsmenschen. Denn die haben immer alles schön in Ordnung. Die können nie über die Mauer fallen, weil sie nie hochklettern, um zu sehen, wie es auf der andern Seite wohl aussehen mag. Die glauben, was man ihnen darüber erzählt. Die glauben, daß auf der andern Seite der Mauer Mordbrenner sitzen. Die Mordbrenner sitzen immer auf der andern Seite der Mauer. Und wer das nicht glaubt und einmal nachsehen will, ob es wahr ist, auf die Mauer klettert und dabei 'runterfällt, dem geschieht es ganz recht, daß er draußen

bleibt. Und wenn er schon auf die andre Seite will, um den Mordbrennern die überflüssigen Hosenknöpfe zu verkaufen, dann soll er wenigstens durch das Tor gehen, damit man sieht, wer es ist, und damit der Nachtwächter, der über der Haustür den Adler und die Fahnenstange hat, damit man auch gleich weiß, daß er der Nachtwächter seines Landes ist, das Trinkgeld nicht einbüßt. Wer kein Trinkgeld bezahlen kann und keinen Zettel in der Tasche hat, auf dem abgestempelt wurde, daß er der Sohn seiner Mutter ist, soll daheim bleiben. Freiheit ja, aber muß abgestempelt sein. Freizügigkeit der Erdenbewohner ja, aber nur mit Zustimmung der Nachtwächter. Vier Monate Heuer hatte ich beim Skipper stehen. Hundertzwanzig oder einige mehr Peseten Vorschuß gingen ab. Blieb ein ganz hübsches Sümmchen übrig. War auch dann noch ein ganz nettes Sümmchen, wenn es in Pfunde umgerechnet wurde.

Umsonst wollte ich nun auch nicht gerade gearbeitet haben und das Geld dem Skipper schenken. Und so hatte er mich nur um so fester. Aber wo und wann und wie abmustern? Gab es doch nicht. In keinem Hafen wurde die Abmusterung bestätigt. Keine Papiere, kein Heimatland. Werden den Mann nie wieder los. Kann nicht abmustern.

Es gab nur eine Abmusterung. Die Gladiatorenabmusterung. Abzeichnung auf dem Riff. Abzeichnung bei den Fischen. Kam man klar, dann flog man auf eine Küste. Da konnten sie einen nicht gleich wieder ins Wasser fegen. Schiffbrüchiger. Es regt sich das Mitleid der Menschen, besonders derer, die in Küstenstrichen wohnen. Mit Toten gibt es kein Erbarmen, mit Schiffbrüchigen ist es etwas andres.

Dann muß sich ja auch der Nachtwächter der Flagge melden, unter der man aufs Riff ging. Er zahlt nicht für den Mann, er zahlt für den Rapport, damit die Versicherung besser geölt wird. Denn wenn der Rapport nicht einläuft, dann kommt die Verschollenenwartezeit, und das bedeutet einen erheblichen Zinsverlust. Wenn der Rapport da ist und das Mitleid mit dem Schiffbrüchigen eingetrocknet ist, dann wandert man wieder zu den Toten. Erst ganz langsam, dann schneller und immer schneller. Die Kompanie ist für den Mann haftbar, und sie ist verantwortlich für seine Fortschaffung. Wohin mit ihm? Kein Skipper will ihn haben. Er wird ihn nicht mehr los. Auf ein Totenschiff. Er will nicht, weil er genug hat, vom letztenmal.

Handschlag, versuchte Desertion, zehn Schilling in die Hand, Blaues Peterlein, 'rauf. Guten Morgen, da wären wir wieder. Die Fische können warten. Er kommt. Einmal kommt er. Er kommt, entweder mit dem Glasröhrchen oder mit der Aschenhuze oder mit einer Kohlenlawine im Bunker oder mit dem Riff. Aber er kommt. Er kann nicht pansioniert werden oder ein Weib nehmen und einen kleinen Bootshandel anfangen. Er muß immer wieder in die Arena. Bis er es vergißt, daß er in der Arena ist, yes, Sir...

Nun lagen wir in Dakar. Ein durchaus anständiger Hafen. Nichts gegen ihn einzuwenden.

Kesselreinigen, Kesselreinigen, wenn die Feuer unter dem zu reinigenden Kessel nur gerade einen knappen Tag aus sind und der Nachbarkessel unter Dampf bleibt. Und dieses Vergnügen in einer Gegend, wo man sagt: „Guck mal da 'rüber, wo die grünen Zaunpfähle stehen mit dem großen A dran, das ist der Äquator, kannst auch sagen Mittagslinie, dann mußt du aber das A abschrauben und ein Messingschild anhängen mit dem großen M drauf. Aber ob du nun Mittagslinie sagst oder Äquator oder überhaupt nichts, es ist immer egal heiß und glühend. Wenn du den Äquator anfaßt, die Hand ist sofort weg, wie abrasiert, bloß noch ein paar Krümelchen Asche sind übrig. Wenn du ein Stück Eisen auf den Äquator legst, schmilzt das wie Butter. Wenn du zwei Stück zusammenhältst, die schweißen autogen. Glatt ohne Naht, brauchst bloß drücken."

„Weiß ich", sagte Stanislaw, „wir sind mal 'rübergefahren über den Äquator, da war es gerade Weihnachten. Da war doch der immer noch so heiß, daß du die dicken eisernen Bordwände man bloß so mit dem Finger durchbohren konntest. Brauchtest gar nicht bohren. Bloß so mit dem Finger antippen, da war schon ein Loch drin. Wenn du gegen die eiserne Bordwand spucktest, flog die Spucke durch wie nichts, war gleich wieder ein Loch. Der Skipper sah das von der Brücke und schrie: ‚Ihr wollt wohl hier ein Kaffeesieb aus dem Schiff machen. Sofort die Löcher wieder zugemacht.' Und da wischten wir so ein klein wenig mit der Hand 'rüber oder mit dem Ellbogen, und da waren die Löcher wieder zu. Es war ja gerade so weich wie Kuchenteig. Die eisernen Masten hatten sich ganz umgebogen, so wie ein langes Wachslicht, das du auf einen heißen Kochherd stellst. Es war eine Schweinerei, bis wir sie wieder gerade hatten. Mit dem Äquator darf man nicht spaßen."

„Ganz gewiß nicht", gab ich zu, „darum hat man ja zu beiden Seiten des Äquators rund um die Erde einen Lattenzaun gemacht mit Warnungsschildern dran. Kannst du ja schon auf der Landkarte sehen, den Zaun. Ihr habt den dummen Fehler gemacht, ihr seid drüber weggefahren. Wir waren schlauer. Wir sind durch die Unterwassertunnel drunter hergefahren. Da ist es schön kühl. Merkst gar nicht, daß du unter dem Äquator herfährst."
„Die Äquatortunnel kenne ich. Aber die Kompanie wollte nicht die Tunneldurchfahrtkosten bezahlen. Die berechnen pro Tonne einen Schilling Tunnelkosten. Wie geht es denn da 'rein in den Tunnel?"
„Aber Mensch, das ist doch ganz einfach", erwiderte ich, „da ist ein großes Loch im Meer, und da geht das Schiff eben 'rein, mit dem Bug zuerst, fährt durch und kommt an der andern Seite wieder 'raus, da ist auch so ein Loch im Wasser."
„Ist tatsächlich ganz einfach", gab Stanislaw zu, „das hätte ich mir viel komplizierter gedacht. Ich habe gedacht, das Schiff wird in eine Art Taucheranzug gesteckt und dann 'runtergezogen. Unten ist eine Maschine, die da zieht, und dann geht es unten lang auf Zahradschienen, und an der andern Seite wird das Schiff dann wieder hochgezogen."
„So hätte man das natürlich auch machen können", sagte ich, „aber das ist zu umständlich. Könnten sie auch gar nicht machen für einen Schilling die Tonne."
„Zum Kreuzdonnerwetter noch mal, wird das Geschwätze da drin im Kessel nun bald aufhören oder nicht", schrie der Zweite Ingenieur in den Kessel, während er den Kopf zum Mannloch durchsteckte. „Wenn da in einem fort erzählt wird, kann der Kessel nicht rein werden."
„Komm doch 'rein, du Hund, wenn du den Hammer an den Schädel haben willst." Ich schrie es wie wild, halbverrückt von der Hitze. „Klopp dir den Kessel allein, du Roßtäuscher, du verfluchter. Dir werde ich ja überhaupt noch was erzählen."
Ich wollte ja gern, daß er mich rapportiert und daß ich 'rausgefeuert werde. Dann hätte ich ein Quittungsbuch kriegen müssen und mein Geld. Aber dazu waren die ja viel zu schlau.
„Ebenso wie die Offiziere im Kriege. Kann man noch so beleidigen und in die Fresse hauen, melden dich nicht", sagte Stanislaw, „haben dich lieber draußen, als daß du im Gefängnis im trocknen sitzt."

Kesselreinigen am Äquator, wenn das Feuer nur knapp einen Tag gelöscht ist und der Nachbarkessel unter Dampf liegt. Meine Herren! Wer nie sein Brot mit Tränen aß, der trinkt es jetzt wie Himbeerlimonade. Wir saßen nackt drin, aber die Wände waren so glühend heiß, daß wir uns anziehen mußten und dicke Polster aus Sacklumpen unter die Knie zu legen hatten, um nicht anzubrennen.

Dann klopfen. Und was der Kesselstein für einen Staub macht. Das ist, als ob man die Lunge, den Schlund, die Kehle mit Glas abkratzt. Wenn man den Mund bewegt, knirscht es zwischen den Zähnen, als ob man Sand mahlt, und es kriecht einem an ganzen Rückenmark ein entsetzliches Empfinden hoch, als würde das Rückenmark von einem Ende aus herausgebohrt.

Der Kessel ist an sich schon nicht allzu geräumig. Nun liegen auch noch die Feuerzüge drin, und man muß auf dem Rücken liegen, auf dem Bauche, um überall hinzukommen. Wie eine Schlange windet man sich in den Zügen herum. Wo man mit der bloßen Hand hinfaßt, ist es so heiß, als fasse man auf eine heiße Herdplatte.

Dann springt einem Kesselstein in die Augen. Und das harte scharfe Körnchen bereitet einem Schmerzen, daß man glaubt, wahnsinnig zu werden. Dann wird es mit dreckigen und schweißigen Händen herausgefischt, und das Auge rötet sich von den Martern, die man ihm angetan hatte. Eine Weile geht es gut, und ratsch: wieder ist ein scharfer Splitter drin, und die Marter geht von neuem los.

Schutzbrillen? Die kosten Geld. Für solchen Unfug hat die „Yorikke“ kein Geld. So wurde es vor tausend Jahren gemacht, und so wird es heute gemacht. Meist sind die Brillen auch nicht viel wert. Entweder man sieht nichts durch oder sie drücken oder der Schweiß läuft einem zwischen die Plüschdichtungen und frißt sich in die Augen.

Hätte man elektrische Lampen gehabt, wäre das ja eine kleine Erleichterung. Aber nun die Lampen aus Karthago. In fünf Minuten ist der Kessel schwarz und dick von Rauch. Aber es muß geklopft werden.

Und die Hämmer dröhnen innerhalb des Kessels, als ob tausend Donner einem unmittelbar auf das Trommelfell pauken. Es ist keine federnde Resonanz, sondern ein hart vibrierendes gell-kreischendes Pochen.

Fünf Minuten, dann müssen wir ’raus, um Luft zu holen. Wir

kochen in Schweiß, die heißen Lungen fliegen und flattern, das Herz tobt, als wollte es die Brust durchsprengen, und wir zittern in den Knien.
Luft, nur Luft. Koste es, was es wolle. Und wir stehen in der Meeresbrise, die auf uns wirkt, als wäre sie ein Schneesturm in Saskatchewan. Ein breites hartes Schwert stößt durch unsern Körper in seiner ganzen Länge. Wir frieren und beben und sehnen uns zurück in die heiße Glut des Kessels.
Wieder fünf Minuten, und wir schreien: Luft. Alle drei, die wir drin sind, drängen wir an das kleine Mannloch, durch das wir uns zwängen müssen. Nur einer kann zu gleicher Zeit durch und muß sich wie eine Katze drehen und winden, um herauszukommen. Während der Zeit, wo er sich durch das Mannloch zwängt, kommt auch nicht ein Hauch von Luft in den Kessel. Mit Mühe kriege ich, der ich zweiter bin am Loch, die Arme durch und zwänge mich hinaus. Der Heizer fällt innen um und schlägt hart auf. Er ist besinnungslos.
„Stanislaw, der Heizer muß 'raus, hat schlappgemacht", rufe ich mit letztem Atem. „Wenn wir ihn nicht holen, zockt er ab und erstickt."
„Ei-ei-ne Mi-nu-te, Pip-. Hab' noch keine Luft wieder." Es dauert nicht lange, und das Schwert sitzt uns wieder im Körper, und wir sehnen uns nach der kochenden Hitze des Kessels.
Wir nehmen ein Tau. Ich winde mich wieder durch und hole den Heizer fest. Und nun arbeiten wir, ihn hinauszukriegen. Das ist das Schwerste. Hineinwinden und herauswinden kann man sich. Aber einen leblosen Menschen da durchzuziehen, das erfordert unendliche Geduld und Geschicklichkeit und Kenntnisse in der Anatomie. Der Kopf ist rasch durch. Aber die Schultern.
Endlich schnüren wir die Schultern zusammen wie ein Paket, ganz fest, und dann können wir ihn hieven, und er kommt.
In den Schneesturm bringen wir ihn nicht, sondern wir lassen ihn im Kesselraum und legen ihn sogar dicht in die Nähe der Feuer des Nachbarkessels. Wir binden seine Schultern los.
Der Atem ist weg. Ganz weg. Aber das Herz pocht. Leise, doch regelmäßig. Wir gießen ihm Wasser über den Kopf und pressen einen nassen Sack aufs Herz. Dann fächeln wir ihm Wind ins Gesicht, blasen ihn an wie Holzkohlen und tragen ihn endlich unter die Windhuze.

Stanislaw muß 'rauf und die Windhuze in den Wind stellen, damit frische Luft auf den Heizer fällt.
Jetzt läßt sich der Hund von einem Roßtäuscher natürlich nicht sehen; aber wir brauchen uns nur etwas im Kessel erzählen, dann ist diese widerwärtige Fratze gleich am Mannloch und stopft uns die Luft ab mit seiner klobigen Knochenbeule. Er kriegt doch noch den Spitzhammer an den Kadaver geworfen. Möchte er wenigstens ein Wasserglas Rum für den Heizer bringen, der Schuft. Wir wollen ihn ja gar nicht trinken. Nur ein Schlückchen, um das Glasstaub aus der Kehle und aus den Zähnen zu kriegen.
Der Heizer ist unter der Windhuze, und ich fange mit Armbewegungen an. Allmählich kommt er. Und er kommt immer besser. Als wir ihn hoch haben, auf den Kohlenhaufen setzen und in die Ecke drücken, damit er einen Halt hat, kommt der Zweite Ingenieur.
„Was ist denn das, zur Hölle noch mal", schreit er gleich, „werdet ihr bezahlt für Faulenzen oder für was?"
Stanislaw oder ich oder wir beide hätten ja nun sagen können: „Der Heizer war..."
Aber wir hatten beide dasselbe Gefühl, und unser Instinkt war wieder einmal richtig. Arbeiter brauchen nur auf ihren Instinkt hören, dann handeln sie schon ganz richtig. Gleichzeitig, ohne ein Wort zu sagen, hatten wir uns gebückt, in jede Hand einen sauberen dicken Brocken Kohle genommen und noch in derselben Sekunde dem Zweiten an seine Knochenbeule und an seinen Kadaver gefeuert.
Die Arme um den Kopf herum, rannte er davon. Stanislaw lief ihm ein paar Schritte nach und schrie: „Du Giftkröte, wenn du einen halben Schilling für den Pfeffer abziehst, den du erwischt hast, kommst du auf der nächsten Fahrt in den Feuerkanal und dann in die Aschkanne, und du sollst mich ins Gesicht spucken dürfen, wenn ich dich nicht in die Feuerung schiebe. Biest von einem Ingenieur." Das Biest machte keine Meldung beim Skipper. Wäre uns auch ganz egal gewesen. Wir wären mit Wonne in Dakar ins Gefängnis gegangen. Hat auch keinen Penny Strafe abgezogen. Solange wir Kessel reinigten, und das dauerte ein paar Tage, ist er nie wieder in die Nähe gekommen. Von dem Tage an behandelte er uns wie rohe Eier und bekam mehr diplomatische Fähigkeiten, als der Erste sie besaß. Wirkt Wunder, wenn man Kohle oder einen Hammer

oder eine Schürstange zur Hand hat, und man weiß sie am rechten Ort zu gebrauchen.
Als der Kessel sauber war, bekamen wir zwei Glas Rum und Vorschuß. Wir in die Stadt und 'rumgeguckt. Man denkt ja immer, man könnte einen treffen, den man nicht erwartet. Ich hätte wegpacken können auf einem Franzosen, der nach Barcelona ging. Aber ich wollte meine vier Monate Heuer dem Skipper nicht schenken. Warum sollte ich denn umsonst arbeiten? So ließ ich den netten Franzosen allein. Stanislaw hätte mit einem Norweger stauen können, der nach Malta ging. Aber er hatte dieselben Gründe. Die Heuer. Er hatte viel mehr stehen als ich.
So trieben wir uns im Hafen herum. Stanislaw ging auf den Norweger, und ich schlenderte für mich weiter.

44

Da lag weit draußen die „Empreß of Madagascar", die Kaiserin von Madagaskar, ein Engländer, neuntausend Tonnen, vielleicht noch mehr. Das wäre so ein Eimerchen, um damit abzuflippen und zu versuchen, für eine Weile aus dem Grabe aufzustehen und einen Spaziergang zu machen. Feines neues Bötchen. Wie lackiert, so sauber. Sogar das Gold ist noch nicht mal abgewettert. Funkelfarbenneu. Aber da ist keine Schanz, da ist nichts frei, auf so einem pfirsichweichen Backfischlein. Lächelt so kokett 'rüber, zwinkert mit den angefärbten Wimperchen und flickert mit den unterstrichenen Augäpfeln, daß es eine wahre Freude ist. Muß mal 'rüber und das holde Geschöpfchen aus der Nähe besehen.
Verflucht noch mal, wenn nur die Heuer nicht wäre, ich würde wahrhaftig mal anklingeln. Aber die Heuer lasse ich nicht im Stich. Wenn ich den Zweiten nur dazu kriegte, daß er mich 'rausfeuert. Vielleicht einen Brocken Bolschewistenhetzerei machen. Aber die pfeifen drauf. Hetz, so viel du magst, kommst nicht 'runter. Und machst du es zu bunt, zieht er dir zwei Wochen Heuer ab. Arbeitest umsonst.
Wenn die Kaiserin früher abfährt als die „Yorikke" und ich bin darauf mit Notheuer, ist nichts mehr zu wollen. Aber wo ladet mich die „Empreß" wieder ab! Nach England darf sie mich nicht mitnehmen, wird mich nicht los. Loswerden muß sie mich. Aber wo? Schiebt mich ab auf ein Totenschiff,

irgendwo unterwegs oder in irgendeinem Hafen, wo gerade ein Schuppen steht.
Aber fragen kostet ja nichts.
„Hallo!"
„Hallo! What is up?" Er hat eine weiße Mütze auf, der es 'runterruft.
„Ain't no chance for a fireman, chap? Ist bei euch keine Stelle frei für einen Heizer?" rufe ich hinauf.
„Papiere?"
„No, Sir."
„Sorry. Bedaure, nichts zu machen."
Habe ich ja gewußt. Ist ein sauberes Fräuleinchen. Muß alles in Ordnung sein. Heiratslizenz notwendig. Hat noch eine Mutter, die die Hand drauf hält. Mutter Lloyd in London.
Ich gehe lang 'runter an dem Eimer. Auf dem Achterdeck sitzt Mannschaft. Spielen Karten. Verflucht noch mal, was reden denn die für ein Englisch. Da ist ja Yorikkisch. Und das auf einem glattlackierten Engländer, wo das Gold noch nicht mal abgeblättert ist? Da stimmt etwas nicht. Spielen Karten, aber zanken sich nicht und lachen nicht.
Laß mal sehen. Klingelfisch und Haifischflosse, die sitzen da herum und spielen, als ob sie auf ihrem eignen Grabhügel sitzen und um ihre Maden spielen. Zu essen haben sie gut, sehen gut gemästet aus. Aber das traurige Kartenspiel und die trüben Gesichter, und das alles auf einem brandneuen Engländer? Da stimmt etwas nicht. Was tut denn der überhaupt hier in Dakar-Hafen? Was hat er denn geladen?
Eisen, Alt-Eisen. An der Westküste Afrikas? Gleich beim Äquator? Alt-Eisen? Well, die Dame Kaiserin geht in Ballast heim und nimmt das Alt-Eisen mit. Nach Glasgow. Bezahlt nur wenigstens die Fahrt zur Hälfte. Alt-Eisen ist besser als Sand und Steine.
Nichtsdestoweniger. Das schöne neue Schifflein „Empreß" und kann keine Ladung kriegen von Afrika nach England? Wenn ich hier an der Beach liegen würde, hätte ich es in drei Stunden 'raus, was da los ist mit der blanken Kaiserin. Sie wird doch nicht etwa –? Na, bist auch schon eingetrant, siehst auch schon in allen Ecken Gespenster. Die „Empreß of Madagascar", dieser pfirsichweiche und schwellende Backfisch aus Glasgow sollte hier bereits auf den Strich gehen? Aufgeschminkt?

Nein, sie ist nicht geschminkt. Alles Natur. Sie ist keine drei Jahre alt. Alles echt. Noch nicht einmal eine Niete abgeschliffen am Röckchen. Alles wie geleckt und duftet oben und unten. Aber die Mannschaft, die Mannschaft. Da ist etwas nicht in Ordnung.
Was geht es mich an. Jedes Kind will seine Freude haben. Ich gehe zurück zum Norweger.
Ich setze 'rauf. Stanislaw ist noch da. Sitzt im Quartier und schnackt mit ein paar Dänen. Hat eine Büchse guter dänischer Butter in der Tasche und ein Stück Prachtkäse.
„Pippip, kommst gerade zur Zeit, kannst Abendbrot mitmachen, ein treues dänisches Abendbrot, vollwertig und echt", sagt Stanislaw.
Wir lassen uns nicht nötigen und machen das Abendbrot mit.
„Habt ihr den Engländer da drüben gesehen, die ‚Empreß'?" frage ich, während wir alle im Meßraum sitzen und futtern.
„Liegt schon eine Weile hier", sagt einer.
„Feines Mädchen", forsche ich nun.
„Oben Seide, unten meide", sagt einer von den Dänen.
„Na", frage ich, „meiden? Warum meiden? Ist doch ganz echt."
„Freilich ist sie echt", ruft ein andrer dazwischen. „Kannst du notmustern, wenn du willst. Mit Honig und Schokolade. Kriegen jeden Tag Henkersmahlzeit. Pudding und Braten."
„Kreuzdonnerwetter noch mal, komm endlich klar", sage ich nun. „Was ist los? Ich habe doch wegen Schanz gefragt, ist nichts zu machen."
„Lieber Freund, siehst doch nicht so aus, als ob du gestern zum erstenmal Seewasser geschluckt hast. Sie ist ein Leichenwagen."
„Du bist wohl verrückt und mit Teer gepinselt?" rufe ich.
„Ein Leichenwagen, sage ich dir", wiederholt der Däne und gießt sich Kaffee ein. „Willst du auch noch Kaffee? Wir brauchen mit der Milch, mit dem Zucker und der Butter nicht sparen. Wir können wühlen. Kannst eine Büchse Milch mit heimnehmen. Willst du?"
„Die Frage allein rührt mich zu Tränen", sage ich und fülle mir meine Tasse mit Kaffee, mit richtigem Bohnenkaffee. Ich hatte vergessen, wie das schmeckt, denn „Yorikke" gab nur Kaffee-Ersatz mit zwanzig Prozent Kaffee, damit unser Herz nicht beschädigt würde.

„Ein Leichenschiff, sage ich dir noch einmal."
„Wie meinst du das? Leichen von Frankreich nach Amerika, daß sie drüben die Mütter in den Blumentopf pflanzen können, um sich an der Ehre zu erfreuen und sich am Kriege zur Beendigung aller Kriege begeistern zu können?"
„Rede doch nicht so ausländisch, Mensch."
„Sie fährt Leichen, aber keine Kriegerleichen aus Frankreich."
„Sondern?"
„Kleine Engelchen. Seemanns-Engelchen. Seemanns-Leichen, du Sägefisch, wenn du das nicht endlich verstehst."
„Hat die Kaiserin die an Bord?"
„Mensch, mit dir kann man ja Bunkerwände einrennen."
„Natürlich hat die Tante sie an Bord. Sieben Achtel fertig. Können zu Hause in ihrer Dorfkirche schon ruhig in die Gedenktafel für Seeleute eingekratzt werden. Braucht nicht mehr ausradiert werden. Wenn du deinen Namen auch auf die Gedenktafel in deiner Dorfkirche haben willst, brauchst du nur mitgehen. Sieht überhaupt sehr vornehm aus, wenn du neben deinem Namen stehen hast ‚Empreß of Madagascar'. Klingt doch nach etwas. Sieht doch besser aus, als wenn da nur daneben steht Berta oder Emma oder Nordkap. Man muß auch daran denken, wen du als Nachbar kriegst auf der Tafel. ‚Empreß of Madagascar', da ist Schwung drin, Junge."
„Warum soll denn die schon Versicherung fahren?"
Das leuchtete mir nun durchaus nicht ein. Das war wieder nur so Gerede. Blasser Neid, weil sie nicht selber drauf waren, auf dem neuen Eimer.
„Kinderleichte Sache."
„Ist doch höchstens drei Jahre aus den Windeln", warf ich ein.
„Endlich beweist du, daß du länger aus den Windeln bist. Sie ist genau drei Jahre alt. War für große Fahrt gebaut, Ostasien und Südamerika. Sollte zwölf Knoten machen. War Bedingung. Als sie losackerte, machte sie vier und wenn es gut ging vier und einen halben. Das kann sie nicht aushalten, dabei geht sie pleite."
„Können sie doch umbauen."
„Schon zweimal versucht. Wird immer schlechter. Hat ursprünglich sogar sechs Knoten gemacht, nach dem Umbau nur noch vier. Die muß 'runter vom Wasser, muß die Versicherung

bringen. Haben die Versicherung sicher fein gedreht, daß sie Lloyd passieren konnte. Aber geht ja alles zu schieben."

„Und nun soll sie abrasseln?"

„Sie hat schon zweimal gebrummt. Hat aber nicht gefleckt. Das erstemal saß sie auf Sand. Sauber wie hingestreichelt. Haben sicher schon in Glasgow darauf gezecht. Kam aber Schwerwetter hoch mit Mordsflut, und die hob die edle Dame 'runter vom Sand wie Himmelfahrt mit Trompeten und Pauken. Und sie schwenkte lustig ab. Da mag der Skipper schön geflucht haben. Beim zweitenmal, das war vorige Woche, wir lagen schon hier, da ist sie draußen zwischen Klippen gefegt. Saß fein fest. Drahtlose Station war zerhauen. Natürlich. Mußte der Skipper Flaggen setzen. Anstandshalber. Sind doch immer Zeugen 'rum. Da kam ein französisches Patrouillenboot, gerade wo der Skipper schon so ganz gemütlich ausbooten ließ. Die Patrouille flaggte 'rüber: ‚Warten. Hilfe unterwegs!' Da hat der Skipper aber geflucht. Möchte nur wissen, wie er das Journal wieder in Ordnung gebracht haben mag. Er hatte es doch aufgezaubert. Wird schön radiert haben, Junge, Junge. Er hatte einen Fehler gemacht. Heißt, es ging wohl nicht anders. War bei Ebbe aufgesessen. Nun kamen drei Schlepper und hoben ihn ab von den Klippen bei Flut. Ganz elegant. Hatte nicht mal eine Schramme abbekommen. Das ist Pech. Muß nun auch die Bergungskosten bezahlen. Geht alles 'runter von der Versicherung. Fragt sich, ob die Versicherung die ganzen Kosten trägt. Hängt vom Journal ab."

„Und was nun?"

„Jetzt macht er den Verzweifler. Muß er machen. Dreimal kann er nicht abkommen. Dann macht die Versicherung eine Untersuchung und streicht die Versicherung. Verlangt einen andern Skipper drauf, der treu fährt. Dann ist es aus. Dann muß die ‚Empreß' zum Abwracken. Fahren kann sie nicht."

„Warum liegt sie denn da so lange, wenn sie keine Reparatur hat?"

„Kann nicht 'raus. Hat keine Heizer."

„Das ist Unsinn. Hätte er mich doch nehmen können. Ich sagte ihm doch 'rauf, ich sei Heizer."

„Hast du Papiere?"

„Sei nicht so albern, Mensch."

„Wenn du keine Papier hast, nimmt er dich nicht. Er muß ein vornehmes Gesicht behalten. Tote wären für ihn verdächtig.

Aber ob du Zulukaffer bist oder Hottentotte oder taubstumm, das ist ihm gleichgültig. Mußt nur Papier haben und mußt befahren sein. Unbefahrene Leute ist nicht gut, da kann die Versicherung mauern und Geschichten machen. Die Heizer haben sich 'rausgemacht. Haben sich verbrannt und liegen im Hospital, sonst hätten sie ja nicht fortgekonnt. Die Heizer sind am schlimmsten dran, die kommen nicht 'raus, wenn es ein verzweifelter Aufbrummer ist. Da ist gleich Wasser vor den Kesseln, und die Kessel gehen auch gewöhnlich gleich hoch, wenn sie so plötzlich kalte Dusche kriegen. Die haben gleich die explodierende Lungenentzündung weg."
„Wartet er jetzt ab, bis die Heizer wieder 'raus sind aus dem Hospital?"
„Das nützt ihm nichts. Die brauchen nicht mehr 'rauf, wenn sie nicht wollen. Können sauber abmustern. Haben feine Papiere und können in Ruhe auf einen andern warten."
„Wie denkt die Tante denn fortzukommen?"
Die Leute lachten in sich hinein, und der, der diesen Fall am besten studiert zu haben schien, sagte: „Die sind auf Kindsraub aus. Auf Shanghaien. Kann ich dir zuflüstern, Junge. Ja, eine feine elegante Dame, die Kaiserin von Madagaskar. Oben Seide, unten meide. Meide, in die Nähe zu gehen."
Dagegen ist die „Yorikke" ja eine hochachtbare Dame. Sie täuscht nichts vor. So wie sie aussieht, so ist sie. Ehrlich bis auf das Gerippe.
Beinahe fange ich an, „Yorikke" zu lieben.
Ja, „Yorikke", ich muß es dir gestehen: Ich liebe dich. Liebe dich aufrichtig um deiner selbst willen. Habe an meinen Händen sechs schwarzblaue Fingernägel und an den Zehen vier schwarzgrünblaue Zehennägel. Alles um deinetwillen, geliebte „Yorikke". Auf die Zehen sind Roste geschlagen, und jeder Fingernagel hat seine eigne schmerzhafte Geschichte. Meine Brust, mein Rücken, meine Arme, meine Füße haben Narben von bösen Brandwunden. Jede einzelne Narbe wurde geboren unter einem Schmerzensschrei, der dir galt, Geliebte.
Dein Herz heuchelt nicht. Dein Herz weint nicht, wenn es nicht zum Weinen fühlt, es jubelt nicht, wenn es keine Freude fühlt. Dein Herz heuchelt nicht, es ist rein und lauter wie pures Gold, Wenn du lachst, Herzliebste, so lacht deine Seele, lacht dein Leib und lacht dein lustiges Zigeunerkleid. Und wenn du

weinst, Herzallerliebste, dann weint selbst das kalte Riff, an dem du vorübergehst.
Ich will dich nimmermehr verlassen, Geliebte, nicht um alle Schätze der Welt. Ich will mit dir wandern, mit dir singen, mit dir tanzen und mit dir schlafen. Ich will mit dir sterben, in deinen Armen meinen letzten Seufzer tun, du Zigeunerin der Meere. Du protzest nicht mit deiner glorreichen Vergangenheit und deinem uralten Stammbaum bei Tantchen Lloyd in London. Du protzest nicht mit deinen Lumpen, und du spielst nicht mit ihnen. Sie sind dein rechtmäßiges Gewand. Du tanzest in deinen Lümpchen froh und stolz wie eine Königin und singst dein Zigeunerlied, dein Lumpenlied:

Das Tanzlied des Totenschiffes

Was gehn euch meine Lumpen an?
Da hängen Freud' und Tränen dran.
Was kümmert euch denn mein Gesicht?
Ich brauche euer Mitleid nicht.

Was kümmert euch, was mir gefällt?
Ich lebe mich, nicht euch, in dieser Welt.
In euren Himmel will ich gar nicht 'rein,
viel lieber dann schon in der Hölle sein.

Ich brauch' gewiß nicht eure Gnaden,
und selbst wenn Tote ich geladen,
wenn Schimpf und Schand' sind an mir dran,
euch geht das einen Sch...dreck an.

Ich pfeife auf das Weltgericht.
An Auferstehung glaub' ich nicht,
ob's Götter gibt, das weiß ich nicht,
und Höllenstrafen fürcht' ich nicht.

Hoppla he, auf weiter See,
hoppla, hoppla, he!

DRITTES BUCH

Es fährt so manches Schifflein
da draußen kreuz und quer;
doch keins kann so verrufen sein,
daß nicht manch andres
schlimmer wär'.

Mag sein, daß man seine Frau nicht zu sehr lieben darf, wenn man sie behalten will. Sie langsweilt sich sonst und läuft zu einem andern, um geprügelt zu werden.
Es war verdächtig, sehr verdächtig, daß ich die „Yorikke" plötzlich so innig zu lieben begann. Aber wenn man soeben die gräßliche Geschichte eines Kindsräubers vernommen hat, in der einen Tasche eine Büchse Milch, in der andern eine Büchse guter dänischer Butter trägt, kann man wohl Liebesgedanken bekommen und diejenige lieben, die in ihren Lumpen liebenswerter ist als Leichenräuber in seidenen Kleidern.
Aber verdächtig war diese aufkeimende Liebe doch. Etwas war nicht in Ordnung. Da war die Aschenhuze gewesen. Und nun war auch noch „Yorikke", die ich mit heißer Inbrunst liebte. Das wollte mir nicht gefallen. Da stimmte etwas nicht.
Im Quartier war es nicht auszuhalten. Die Luft stand dick und schwer und drückte auf das Hirn.
„Laß uns wieder 'rausgehen", sagte ich zu Stanislaw, „wir schlendern am Wasser herum, bis es kühler wird. Nach neun wird sicher eine Brise aufkommen. Dann gehen wir heim und legen uns aufs Deck."
„Hast recht, Pippip", gab Stanislaw zu. „Hier kann man weder schlafen noch sitzen. Wir können mal 'raufgehen zu dem Holländer, der da oben liegt. Vielleicht sehe ich einen Bekannten."
„Immer noch Hunger?" fragte ich.
„Nein, aber vielleicht kann ich ihnen ein Stück Seife abnehmen und ein Handtuch. Wäre ganz gut mitzunehmen." Wir trotteten langsam los. Es war inzwischen ganz finster geworden. Die Hafenlampen waren nur spärlich erleuchtet. Es wurde nirgends geladen. Die Schiffe glimmerten schläfrig durch die abendliche Dunkelheit.
„Berühmt ist der Tabak aber auch nicht, den uns die Norweger gegeben haben", sagte ich.
Kaum hatte ich das ausgesprochen und mich dabei Stanislaw zugewandt, um Feuer von ihm zu kriegen, als ich einen mächtigen Hieb über den Schädel erhielt. Ich fühlte den Schlag ganz deutlich, konnte mich aber nicht bewegen, meine Beine wurden merkwürdig plump und dick, und ich fiel hin. Es

sauste und brummte entsetzlich um mich herum, und es tat drückend weh.
Das dauerte aber nicht lange, schien mir. Ich stand wieder auf aus meiner Betäubung und wollte weitergehen. Aber ich lief gegen eine Wand, gegen eine Holzwand. Wie konnte das sein? Ich ging links, doch auch da war eine Wand. Und rechts war eine Wand und hinter mir war eine Wand. Und alles war finster.
Mein Kopf summte und dröhnte. Ich konnte nicht denken, wurde müde und legte mich wieder auf den Boden.
Als ich abermals aufwachte, waren die Wände noch immer da. Aber ich konnte nicht ruhig stehen. Ich schwankte. Nein, das war es nicht, der Boden schwankte.
Himmelkreuzdonnerwetter noch mal, ich weiß jetzt, was los ist. Ich bin auf einem Boot, auf einem Eimer, und der ist auf hoher See. Schwimmt lustig voran. Die Maschinen stampfen und bollern.
Mit beiden Fäusten und endlich auch mit den Füßen hämmere ich gegen die Wände. Es scheint niemand etwas zu hören. Aber nach längerer Zeit, als ich wieder und wieder die Wände bearbeitet und auch mit Schreien mein Trommeln unterstützt habe, wird eine Luke aufgemacht, und es leuchtet jemand mit einer elektrischen Taschenlampe herein.
„Haben Sie jetzt Ihren Soff ausgeschlafen?" werde ich gefragt.
„Scheint, ja", sage ich.
Es braucht mir niemand etwas erzählen, ich weiß bereits, was los ist, Kindsraub, shanghaied. Ich bin auf der „Empreß of Madagascar".
„Sie sollen zum Skipper kommen", sagt der Mann.
Es ist heller Tag draußen. Ich klettere die Leiter hoch, die der Mann durch die Luke schiebt, und bin bald darauf auf dem Deck.
Ich werde zum Skipper geführt.
„Feine Leute seid ihr, muß ich sagen", schreie ich gleich, als ich in die Kabine komme.
„Bitte?" sagt der Skipper ganz ruhig.
„Kindsräuber. Shanghaier. Engelmacher, Leichenfledderer. Das ist es, was ihr seid", schreie ich.
Der Skipper bleibt ungerührt, steckt sich ruhig eine Zigarre an und sagt: „Es scheint, Sie sind noch nicht ganz nüchtern.

Wir werden Sie mal in kaltes Wasser tauchen müssen, damit der Rauch abzieht."
Ich sehe ihn an und sage nichts.
Der Skipper drückt auf einen Knopf, der Steward kommt, und der Skipper nennt zwei Namen.
„Setzen Sie sich", sagt der Skipper nach einer Weile.
Es kommen zwei widerliche Kerle 'rein. Verbrechergesichter.
„Ist das der Mann?" fragt der Skipper.
„Ja, das ist er", bestätigen die beiden.
„Was tun Sie hier auf meinem Schiff?" sagt der Skipper jetzt zu mir in einem Tone, als ob er Vorsitzender eines Schwurgerichts wäre. Vor sich hat er Papier liegen, auf dem er mit einem Bleistift kritzelt.
„Das möcht' ich gern von Ihnen wissen, was ich hier auf dem Schiff mache", antworte ich.
Nun redet der eine dieser beiden Verbrecher. Sie scheinen Italiener zu sein nach der Art, wie sie die Brocken Englisch herausbringen.
„Wir wollten gerade in Ladekammer elf reinigen, und da fanden wir den Mann hier besoffen in einer Ecke liegen, wo er fest schlief."
„Also", sagt darauf der Skipper, „dann ist das ganz klar. Sie wollten sich auf meinem Schiff blind wegpacken, um nach England zu kommen. Sie werden das nun wohl nicht mehr bestreiten wollen. Ich kann Sie leider nicht über Bord werfen, was ich ja eigentlich tun müßte. Verdienten eigentlich, daß ich Sie ein halbes Dutzend mal am Lademast schleifen lasse und Ihnen die Haut ein wenig abschinde, damit Sie dran denken, daß ein englisches Schiff nicht dazu dient, Verbrecher, die von der Polizei verfolgt werden, in Sicherheit zu bringen."
Was sollte ich da lange reden. Er hätte mir von diesen italienischen Sträflingen die Knochen zerschlagen lassen, wenn ich ihm gesagt hätte, was ich von ihm denke. Er würde es überhaupt tun schon für das, was ich ihm gleich am Anfang erzählt habe. Aber er hat ja nur Interesse an meinen gesunden Knochen und nicht an meinen zerschlagenen.
„Was sind Sie?" fragte er nun.
„Schlichter Deckarbeiter."
„Sie sind Heizer."
„Nein."

„Sie haben sich doch hier gestern als Heizer angeboten?"
Ja, das hatte ich, und das war mein Fehler. Seitdem haben die mich nicht mehr aus den Augen gelassen. Hätte ich damals gesagt, Deckarbeiter, hätten sie vielleicht kein Interesse an mir gehabt. Heizer waren es, die sie brauchten.
„Da Sie also Heizer sind und Sie Glück haben dadurch, daß mir zwei Heizer krank geworden sind, so können Sie als Heizer arbeiten. Sie bekommen englische Heizerheuer, zehn Pfund zehn ist sie augenblicklich. Aber ich kann Sie nicht heuern. Wenn wir nach England kommen, habe ich Sie den Behörden zu übergeben; und Sie werden, je nachdem der Richter Ihnen geneigt sein wird, zwei bis sechs Monate abmachen müssen und dann natürlich Deportation. Aber hier werden Sie, solange wir auf Fahrt sind, ein regelrechtes Mitglied der Mannschaft unsrer ‚Empreß of Madagascar' behandelt.
Wir können uns gut vertragen, wenn Sie Ihre Arbeit tun. Wenn wir uns nicht vertragen können, gibt es kein Wasser, lieber Freund. Ich denke also, wir vertragen uns lieber. Um zwölf beginnt ihre Wache. Ihre Wachen sind sechs und sechs Stunden; die zwei Stunden je Wache mehr, werden Ihnen bezahlt mit einem Schilling sechs Pence die Stunde."
Da war ich nun Heizer auf der „Empreß of Madagascar", auf der Fahrt zu dem Gedenkstein in der Dorfkirche. Ich hatte keine Dorfkirche, also blieb mir nicht einmal diese Ehre.
Die Heuer war gut, da ließ sich Geld dabei machen. Aber in England Gefängnis wegen Schiffschleichens und dann vielleicht noch Jahre im Gefängnis warten auf Deportation. Doch das war ja eben die Sache. Die Heuer bekam ich nicht, weil die Fische sie nicht auszahlen werden. Komme ich heil 'raus, ich kriege keinen Nickel Heuer, ich bin nicht treu gemustert. Kein englischer Konsul erkennt diese Strafmusterung an. Gefängnis und Deportation rühren mich nicht. Wir kommen nicht nach England. Nur ja keine Sorge. Wollen uns doch mal die Boote ansehen. Die Boote sind fertig. Da wird es also in den nächsten Tagen losgehen. Erste Bedingung ist, alles klar machen, um auf alle Fälle aus dem Kesselraum zu kommen. Beim leisesten Knirscher weg vom Kessel und hoch wie der Satan.

46

Die Quartiere sind wie Salons. Sauber und neu. Stinken nur unerträglich nach frischer Farbe. Matratzen im Bunk, aber kein Kissen, keine Decke, kein Laken. Kaiserin von Madagaskar, bist nicht so reich, wie du von draußen aussiehst. Oder die haben schon alles gezockelt und vermünzt, was gerettet werden konnte.

Geschirr gibt es auch nicht. Aber man kann es schon leichter zusammenklauben, weil da was übrig ist und dort was herumliegt. Das Essen wird von einem italienischen Jungen gebracht, damit hat man also nichts zu tun. Das Essen ist ausgezeichnet. Freilich, unter Henkersmahlzeit verstehe ich etwas andres.

Rum gibt es hier überhaupt nicht, wie mir von einem erzählt wird. Der Skipper ist Anti, schon faul.

Schiffe ohne Rum stinken wie Jauche.

Ich sitze im Meßraum des Kesselpersonals.

Der Meßboy ruft die Leute aus den Bunks zum Essen.

Es kommen zwei schwere Neger herein, die Kohlschlepps. Und dann kommt ein Heizer herein, der auf Freiwache ist.

Den Heizer kenne ich. Sein Gesicht habe ich schon irgenwo gesehen. Das Gesicht ist aufgeschwommen, und um den Kopf hat er eine Binde.

„Stanislaw, du?“

„Pippip, du auch?“

„Wie du siehst. Mitgegangen, mitgefangen“, sagte ich.

„Du bist ja noch ganz gut davon gekommen. Ich habe mich mit ihnen schwer gekloppt. Ich kam gleich wieder hoch, nachdem ich den ersten Schlag weg hatte. Du lagst fest, hattest gleich einen saftigen gekriegt. Aber als du so plötzlich umknicktest, bückte ich mich nach dir, und so kriegte ich nur einen halben. Gleich war ich wieder auf. Und nun ging die Bürsterei los. Waren gleich vier herum. Und ich habe ganz verflucht was auf den Schädel gekriegt.“

„Was haben sie dir denn für eine Geschichte erzählt?“ fragte ich.

„Ich hätte mich gekloppt, hätte einen erstochen und dann hätte ich mich auf dem Eimer versteckt, weil die Polizei hinter mir her gewesen sei.“

„Mir haben sie etwas Ähnliches erzählt, die Kindsräuber“, sagte ich. „Unsre Heuer von der ‚Yorikke‘ sind wir nun auch

noch los, und hier kriegen wir nie einen Cent."
„Dauert ja nur ein paar Tage. Ich denke übermorgen wird es schon soweit sein. Es ist ein Platz, wie er ihn sich nicht besser wünschen kann. Kann sich schön sauber hinlegen wie gemalt. Kommt niemand her und deckt das Gesicht ab. Um fünf ist Exerzieren an den Booten. Merkst du was, he? Wir sind nicht dabei, wir sind gerade dann auf Wache. Wir sind beide Boot vier, Heizer von Wache zwölf bis vier. Ich habe die Liste gesehen, hängt im Gangweg."
„Weißt du schon, wie es vor den Kesseln ist?" fragte ich.
„Zwölf Feuer. Vier Heizer. Die beiden andern sind Neger. Auch die Schlepps sind Neger. Da die beiden, die am Tisch sitzen." Stanislaw deutete 'rüber zu den starken Burschen, die gleichgültig an ihrem Essen würgten und uns kaum zu bemerken schienen.
Um zwölf traten wir unsre Wache an. Die vorige Wache hatte der Donkeyman mit den Negern gemacht.
Die Feuer sahen bös aus, und wir hatten beinahe zwei Stunden wild zu arbeiten, bis wir sie in Ordnung hatten. Alles war verschlackt; aufzuschmeißen verstanden die schwarzen Heizer auch nicht. Sie pfefferten die Kohle hinein, und damit gaben sie sich zufrieden. Daß Heizen eine Kunst ist, die mancher nie lernt, davon schienen sie nichts zu wissen, obgleich sie offenbar schon einige Jahre vor den Kesseln arbeiteten und sicher schon eine gute Anzahl von Schiffen abgedient hatten.
Mit den Rosten hatten wir hier nur wenig Arbeit. Brannte einer durch, so ließ er sich rasch einsetzen, ohne daß er nachfiel oder gar andre mitriß. Die Schlepps, riesenhafte Neger, mit Armen wie Oberschenkel und einem Körperbau, daß man glaubte, sie könnten einen ganzen Kessel auf ihren Schultern fortschleppen, brachten die Kohle verteufelt langsam heran, und wir mußten ihnen ganz gehörig den Marsch blasen, bis sie sich endlich herbeiließen, zu arbeiten. Sie stöhnten in einem fort, daß es zu heiß sei, daß sie keine Luft bekamen, daß sie vor Staub nicht schlucken könnten und daß sie sicher verdursten würden.
„Na, Pippip", sagte Stanislaw, „da mußten wir ganz anders ziehen auf der alten ‚Yorikke'. Was tun die Kerle nur mit ihren Knochen? Ehe die eine halbe Tonne heran haben, hole ich sechs und puste noch nicht einmal dabei. Und hier liegen ihnen die Kohlen direkt vor der Nase."

„Gerade jetzt fing auf der ‚Yorikke' wieder eine schöne Zeit für eine Woche an", sagte ich. „Sie hatte gerade frisch gekohlt, und die Schächte und Kesselbunker lagen gepfropft, daß es ein wahrer Spaß hätte sein müssen für die nächste Fahrt. Aus. Schiet ‚Yorikke'. Haben jetzt andres zu denken."
Ich sah mich um.
„Habe auch schon herumgeblickt", sagte Stanislaw. „Wir müssen Luftlöcher suchen. Zur Leiter kommt man nicht immer. Bricht meist weg, wenn sie richtig aufknallt. Und wenn gar noch die Kessel oder die Rohre anfangen zu summen und zu spucken, dann ist die Leiter eine verfluchte Rattenfalle. Kannst nicht mehr 'runter, nicht mehr 'rauf."
„Der Oberbunker hat eine Luke zum Deck", sagte ich. Ich war eben oben gewesen und hatte untersucht. „Wir müssen die Luke immer klar haben, wenn wir auf Wache gehen. Dann baue ich eine Lattenleiter, und die halten wir immer hier an der Schachtluke. Wenn es knirscht, sofort 'raus, 'rauf, hoch und 'raus zur Deckluke."
Wir arbeiteten uns nicht blöd. Es schien den Ingenieuren auch ganz gleich zu sein. Solange die Maschine lief, war es recht. Ob sie große Fahrt machte oder kleine, kam nicht in Betracht.
Es hätte alles ganz nach Vorschrift gehen können. Ein paar Löcher unten in den Mantel gedrillt, nicht größer als einen halben Zoll, und mit ihrer Sargeinlage Alteisen wäre die „Empreß" sanft und selig eingeschlafen, weggesackt wie ein Stein. Nur noch der Pumpe einen Klaps gegeben. Aber vor dem Seegericht kann das manchmal fehlgehen, und wenn die ganze Mannschaft heil abkommt, so ist das immer verdächtig. Zwei Tage waren es nur. Wir hatten gerade die Wache übernommen und waren mit dem Ausschlacken halb durch, da hörte ich einen furchtbaren Knall und ein Krachen. Ich flog zuerst gegen die Kessel und dann zurück in einen Kohlenhaufen.
Gleich darauf standen die Kessel senkrecht über mir, ein paar Feuerungstüren brachen auf, und die Glut fiel in den Kesselraum. Zur Lattenleiter brauchte ich nicht hinaufsteigen, ich konnte auf ebener Fläche zu der Schachtluke gehen.
Stanislaw war schon 'raus. Als ich in den Bunker kam, kletterte er gerade durch die Luke.
In diesem Augenblick hörten wir einen gräßlichen Schrei aus dem Kesselraum.
Stanislaw hatte den Schrei auch gehört und drehte sich um.

„Das war Daniel, der Schlepp", rief ich Stanislaw zu. „Ich glaube, er sitzt fest."

„Verflucht, 'runter, aber rasch", schrie Stanislaw.

Ich war schon wieder drin im Kesselraum. Die Kessel standen noch immer Kopf, und jede Sekunde konnte einer losfahren in die Lüfte. Das elektrische Licht war verlöscht, weil offenbar das Kabel durchgerissen war. Aber die Glut gab Licht genug, wenn es auch recht gespensterhaft aussah.

Daniel, der eine Neger, lag lang und war mit seinem linken Fuß von einer losgelösten Platte eingeklemmt. Er schrie und schrie, weil die Glut ihn schmorte.

Wir versuchten, die Platte zu heben, aber es ging nicht, wir kriegten sie nicht hoch und konnten mit der Schürstange nicht heran, um sie hochzuheben.

„Geht nicht, Daniel, Fuß sitzt fest." Ich schrie es in wahnsinniger Eile auf Daniel ein.

Was tun? Sollen wir ihn hierlassen?

„Wo ist der Hammer?" schreit Stanislaw.

Schon ist der Hammer zur Hand, und in derselben Sekunde haben wir eine Schaufel glatt geklopft, und ohne Besinnen schlägt Stanislaw dem Neger den Fuß ab. Drei Hiebe waren nötig. Wir schleiften Daniel zur Schachtluke, schleiften ihn durch den Bunker und zerrten ihn durch die Deckluke.

Draußen packte der andre Neger unsrer Wache, der sich rechtzeitig in Sicherheit gebracht hatte, sofort zu. Wir überließen ihm Daniel und kümmerten uns nun um uns selbst.

Das Quartier lag bereits im Wasser. Die „Empreß" ragte mit dem Stern hoch in die Luft. Das war beim Bootsexerzieren nicht ausprobiert worden. Es stand alles ganz anders, als man es gewöhnt war. Eine Weile hatte noch das Licht gebrannt. Der Ingenieur hatte es zu den Akkumulatoren durchgeschaltet. Jetzt verglimmte es langsam, weil die Akkumulatoren wahrscheinlich auszulaufen begannen oder die Kabel irgendwo Widerstände aufnahmen. Elektrische Taschenlampen und Notlaternen mußten helfen.

Vom Quartier sah ich niemand. Die waren schon fertig. Die konnten nicht mehr 'raus. Gegen die Tür lehnten einige Tonnen Wasserdruck.

Boot zwei riß sich los und war im Augenblick vom Seegang fortgeschwemmt, ohne daß auch nur ein Mann drin saß.

Boot vier war nicht zu holen. Lag nicht klar.

Boot eins war klar, und der Skipper kommandierte die Besatzung. Dann stand es bei und wartete auf ihn, weil er anstandshalber auf Deck blieb. Das Seegericht sieht so etwas gern und lobt es.
Nun kam auch Boot drei klar. Hier flitzten Stanislaw und ich hinein, zwei Ingenieure, der gesunde Negerschlepp und Daniel mit dem abgehackten Fuß, der jetzt mit einem Hemd verbunden war; ferner kriegten wir den Ersten Offizier und den Steward.
Die Kessel schienen brav zu halten und waren vielleicht durch die herausgefallenen Feuer beruhigt worden. Pflaumenmus gab es ja hier nicht.
Wir stießen ab. Der Skipper war inzwischen in Boot eins gesprungen, und auch dieses Boot lief klar ab.
Aber ehe es seine Riemen gestreckt hatte, wurde es von der See heftig gegen den Schiffsleib geschleudert. Immer wieder versuchten sie, klar zu kommen.
Da plötzlich löste sich ein Etwas von dem Schiffe los und schlug mit brechendem und splitterndem Getöse auf das Boot. Man hörte ein Schreien von vielen Stimmen, und dann war alles still, als wären Schrei, Boot und Besatzung mit einem Ruck von einem großen Maul verschluckt worden.
Wir waren ganz schön abgekommen und pullten lustig drauf los. Kurs zur Küste.
Große Fahrt machten wir nicht mit den paar Riemen. Die Wogen gingen verteufelt hoch, und wir standen manchmal zwei Bootslängen hoch an einer steilen Wasserwand. Dann spreizten die Riemen in der Luft, konnten nicht einlegen, und wir wurden kreuz und quer geschleudert. Der Ingenieur, der mit an den Riemen saß, sagte da plötzlich: „Wir sitzen ziemlich flach. Kaum drei Fuß. Auf Fels."
„Nicht möglich", erwiderte der Erste Offizier. Er tastete nach dem Riemen, lotete und sagte dann: „Sie haben recht. 'raus, 'raus."
Er hatte den Befehl noch halb im Munde, da gingen wir steil an einer Wand hoch. Die Welle nahm uns wie eine kleine Untertasse und haute das ganze Boot mit solcher Wucht auf den Fels, daß es in tausend Splitter ging.
„Stanislaw!" schrie ich hinaus in das Toben der Wellen. „Hast du was, wo du kleben kannst?"
„Nicht einen dürren Strohhalm", schrie er mir zu. „Ich

schwimme zurück zum Eimer. Der steht ein paar Tage gut so, wie er da steht. Der fällt dir so leicht nicht auf die Zehen."
Die Idee war nicht schlecht. Ich versuchte, Kurs auf das schwarze Ungetüm zu halten, das sich gegen den Nachthimmel klar abhob.
Und verflucht noch mal, wir kamen beide 'ran, obgleich wir einige dutzendmal immer wieder zurückgeschleudert worden waren.
Wir kletterten 'rauf und suchten in Mittschiff zu kommen. Das war nicht so leicht. Die Achternwand bildete jetzt das Deck oder das Dach für das Mittschiff. Die beiden Korridore waren tiefe Schächte geworden, in die hinunterzukommen während der Nacht nicht gut vollführt werden konnte und selbst bei Tage seine Schwierigkeiten haben würde. Die Wogen gingen außerordentlich hoch und schienen an Wucht noch zuzunehmen. Offenbar waren wir bei Ebbe aufgebrummt, denn das Wasser begann zu steigen.
Die „Empreß" stand fest wie ein Turm, eingeklemmt in einer Riffspalte. Wie sie in diese unschiffsmäßige Lage kommen konnte, wußte wohl nur sie allein. Sie zitterte kaum und bebte nicht, so fest stand sie. Nur manchmal, wenn ein besonders schwerer Brecher gegen ihren Panzer tobte, zuckte sie mit den Schultern, als wolle sie ihn abschütteln. Sturm war gar nicht. Der Aufruhr lag nur in der schweren See. Es sah auch nicht danach aus, als ob Sturm aufkommen würde. Nicht in den nächsten sechs Stunden. Dann graute der Himmel! Die Sonne ging auf. Frisch gewaschen stieg sie aus ihrem Seebade empor zu den weiten Höhen.
Zuerst lugten wir aus über die See. Es war nichts zu sehen. Kein Mann schien übrig zu sein. Daß irgendeiner aufgepickt worden war, glaubte ich nicht; auch Stanislaw bezweifelte es. Wir hatten kein Schiff passieren sehen. Außerdem lagen wir nicht in der Route. Der Skipper war herausgegangen, um nicht abermals von Patrouillen oder Passanten gesehen zu werden. Der Spaß war für ihn teuer geworden. Er hatte an eine ruhige friedliche Abwicklung des Geschäfts gedacht. Daß er vom Quartier keinen Mann mitbekommen würde, damit hatte er nicht gerechnet. Wären die beiden Boote richtig bemannt gewesen, hätte das ein Vergnügen sein müssen, klar abzukommen.

47

Als es völlig hell geworden war, versuchten wir, den Korridorschacht hinabzuklettern. Mit einiger Sorgfalt ging es auch. Wir benutzten die Türen zu den einzelnen Kabinen und die Wandrippen als Sprossen, und so ging es viel rascher und schneller, als wir gedacht hatten.
Auf dem Boden des Schachtes befanden sich die beiden Kabinen des Skippers. Ich fand einen Taschen-Schiffskompaß, den ich gleich mit Beschlag belegte, aber Stanislaw anvertraute, weil ich keine Tasche hatte, wo ich ihn aufbewahren konnte. Es waren auch zwei kleine Wassertanks in der Kabine, einer diente für Waschwasser und einer für Trinkwasser. Um Wasser waren wir nun für einige Tage nicht verlegen, denn ob die Pumpen in der Galley würden Wasser ziehen können, mußten wir erst noch ausprobieren. Vielleicht war der Frischwassertank überhaupt schon ausgelaufen.
Auf der „Yorikke" hatten wir ja jedes Plätzchen gewußt, wo was zu holen war. Hier mußten wir erst damit beginnen, alles zu suchen. Aber Stanislaw hatte eine gute Nase und hatte die Vorratskammer, die Pantry, im Augenblick entdeckt, sobald nur die Frage nach dem Frühstück auftauchte. Verhungern konnten wir zwei Mann innerhalb der nächsten sechs Monate nicht. Und wenn wir genügend Wasser noch hatten, ließ es sich für eine Weile aushalten. In der Pantry waren mehrere Kasten mit Mineralwasser, Bier und Wein. Ganz schlimm konnte es nicht werden.
Der Kochherd wurde auch wieder aufgerichtet, und so konnten wir auch kochen. Wir probierten die Pumpen für Frischwasser aus. Die eine zog nicht an, dagegen um so besser die andre. Das Wasser war noch etwas trüb von dem aufgerüttelten Schlamm, der sich am Boden festgesetzt hatte, aber das würde sich nach einem Tage schon geben.
Mir wurde übel zumute, und auch Stanislaw zeigte Unbehagen.
„Mensch", sagte er mit einemmal, „was sagst du dazu, ich werde seekotzig. Verflucht noch mal, das ist mir denn doch noch nicht passiert."
Ich konnte mir das nicht erklären, denn mir wurde immer kläglicher zumute, während der Eimer doch ziemlich still stand. Das Herantoben der Brecher und das gelegentliche

Erzittern des Eisenkolosses konnte ein so erbärmliches Gefühl doch nicht auslösen.
„Nun kann ich dir sagen, was los ist, Stanislaw", gab ich nach einer Weile zur Antwort. „Die verrückte Lage der Kabinen ist es, was uns kotzig macht. Alles steht schräg und steil. Da muß man sich erst daran gewöhnen."
„Ich glaube, du hast recht", meinte er, und sobald wir draußen waren im Freien, war das üble Empfinden sofort weg, obgleich einem auch die ganze Lage des Schiffes, die so blödsinnig toll zum Horizont stand, auf das Gleichgewichtsempfinden schlug.
„Siehst", sagte ich jetzt zu ihm, als wir draußen saßen und des Skippers gute Zigarren rauchten, „es ist nur die Einbildung, nichts weiter. Ich bin sicher, wenn wir einmal heraus haben, was in unserm Leben alles Einbildung und was Tatsache ist, werden wir noch recht sonderbare Dinge lernen und die ganze Welt von einem andern Gesichtswinkel aus betrachten. Wer weiß, welche Folgen das haben kann."
So sehr wir auch Ausschau hielten, ein Schiff war nicht zu sehen. Nicht einmal eine Rauchfahne konnten wir erblicken. Wir lagen zu weit außerhalb der üblichen Fahrstraßen.
„Wir können hier das schönste Leben führen, das wir je geträumt haben", philosophierte Stanislaw, „haben alles, was wir uns nur wünschen, können essen und trinken, was wir wollen und soviel wir wollen, kein Mensch stört uns, und arbeiten brauchen wir auch nicht. Trotzdem möchten wir fort, je rascher, je lieber, und wenn kein Eimer uns abholen kommt, müssen wir doch bald sehen, 'runterzukommen und versuchen, die Küste zu machen. Immer jeden Tag dasselbe, das ist es, was man nicht ertragen kann. Ich denke mir manchmal, auch wenn es wirklich ein Paradies geben würde, was ich ja nicht glaube, weil ich mir nicht vorstellen kann, wo die Reichen hingehen, ich würde nach drei Tagen im Paradiese eine gräßliche Gotteslästerung verüben, nur um wieder 'rauszukommen und nicht immerfort fromme Lieder singen zu müssen und zwischen alten Betschwestern und Pfaffen und Muckern zu sitzen."
Da mußte ich aber doch lachen: „Habe nur ja keine Bange, Stanislaw, wir beide kommen nicht da 'rein. Wir haben ja keine Papiere. Und kannst dich heilig drauf verlassen, die verlangen

da oben auch Papiere, Pässe und Taufzeugnisse von dir, und wenn du die nicht beibringen kannst, machen sie dir die Türe vor der Nase zu. Frag nur den Pfaffen, er wird es dir sofort bestätigen. Mußt Heiratslizenz beibringen, kirchlichen Trauschein, Taufschein, Konfirmationsschein, Firmungsschein, Kommunionsstempel und Beichtzettel. Ginge das da oben so glatt ohne Papiere, wie du dir das zu denken scheinst, brauchten die hier unten ja keine ausstellen. Auf die Allwissenheit scheinen sie sich nicht zu verlassen, besser ist es schon, man hat es schwarz auf weiß und ordnungsmäßig abgestempelt. Wird dir jeder Pfaff erzählen, daß der Torwächter da oben ein großes Bund mit Schlüsseln hat. Wozu? Zum Abschließen der Türen, damit nicht doch vielleicht einer ohne Visa über die Grenze schleichen kann."

Stanislaw saß eine Weile still und sagte dann: „Merkwürdig, daß ich gerade so drauf komme, aber die ganze Geschichte hier will mir nicht recht gefallen. Es geht uns viel zu gut. Und wenn es einem so ganz ausnahmsweise gut geht, so ist etwas nicht in Ordnung. Ich kann das nicht vertragen. Es ist immer, als ob man auf Mastkur geschickt wird, weil eine besonders schwierige Sache auf einen wartet, die man ohne jene gute Vorbereitung und Erholung sonst nicht bewältigen kann. War bei der K. M. auch so. Immer wenn was Besonderes bevorstand, gab es vorher ein paar gute Tage. War auch so, ehe wir 'rauf nach Skagen glitschten."

„Da redest du aber nun einmal richtigen Kohlgulasch", sagte ich zu ihm. „Wenn dir ein gebratenes Hühnchen ins Maul fliegt, dann spuckst du es wieder aus, nur damit es dir nicht gut gehen soll. Die schwierige Sache kommt ganz von selbst, verlaß dich drauf. Um so besser, wenn du vorher in der Sommerfrische warst. Wenn du eine Mastkur hinter dir hast, dann kannst du die schwierige Sache unterkriegen, andernfalls kriegt sie vielleicht dich unter."

„Verflucht, du hast recht", rief Stanislaw nun wieder gut gelaunt. „Ich bin ein altes Schaf. Ich habe sonst auch noch nie solche blöden Gedanken gehabt. Gerade heute. Es kam mir so, als ich dachte, vorn im Quartier, oder ich muß ja eigentlich sagen: da unten zu unsern Füßen, da liegen die Burschen alle schwimmend hinter der Tür, auf demselben Kasten wie wir. Weißt, Pippip, man soll keine Leiche auf einem Kasten fahren, das bringt den Gast herbei. Ein Schiff ist lebendig, das mag

keine Leichen in der Nähe haben. Als Fracht, meinetwegen. Das ist etwas andres. Aber nicht so herumliegende, so herumschwimmende Leichen."
„Können wir doch nicht ändern", sagte ich.
„Das ist es gerade, was ich meine", antwortete Stanislaw. „Wir können es nicht ändern. Und das ist das Schlimme. Alle die andern sind abgerasselt. Wir beide sind allein noch übrig. Da stimmt etwas nicht."
„Nun will ich dir etwas sagen, Stanislaw, wenn du mit dieser blöden Pinselei nicht aufhörst, dann – nein, 'runterschmeißen will ich dich nicht, wirst es dir ja auch nicht gefallen lassen. Aber dann rede ich mit dir keine Silbe mehr, und wenn ich dadurch meine Sprache verlernen sollte. Dann wohnst du im Steuerbordschacht und ich im Backbordschacht, und jeder geht seine eignen Wege. Solange ich am Leben bin, will ich mir nichts vom Gast vorjaulen lassen. Da habe ich später, wenn es mal so weit ist, noch Zeit genug dazu. Und wenn du nun meine Meinung wissen willst, warum wir beide gerade übriggeblieben sind, so ist das ganz klar und zeigt wieder einmal, wie gerecht alles zugeht in der Welt. Wir gehörten nicht zu der Mannschaft. Wir waren gestohlen. Wir haben der ‚Empreß von Madagascar' nie etwas getan und wollten ihr auch nie etwas tun. Niemand weiß das so gut wie sie. Das ist der Grund, warum sie uns nicht mitgenommen hat."
„Warum hast du mir denn das nicht gleich gesagt, Pippip?"
„Ja, was denkst du denn von mir, ich bin doch nicht dein königlicher Ratgeber. So etwas weiß man doch von selbst und hat es im Gefühl."
„Jetzt gehe ich mich besaufen", sagte nun Stanislaw. „Ist mir ganz egal. Na, ich will ja nicht sagen besaufen, aber doch einen gesunden hieven. Wer weiß, vielleicht kommt doch bald ein Kasten vorbei und holt uns über. In meinem Leben könnte ich es mir dann nicht vergeben, daß ich hier das alles zurückgelassen habe, ohne es mal durchzukosten."
Warum sollte denn Stanislaw das Vergnügen allein genießen?
Es begann jedenfalls jetzt eine Schlemmerei, die sich selbst der Skipper nie auf einen Sitz erlaubt haben würde.
Es war ja alles so schön da in Büchsen. Salm von British Columbia, Wurst von Bologna, Hähnchen, Hühnerfrikassee, Pasteten, Zungen aller Art, ein Dutzend verschiedene einge-

machte Früchte, zwei Dutzend verschiedene Sorten Jam, Biskuits, Gemüse der besten Auslesen, Liköre, Schnäpse, Weine, Ales, Stouts, Pilsener. Die Kapitäne, Offiziere und Ingenieure wissen sich das Leben angenehm zu machen. Aber wir waren jetzt die Besitzer und die Esser, während die früheren Esser jetzt schwammen und gegessen wurden, um die Fische fett zu machen.
Den folgenden Tag war es sehr diesig und dunstig. Wir konnten kaum eine halbe Meile weit sehen.
„Wir kriegen schweres Wetter", sagte Stanislaw.
Am Abend kam es auf. Schwerer und schwerer.
Wir saßen in des Skippers Kabine bei einer Petroleum-Notlaterne.
Stanislaw machte ein besorgtes Gesicht: „Wenn die ‚Empreß' abhaut oder 'runterbricht vom Riff, dann sind wir geliefert, Junge. Wir wollen uns mal schon beizeiten umsehen."
Er fand etwa drei Meter Tauende, das er sich um den Leib band, um es zur Hand zu haben. Alles, was ich finden konnte, war eine halb aufgebrachte Rolle Bindfaden, kaum so stark wie ein Bleistift.
„Wir klettern besser den Schacht hoch", schlug Stanislaw vor. „Hier drinnen sitzen wir in der Falle, wenn der Rummel losgeht. Oben hat man immer noch eine Möglichkeit, abzukommen."
„Wenn du oben in die Wicken gehen sollst, dann gehst du oben, und wenn du unten vor die Fische gehen sollst, dann unten", sagte ich. „Eins wie das andre. Wenn du vom Auto überfahren werden sollst, dann springt es 'rüber zum Schaufenster, vor dem du stehst, brauchst dem Auto gar nicht nachzulaufen oder in den Weg zu rennen."
„Du bist mir einer. Wenn du im Wasser ersaufen sollst, dann kannst du ruhig deinen Hals auf die Eisenbahnschienen legen, und der Expreß springt über dich weg wie ein Luftschiff. Daran glaube ich nicht. Ich lege meinen Hals nicht auf die Schienen. Ich gehe 'rauf und sehe zu, was geschieht."
Er kletterte den Korridorschacht hinauf, und da mir einleuchtete, daß er recht habe, kletterte ich hinterher.
Dann saßen wir wieder oben auf der Achternwand von Mittschiff, dicht nebeneinander. Wir mußten uns an den Beschlägen festhalten, sonst hätte uns der Sturm hinuntergeschleudert.

Immer mehr kam das Wetter in Aufruhr. Schwere Brecher wüteten gegen die unter uns liegende Vorfront von Mittschiff und brandeten gegen die Skipperkabinen.

„Wenn das die ganze Nacht so fortgeht", sagte Stanislaw, „dann ist morgen früh von der Kabine nichts mehr übrig. Ich glaube sogar stark, die Brecher holen das ganze Mittschiff ab. Dann bleiben uns nur noch die Kammern im Stern und der Maschinenraum, wo die Rudermaschine steht. Dann gute Nacht Essen und Trinken. Da findet keine Maus was."

„Vielleicht besser, wir klettern jetzt schon 'rauf", riet ich, „denn wenn das Mittschiff abrasselt, haben wir keine Zeit mehr. Dann schwimmen wir auch schon."

„So mit einem Hieb haut das Mittschiff nicht ab", erklärte nun Stanislaw, „das geht in Stücken zum Teufel. Und wenn unten eine Wand losbricht, haben wir Zeit genug, 'raufzuklettern." Stanislaw hatte recht.

Aber das Recht ändert sich durch wechselnde Verhältnisse. Es gibt nichts, das nicht einmal Recht gewesen ist. Man darf das Recht nur nicht einpökeln wollen und erwarten, daß es in hundert Jahren noch immer Recht, vielleicht gar dasselbe Recht sein werde.

Stanislaw hatte ganz gewiß recht. Aber einige Minuten später hatte er schon nicht mehr recht.

Drei gigantische Brecher, von denen jeder folgende immer zehnfach schwerer und stärker zu sein schien als der vorangegangene, wüteten mit donnerndem Gebrüll, als wollten sie die ganze Erde verschlingen, gegen die „Empreß".

Das tobende Gebrüll der Brecher und der nachziehenden Brandungswogen war ein drohendes Wutgeheul gegen die „Empreß", die es wagte, ihnen auf diesem Riff so lange Trotz zu bieten.

Der dritte Brecher brachte die steil hochgeworfene „Empreß" zum Schwanken. Aber sie stand noch. Doch wir beide hatten es im Gefühl, sie ist los, sie steht nicht mehr fest wie ein Turm.

Die Brecher ebbten ab, um auszuholen für die nächsten drei.

Der tosende Sturm jagte die schweren Wolken gleich Fetzen am Nachthimmel dahin. Zuweilen öffnete sich ein Loch in diesem schweren Wolkentoben, und man erblickte für einige Sekunden ein paar klare glänzende Sterne, die in diesen schwarzen, heulenden, brüllenden, tobenden und brandenden

Aufruhr empörter Elemente herunterriefen: „Wir sind Friede und Ruhe für dich, für uns aber sind wir umlodert von den Flammen des Schöpfens, des Gebärens und der Rastlosigkeit. Fliehe nicht zu den Sternen, wenn du Ruhe suchst und Frieden. Was du nicht in dir trägst, wir können es dir nicht geben!"
„Stanislaw", schrie ich laut, obgleich er doch an meiner Seite saß, „die Brecher kommen zurück. Jetzt gilt's. Die ‚Empreß' fegt ab."
Ich sah den ersten Brecher in dem schwachen Sternenlicht herankommen wie ein unmeßbar riesenhaftes schwarzes Ungetüm.
Er peitschte hoch und peitschte mit seinen nassen Tatzen über uns hinweg.
Wir hatten gut festgehalten, aber die „Empreß" hob sich und wand sich in den Krallen des Riffs, als ob sie schwere Schmerzen erdulde.
Der zweite Brecher kam auf, nahm uns den Atem weg für eine lange Zeit, und ich hatte das Empfinden, ich sei ins Meer geschleudert. Aber ich saß noch fest.
Die „Empreß" jedoch kreischte, als ob sie zu Tode verwundet würde. Sie drehte sich noch weiter herum in ihrem Schmerz und schwankte im Stern zurück, krachend, polternd und dröhnend, bis sie nicht mehr steil stand, sondern schräg. Außerdem legte sie sich auch noch nach Steuerbord über.
Mittschiff war durch die Brecher jetzt so voll Wasser gelaufen, daß alles verdorben sein mußte, was nicht in Büchsen eingelötet war. Aber, was im Mittschiff vor sich ging, war in mir nur wie ein ganz ferner dünner Gedanke.
„Stanislaw, Junge!" brüllte ich.
Ob er ebenfalls gebrüllt hatte, weiß ich nicht. Sicher hatte auch er es getan. Aber zu hören war ja nichts.
Der dritte Brecher, der schwerste dieses Zuges, war herangestürmt.
Die „Empreß" war bereits verschieden, als wäre sie vor Schreck gestorben. Der dritte Brecher, obgleich er mit donnerndem Branden herangejagt kam, nahm den Leichnam der Kaiserin von Madagaskar leicht auf wie eine leere Seidenhülle. Er tat es trotz seines rauhen Tobens kosend und streichelnd. Er hob den Leichnam hoch, drehte ihn der ganzen Länge nach in einem Halbkreise herum, und ohne ihn noch einmal auf den Fels krachen zu lassen und sich an dem Brechen der Knochen zu

erfreuen, legte er ihn sanft und zärtlich auf die Seite.
„Spring weg und schwimm, Pippip, sonst kommen wir in den Schlucker", schrie Stanislaw.
Schwimm mal, wenn du eben eins über die Arme gekriegt hast von einem herumpfeifenden Lademast oder was es sein mochte.
Aber ob ich schwimmen konnte oder nicht wollte, kam gar nicht in Frage. Der Nachzieher des letzten Brechers hatte mich abgeschwemmt und weit genug, um nicht vom Schlucker gefaßt zu werden. Ein paar Minuten würde die „Empreß" ja noch machen, ehe sie endgültig wegschluckt und strudelt. Das Achterschiff hat ja noch kaum Wasser gekriegt.
„Hoiho!" hörte ich jetzt Stanislaw schreien. „Wo steckst du?"
„Komm, hier. Ich klebe gut. Platz genug", brüllte ich hinaus in die Finsternis. „Hallo. Hier. Hoiho!" Immer wieder rief ich es, um Stanislaw die Richtung zu geben.
Er kam auch immer näher. Endlich hatte er gepackt und kletterte hoch.

48

„Was ist denn das, wo wir drauf sind?" fragte Stanislaw.
„Weiß ich selbst nicht. Mit einemmal war ich drauf, weiß gar nicht, wie es zuging. Ich denke, daß es eine Wand vom Ruderhaus ist. Hier sind die Haltegriffe überall."
„Sicher. Ist vom Ruderhaus", bestätigte Stanislaw. „Gut, daß die Esel noch nicht alles aus Eisen machen und manchmal noch ein paar Stückchen Holz übriglassen. In den alten Schwarten siehst du immer den Schiffsjungen an einen Mast angeklammert, auf dem er sich rettet und mit dem er losschwimmt. Das ist heute aus. Die Masten sind auch schon aus Eisen, und wenn du dich dran festklammerst, kannst du dir auch ebensogut einen Stein an den Bauch hängen. Wenn du wieder mal so ein Bild siehst, dann sag ruhig, der Maler ist ein Schwindler."
„Du hast aber einen Redefluß unter diesen verdammten Umständen hier", kritisierte Stanislaw.
„Ja, du Esel, soll ich denn hier jammern und Trauer flöten? Wer weiß, ob ich dir in einer Viertelstunde noch erzählen kann, daß man sich heute nicht mehr auf Maste verlassen darf. Und

das muß gesagt werden, denn das ist wichtig."
„Bürsten und Bimsstein, da sind wir ja noch mal glatt davongekommen", rief er nun.
„Kreuzverhagelt noch mal", schrie ich ihn an. „Halt dein gotteslästerliches Maul, verflucht noch mal. Schreist ja das ganze Gesindel heran. Wenn du im Trocknen sitzt, dann freu dich im stillen, aber schrei es nicht 'raus so unverschämt. Ich gebe mir die größte Mühe, das in unauffälliger und höchst eleganter Form zu sagen und vornehm zu umschreiben, was ich meine, und du Prolet brüllst das glatt hinaus."
„Rede nicht so große Töne. Jetzt ist doch alles egal, ist doch alles im –."
Mit diesem Stanislaw ist nichts zu erreichen, die Redewendungen, die er zuweilen braucht, werden mich noch veranlassen, seine Gesellschaft zu meiden.
„Alles egal?" wiederholte ich. „Ich denke ja gar nicht dran. Alles egal ist blöd. Es ist nie etwas egal. Jetzt geht das Vergnügen ja erst richtig los. Bisher haben wir uns nur um Papiere herumgeschlagen, dann mit dem Rattenfraß, dann wieder mit den verfluchten Rosten. Jetzt geht es endlich um den letzten Atemzug, mit dem wir uns herumzuschlagen haben. Alles übrige, was ein Mensch haben kann, ist weg. Alles, was wir noch haben, ist der Atem. Und so schnell und willig lass' ich mir den nicht auch noch wegnehmen."
„Ein Vergnügen denke ich mir aber anders", sagte Stanislaw.
„Sei nicht undankbar, Lawski. Ich sage dir, es ist ein höllisches Vergnügen, sich mit den Fischen um den Bissen zu prügeln, wenn man der Bissen sein soll."
Stanislaw hatte natürlich durchaus recht. Es war kein Vergnügen. Man mußte sich ankrallen an den Handgriffen wie toll, um nicht 'runtergeschwemmt zu werden. Die Brecher fühlte man nicht so hart auf der schwimmenden Wand hier wie auf dem Schiff, weil die Brecher die Wand mit hoch nahmen und nicht in voller Wucht darüber hinwegbrandeten. Aber getaucht wurden wir doch oft genug, damit wir auch nicht vergessen sollten, wo wir waren.
„Ich denke, wir müssen nun etwas tun", sagte ich. „Meine Arme sind so zerknüppelt, ich kann nicht mehr lange halten."
„Wollen wir festlegen", sagte Stanislaw. „Ich gebe dir hier

mein Tauende, und ich nehme deinen Bindfaden. Ich kann schon besser halten. Der Bindfaden ist ja lang genug, daß man ihn dreifach nehmen kann."
Stanislaw half nun, mich mit dem Tau festzuholen; ich konnte es mit meinen lahmen Armen nicht gut allein tun. Dann band er sich ebenfalls fest, und wir warteten nun auf die Geschehnisse.
Keine Nacht ist so lang, daß sie nicht endlich doch vorübergeht und dem Tage weichen muß.
Mit dem neuen Tage ließ das schwere Wetter nach, aber der hohe Seegang blieb.
„Siehst du was von Land?" fragte Stanislaw.
„Nein. Ich wußte es ja, so leicht werde ich kein Entdecker neuer Erdteile. Wenn nichts vor der Nase liegt, sehe ich keins."
Plötzlich sagte Stanislaw: „Mensch, ich habe ja den Kompaß. War gut, daß du ihn fandest."
„Ja, ein Kompaß ist eine feine Sache, Lawski. Können wir immer sehen, in welcher Richtung die afrikanische Küste liegt. Aber ein Segel wäre mir lieber als zehn Kompasse."
„Kannst nichts mit einem Segel machen auf dem Brett."
„Warum nicht? Wenn Seebrise auf Land geht, gehen wir mit."
„Wir werden wohl woandershin mitgehen, Pippip."
Am Nachmittag wurde es wieder diesig, und ein leichter Nebel legte sich über die See. Er wirkte beruhigend auf das Toben des Meeres.
Die unermeßliche Weite der See wurde immer kleiner. Bald hatten wir die Täuschung, daß wir nur auf einem Binnensee seien. Dann wurde auch der See kleiner und kleiner, und endlich glaubten wir, auf einem Flusse dahinzugleiten. Es schien, als ob wir die Ufer mit den Händen ergreifen könnten, und ehe wir einschliefen, sagte bald Stanislaw, bald ich: „Da ist das Ufer, laß uns 'runtergehen und das kleine Stückchen 'rüberschwimmen. Kannst es ganz deutlich sehen, es sind noch keine hundert Schritt."
Aber wir waren zu müde, um uns loszubinden und diese hundert Schritte zu schwimmen.
Wir sprachen dann kaum noch und schliefen ein.
Als ich erwachte, war es Nacht.
Der dunstige Nebel lag noch immer auf dem Meer. Aber hoch

in den Lüften sah ich Sterne funkeln. Zu beiden Seiten sah ich die Ufer des Flusses, auf dem wir hinglitten. Zuweilen wurde an einem der Ufer der Nebel dünner, und ich sah die Tausende funkelnden Lichter des nahen Hafens. Es war ein großer Hafen. Er hatte hohe Wolkenkratzer und Miethäuser, deren Fenster alle erleuchtet waren. Und hinter den Fenstern saßen die Leute traulich beisammen und wußten nichts davon, daß hier auf dem Flusse zwei Tote dahinglitten.
Und die Wolkenkratzer und die hohen Wohnhäuser wuchsen und wuchsen. Welch ein gewaltiger Hafen war es, an dem wir vorüberglitten. Immer höher und höher wuchsen die Wolkenkratzer, bis sie endlich den Himmel erreichten. Und die Tausende funkelnden Lichter des Hafens, der Wolkenkratzer und der traulichen Wohnhäuser, wo man nichts wußte von den vorübergleitenden Toten, waren wie Sterne des Himmels. Und oben steil über meinem Haupte trafen die Wolkenkratzer zusammen, und ich sah ihre Fenster leuchten, und ich hoffte, die Gebäude möchten zusammenbrechen und mich unter sich begraben. Es war die große Sehnsucht des Toten, begraben zu werden und nicht mehr wandern zu müssen.
Ich bekam Angst und rief: „Stanislaw. Da ist ein großer Hafen. Sieht aus wie New York."
Stanislaw wurde munter, guckte sich um, sah durch den dünnen Nebel zu den Ufern des Flusses, rieb sich die Augen, guckte hoch über sich und sagte dann: „Du träumst, Pippip, die Lichter des großen Hafens sind Sterne. Da ist auch kein Ufer. Wir sind auf hoher See. Spürst du doch an den langen Wellen."
Er konnte mich nicht überzeugen. Ich wollte nun doch zum Ufer schwimmen und den großen Hafen erreichen. Aber als ich das Tau lösen wollte, fielen mir die Hände schlaff herunter, und ich schlief ein.
Durst und Hunger machten mich wach. Es war Tag.
Stanislaw sah mich an mit verquollenen Augen. Mein Gesicht war verkrustet von dem Salzwasser. Ich bemerkte, wie Stanislaw würgte, als wollte er seine eigne Zunge kauen oder als sei sie ihm im Wege und lege sich vor die Luftröhre.
In seinen Augen glomm Wut auf, und er rief mit rauher Stimme: „Du hast immer gesagt, das Wasser auf der ‚Yorikke' stinkt. Das ist nicht wahr. Das ist Quellwasser, ganz frisches, klares Quellwasser aus dem Tannenwalde."

„Das Wasser stank nie", bestätigte ich, „das Wasser war Eiswasser. Und der Kaffee war guter Kaffee. Ich habe nie etwas gegen den Kaffee auf der ‚Yorikke' gesagt."
Stanislaw schloß die Augen. Doch nicht lange darauf schreckte er zusammen und schrie: „Zwanzig vor fünf, Pippip, 'raus. Hol das Frühstück. Hiev die Asche. Das Frühstück zuerst. Pellkartoffeln und Rauchhering. Den Kaffee. Viel Kaffee. Bring Wasser mit."
„Ich kann nicht aufstehen", gab ich ihm zur Antwort. „Bin gebrochen. Zu müde. Mußt heute allein hieven. Wo ist denn der Kaffee?"
Wie war das? Ich hörte Stanislaw schreien, aber er war zwei Meilen fort. Und meine Stimme war auch zwei Meilen weit fort von mir.
Nun brachen auch noch drei Feuertüren auf, und die Hitze war nicht zu ertragen. Ich lief zur Windhuze, um Atem zu schöpfen. Aber der spanische Heizer schrie: „Pippip, die Feuertüren zu, der Dampf fällt." Aller Dampf fiel in den Kesselraum, und es wurde immer heißer. Ich lief zum Trog, wo das Schlackenlöschwasser drin war, um meinen Durst zu löschen, aber es schmeckte salzig und widerlich. Ich schnappte und schnappte und trank es wieder, und der Feuerungskanal stand ganz weit offen über meinem Kopfe am Himmel und war die Sonne, und ich trank Seewasser.
Dann schlief ich wieder ein, und die Türen der Feuerkanäle waren geschlossen, und der Heizer goß den Trog mit dem Schlackenwasser über den Kesselraum, und ich war auf dem offenen Meer, und ein Wellenkamm war über die Wand hinweggebrochen.
„Da ist die ‚Yorikke'!" schrie Stanislaw viele Meilen weit fort von mir. „Das ist das Totenschiff. Der Hafen. Der Norweger liegt da. Er hat Eiswasser. Siehst du nicht, Pippip?"
Mit beiden Armen, die Fäuste geballt, deutete Stanislaw über das weite Meer.
„Wo ist die ‚Yorikke'?" rief ich.
„Siehst du sie denn nicht, Mensch? Da liegt sie ja. Sechs Roste sind 'rausgefallen. Verflucht. Jetzt acht. Himmelkreuzdonnerwetter! Wo ist der Kaffee, Pippip? Habt ihr wieder alles weggesoffen. Das ist keine Schmierseife, du Hund, das ist Butter. Gib den Tee jetzt her, verflucht noch mal."
Stanislaw fuhr herum, bald zeigte er in diese Richtung, bald

in jene. Immer fragte er, ob ich denn die „Yorikke“ und den Hafen nicht sähe.
Aber mir war das gleichgültig. Es tat mir weh, den Kopf nach dem Hafen zu drehen.
„Wir kommen ab! Wir kommen ab!“ brüllte nun Stanislaw. „Ich muß ’rüber zur ‚Yorikke‘. Die Roste sind alle ’raus. Der Heizer liegt im Kessel. Wo ist das Wasser? Habt ihr denn keinen Kaffee mehr für mich gelassen? Ich muß ’rüber, ’rüber, ’rüber.“
Er zerrte nun an dem Bindfaden, um ihn zu lösen. Er konnte aber die Knoten nicht öffnen. Er drehte wie unsinnig an den Knoten und verknotete sie immer mehr. „Wo ist die Schaufel?“ rief er. „Ich muß das Tau kappen.“ Aber der Bindfaden hielt nicht lange. Stanislaw zerrte, riß und scheuerte mit solcher Kraft an den dreifach gedrehten Verschnürungen, daß er sich immer weiter daraus hervorwinden konnte. Die letzten Stringe riß er durch.
„Die ‚Yorikke‘ fährt weg. Schnell, Pippip. Der Norweger hat Eiswasser. Er winkt mit der Kanne. Ich bleibe nicht auf dem Totenschiff.“
Immer wilder brüllte Stanislaw.
Er hing nur noch am Fuß fest, und jetzt zerrte er auch dort die Stringe los.
Ich sah das alles in meilenweiter Ferne, wie auf einem Bilde oder durch ein Fernrohr.
„Da ist die ‚Yorikke‘. Der Skipper tippt an die Mütze.“
Stanislaw rief es und sah mich an mit starren Augen. „Komm ’rüber, Pippip. Tee und Rosinenstollen mit Kakao und Wasser.“
Ja, da lag die „Yorikke“. Ich sah sie deutlich liegen. Erkannte sie an ihrem bunten närrischen Kleide und an ihrer Brücke, die immer in der Luft hängenblieb und von irgendeinem Schiff zurückgelassen worden war, das sie nichts anging.
Da war die „Yorikke“, und jetzt hatten sie Frühstück oder Abendessen oder Pflaumen in blauem Stärkeschleim. Der Tee war nicht schlecht. Das war Lüge und Verleumdung. Der Tee war gut auch ohne Zucker und Milch. Und das Trinkwasser stank nicht.
Ich begann, an meinem Tau zu knoten. Aber ich bekam den Knoten nicht auf. Dann rief ich Stanislaw, er möge mir helfen, den Knoten aufzuziehen. Aber er hatte keine Zeit. Er wurde

mit seinem Fuße nicht fertig und arbeitete wie toll, um den Fuß loszukriegen. Nun gehen auch noch die Wunden auf, die man ihm auf dem Kopf geschlagen hatte.
Das Blut sickert über sein Gesicht, aber er läßt sich nicht stören.
Und ich zerrte und zerrte an meinen Banden. Aber das Tau war zu dick. Ich konnte es nicht durchscheuern und konnte meine Glieder nicht herauswinden. Ich verstrickte mich immer mehr. Dann suchte ich nach der Axt, nach dem Messer und endlich nach der Schaufel, die wir glatt geklopft hatten, um einen hölzernen Mast daraus zu machen, aber der Kompaß fiel immer wieder ins Wasser, und ich mußte ihn mit dem durchgebrannten Rost fischen. Das Tau gab nicht nach. Der Knoten zog sich immer fester. Das versetzte mich in namenlose Wut.
Stanislaw hatte seinen Fuß jetzt los.
Er drehte sich halb um nach mir und rief: „Komm 'rüber, Pipplaw. Sind nur zwanzig Schritt zu laufen. Die Roste sind alle 'raus, und es ist Wasserminute vor fünf. Aufstehen. Rasch auf. 'raus. Asche hieven."
Aber die Aschenhieve kreischte: „Da ist keine ‚Yorikke'!"
Und ich schrie, so laut ich konnte: „Da ist keine ‚Yorikke'! Da ist keine ‚Yorikke'! Da ist keine ‚Yorikke!"
Ich klammerte mich an das Tau in furchtbarer Angst; denn die „Yorikke" war fort, und ich sah nur Meer, Meer, sah nichts als die gleichmäßigen Wogen der See.
„Stasinkowslow, spring nicht!" Ich schrie es in namenloser Angst; denn ich konnte seinen Namen nicht finden, der mir aus der Hand gerutscht war. „Stanislaw, nicht springen! Nicht springen! Nicht. Bleib hier!"
„Die holt den Anker ein. Ich gehe nicht auf ein Totenschiff. Ich renne 'rüber zur ‚Yorikke'. Renne, ich renne, renne. 'rüber. Komm!"
Und er sprang. Er sprang. Da war kein Hafen. Da war kein Schiff. Da war kein Ufer. Alles See. Alles Wogen.
Er tat nur ein paar patschende Schläge. Dann sank er für immer weg. Ich starrte 'rüber zu dem Loch, in das er gefallen war. Ich sah es in unendlich weiter Ferne. Und ich rief: „Stanislaw! Lawski! Bruder! Lieber, lieber Kamerad, komm hierher! Hoiho! Hoiho! Hierher! Hierher!"
Er hörte nicht. Er kam nicht mehr hoch. Er tauchte nicht

mehr auf. Da war kein Totenschiff. Da war kein Hafen. Da war keine „Yorikke". Er tauchte nicht mehr auf, no, Sir. Und das war merkwürdig. Er tauchte nicht mehr auf, und ich konnte es nicht fassen, wie das zuging.

Er hatte angemustert für große Fahrt, für ganz große Fahrt. Aber wie konnte er nur mustern? Er hatte doch kein Seefahrtsbuch. Sie würden ihn gleich wieder 'runterfeuern. Aber er kam nicht hoch. Der große Kapitän hatte ihn gemustert. Und treu hatte er ihn gemustert, auch ohne Papiere.

„Komm, Stanislaw Koslowski", sagte der große Kapitän, „komm, ich mustere dich treu und ehrlich für große Fahrt. Laß nur die Papiere. Brauchst keine bei mir. Fährst auf treuem und ehrlichem Schiff. Geh zum Quartier, Stanislaw. Kannst du lesen, was über der Tür steht?"

Und Stanislaw sagte: „Ja, Käp'n. Wer hier eingeht, ist ledig aller Qualen!"